"인간을 행복하게 하는 의도는
신의 창조계획엔 포함되어 있지 않다."

행복어사전 5

이병주

한길사

행복어사전 5

지은이 · 이병주
펴낸이 · 김언호
펴낸곳 · (주)도서출판 한길사

등록 · 1976년 12월 24일 제74호
주소 · 413-832 경기도 파주시 교하읍 문발리 520-11
　　　www.hangilsa.co.kr
　　　E-mail: hangilsa@hangilsa.co.kr
전화 · 031-955-2000~3　　팩스 · 031-955-2005

상무이사 · 박관순 | 영업이사 · 곽명호 | 편집주간 · 강옥순
편집 · 배경진 이현화 유진 | 전산 · 한향림 김현정
마케팅 및 제작 · 이경호 | 관리 · 이중환 문주상 박경미 김선희

출력 · 지에스테크 | 인쇄 · 현문인쇄 | 제본 · 쌍용제책

제1판 제1쇄 2006년 4월 20일

값 9,000원
ISBN 89-356-5948-7 04810
ISBN 89-356-5921-5 (세트)

잘못된 책은 구입하신 서점에서 바꿔드립니다.

이 도서의 국립중앙도서관 출판시도서목록(CIP)은 e-CIP 홈페이지
(http://www.nl.go.kr/cip.php)에서 이용하실 수 있습니다.
(CIP제어번호: CIP2006000777)

행복어사전 5

결혼이란 무엇일까.
그것은 혹시 이혼하기 위한 수속이 아닐는지

'드디어.'라는 단어가 괄호에 묶여 뇌리를 스쳤다. 이어지는 느낌.

'드디어 오늘이 왔다.'

나는 오늘을 신성한 날로 쳐야겠다는 마음을 다지며 창문을 열었다. 오월의 태양, 오월의 공기, 오월의 아침이 있었다. 하늘은 맑았다.

뜰로 내려가는 계단 쪽에 형님과 형식이 등을 보이고 서 있다. 부자 간에 말이 오가고 있는 모양이다. 형식의 키가 자기 아버지 키보다 한 뼘은 더 있는 것 같다.

'자기보다 키가 큰 아들을 가졌다는 것도 자랑일 게다.'

얼핏 이런 상념이 스쳤다.

키만이 아니다. 형식의 세계는 제 아버지 세계보다야 깊고 넓다. 개천에서 용이 났다는 말이 있지만 형식이야말로 개천의 용이다. 흠이라면 버릇없이 구는 것이 흠이고, 괜히 위악을 과장하는 말투와 행동이 흠이다. 그러나 그것도 그의 말처럼 한 표라도 더 얻기 위한 전략의 탓인지 모를 일이다.

형수는 덕규 엄마를 거들어 아침식사를 준비하고 있는 모양으로 부엌으로부터 억센 경상도 사투리가 사기그릇 부딪치는 소리를 내고 있다.

"장개 가는 날 아침엔 국을 안 먹인답니더."

"와요."

"행경례하는디 오줌이나 자꾸 누고 싶으몬 큰일 아니겠소."

"참, 그러네요."

"밥도 많이 먹어선 안 된다카던디……."

"모처럼 장개 가갖고 힘도 못 쓰면 우쩔라구예."

"첫날 저녁부터 힘 안 써도 될 긴께."

"한창 장골인디 한때쯤 적기 묵었다고 첫날밤 힘 못 쓸라꼬예."

"댁의 서방님 첫날밤에 힘깨나 씁디까?"

"우리 어린애 아부지 말도 마이소. 창문을 춤 묻은 손가락으로 뜯고 디리다보는디도 상관없이 마구……."

"되게 좋았던 기거마."

"좋고 안 좋고가 있는가예. 아주머니는 우쨌습니까예."

"우리사 옛날 이바구니께. 서로 차라보도 못했거마."

"설마 그랬을라고예."

"참말이라."

"괜히 그러시네요."

"참말이라께."

대화가 중단되는 틈을 기다렸지만 도리가 없었다. 칫솔을 물고 부엌 문을 열었다.

"아아, 선생님. 아니 신랑님." 하고 덕규 엄마가 반색을 했다.

"실컷 잤소? 되련님." 하며 형수는 내가 세수할 자리를 만들었다.

"이 곱게곱게 닦아야 합니데이."

덕규 엄마가 양치물을 떠주며 한 소리다.

세수를 하고 바깥으로 나갔다. 형님에게 인사를 하자 형식이 빈정대기 시작했다.

"신랑 되는 감상이 어떻습니까?"

싱글벙글한 표정으로 되었던 모양이다. 형식이 잽싸게 말을 끼웠다.

"싱글벙글입니꺼. 감상의 내용이."

"네, 아재 앞에 그 말버릇이 뭣고."

형님이 넌지시 나무랐다.

"내일부턴 좀 달라질 작정이그만요."

덕규가 쪼르르 나왔다. 깨끗한 옷차림이었다. 아마 예식장으로 데리고 갈 요량으로 새 옷을 입힌 모양이었다.

"장가는 우리 삼촌이 가는데 꼬까옷은 덕규가 입었구나." 하고 형식이 한바탕 웃었다.

이웃에 사는 사람들이 슬슬 모여들었다. 모두들 한마디씩 했다.

"축하합니다."

"결혼 축하합니다."

국물을 먹여선 안 된다, 밥을 많이 먹여서도 안 된다 하면서도 형수와 덕규 엄마는 쑥국 한 그릇과 밥 한 사발을 내게 다 먹이려고 서둘렀다.

주변이 서둘러대면 난 식사를 못 한다. 먹는 둥 마는 둥 하고 이웃의 인사들을 받고 있다가 형식이 데리고 온 택시를 탔다. 예식장에 도착한 것이 열한 시 십오 분 전. 무슨 영문인지 모나코의 왕비 그레이스 켈리의 결혼식 장면이 눈앞에 떠올랐다.

아득한 시간의 저편에서 전개된 필름의 몇 토막이다. 레니에는 모나코라고 하는 왕국의 소유자다. 그러니까 그레이스 켈리는 왕비일 수가 있었다. 그런데 나에겐 왕국이 없다. 정명욱은 왕비일 수가 없다. 순간 안쓰러운 생각이 들었다.

여자는 어릴 때 어떤 왕자가 언젠간 자기를 모셔갈 것이란 꿈을 가꾼다고 했다. 헌데 그 꿈은 세파에 부딪혀 어느덧 깨어져버리고, 초라한 아파트에서 연탄가스 중독을 겁내며 사는 사나이의 아내가 될 수밖에 없었다고 하면 정명욱은 그다지 좋은 팔자를 타고난 여자일 순 없는 것이 아닌가. 결혼식날엔 결혼식날의 사상이 있을 것이라고 막연히 생각하고 있었던 터인데, 이게 나의 결혼식날의 사상인가 싶으니 어처구니가 없다.

예식장은 붐비고 있었다.

결혼식용으로만 설계되고 만들어진 오층의 건물 복도에까지 넘쳐나온 사람들. 아직 정오도 채 안 되어 있는데 예식장은 장마당을 방불케 했다. 무슨 유서가 있어서 이곳을 결혼식장으로 택한 것도 아니고, 무슨 심벌을 가졌대서 이곳을 결혼식장으로 택한 것도 아니고, 이곳 아니면 안 된다는 결정적인 필요에 의해서 이곳을 결혼식장으로 택한 것도 아니다. 누군가가 우습게 시작한 것이 습관처럼 번지고, 그것에 편승한 상술이 일종의 관행으로 고정되어, 지금에 와선 피해갈 수 없는 컨베이어시스템이 되어버리고 말았다. 인생을 살려면 결혼식이란 것도 있어야하는데 그러자면 이 컨베이어시스템을 한 시간쯤 거쳐야 하는 것이다.

이런 생각은 명색이 신랑 된 자가 할 성질의 것이 아니고 체면상 끌려나온 방관자가 함직한 생각인데 나는 어느덧 방관자가 되어 있었다는 얘기도 된다.

'슬프다. 이 나라의 세레머니!'

입학식이나, 졸업식이나, 무릇 어떤 의식 가운데 어색하지 않은 의식 이란 없다. 양복이 우리의 몸뚱어리에 어색하듯이 서양을 모방하여 만 들어낸 우리의 의식은 항상 우리의 의식이 되지 못하고 남의 옷을 빌려 입은 어색함을 언제나 벗어나지 못한다. 서양과 우리 사이에 일본이란 게 끼어 있어 오늘날의 우리의 의식은 서양 것도 아니고, 일본 것도 아 니고 우리 것도 아닌, 묘한 일종의 기형이 되고 말았다.

내가 빌리게 되어 있는 장소는 삼층이다. 사람에 밀려 그곳으로 올라 갔더니, 사람들 틈에 우동규 부장의 얼굴이 보였다. 그 옆에 정 차장·박동수·김달수·안민숙…… 한때 A신문사의 교정부가 몽땅 옮겨온 느낌이었다. 모두들 나를 반겼다.

"신랑이 주례보다 늦게 오는 법이 어딨소." 하고 박동수가 빈정댔다.

"그건 그렇고, 이렇게 모두 다 와버리면 신문은 누가 만듭니까?" 하 며 나는 두리번거렸다.

"신문 걱정은 우리가 할 테니 당신은 결혼식할 걱정이나 하슈." 한 것 은 정 차장.

"오늘은 일요일야." 하고 웃은 건 김달수.

'아아, 일요일.' 나는 납득을 했다. 나는 요일을 구별할 필요 없이 살 고 있는 처지인 것이다.

"나 신부헌테 갔다 올게요." 하며 안민숙이 웃으며 덧붙였다.

"신랑이 안 올까봐 걱정하고 있던데."

안민숙이 몸을 돌려 사람들 틈 사이로 사라지는 것을 보며 나는 언젠 가의 밤을 상기했다.

통행금지 가까운 시간까지 술을 마시다가 할 수 없이 나와 안민숙은 내 하숙에서 하룻밤을 지낸 적이 있는 것이다.

'하마터면, 그때.'

하는 짐작을 확대해보는 것은 안민숙을 모욕하는 노릇이 되겠지만 아무런 위험도 없었다로 되는 것은 아니다. 우리는 그때 운명의 갈림길에 있었던 것인지도 모른다. 아무튼 그 밤의 사건은 순탄하게 끝나진 않았다. 내가 그 하숙을 뛰쳐나온 것도 그날 밤 탓이며 차성희와의 사이에 틈서리가 생긴 것도 그날 밤 탓이며 그것이 인과의 연쇄를 이루어 드디어 정명욱을 알게 되어 오늘 이런 결과가 되었으니, 오늘이 정녕 내게 있어서 축복할 만한 날이라면 안민숙과 지낸 그날 밤을 기념하는 무슨 행사라도 있을 법한 일이다.

그러나저러나 안민숙의 뒷모습이 초라하게 보이는 것이 마음에 걸렸다.

'헌데 차성희는 지금 무엇을 하며 어떤 생각으로 있을까. 미스터 뉴욕은?'

양춘배를 비롯한 출판사 사람들이 몰려왔다. 거의 동시에 윤두명이 나타났다. 정진동·정진숙이 뒤를 따르고 있었다.

형식이 허둥지둥 나타나선,

"이제 끝났습니다. 식장으로 들어갑시더." 하고 알렸다.

이제 끝났다는 것은 앞 차례의 결혼식이 끝났다는 얘기다. 컨베이어 벨트에 빈 자리가 생겼다는 얘기다.

"신랑 입장."

사회자의 말이 있었다. 마이크로폰의 볼륨이 지나치게 높다는 생각을 하면서 그 말에 따라 나는 식장 안으로 들어갔다. 서양의 소설 같은 덴 붉은 카펫이 깔려 있는 것으로 되어 있지만 이곳 코리아의 상업적

예식장엔 희끄무레한 광목이 깔렸다. 하여튼 중인환시 속에 플래시를 받으며 걸어간다는 것은 분명히 일종의 고통이다. 그러나 사형수가 형장으로 옮기고 있는 고통에 비하면 이건 아무것도 아니다.

이런 엉뚱한 생각이 뚝 끊겼다. 시야 속에 김소영의 모습이 있었기 때문이다.

'소영이 이곳에 웬일일까.'

십몇 년 전 어느 결혼식장에서 본 광경이 되살아났다. 그 결혼식은 도중에 어느 부인이 비닐봉지에 숨겨가지고 들어온 똥오줌을 신랑 신부의 등을 향해 퍼붓는 바람에 일시 수라장이 되었다. 이혼한 전처가 계획적으로 꾸민 수작이었다.

나는 본능적으로 김소영의 주변에 비닐봉지 같은 것을 찾는 느낌으로 되었으나 확인하지 못한 채 그 옆을 지나쳐버렸다.

'설마 그럴 리야 없겠지.' 하면서도,

"이 결혼에 이의 있다."고 나서는 장면을 상상해보지 않을 수 없었다.

예수교식의 결혼식에선 으레,

"이 결혼에 반대하는 사람이 있으면 이 자리에서 말하시오. 이 시간이 지난 후의 반대와 불평을 용납하지 않습니다." 하는 주례의 말이 있고 얼마 동안의 침묵이 뒤따르는 것이다. 그 침묵이 결혼식을 엄숙하게 하고 의식이란 것의 위엄을 나타내기도 한다. 아니, 그런 절차를 필요로 하고 이런 결혼식의 형식이 생겨난 것이기도 한데 그 본질적인 부분은 빠져버리고 형체만 남은 꼴이 아닌가.

몇 발자국도 아닌 거리를 걸으면서도 사람은 많은 것을 생각할 수 있는 것이다.

나는 이윽고 주례인 우동규 부장 앞에 섰다. 우동규 부장은 어색한,

그리고 약간은 수줍은 웃음을 띠곤 나더러 돌아서라고 했다.

"신부 입장이 있겠습니다." 하는 마이크 소리가 여전히 높았다.

'저걸 좀 조정하지 않구……'

생각을 이을 사이도 없었다.

정명욱이 걸어 들어오고 있었다. 데리고 들어오는 노인은 먼 친척이 된다고 하던가. 그런데 어떻게 된 까닭인지 내 머릿속에선 모든 상념이 정지하고 말았다.

'저기 운명이 걸어 들어오고 있다.'는 상념만 비석에 새겨진 문자처럼 뇌리에 남았다.

결혼 서약이 있고 선언문의 낭독이 있었다. 덤덤한 기분일 뿐이었다. 그런데 우동규 부장의 주례사가 시작되자 나는 아연 긴장했다.

"남의 주례를 맡을 만큼 나는 수양이 되어 있는 사람도 아니고, 내 축복을 받는 것이 받는 사람의 축복이 될 수 있을 만큼 나 자신 축복을 받고 있는 인생도 아닙니다. 그럼에도 불구하고 이 결혼식의 주례를 맡은 것은……."

우동규는 여기에서 일단 말을 끊었다.

그리고 다시 이어진 말은,

"지금 이 앞에 서 있는 서재필이란 신랑, 정명욱이란 신부는 누가 자기들의 주례를 했기 때문에 더욱 자랑스럽다고 생각할 그런 사람이 아니고 누구이건 요식행위만 맡아주면 그만이란 생각을 가지고 있는 사람들이기 때문입니다. 또 이들은 남의 충고를 필요로 할 만큼 겸손한 사람들도 아니며, 새삼스럽게 이 자리에서 교훈을 얻어야만 할 그런 사람들도 아닙니다. 한마디로 말해 대단히 건방지고 도도하고 그런데다 지혜도 없지 않은 사람들입니다. 그러니까 그들의 결혼생활에 있어서

나 같은 사람이 주례를 했기 때문에 이렇다, 저렇다 할 푸념을 하지 않을 것도 사실입니다. 그 때문에 서슴없이 나는 이 결혼식의 주례를 맡은 것입니다. 이상으로 주례를 왜 내가 맡았나 하는 데 대한 궁금증이 풀렸을 것이니 다음으로 넘어가겠습니다." 하곤 소리를 높였다.

"신랑 서재필은 참으로 대단한 사람입니다. 시치밀 딱 떼고 남의 신문사에 들어오더니 우리 신문사의 보물을 가로채버렸다, 이겁니다. 신문사란 곳은 사람이 모여 이룩한 사회이며 사람의 가치가 상품에 관계되는 점에 있어서 비누공장이나 기계공장과 다른 것입니다. 그만큼 월등한 사람을 필요로 한다는 얘긴데 그 월등한 사람 가운데도 오늘의 신부 정명욱 양은 월등한 인물입니다. 그 월등한 인물, 부장인 내가 총각이었대도 감히 엄두도 내지 못할, 그런 월등한 인물이며 여성인 정명욱 양을 노렸다는 것은 보통의 심장, 보통의 용기가 아니란 증명이 되고도 남습니다. 그는 정명욱 양을 노려 그 획득이 확실시되자 신문사에서 떠나버렸습니다. 한마디로 말해 정명욱 양을 납치하기 위해 신문사에 들어왔다로 된 것입니다. 한편 신부 정명욱 양은 어떤가. 이분 역시 대단한 여성입니다. 나는 그럭저럭 신문사에 이십오 년 동안 근무하고 있는데 서재필 같은 청년을 아직 달리는 만나보지 못했습니다. 교정기자 시험을 치렀을 때 오백 명 지원자 가운데 일 등이었다는 그런 사실을 가지고 말하는 게 아닙니다. 그는 시험을 치러 대통령이 될 수 있다면 벌써 대통령이 되어 있을 그런 사람입니다. 세상엔 영달로 마구 통하는 시험이란 것도 있습니다. 그런데 서재필은 그 많고 좋은 시험 다 무시하고 하필이면 교정부원 시험을 치른 것입니다. 웬만한 두뇌만 있으면 입신출세를 꾀해서 아득바득하는 세상에서 나는 결단코 입신출세 안 하겠다고 버티는 사람이면 이건 바보 천치가 아닐 바엔 대인물임이 틀림없습니다. 그러나 그런 인물을 알아볼 사람은 적어도 교정부장쯤 되어 있는 나 정도의 사람이라야 하는 건데 정명욱 양은 일개 여성의 입장에서 진흙 속에 있는 금, 아니 먼지 속에 있는 교정부원에 큰 인물을 발견했다, 이겁니다. 그런 여성이 보통일 수 있겠는가, 그 말입니다. 항차 그런 남녀를 상대로 결혼이 어떤 것이고 가정이 어떤 것이고 하는 따위의 말을 늘어놓을 수가 있겠습니까……."

이 부분에 이르렀을 때 나는 돌연 김소향을 상기했다. 내일 미국으로 떠나겠다고 하는 김소향. 지금쯤 그 준비에 분망해 있을 김소향. 길남 김 서 잭슨이란 이름의 어린애. 과연 그들의 앞날이 평탄할까. 그들의 앞날에 행복이 있을까…….

'헌데 지금 정명욱은 무엇을 생각하고 있을까. 내 가슴속에 이런 회오리가 일고 있는 것을 짐작이나 할 수 있을까…….'

주례의 말엔 아랑곳없이 나는 맥락도 없는 내 생각만을 쫓았다.

'이래선 안 되겠다.'고 머리를 흔들기라도 할 참의 기분이었는데 길남 김 서 잭슨의 웃는 얼굴을 원경으로 깔아놓고 박문혜의 모습이 떠올랐다. 한편 나의 뒤통수를 향해 집중되어 있을지도 모를 김소영의 시선이 간지럽게 느껴지기조차 했다.

'인간이란 복잡다단한 동물이다. 정명욱도 혹시 열매를 맺지 못하고 사라져간 첫사랑을 생각하고 있을는지 모르지 않는가.'

정신을 차려야겠다고 생각했다.

우동규 부장의 연설에 귀를 기울였다.

"……아무튼 이 결혼은 만만치 않은 남자와 만만치 않은 여자와의 결합입니다. 나는 이 결혼을 축복할 것 없이 지켜볼 작정입니다. 신랑은 소설가가 되겠다며 신문사를 박차고 나간 사람이고 신부는 그런 남자가 좋다고 자기의 일생을 맡길 작정을 한 것이니 두고 볼 만하다는 얘깁니다."

그리고는 기침을 하더니 해괴한 말이 시작되었다.

"지금 이 앞에 서 있는 신랑은 빨리 내 말이 끝나주었으면 하고 조바심을 일으키고 있을 것입니다만 그건 댁의 사정이고 내 사정관 다릅니다. 인생이란 그처럼 뜻대로 될 수 없다는 증명을 하기 위해서도 나는 다음 차례의 손님들 때문에 이 자리에서 끌려 내려갈 때까지 이른바 주례사를 계속할 터이니 신랑과 신부는 각오를 하시오."

좌석에서 와글 웃는 소리가 있었다.

우동규는 음성을 살큼 높였다.

"대체로 결혼이라고 하는 것은 느지막한 나이에 하는 것이 안전하다고 볼 수 있습니다. 시행착오를 할 수 없는 상황이기 때문입니다. 그래서 이 결혼엔 위험성이 없다고 하겠으나……"

나는 다시 박문혜를 생각하기 시작했다. 어쩌면 북악 스카이웨이에서의 그 만남이 하늘이 마련한 섭리일지 모르는데 나는 지금 그 섭리를 어기고 있는 것이 아닐까 하는 두려움을 가졌다. 박문혜를 통해 스웨덴에로의 길이 틔어 있었던 것인데 그 길을 내 스스로 막았다는 뉘우침도 솟아오르지 않은 바도 아니었다.

'결혼식을 끝내고 나서 스웨덴으로 가야겠다고 명욱에게 제안해볼까. 한 이 년쯤만 있다가 오겠다고……'

그럴 때의 명욱의 표정이 눈앞에 떠올랐다.

'안 되지 안 돼.'

우동규의 말은 아직도 계속되고 있었다.

"……결혼은 당사자들이 스스로 축복해야 할 일이지 남이 축복할 일은 아닙니다. 여기 모이신 여러분이나 나나 증인일 뿐입니다……"

아무리 우동규가 버틴다고 해도 말과 시간엔 한도라는 것이 있는 것이다. 무언가를 의도하고 가능한 한 주례사를 길게 끌어본 것이겠지만 끝날 때가 있었다.

사진을 찍는 절차가 있고 폐백이란 것을 받는 절차가 있었다.

그러나 그것을 다 합쳐보아도 두 시간 이상은 걸리지 않았다.

근처의 음식점에서 점심을 먹는데 박동수가 우동규에게 물었다.

"어쩔 작정으로 그런 명연설을 하셨습니까."

"연설이 길었다 이거지?" 하고 우동규는 되묻곤,

"요즘 주례사는 짤막하게 하는 게 유행인 것 같아 내 힘껏 레지스탕스를 해본 건데 모자라는 말주변 갖고 한 삼십 분 버티려다가 보니 기진맥진이다."

하며 핫하 하고 웃었다.

신혼여행은 제주도로 갔으면 하는 명욱의 의도인 것 같았지만 형님 부부와 동도同道해서 고향에 성묘해야 한다는 핑계를 내세워 하룻밤만 워커힐에서 묵기로 했다. 나의 속셈은 내일 김소향을 김포공항에서 전송해야겠다는 데 있었던 것이다. 워커힐호텔의 빌라에 들러 단둘이 되자 정명욱이 와락 몸을 부딪쳐오더니 속삭였다.

"안아줘요."

명욱을 안았다.

"좀 더 세게요."

눈 감은 얼굴을 내 어깨에 기대며 명욱이 속삭였다.

명욱을 안은 팔에 힘을 주며 말했다.

"이렇게 뻔뻔스런 신부 봤나."

"뻔뻔하죠? 앞으로 전 실컷 뻔뻔할 거예요." 하더니,

"아아 행복하다."며 한숨을 쉬었다.

명욱은 들떠 있었다.

나는 여자의 마음이란 참으로 알 수 없다고 생각했다. 서로가 몸으로
나 마음으로나 이미 익숙한 사인데 결혼이라고 하는 어색한 요식행위
를 마쳤대서 이처럼 흥분할 수 있는 것일까 하는 기분으로서였다. 그런
명욱에게 결혼식 도중 내 마음 속에 있었던 갖가지의 상념을 알리면 어
떻게 될 것일까, 하는 마음으로 움찔했다. 아무리 친한 사이라도 사람
과 사람의 접촉은 빙산의 일각의 접촉밖엔 안 되는 것이다. 그러기 때
문에 타자를 간연시킬 수 없는 육체의 결합이 결정적인 중요성을 띠고
있는 것인지 모른다.

옷을 자리옷으로 바꾸고 세수를 하고 하여 침착을 되찾고 나서 주스
를 마시며 명욱이 뜻밖인 말을 끄집어냈다.

"식을 올리고 있는 동안에 어떻게나 긴장을 했는지 끝나자마자 졸도
할 뻔했어요."

"뭣 때문에 그렇게 긴장을 했단 말요." 이상한 말이라서 이렇게 물었다.

"이 결혼 반대다, 하고 뛰어나올 사람이 있을 것만 같아서요."

"당신의 옛 애인 가운데 그럴 위험이 있었수?"

"무슨 말씀을 그렇게 하시죠?" 하고 명욱이 눈을 흘겼다.

"그렇지 않은 담에야 뭣이 겁이 나서."

내가 싱글벙글했다.

"문제는 당신에게 있어요. 당신에겐 애인이 많았지 않아요?"

"애인이 많았다?" 하고 나는 씁쓸하게 웃었다.

"오늘 거기 온 젊은 여자들이 모두 당신의 애인처럼 느껴졌거든요."

"나를 대단히 높이 평가하시는군."

"농담이 아녜요. 제가 식장에 들어서자마자 눈에 띈 게 누군지 아세요?"

"그걸 내가 어떻게 알겠수."

"있잖아요 왜. 관철동 술집에 있다는 여자."

"소영이 말이군. 나도 보았어."

"그 여자 얼굴이 보이길래 섬뜩했어요. 가슴이 쿵 내려앉더만요. 언젠가의 아침 생각이 나데요. 그러고부턴 내 친구 몇몇을 제외하곤 거기 와 있는 젊은 여자들은 전부 당신의 애인이었던 여자로 생각이 되데요. 어느 순간 와 하고 일어서서 이 결혼은 안 된다, 취소하라 하는 데모라도 발생할 것 같은 공포심에 질려 주례의 말은 한마디도 귀담아듣지 않았어요."

"걱정도 팔자로군."

"잘난 남자와 결혼한다는 게 이렇게 어려운 거로구나 하는 실감을 톡톡히 한 셈이죠."

나는 헤벌레 웃고 있을 수밖에 없었다. 재미나는 화제를 만들려고 해도 그것이 그렇게 쉽지 않았다. 그래 결혼식장에서 걸어나올 때 떠오른 아이디어를 말했다.

"오늘 우리가 결혼한 열한 시에서 열두 시의 사이에 아마 그 예식장에서도 열 쌍 이상의 결혼식이 있었지 않을까 해. 그들의 앞으로의 생활이 어떻게 될지. 십 년 후, 이십 년 후, 이렇게 가늠해놓고 서로 만날 수 있는 기회를 만들 수 있었으면. 우린 오늘부터 꼭 같은 시간에 스타트라인을 출발했으니 서로 경쟁하는 셈치고 살아보자 하고 의견을 모아보는 것도 재미있지 않았을까?"

"그러네요. 모두들 어떻게 살지. 십 년 후엔 어떻게 되어 있을지. 사별하는 사람이 있을지도 모르죠?"

"이혼한 사람도 있을 테구."

"……."

"난 또 이런 생각도 해봤지. 오늘의 이 결혼식이 어느 사람들에게 있어선 이혼하기 위한 요식행위를 밟고 있는 거나 다름이 없을 거라구."

"징그러워요, 그런 소리."

"진실이란 징그러울 수도 있지."

"징그러운 건 진실이 아녜요."

"그것도 하나의 철학이군."

"우리는 절대로 실수가 없어야 해요."

"……."

"왜 대답이 없죠?"

"대답하나마나 아냐?"

나는 내일 한국을 떠나는 김소향에게 한순간 마음을 빼앗기고 있던 것이다.

'소향에 관한 얘길 해버릴까?' 하다가 그 충동에 곧 제동을 걸었다.

"실수가 없야겠다는데 어째서 대답하나마나가 되죠?"

"너무나 당연한 말이니까."

"당연한 일이 당연하게 행해지지 않는 게 인생 아녜요?"

"그래서?"

"그러니까 다짐을 해두자는 거예요."

"알았습니다, 정명욱 씨."

명욱의 얼굴에 상냥한 웃음이 돌아났다. 그럴 때의 명욱은 그지없이 아름답다.

"그대로의 표정으로 거울을 봐요."

"왜요?"

"그런 표정일 때의 욱이가 좋아. 항상 그런 얼굴로 있으면 좋겠어."

명욱은 거울 속의 자기 얼굴을 이모저모 살피는 눈이 되더니,

"저 그렇게 늙지 않았죠?"

하고 웃었다.

"늙긴, 신부가 왜 늙어."

"야, 올드미스 결혼한다고 누군가가 우습게 생각하지 않았을까요?"

"아무도 그런 생각하는 사람 없었을 거요. 아직도 이십대 초머리로 보이는 걸."

"정말?"

"정말이지 않고."

다소곳한 정감이 내 주변을 둘러싸는 것 같은 기분으로 되었다. 아무튼 결혼식이란 이상한 것이구나 하는 마음이 괴기 시작했다. 상술에 편승한 어색스런 결혼식이란 인식관 달리 중대한 의식을 끝냈다는 실감이 그 다소곳한 정감의 원인이었을 것이다.

그러나 내겐 숨겨놓은 사실이 있다고 느꼈을 때 명욱에게 죄스러웠다.

"욱이."

"예?"

"오해하지 않는다는 게 행복의 제일조건이란 걸 알아?"

"알 듯도 모를 듯두."

"사실 말하면 말야."

하고 망설이다가 나는 용기를 냈다.

"명욱은 나에 관해서 모든 것을 다 알고 있다는 자신이 있어?"

명욱이 생각하는 눈빛으로 되더니,

"과거지사를 두고 말하는 거예요?" 하고 물었다.

"응."

"제가 모르는 이십수 년의 과거를 어떻게 다 안다는 자신이 있겠어요. 그러나 알고 있다고 자신할 수 있어요. 당신의 마음을 아니까요."

"바로 그거요. 구질구질한 과거가 문제로 되는 것이 아니라 마음의 질이 문제 아냐? 그러니 살아가는 동안 나의 엉뚱한 과거가 폭로되는 일이 있어도 그걸 갖고 오해하지 말라 이 말이오."

"그런 게 많아요?"

"많지야 않지, 많진 않지만, 나도 모르고 있는 것, 까맣게 잊고 있는 게 어디서 무슨 형태로 불쑥 나타날는지 몰라 미리 말해두는 거요."

"현재의 우리를 위협하는 게 아니면 뭐든 참을 수 있어요. 견딜 수도 있구요."

"그럼 됐어." 하고 나는 힘주어 말했는데 명욱의 얼굴에 불안한 흔적이 보였다.

"당신의 과거에 대해서 나도 그런 마음으로 대할 테니까." 하는 말을 내가 보태자 명욱의 얼굴이 긴장했다.

"제 과거에 대해서 아시는 게 있나요?"

"아니, 전연 몰라. 그러나 내가 모르게 지낸 당신의 이십수 년이 있을 것 아냐? 그걸 두고 하는 말이지 별다른 뜻은 없어."

"걱정 마세요. 저에겐 우리의 현재를 위협할 만한 과거가 없으니까요."

자칫 엉뚱한 늪으로 빠져들 위험을 느꼈기 때문에 이쯤에서 말을 중단할 양으로 나는 일어서서 창문을 열었다.

"욱이 이리로 나와봐. 한강이 아름답군."

명욱이 내 곁으로 와서 머리를 내 어깨에 기댔다.

"지금부터 시작이에요." 명욱이 나직이 중얼거렸다.

"그렇지, 지금부터 시작이야." 나도 감정을 섞어 중얼거렸다.

"잘만 하면 앞으로 오십 년은 살 수 있겠죠?"

명욱의 묻는 것 같지도 않은 물음이었다.

"오십 년 갖고는 안 되지. 우리는 영원히 살 수 있어. 저 한강처럼. 자, 봐두라구. 우리가 보고 있는 저 한강, 저 한강에 쏟고 있는 우리의 시선은 오늘의 감격을 고스란히 지닌 채 저 한강에 묻은 거라. 우리의 시선에 묻어 한강은 영원해. 우리는 저 한강처럼 오래오래 살아야지."

명욱이 얼굴을 내 가슴팍에 묻었다. 어깨가 들먹이고 있었다. 명욱은 소리 없이 울고 있었다.

이튿날 아침 나는 서둘러야만 했다.

구실을 꾸며대야만 했다.

결혼 제1일부터 명욱에게 거짓을 꾸며야 한다는 사실이 여간 죄스럽지 않았으나 도리가 없었다. 사람이 살다보면 거짓말을 해야 할 경우도 있는 것이다. 어느 소설가의 말에 의하면 거짓말은 흰 거짓말과 핑크빛 거짓말과 검은 거짓말로 나눌 수 있다고 했다. 그것을 읽었던 처음엔 약간의 반발이 없지 않았던 것인데 지금에 와서 보니 나의 죄스러움을 무마해주는 유일한 근거가 되었다.

형님 부부를 빙자한 구실을 꾸며 신당동 집에 명욱을 내려놓고 나는 택시를 그냥 타고 김포공항으로 달렸다. 탑승대기실 앞에서 김소향이

기다리고 있었다. 초조했던 얼굴빛이 돌연 누그러들면서 소향의 눈에 눈물이 글썽해졌다.

"아아 오셨군요." 하는 말투엔 만감이 괸 것 같았다. 소향은 안고 있던 아기를 얼른 나에게 건네주고 백에서 큼직하고 두툼한 봉투를 꺼내 내 호주머니에 쑤셔넣으며 황급히 말했다.

"제가 하고 싶은 말은 전부 이 봉투 속에 있어요. 제 소원이에요. 그대로 해주세요."

그러고는,

"우리 길남에게 뽀뽀해주세요." 하고 일렀다.

나는 길남의 그 부드러운 뺨에 입술을 갖다대며 북받쳐 오르는 울음을 가까스로 견디었다. 그러나 이윽고 눈물이 그 뺨 위에 쏟아지고 말았다.

소향은 아이를 빼앗듯 도로 안아들면서,

"아가, 아빠를 봐라. 다신 보지 못할지 모르는 아빠를." 하며 울먹였다.

아나운서 소리가 무슨 말인가를 알렸다. 탑승을 재촉하는 뜻인가 보았다.

"그럼 안녕히 계세요." 하고 내 어깨에 살큼 이마를 대어보곤 아이를 안은 팔에 백을 걸고 총총히 대기실 안으로 들어갔다. 그러고는 도어 앞에서 살큼 돌아보고 눈짓을 하곤 시야에서 사라졌다.

그녀가 사라지고 난 그 순간 나는,

"아차." 하는 마음으로 되었다.

한사코 그녀를 못 가게 막았어야 했을 것을 하는 후회였다. 나는 경비원에게,

"이제 막 들어간 사람 불러줄 수 없느냐."고 물었다.

결혼이란 무엇일까. 그것은 혹시 이혼하기 위한 수속이 아닐는지 25

"안 됩니다." 하는 싸늘한 대답이었다.

표 사는 곳을 물어 표를 사선 전송대로 나갔다. 다행히도 버스를 타려고 하고 있던 소향과 눈을 맞출 수가 있었다. 상당한 거리였지만 트랩 아래에 선 소향을 볼 수가 있었고 트랩 위에서 아이를 안은 부자유한 자세로 손을 흔드는 그녀를 볼 수가 있었다.

이윽고 오월의 하늘을 향해 김소향과 길남을 태운 비행기는 날아가버리고 말았다. 그래도 나는 한동안 그 전송대에서 떠날 수 없었던 것은 허탈감을 이겨낼 수 없었기 때문이다.

이 세상에서 가장 소중한 것을 잃었다는 허탈감! 나는 이처럼 충격을 받을 줄이야 참으로 상상하지도 못했다. 가까스로 정신을 차리고 공항 안에 있는 다방으로 들어가 주스 한 잔을 시켜놓고 넋을 잃고 앉았다가 아까 소향이 호주머니에 쑤셔넣은 봉투가 마음에 걸려 꺼내보았다.

봉투를 열었다. 열쇠꾸러미와 인장이 나왔다. 서류도 있었다. 나는 우선 그녀의 편지를 읽었다. 치졸한 글씨였지만 맞춤법은 정확했고 글자는 또록또록했다. 편지엔 다음과 같이 적혀 있었다.

—선생님이 주신 봉투를 열어보고 놀랐습니다. 길남에 대한 정표로만 생각하고 사양 없이 받았던 것인데 그 돈의 액수가 너무나 컸어요. 지금 실직하고 계시는 선생님에겐 너무나 벅찬 부담이 아닐까 하고 걱정이 돼요. 그러나 길남에 대한 아빠의 정성이라고 믿고 고맙게 받겠습니다. 그 대신 제가 드리는 것도 사양 말고 받아주세요. 제가 살고 있던 아파트를 드리겠습니다. 원래는 팔기로 하고 중도금까지 받았던 것인데 어제 그걸 물려받았습니다. 다행히 그것을 산 사람이 친절한 분이어서 저의 딱한 사정을 이해하시고 손해배상금 없이 순순히 물려주었습

26

니다. 생각하면 미국엘 가는데 무슨 돈이 소용 있겠습니까. 잭슨이 있는데요. 선생님이 주신 것만으로도 충분하다고 생각해요. 제가 쓰던 물건도 고스란히 남겨놓고 갑니다. 잭슨의 사진과 입던 옷을 제외하곤 전부 그대로 있습니다. 아파트를 처분하셔도 좋고 거기 사셔도 좋습니다. 열쇠엔 번호를 붙여놓았으니 표를 읽으시면 그 용도를 알게 될 겁니다. 전 다신 한국에 돌아오지 않을 것입니다만 먼 훗날 길남인 한국으로 돌아올지 모릅니다. 간혹 편지 주시면 고맙겠습니다. 건강히 잘 계세요.

나 혼자만의 나, 그로써 충분하다고 코르네유는 말했는데

무슨 감상이 있을 수 있었겠는가.

소향의 편지를 탁자 위에 펴놓은 채 바로 이웃 자리에 앉아 있는 일단의 사람들을 나는 멍청히 바라보았다.

그들은 일본인들이었다. 같은 동양의 인종인데도 어딘지 다르다. 그 까닭이 무엇일까.

그들은 신나게 무슨 소린가를 지껄이고 있었다. 웃으면 금으로 칠한 틀니가 드러나는 사람, 짙은 눈썹이 송충이처럼 꿈틀거리는 사람, 신경의 가닥만으로 엮어놓은 것 같은 사람, 그 사이에 끼어 앉아 키득키득 웃고 있는 젊은 여자들. 그 여자들은 일본인이 아니었다. 치졸한 발음의 일본말.

그제야 나는 비로소 같은 동양의 인종인데 한국인과 일본인이 판이하게 다른 까닭을 알았다. 항상 일본말을 하고 사는 사람하고, 항상 한국말을 하고 사는 사람은 언어의 기능이 근육에 미치는 작용력에 따라 비슷한 얼굴인데도 전연 다른 느낌으로 나타날 수밖에 없으리라는 발견.

그러니까 한국말이 서툰 교포일수록 일본인을 닮아 있는 것이 아닐까.

한국말을 잊어버린 재미교포도 독특한 분위기를 가졌던데……

'그럼 길남 김 서 잭슨이란 호들갑스런 이름을 가진 그 아이도 한국인을 닮지 않은 묘한 분위기를 가지게 될 것인가.'

사람의 상상력엔 한계가 있다는 발견이 뒤따랐다. 십 년 후 길남 김 서 잭슨을 만나는 장면을 도저히 나는 상상할 수 없었던 것이다.

한 잔의 주스를 마시고 탁자에 펴놓은 소향의 편지를 접어 주머니에 넣고 나는 일어섰다. 무거운 짐덩어리를 짊어졌구나 하는 억센 부담감이 나를 억눌렀다.

공항 건물 밖으로 나왔다.

눈부신 만춘의 태양, 내일 여름에 들어설 듯한 태양이 시야에 꽉 차게 깔려 있었다. 그 태양을 등에 받고 서 있는 갑충의 진열장 같은 자동차의 주차장…… . 역시 아무런 감상도 있을 수 없었다.

앞에 멎은 택시를 탔다. 김포가도에 들어섰을 때 운전사의 말이 있었다.

"이별이 퍽이나 슬펐던 모양이죠?"

나는 쓸쓸하게 웃어만 보였다.

"아주 심각한 얼굴이어서 물어본 겁니다."

운전사의 말이 변명하는 투로 되었다.

나는 어제 결혼식을 하고 오늘 몰래 옛날 애인을 전송하러 나온 사람입니다 하고 실토를 하면 이 선량하게 생긴 운전사가 얼마나 놀랄까, 싶은 상념이 일었다.

내 말이 없는데 운전사가 혼자 지껄일 순 없다. 담담한 침묵을 싣고 택시는 달렸다. 김포가도의 연변 풍경은 걷잡을 수 없는 내용의 풍경이다.

전원도 아니고 신개지도 아니고 주택지역도 아니고 공장지대도 아니다. 옹색한 살림살이에 푼돈이 생겨놓으니 주저주저 허영을 부려본 것

30

같은 너절한 짜임새, 권태로운 풍경.

제1한강교 가까이서,

"손님, 어딜 갈깝쇼?" 하고 운전사가 물었다.

나는 소향의 아파트 이름을 댔다.

제1한강교를 옆으로 보고 택시는 강변도로를 곧장 달렸다. 여의도의 풍경이 왼편에 펼쳐졌다.

국회의사당.

잇달아 임립한 아파트군이 나타났다. 그 아파트군이 운전사의 시야에도 들어 있었는 듯,

"저 많은 아파트가 있어도……." 하고 중얼거렸다.

"아파트가 있어도 어떻단 말이오."

내가 물었다.

"그림의 떡이란 말입니다."

운전사의 말에 자조의 투가 있었다. 운전사의 다음의 말.

"운전대 잡고 평생을 달려야 저런 아파트에 들 팔자가 안 될 테니 신세 따분하지."

나는 신세타령은 질색이다. 들은 척 만 척 한강 쪽을 바라보았다. 물은 저편으로 흐르고 이편엔 파 들어낸 자국이 앙상히 드러나 있는 모래밭, 잡초. 그림엽서를 보면 파리의 센 강이나 런던의 템스 강은 강 안 꽉 차게 물이 흐르고 있더니만…….

소향의 아파트에 도착했다.

현관을 지나려고 하자 수위가 불렀다. 무슨 용무로 누구 집에 가느냐는 질문이었다. 나는 호수를 일러주며 열쇠 꾸러미를 보였다.

"그리로 이사 오실 분이시군요. 무엇 도와드릴 일이 없겠습니까?" 하고 수위는 상냥하게 웃었다.

"잘 부탁합니다."

간단한 말을 남기고 승강기를 탔다. 일상생활에 끼어든 승강기는 신기하다.

나는 처음 승강기를 타보았을 적을 기억 속에서 찾아내어 보려고 애썼지만 흔적이 없었다. 그러는 동안 칠층에 도착했다.

남의 집을 열쇠로 열고 들어가는 기분. 이것도 난생 처음 겪는 경험이다. 편지의 사연처럼 모든 것은 그대로 있었다. 동제의 말·소·독수리, 목각으로 된 각양각색의 물건…… . 주인이 떠나자 이들은 영원히 침묵할 작정으로 되어버린 것 같다.

나는 응접탁자 앞 소파에 쓰러지듯 앉아 담배에 불을 붙였다. 한 모금을 빨아 연기를 뱉었다. 연기는 보랏빛의 무늬를 이리저리로 변형시키며 가구 사이에 스며들었다.

'담배는 이런 경우를 위해 만들어진 것인가 보다. 그러나 담배의 뜻을 알았다는 것이 뭣일까…… .'

이런 생각을 하면서도 나는 중대한 문제를 자꾸만 회피하려 하고 있는 스스로를 혐오하길 한시 반시도 잊지 않고 있는 터였다.

가장 중대한 문제는 이 아파트를 어떻게 해야 하느냐에 있었다. 그냥 그대로 내버려둔다는 것도 말이 안 된다. 팔아버린다는 것은 김소향의 본의에 어긋나는 짓이었다. 이 사실을 솔직하게 명욱에게 알려 처리의 방법을 강구한다는 것은?

어디에선가 읽은, 인도의 설화 한 토막이 기억 속에 되살아났다.

아들 삼형제를 둔 집안이 있었다. 아들들은 드물게 보는 효자일 뿐 아니라 형제간의 우애도 그럴 수 없이 돈독하고 깊었다. 자연 그 화목한 집안의 평판은 널리 퍼졌다.

"아무리 세상이 험해도 저 집의 화목은 깨뜨릴 수 없을 것이다."

이 소문을 짓궂은 귀신들이 들었다. 귀신들은 원래 인간의 행복을 싫어하고 인간의 행복을 질투하는 본성을 가지고 있는 터라 당장 의논이 시작되었다.

귀신 갑이 나섰다.

"내가 가서 그놈의 집 화목을 산산이 부숴놓고 오겠다."

귀신 갑은 그 집의 농토를 전부 망쳐놓고 가축을 죄다 죽여버렸다. 빈궁에 빠지면 인간의 화목쯤이야 물거품 같다는 것을 알고 있었기 때문이다. 그런데 도리어 역효과가 나타났다. 그들은 궁하면 궁할수록 더욱더 화목해졌던 것이다. 산나물을 캐와서 정답게 나누어 먹고 한 톨의 곡식을 얻으면 죽을 쑤어 나눠먹고 옷가지를 내다팔아선 그 돈을 숨기지 않고 내놓아선 아버지의 처리에 맡기고 하는 것이 보는 사람으로 하여금 감동케 했다.

귀신들은 귀신 갑을 소환했다.

"너 그 집의 화목을 깨뜨리겠다고 해놓고 더욱더 화목하게 만들지 않았느냐." 하는 핀잔을 받고 갑은 얼굴을 들지 못하고 중얼거렸다.

"빈궁해지면 아버지의 주머니까지 훔치려는 게 사람들의 마음인 줄 알았는데 그 집에 대해서만은 내가 오산을 한 것 같소."

"이번엔 내가 해보지." 하고 귀신 을이 자신만만하게 나섰다. 그는 아비와 아들들을 병상에 눕혀놓기만 하면 당장 화목이 깨뜨려질 것이라고 믿었던 것이다.

그런데 그것도 허사였다. 그 집의 아비와 아들들은 자기의 병엔 아랑곳없이 아비와 형제들의 병을 돌보는데 심지어는 입으로 상대방의 고름까지 빨아주는 정도였던 것이다. 귀신 을은 병을 더 고통스럽게 할수록 그들의 화목을 굳게 할 뿐이란 사실을 깨닫고 자진 철거하곤,

"그들처럼 선량한 인간들은 본 적이 없다. 아마 무슨 방법을 쓰더라도 그들의 화목을 깨뜨릴 순 없을 것이다."라고 장담했다.

"그럴까?" 하고 귀신 병이 입가에 냉소를 띠었다.

"틀림없어."

귀신 갑이 귀신 을의 의견에 동조했다.

"그럼 내가 한번 해보지." 하고 그 마을을 찾아간 귀신 병이 그 집 중간아들을 조용한 곳으로 불러 큰 호박덩이를 반으로 자른 모양의 황금을 주며,

"이건 당신의 집안이 화목하다고 해서 산신이 상으로 주는 것이오." 하곤 돌아와버렸다.

얼마 지나지 않아 그 집의 화목이 산산조각이 났을 뿐 아니라 늙은 아버지만 남겨놓고 자식들은 동서남북으로 흩어져버렸다는 소문이 퍼졌다.

귀신 갑과 을은 믿어지지가 않아 그 집 근처를 가 보았다. 귀신 병은 회심의 웃음을 웃었다.

"그러면 그렇지." 하고.

그 경과인즉 이랬다.

황금덩이를 얻은 중간아들은 기쁘기도 하고 얼떨떨한 기분으로 그것을 아버지와 형제들 앞에 내놓았다. 모두들 놀란 것은 당연했다. 기뻐한 것도 당연했다. 조금 흥분을 가라앉히고 난 후 아버지가 물었다. 중간아들은 사실대로 말했다. 그러나 그 말은 전연 납득이 안 가는 말이었다.

"요즘 세상에 어찌 그런 일을 했을까?" 하는 모두들의 기분이었다.

허나 황금덩이가 집안으로 굴러들어온 것이니 납득이 가건 안 가건 대수로운 문제가 아니었다.

그런데 며칠이 지나자 의혹이 생기기 시작했다. 큰아들과 막내아들 사이에 다음과 같은 대화가 오갔다.

"아무래도 이상해. 우리가 화목하대서 산신령이 황금덩이를 준다는 것도 이상하지만 그걸 왜 하필 그 애에게 주었을까."

"순서대로 하면 큰형님이 받아야 이치에 맞죠. 우리 집안에 준다면 말입니다."

"막내인 네가 받아도 이치에 안 맞을 건 아니지. 귀여운 막내둥이 니까."

"어른을 존중하는 뜻으론 아버지가 받아야 할 거구."

"중간형이 받았다는 게 아무래도 이상하죠?"

그러나 이 정도의 의혹까진 좋았다. 며칠 후 다음과 같은 대화로 번 졌다.

"금덩어리의 모양이 이상하지 않든? 둥글면 둥글고, 모가 났으면 그 런대로 반반해야 할 텐데."

"호박덩이를 두 조각으로 낸 것 같은 모양이 이상하긴 하데요."

"그럼 한 조각은 그 애가 어디 숨겨둔 것이 아닐까? 그럴 리야 없겠 지, 없겠지만."

"그렇습니다. 그럴 리야 없겠지요, 없겠지만."

또 며칠이 지났다.

"아냐, 어디다 반쪽을 숨겨놓은 게 확실해."

"그런 것 같네요. 어디다 반쪽을 숨겨놓았을 거예요.

"그러나 어디 그럴 수가……."

"그렇습니다. 그럴 수가……."

또 며칠이 지났다.

"아무래도 우리 집 재산을 잡히고 황금덩어리를 받은 것인 성싶어."

"저도 그런 생각이 드네요."

"그래갖고 반은 자기가 숨겨놓고 반을 우리에게 가지고 온 게 아닐까?"

"그렇게 들으니 그런 것도 같군요."

또 며칠이 지났다. 이번에 막내가 물었다.

"우리 집 재산을 잡혔다고 하지만 우리 몰래 잡혀보았자 소용없는 일 아니겠습니까?"

"나도 그걸 생각하고 있어."

"난데없이 사람이 나타나 황금 값을 치르라고 하면?"

"황금을 돌려주면 그만이겠지."

"그렇다면 별일 없겠구먼요."

"아냐, 아냐, 좀더 생각해봐야지."

또 며칠이 지났다.

"이제 알게 될 거야." 하고 큰아들이 말했다.

"뭣을 알게 된단 말입니까."

막내가 되물었다.

"그 황금덩어리를 부정한 수단으로 얻은 것이라면 그 애로부터 필시 서로 나눠 갖자는 제안이 있을 거야. 나눠 갖고 난 뒤 금덩어리의 주인 이 나타나서 우리 재산을 내놓으라고 하면 우린 꼼짝 못할 것 아닌가."

"그러네요, 그럴 것 같애요."

그런데 이 무렵 중간아들은 우울하기 짝이 없었다. 큰형과 막내동생이 자기를 따돌리고 뭔가 쑥덕거리고 있는 사실이 아무래도 수상했던 것이다. 게다가 최근엔 노골적으로 자기를 피하기까지 하며 이편이 웃음을 보내면 겨우 억지웃음으로 대하고 하는 형제들의 마음을 알 수 없었기 때문에 더더욱 가슴이 탔다. 형제끼리 오순도순 잘 지내며 사는 데 보람을 가졌던 그는 은근히 또는 노골적으로 소외를 당하자 그 고독을 견딜 수가 없어 중간아들의 표정은 침울하다 못해 험상궂게 바뀌어 나갔다.

이것을 또한 큰아들과 막내아들은 눈치챘다. 하루는 큰아들이 막내아들을 보고 말했다.

"아무래도 무슨 변이 날 것 같다. 아버지에게 고해 변을 미연에 막아야겠다."

"저도 그런 생각이었어요." 하고 막내가 맞장구를 쳤다.

그들은 중간아들이 없는 틈을 타서 아버지 방에 모였다. 그런 눈치를 챈 중간아들은 부러 자리를 비워줄 양으로 뒷산 양지 쪽으로 가버린 것이다.

큰아들이 아버지에게 자기가 생각한 바를 말했다. 막내도 말했다. 아버지는 눈을 감고 듣고 있더니,

"큰일났구나." 하고 한숨을 쉬었다.

큰아들과 막내아들은 자기들이 한 말을 아버지가 동조하는 줄 알았다. 그래서 더 열심히 자기들의 주장을 강조했다. 자연 지나친 말이 있게 되었고, "혹시 그럴는지도 모른다."로 표현해야 할 것을 "그렇다."고 단언하는 실수도 있게 되었다.

아버지는,

"참으로 큰일났구나." 하고 더 깊게 한숨을 지었다.

"그러니까 무슨 대책을 세워야 할 것 아닙니까."

큰아들이 말했다.

"대책이 필요한 것은 너희들의 마음이다. 너희들은 그 애의 심정을 아직껏 모르고 있느냐. 그 애는 그럴 애가 아니다."

아버지는 눈물을 흘렸다.

이렇게 부인을 당한 것이 큰아들의 감정을 자극했다. 그런데도 공손히 말했다.

"아버지, 두고 보십시오. 머잖아 그놈은 금덩어리를 나눠 갖자고 할 겁니다. 그런 말이 없으면 아버지의 말씀은 옳은 것으로 되겠지요. 만일 그런 말이 있으면 제 말이 옳은 것으로 되지 않겠습니까."

아버지는 큰아들의 이 말에 전적으로 승복한 건 아니지만 그 이상 다투기가 싫어,

"그럼 네 말대로 한번 기다려보자."라고 하곤 두 아들을 물리쳤다.

이 무렵 중간아들은 뒷산 양지 쪽에서 결심을 다지고 있었다.

'아버지와 형과 아우의 정애 속에서 살아오다가, 이처럼 따돌림을 받으니 슬프기 한이 없구나. 차라리 집을 떠나자. 내가 얻어온 금덩어리의 사분의 일만 나눠 가지면 어디로 가서라도 살 수 있지 않겠나. 당분간이라도 떨어져 살고 보면 다시 옛날의 정을 되찾을 수도 있지 않겠는가.'

이렇게 마음을 굳히고 산에서 내려와 집으로 들어오는데 그때 마침 아버지 방에서 나오는 형과 아우와 마주쳤다. 그들은 중간형제를 보자 냉담하게 얼굴을 돌리곤 저편으로 가버렸다. 생각만을 그렇게 했을 뿐 결행할 용기까진 없었는데 형제들의 노골적인 악의에 부딪히자 발끈 성이 났다. 중간아들은 바로 아버지의 방으로 들어갔다.

그를 보는 아버지의 눈이 슬펐다.

"아버지, 전 이 집을 떠나야 하겠습니다." 하고 그는 무릎을 꿇고 앉았다.

"이유를 말해봐라." 하고 아버지는 조용히 말했다.

중간아들은 요즘 겪어온 고독감을 털어놓았다. 현명한 아버지는 만사를 통찰할 수가 있었다. 그런 만큼 중간아들이 그의 형과 아우와 같은 지붕 아래 살 수 없다는 것도 알았다. 큰아들과 막내아들의 오해를 풀어보았자, 오해했다는 그 사실이 또한 원인이 되어 말쑥이 불화를 가실 수 없을 것이었다. 아버지는 당분간이라도 중간아들을 집에서 떠나보낼 수밖에 없다고 마음을 먹고 아들이 말을 내기에 앞서 금덩어리를 꺼냈다.

"아버지, 저에겐 그 사분의 일만 있으면 족합니다."

"이건 네가 얻어온 것이니 네 거다. 나눌 것 없이 네가 다 가져라."

"아닙니다, 아버지. 이건 우리 집안 전체에 준 것입니다. 그러니 제가 다 가질 순 없습니다."

"이걸 산신령이 주더라고 했지?"

"예."

"뭐라고 하며 주더라고 했지?"

"집안이 화목하대서 상으로 준다고 하였습니다."

"그런데 우리 집안의 화목은 깨어졌어. 상을 받을 가치가 없다. 그러니 이건 받은 네 물건이지 집안의 물건은 아니다. 암말 말고 가지고 가라."

"그건 안 됩니다." 하고 버텼지만 아버지는,

"이걸 가지고 가지 않으면 넌 집에서 나갈 수가 없다." 하고 우겼다.

중간아들이 나가고 나자 큰아들과 아버지 사이에 불화가 생겼다.

"우리 집 재산을 잡히고 얻어온 금덩어린지도 모르는데 그걸 그놈에

게 주어버리면 어떻게 할 겁니까." 하고 큰아들이 항의를 한 데서 문제
는 심각하게 되었다.

아버지는 어이가 없어 되물었다.

"너희들이나 내가 아직 눈이 말뚱말뚱 살아 있는데 누가 우리의 허락
을 받지 않고 재산을 잡으며, 금덩어리를 주겠느냐?"

"혹시 그놈은 우리를 죽일 요량을 하고……." 하는 말이 큰아들 입에
서 나오자 아버지는 호통을 쳤다.

"네게 흑심이 없고서야 그따위를 상상이라도 할 수 있는 일이냐. 못
살게 굴어 동생을 내쫓고 나서 이젠 엄청난 죄까지 뒤집어씌우려는구
나. 보기도 싫다, 당장 나가라. 네가 안 나가면 내가 나가야겠다."

이어 큰아들과 막내아들 사이에 갈등이 생겼다. 막내아들은 집안이
파괴된 이유가 형님에게 있다며 심히 힐난한 것이다……

귀신 병은 가슴을 두드리며,

"보라구. 사람과 사람 사이를 망쳐놓으려면 재산을 이용하는 것이 제
일이야." 하고 너털웃음을 웃었다.

내가 이 설화를 상기한 것은 이 아파트가 재산인 때문이 아니라 정명
욱과 나 사이를 파괴하는 원인이 되지 않을까 겁이 난 까닭일 것이었
다. 나는 결혼 제1일에 정명욱을 속였다. 피치 못할 일이라고는 하나
제1일부터 아내를 속였다는 것이 유쾌할 까닭이 없다.

'게다가 이 아파트. 명욱에게 얘기를 해야 하느냐, 얘기하지 말아야
하느냐.'

얘기를 한다면 여간 구질구질한 변명이 되지 않을 수가 없을 것이었
다. 그렇다고 해서 얘기를 안 한다면 또 어떻게 될 것인가. 언젠가는 터

지고 말 일이 아니겠는가.

이런 생각 저런 생각을 하고 있는데 돌연 전화벨이 울렸다. 탁자 위의 전화가 무슨 괴물처럼 보였다. 그 울리는 소리는 섬뜩했다. 손을 댈까 말까 하다가 호기심을 이길 수가 없었다.

송수화기를 집어들었다.

"소향 씨 계셔요?" 하는 젊은 여자의 목소리였다.

"안 계십니다."

"곧 돌아오시나요?"

"안 돌아옵니다."

"왜요?"

"떠났습니다."

"떠나다뇨?"

"미국으로 떠났습니다."

"미국으로요?" 하더니 한숨소리 같은 것이 울려왔다. 격심한 충격을 받은 상황이 눈에 선했다.

"전화 끊겠습니다." 하자,

"아녜요, 아녜요, 잠깐만." 하고 애원하듯 했다. 그래놓고 곧 말이 이어지지 않는 모양으로 잠자코 있었는데 송수화기엔 나직한 음악소리가 깔려 있었다. 라디오를 틀어놓고 있는지 몰랐다.

"댁은 뉘시죠?" 여자가 물었다.

"아는 사람입니다."

"그 아파트를 사셨나요?"

"……"

"사셨나요?"

"왜 묻습니까?"

"거기 계시길래 물어본 거예요."

"당신은 누구십니까?"

"소향 씨의 친구입니다."

"소향 씨의 친구인데 소향 씨가 미국으로 떠나게 된 사실을 모르고 있었소?"

"서울을 떠나 있었어요. 반년 동안. 방금 돌아온 거예요." 말에 힘이 빠져 있었다.

침묵의 사이를 음악이 누비고 소음이 섞였다.

다방에서 거는 전화란 짐작이 갔다.

"전화 끊습니다아."

"아녜요, 잠깐만."

"말씀하세요."

"전 소향 씨만 믿고 서울로 돌아온 거거든요. 그런데 소향 씨가 미국으로 갔다면 전 갈 곳이 없어졌군요."

"……."

"혹시 제게 전하라는 말은 없었어요?"

"없었습니다. 누구에게도 전하란 말은 없었습니다."

"그래요?"

"당신 이름이나 알아둡시다. 혹시 소향 씨에게 편지할 경우가 있을지 모르니 그때를 위해서."

"미스 임이라고 해요. 그러나 그러실 필요 없을 거예요. 아니, 편지하실 경우가 있거든 미스 임은 죽었다고 해두세요."

"……."

"그때쯤 확실히 전 죽어 있을 거니까요."

나는 송수화기를 놓아버렸다.

아까까지의 불안에 정체 모를 불안이 섞였다는 느낌이었다. 동시에 소향에게도 확실히 인생이 있었구나 하는 실감 같은 것이 생겼다. 미스 임과 같은 여자와 상관을 지니고 살아온 인생이란 것이 있었던 것이다.

'지금쯤 정명욱이 청운동에 와 있을지도 모른다.'는 예감이 가슴을 썰렁하게 했다.

어제 결혼한 아내를 생각하고 가슴이 썰렁해진다는 건 참으로 말도 안 되는 얘기다. 죄를 지은 스스로에 대한 뉘우침이 상대를 향할 땐 그런 빛깔로 된다는 데 비극의 씨앗이 있는 것이 아닐까.

'가봐야겠다.'며 일어섰다.

이때 또 전화벨이 울렸다.

약간의 주저는 있었으나 선 채 송수화기를 집어들었다.

아까의 그 여자 목소리였다.

"선생님을 뵙고 싶은데요."

"왜 그러십니까?"

"제가 그리로 가도 될까요?"

"이유가 뭡니까?"

"소향이 살던 곳에 가서 잠시나마 앉아 있고 싶어서요."

"오늘은 안 됩니다."

"왜요?"

"나는 지금 나가려고 하고 있으니까요."

"그 집에 선생님 말고는 아무도 없나요?"

"그렇습니다."

"그럼 할 수가 없군요." 하고 저편에서 전화를 끊었다. 그러자 선뜻, '저 여자는 혹시 자살이라도 할 여자가 아닌지.' 하는 상념이 솟았다.

잠깐 동안 만나주기만 하면 피할 수 있을 비극을 내가 매정스럽게 거절했기 때문에 비극을 있게 하는 경우도 없진 않을 것인데 하는 상념이 잇달았지만 그런 상념 따위를 나는 무시하기로 했다. 그러나 도로 앉았다.

동제의 말, 목각으로 된 코끼리 등을 이것저것 두리번거리고 있다가 일어서서 침실의 문을 열어보았다. 침실은 깨끗했다. 새 이불, 새 시트. 침대맡에 놓은 갓이 달린 스탠드. 재떨이·성냥·물병·글라스. 봉을 뜯지 않은 코냑의 작은 병. 자색 엷은 커튼으로 해서 방안의 공기는……그렇다, 신혼여행에서 돌아오는 신랑 신부를 기다리는 것 같은 공기…….

이러한 침실을 뒤에 두고 떠나는 여심이란 것은 과연 어떤 것일까. 이곳저곳 열어보는데 그 침실에 잇달아 별도로 화장실을 겸한 목욕탕이 있었다. 차곡차곡 쌓아놓은 타월·비누, 몇 가지의 화장품, 새 칫솔·새 면도날·새 치약, 여기도 역시 신랑과 신부를 기다리는 차림새가 있었다.

'아아, 어쩌자는 얘긴가!'

나는 꼭지를 틀어 물을 콸콸 쏟게 해보곤 손을 씻고 다시 꼭지를 잠갔다. 김소향과 길남 김 서 잭슨은 지금쯤 일본의 하네다 공항쯤에 도착해 있을 것이었다.

아무런 결론을 얻지 못한 채 나는 아파트를 나왔다. 다섯 시가 조금 지나 있었다. 승강기를 내리자 맞은편 벽에 기대선 어떤 젊은 여자의 눈과 마주쳤다. 일견 허술한 차림의 여윈 몸집의 여자였는데 허술한 차림이 호화스런 차림을 능가하는 극히 드문 예의 여자란 느낌을 일순 가졌으나 얼른 고개를 돌리고 현관을 빠져나왔다.

"언제쯤 이사하실 겁니까?" 하는 소리가 귓전에 있었다. 수위가 던진 말이다.

그러나 나는 그쪽을 보지도 말하지도 않고 손만 흔들어 보였다.

해는 아직 높은 데 있었다.

마음속에 음악을 가지지 않은 자는
바보가 아니면 악인이다 _셰익스피어

"되게 기다렸거만요."

돌계단에 걸터앉아 뜰에서 놀고 있는 아이들을 바라보고 있던 형식이 일어서서 바지의 먼지를 털며 한 소리다.

"기다리다니 누굴."

멋쩍게 내가 말했다.

"삼촌을 기다렸단 말입니다."

"왜."

"숙모가 혼자서 왔거든요. 그리고 하는 소리가 삼촌관 열한 시쯤에 헤어졌다 하데요. 도대체 우찌된 겁니까."

형식의 눈에 장난기가 서렸다.

"우찌 되긴, 내 지금 여게 안 있나."

"바로 아파트로 가겠다고 했다며요. 그래놓고 일곱 시간 동안이나 어디에 있었습니까?"

"볼일이 있어서."

"신혼여행 간 신랑이 무슨 급살맞은 볼일이 있다고 결혼식 때 입은 옷차림 그대로 쏘다녔단 말입니꺼?"

눈치 빠른 형식이 뭔가를 말아내려고 하는 모양이었지만,

"아버지와 어머닌 방에 계시나?" 하고 나는 화제를 바꿨다.

"숙모와 같이 있어요."

"그 사람은 언제쯤 왔던?"

"오후 두 시쯤 되어서 왔어요."

나는 무슨 구실을 만들어야겠다고 얼른 생각했다.

명욱은 나를 보더니 복잡한 표정이 되었다. 아랑곳없이 나는 형님 앞에 무릎을 꿇고 절을 했다. 신혼여행에서 돌아왔으니 응당 그런 절차가 필요할 것이라고 생각이 난 때문이다.

"그런디 되련님은 우찌 된 겁니꺼, 신혼여행을 갔으면 각시하고 같이 와야 하는 긴더."

"같이 올라고 전화를 걸었더니 벌써 떠났다고 하지 않아요."

명욱을 힐끔 보며 말했다.

"아무리 기다려두……."

명욱은 말끝을 맺지 않았다.

"나는 속으론 신랑 신부가 신혼여행 가서 싸움이나 하지 않았나 했지. 그러지 않고서야." 하고 형수는 나와 명욱을 번갈아 보았다.

"벌써 싸움을 해서야 되겠습니까?"

나는 겸연쩍게 웃었다.

"우리 때문에 먼저 가보겠다고 했담서요?"

아무래도 의아스럽다는 형수의 말투였다. 아닌 게 아니라 이상스러울 것이었다. 까닭을 알 수 없는 대여섯 시간의 공백이 있었으니까.

"이곳으로 달려오는 도중 군대에 있을 때 친하게 지내던 친구를 만났어요. 하두 반가워 다방엘 가서 이 얘기 저 얘기 하다가 보니 시간이……."

결혼식 그 이튿날부터 나는 거짓말을 하고 있구나 하는 의식이 약간 나를 우울하게 했다.

"그러나저러나 이웃사람들에게 인사가 있어야 할 것 아니가."

형님이 한 말이었다.

"삼촌이 돌아오면 시작할 수 있도록, 요 아래 중국집에 말을 해놨습니다. 내 이웃사람들에게 연락하고 올게요." 하고 형식이 훌쩍 바깥으로 나갔다.

'아아, 그런 절차가 있었구나.' 싶으니 귀찮다는 생각이 들었다. 그러나 그런 내색을 할 순 없다.

계단을 같이 쓰는 사람들만 모였다. 형님 부부를 끼워 도합 열한 쌍의 부부가 모인 셈이다.

중국집 이층에 자리를 잡고 앉자 형식이,

"짝 잃은 기러기, 아니 짝을 얻지 못한 기러기는 나뿐이니 내가 진행을 봐야 하겠구먼요." 하고 사회자를 맡아 나섰다.

"먼저 우리 아버지와 어머니를 소개하겠습니다."

그러자 형님이 우물쭈물 일어나서더니,

"내 서성필이오. 잘 봐주이소." 하며 어색하게 절을 했다.

그 다음에 형식은 이웃사람들을 차례로 소개하기 시작했다. 직업, 이름, 어린아이들의 이름까질 형식은 서슴없이 들먹였다. 나는 다시 한 번 아연한 느낌이었다. 수삼 년 동안을 같은 지붕 밑에, 같은 계단을 쓰며 조석으로 만나며 살면서도 나는 덕규 부모와 반장을 빼놓곤 직업은 고사하고 이름조차 몰랐던 것이다.

소개가 끝나자,

"천상 내가 연설을 해야겠습니다." 하고 형식이 익살 섞인 이른바 연설이란 것을 시작했다.

"조카가 삼촌 결혼 파티에서 설친다고 욕하지 마이소. 우리 삼촌은 무골거사라고 할 만큼 호인이긴 한데 우쩌다 보니 옆에서 광을 내줄 친구 하나 없는 기라예. 하는 수 있습니꺼. 내가 친구 역할을 맡아 할 수밖에요. 솔직하게 말하면 우리 삼촌은 조금 이상한 데가 있습니다. 머리도 좋고 성격도 좋아서 출세할라 쿠몬 얼마든지 출세할 수 있을 긴디 그런 방면엔 전혀 등한하단 말입니다. 모자라는 건지, 지나친 건지 알 수 없지만 하여간에 보통은 아닙니다. 그런데 우리 삼촌이 훌륭하다는 것을 확인할 수 있는 것은 새로 모시게 된 우리 숙모 때문입니다. 내 나이 만 이십 세라 세상의 물정, 특히 여성의 가치에 관한 것을 알 까닭이 없지만 우리 숙모가 기막힌 여성이라고 하는 것은 본능적·직감적으로 알 수 있다, 이겁니다. 이런 기막힌 여성의 사랑을 얻을 수 있다는 사실만으로도 우리 삼촌이 얼마나 훌륭한가를 증명할 수 있지 않습니까. 여러분, 다시 한 번 이 새로 시작하는 부부를 위해서 축복해주이소. 지금부터 요리가 나올 것입니다만 그 요리는 멀리 중국 산동성에서 오신 대국인 요리사의 손으로 된 것이니 기필 맛이 있을 것입니다. 요리사 겸 주인이신 분의 성함은 공일덕이라고 한답니다. 공자님의 후손임이 틀림없습니다. 삼촌의 결혼을 축하하는 잔치의 음식을 공자님의 후손이 만들었다는 것도 신나는 일이며 길이 잊지 말아야 할 일이라고 생각합니다. 자 요리가 들어왔습니다……."

이윽고 축배를 들고 음식을 먹기 시작했는데 형식은 그동안에도 쉬지 않고 자리에 신경을 썼다. 잔이 빈 곳이 있으면 얼른 채우고, 모자라는 요리가 있으면 즉시 보충하고, 적당한 농담을 섞어가며 자리를 어우르게 하는 솜씨는 실로 대단했다.

이곳저곳에서 형식을 칭찬하는 소리가 쏟아져 나왔다. 그들의 얘기 가운데 내가 전연 모르고 있는 사실도 두세 가지 있었다.

그 중의 하나는…….

우리가 살고 있는 가동 바로 이웃동은 나동이다. 나동 삼백오 호에 홍만규란 중학생이 있다. 홍은 어쩌다 길을 잘못 들어 불량학생으로 낙인이 찍혔다. 그런데다 사고를 저질러 퇴학 처분을 받았다. 그때사 홍의 부모는 만규의 품행을 알고 당황했지만 어쩔 수 없었다. 학교 측의 태도는 강경했다. 그런 사실을 알고 형식이 교장과 담임선생을 찾아가서 만규에 대한 퇴학 처분을 취소시켰을 뿐 아니라 홍만규를 잘 타일러 모범학생으로 만들었다는 것이다.

이 얘기를 하고 나서 반장이 덧붙였다.

"홍군의 아버지와 어머니가 눈물을 흘리며 애걸복걸해도 듣지 않던 교장선생님이 서형식 군의 말 한마디에 즉석에서 그 고집을 꺾었다고 하니 귀신 탄복할 일 아닙니까?"

그러자 형식이,

"그런 얘기 집어치우이소. 낯간지럽습니다." 하고 수줍게 웃었다.

"아닙니다." 하는 소리가 있고 다음과 같은 말이 잇따랐다.

"어떻게 한마디로 교장을 항복시켰는지 그 말이 듣고 싶은데요."

"집어치웁시다. 그 얘기는." 하고 형식이 손을 저었으나 운송회사에 다닌다는 그 사람은,

"우리가 사회생활 하는 데 도움이 될 것 같아 부탁하는 겁니다. 얘길 하세요." 하고 물고 늘어졌다.

"우리도 듣고 싶은데요." 하는 소리가 이곳저곳에서 나왔다.

"한마디로 교장선생을 설복했다는 건 정보의 잘못입니더." 하고 형식이 웃었다.

"아냐, 만규의 아버지로부터 내가 직접 들은 얘긴데."

반장이 정색을 했다.

"알고 보면 구들장이라고." 하고 형식이 마지못해 시작했다.

"난 일주일 동안 교장 댁을 계속 방문했습니다. 새벽에 말입니다. 교장선생의 집은 아현동 산꼭대기 가까이에 있습니다. 무턱대고 한번만 용서해달라고 빌었습니다. 그래도 안 된다고 합디다. 하는 수 없데예. 그런 불량학생일수록 교육하는 기회를 단절시켜선 안 되는 것 아닙니까, 그런 아이 하나를 감당 못해갖고 무슨 교육자입니꺼, 하고 대들기도 했습니다. 그랬더니 만규 하나 때문에 학교 전체의 규칙을 어길 수 없다는 얘기더먼요. 그래 나는 불량학생 하나를 감당 못하는 학교의 규칙이 무슨 소용이 있느냐고 반발했지요. 전체를 위해 잘못인가 어떤가는 막연한 문제지만 홍만규는 지금 학교에서 퇴학당하면 흉악범이 될지도 모른다고도 했지요. 그래도 듣질 않길래 교장선생님이 내 말을 들어줄 때까지 매일 아침 오겠다고 하고선 교장선생님이 출근할 때까지 버티고 있었지요. 좁은 집에 덩치 큰 놈이 버티고 앉아 있으니 되게 거북한 모양이더먼요. 방에서 나와 현관에 앉았습니다. 그 짓을 한 일주일 하고 나니까 한번 정한 일이라서 번복할 수 없다 카는 기라예. 당장 쏘아주었지요. 학생의 교육을 위하는 일이라면 직원회의의 결의쯤 백번 번복해도 된다고요. 그리고 내 얘기까지 했습니다. 나는 어릴 땐 불량하기 짝이 없었는데 마음 고쳐먹고 지금 서울대학의 학생이 되어 있다고. 가만 본께 참말로 내가 자꾸 올 모양 같거든요. 일주일이 지나니까 내일 홍만규의 아버지를 데리고 학교로 오라는 것 아닙니꺼. 만규를 복교만 시켜주면 내가 책임지고 좋은 학생으로 만들겠다고 맹서를 했지요. 만일 만규의 버릇이 그래도 고쳐지지 않으면 두말 않고 자진 퇴학을 하도록 하겠다고까지 했지요. 동시에 은근히 협박도 했습니다. 만규를 이대로 학교에서 쫓아내면 흉악범이 된 만규가 선생님 집에 불을 지를지도 모른다고……. 그렇게 저렇게 해서 만규가 복교할 수 있게 된 겁니다."

"그런데 홍만규의 아버지는……" 하고 반장이 아쉽다는 표정을 했다.

"만규 아버진 그렇게 생각할 수밖엔 없었을 겁니다. 내가 일주일이나 교장 집을 찾아갔다는 얘기는 안 했거든요. 그리고 교장실에서 내가 마지막으로 한 말은 꼭 한마디였습니다."

"뭐라고 했소, 그때."

반장이 물었다.

"미국의 나사에선 우주여행할 궁리를 하고 있는데, 교장선생님 우리 쩨쩨하게 이러지 맙시다, 라고 했습니다."

"그랬더니 교장이 뭐라고 했습니까?"

운수회사 사원이 물었다.

"아무래도 학생에겐 못 당하겠다고 껄껄 웃데요."

"교장이 혼이 난 거로구먼."

누군가가 말했다.

"아마 혼이 났을 겁니다. 일주일을 매일 아침 시달림을 받았으니까요." 하고 형식이 피식 웃었다.

반장이 형식의 아버지에게 술잔을 권하며,

"어른께선 대인물이 될 아들을 가지셨습니다."

깍듯이 인사를 했다.

마음속에 음악을 가지지 않은 자는 바보가 아니면 악인이다 53

"이러다간 삼촌 결혼 축하연이 이상하게 되겠습니다. 지금으로부터 여흥으로 들어갑니다. 잔치에 노래가 없으면 초상난 집 잔치처럼 될 게 아닙니꺼."

하고 형식이 덕규 아버지를 지명했다. 덕규 아버지는 난데없이 지명을 받고 당황한 눈치였지만 형식의 성화를 감당할 까닭이 없었다.

"바람이 옳게 불었으면 제2의 남인수가 되실 분입니다. 자, 박수를 칩시다."

하고 형식이 서두는 바람에 일어선 덕규 아버지는,

"발길로 차려무나……." 어쩌고저쩌고 하는 노래를 목청껏 불렀다. 남편의 노래를 자랑스러운 표정으로 듣고 있더니만 노래가 끝나자,

"결혼 잔치 기쁜 자리에 꼬집힌 풋사랑을 왜 부르요." 하고 핀잔을 주었다.

"노래는 잘 불렀는데 듣고 보니 그렇군요. 신나는 노래 하나 더 부르시오."

반장이 재창을 청했다.

내친걸음이라 싶었던지 덕규 아버지는 이번엔 부끄럼 없이 '거리는 부른다'로 시작되는 노래를 제법 신나게 불렀다. 우레와 같은 박수가 있었다.

그런데 덕규 아버지는 지명권이 있다고 듣자 형식의 아버지를 지명했다.

형님은 무슨 영문인질 모르고 눈만 껌벅거리고 있는데 형식이,

"아부지 노래 부르라 안 합니꺼." 하고 재촉했다.

"내가 노래를?"

낭패를 당한 어린애 같은 표정이 되면서 형님이 중얼거렸다.

"삼촌 결혼식 덕택으로 우라부지 노래를 듣게 되었구만요."

형식이 싱글벙글 자기 아버지를 구슬렸다.

"시골에서 내가 이런 것을 하면 저놈 후레자식이라꼬 소문날 끼거만. 아들이 아버지 노래시키는 장면은 여러분도 처음 보는 것 아닙니꺼. 그러나 오해 마이소. 내가 시키는 게 아니라 덕규 아버지의 지명입니다, 아시다시피. 아부지 빨리 부르시이소. 대통령께서 깜짝 놀라시도록 부르시이소."

형님은 구원을 청하는 듯한 눈초리로 형수를 보았다. 형수의 말이 있었다.

"형식아, 다른 사람 시켜라. 느가부지 노래 부르는 것 시집온 지 삼십 년이 다 되었는데도 들어보지 못했다."

"그러니까 듣고 싶지 않습니꺼."

형식의 이 말에 모두들 손뼉을 쳤다. 하는 수 없이 형님이 일어나 섰는데 속담 그대로 촌닭 장에 갖다놓은 몰골이었다. 어쩌나 하고 기다리고 있는데 괴상한 소리가 형님 입으로부터 나왔다.

"날 좀 보소, 날 좀 보오소, 날 조꼼 보오소. 동지섣달 꽃 본 듯이 날 조꼼 보오소."

사설을 옮기면 이렇게 되는데 그것은 노래가 아니고 절규에 가까웠다. 진퇴유곡의 궁지에서 벗어나기 위한, 또한 자포자기하고 낭떠러지를 뛰어내리며 지르는 단말마의 악쓰는 소리라고 할밖에 없었다. 형님은 나무 둥치가 꺾어지듯 주저앉아버렸다.

그러자 형수가 외쳤다.

"형식아, 형식아, 그 노래 들은게 생각이 난다. 느가부지 장가 왔을 때 동네 청년들이 당그라 맬라 쿤게 부른 노래다. 이제사 생각이 나는구나."

"그때도 오늘처럼 불렀습니꺼?"

형식이 물었다.

"하모, 하모. 똑같다. 삼십 몇 년이나 세월이 흘렀는데 노랫소리는 똑같다."며 형수가 웃었다.

"자기가 장가가셨을 때 부른 노래를 막내동생 장가갔을 때 부르신 겁니다. 감격의 장면이라고 할 수 있지 않습니까. 아부지 제가 장가갈 때도 그 노래 불러주이소이."

듣기에 따라선, 아니 우리의 풍속에 따르면 어림도 없는 것이지만 형식의 입을 통해 나온 말이라서 그런지 밉지가 않았다. 나는 살큼 센티멘털한 기분이 되었다. 오십 세 평생을 살아 그동안 두 번밖엔 노래 부르지 않았다고 하는 인생이란 어떤 것일까. 아마 평생에 노래 한 번 부르지 않은 채 죽어간 인생도 있으리라.

셰익스피어는 '마음속에 음악을 가지지 않은 자는 바보가 아니면 악인'이라고 했는데 셰익스피어는 호사스런 인생들만 보아온 것일 게다. 돌자갈밭엔 꽃이 가꾸어지질 않는다. 돌자갈밭을 닮은 마음속에 어떻게 음악이 존재할 수가 있을까. 바보도 아니고 악인이 아닌데도 음악을 가질 수 없는 운명이란 것도 있다. 백만 인의 마음을 가졌다는 셰익스피어가 이런 사실을 모르다니…….

누구의 지명이었던가. 반장이 춘향전에서 따내온 「사랑가」를 불렀다. 묵직한 음성으로 마디마디에 한스런 무늬를 놓았다. 썩 좋은 가락이며 음색이었다.

"과연 반장의 관록이 있구면." 하고 누군가가 말했지만 창을 그 정도로 할 수 있다면 인생에 그 정도로 통달하고 있을 것이 분명하다. 그 노래에 반장의 관록을 느낀 것이 무슨 까닭이었는지 알 수는 없었지만 그 심정엔 공감할 수가 있었다.

"반장님, 어떻게 그처럼 「사랑가」를 잘 하십니까." 장난기 없이 형식이 물었다.

"춘향이 어디 사람이죠?" 반장이 되물었다.

"남원 사람 아닙니꺼."

"내 고향은 남원이오. 난 고향 노래를 불렀소."

"반장님, 춘향전 속에 있는 것 하나만 더 하이소." 형식의 말에 모두들 재창을 청했다.

"춘향전에 있는 건 아니지만 임방울이 부른 노래를 불러보죠." 하고 반장은 '쑥대머리 귀신 형용'으로 시작되는 창을 불렀다.

"뭐니뭐니 해도 전라도 창이 제일이랑께."

말이 없던 미장이 아저씨가 불쑥 한마디 했다. 전라도 사람이 아닌데도 전라도 사투리가 되어버린 것이었다.

반장의 창이 있곤 아무도 지명에 응하려고 하지 않았다.

"반장님은 제일 뒤에 하실 걸 그랬어."

유들유들한 형식도 이 이상의 진행이 어렵다고 느꼈던지,

"마지막으로 우리 삼촌과 숙모의 합창을 들으시겠습니다." 하고 장난기 가득한 눈초리로 나를 보았다.

이미 각오하고 있던 바라 일어섰다.

명욱도 따라 섰다.

"강강수월래 알지?" 내가 물었다.

"일 절쯤은……." 하는 명욱의 대답이어서 우리는 그 노래를 불렀다.

중국집에서의 잔치가 끝난 것은 아홉 시, 손님들과 형님 부부에게 인사를 하고 나는 명욱을 따라 명욱의 집으로 가게 되었다. 신혼여행에서

마음속에 음악을 가지지 않은 자는 바보가 아니면 악인이다 57

돌아왔으면 처갓집에서 며칠쯤 묵어야 하는 것이 관례라나 뭐라나.

택시 안에서 명욱이 물었다.

"오늘 어디에 갔었죠?"

"군대에 있었을 때의 친구를 만났다고 하잖았소."

"신당동에서 떠날 적엔 그럴 목적이 아니잖았어요?"

"그땐 그랬지."

"그랬는데 왜 청운동으로 바로 가시지 않았죠?"

"도중에서 친구를 만났다니까."

"형님께서 시골로 내려가실지 모르니 빨리 가봐야겠다고 하지 않았어요?"

"그랬다니까."

"그런데 친구를 만났대서 다섯 시간, 여섯 시간."

"그럴 경우도 있지 않겠소."

"당신 형님 말씀으론 형식이 이사하는 것 보시구 고향으로 가실 작정이라던데요. 오늘 내려가실 예정은 전연 없었던가 보던데요."

"그러나 난 그렇게 짐작했거든."

"그렇게 짐작했는데도 친구와……"

"어쩌다 그렇게 된 거란 말이오."

"이상해요."

"이상할 것 없어."

"뭔가 이상한 예감이 드네요."

나는 어이가 없다는 듯 웃어넘기려고 했다. 그런데 그 연기가 어색하기만 했다.

명욱이 한동안 잠잠하더니 택시가 퇴계로로 접어들자,

"오늘이 우리에겐 어떤 날이죠?"

나는 대답을 하지 않았다.

"부부 사이에 제일 소중한 건 뭘까요?"

"사랑이겠지."

"그보다 더 소중한 게 있어요."

"뭔데?"

"정직."

"사랑이 첫째일 텐데."

"사랑은 전제이고 상황이에요."

"그럼 정직은?"

"사랑을 지탱하기 위한 결정적인 조건이에요."

"제법 철학적이시군."

"난관에 부딪히면 모두 철학자가 되는 거예요."

"무슨 난관에 부딪혔는데?"

"당신의 오늘의 행적."

나는 대답을 않고 지금쯤 김소향은 태평양 상공을 날고 있을 것이란 추측을 쫓았다.

'길남 김 서 잭슨은 잠들어 있을까?'

나는 택시의 창밖으로 하늘의 별을 찾았다. 별은 보이지 않았다. 흐린 날씨 탓인지, 스모그 탓인지 몰랐다.

"집에 도착하기 전에 석연하고 싶어요."

"뭣을 석연하고 싶단 말이오." 치밀어 오르는 신경질을 가까스로 참았다.

"오늘이 결혼식 이튿날이란 사실을 명념해주었으면 해요."

"명념하지 않아도 알고 있소."

"그런데 그런 식이에요?"

"그건 내가 할 말이군. 그런데 욱인 날 달달 볶아?"

"볶는 게 아니라 알고 싶은 거예요."

명욱의 심정을 잘 알고 있으면서도 나는 세상에 이럴 수가 있나, 하는 마음으로 불쾌지수만 높아갔다.

"욱이."

"예."

"내가 말한 그대로만 믿어줘, 지금도 앞으로도."

"믿고 싶어요."

"그럼 그렇게 믿어요."

"믿을 수가 없는 걸요."

"이러기 있기요?"

"성내시지 말고 제 말 좀 들어보세요. 당신의 말대로라면 친구하고 쭈욱 같이 있었다고 했는데 오래간만에 친구를 만났으면 취할 정도로 술을 마셨거나, 장장 다섯 시간이니까요, 취하진 않아도 다소는 마셨을 것 아녜요? 그런데 아무리 술 내음을 맡으려고 해도 전연 주기라곤 없었어요."

"술을 마시지 않았는데 무슨 주기가 있겠소."

"분명 술을 마시지 않으셨죠?"

"그렇다니까."

"술을 마시질 않았으면 식사라도 하셨을 것 아녜요?"

"……."

"그런데 아까 음식을 자시는 걸 보니 당신은 하루 종일 굶고 있었던 사람이었어요. 전 당신이 자시는 양을 알고 있습니다. 오늘 얼마를 자셨는지 아세요? 보통 때의 세 배나 자셨어요. 오래간만에 친한 친구를 만나시고 술도 식사도 안 하셨단 말씀이에요?"

서투른 대답은 금물이란 생각이 들었다. 「행복어사전」의 일 절이 뇌리에 떠올랐다.

—편안하게 살고 싶거든 영리한 여자를 아내로 삼지 말라!'

"왜 대답을 안 하시죠? 별로 어려운 질문도 아닐 텐데요."

택시는 아스토리아 호텔 앞을 지나가고 있었다.

'빨리 처갓집에 도착하기만 해라. 설마 그곳에서까지 고문은 안 하겠지.'

명욱이 한숨을 쉬었다.

어제 결혼식을 올린 신부가 오늘 한숨을 쉰다면? 그 책임이 나에게 있다고 보니 미안한 생각이 들었다. 모든 것을 탁 털어놓고 얘기해버릴까. 그러기엔 시간이 늦었다.

명욱이 혼잣말처럼 시작했다.

"아무것도 먹지 않고 주스나 차만 마시고 다섯 시간을 같이 지낼 수 있는 사이라면 이성간임이 틀림이 없겠죠. 그리고 그 사이엔 술 마실 기분도 식사할 욕망도 나지 않을 만큼 심각한 문제가 대두되어 있었던 게 분명해요."

"그만해요, 제발."

"그만하겠어요. 그 대신 그 심각한 문제가 우리의 장래에 먹구름이 되지 않도록 바라겠어요."

"그런 일은 절대로 없을 테니까 안심해요." 나는 단호한 어조로 말하고 명욱의 손을 잡았다.

차가운 촉감이 있었을 뿐 반응이 없었다.

택시는 장충동 고개를 넘어서고 있었다. 집에 도착할 때까지 명욱이 말이 없었다.

명욱의 집엔 사람들이 넘쳐 있었다. 안방 건넌방 할 것 없이 잔칫상이 놓였고 잔칫상 둘레엔 꽉 차게 사람들이 앉아 있었다. 예기치 않은 일이라서 놀랐다. 조금 생각하면 놀랄 일은 아니었다.

명욱의 집안에도 친척이 있고, 명욱 어머니의 친구도 있는 것이다. 딸 하나, 아들 하나를 키운 집에서 딸의 결혼식이 있었으니 마음껏 힘껏 음식을 장만했을 것은 분명한 일이다.

"하마나 하마나 하고 기다리고 있다가 아홉 시가 되길래 시작했단다."

명욱의 어머니가 변명하듯 말했다.

변명할 건덕지도 없는데 변명해야 하는 장모라는 존재!

'어머니가 살아 계셨으면 얼마나 기뻐하실까.'

주름 잡힌 얼굴에 기쁨을 담아 변명하고 있는 명욱의 어머니를 대하자 와락 눈물이 쏟아졌다.

'아아, 나에게도 이럴 때 흘릴 눈물이 있었던가.'

나는 좀처럼 울지 않는 사람이라고 자처하고 있었는데 샘솟듯 솟아나오는 눈물을 감당할 수가 없었다. 손등으로 닦긴 어림이 없어 손수건까지 꺼내고 말았다.

청운동에서도 잔치가 있었다며 늦은 이유를 어머니께 설명하고 있던 명욱이 내 얼굴에 눈물 자국을 보자 엄청난 충격을 받은 양 단번에 얼굴이 핼쑥해지더니 내 팔을 붙들어 끌었다.

"이층으로 갑시다."

신방을 차릴 이층의 방으로 나를 끌고 들어가서 명욱이 근심스럽게 물었다.

"왜 그러시죠?"

난 부끄러워 견딜 수가 없었다.

부끄러움은 눈물을 마르게 하는 모양인가 보았다. 나는 손수건으로 얼굴을 닦고 고개를 숙인 채 앉아 있었다.

"왜 그러시죠?"

"아무 일도 아뇨."

"아무 일도 아닌데 어떻게……."

"갑자기 내 어머니 생각이 난 것뿐야."

그러자 명욱의 눈에 눈물이 핑 돌았다. 명욱은 손수건을 꺼내 눈 언저리를 눌렀다. 한참을 그러고 앉아 있더니 손수건을 떼고 얼굴을 들곤,

"미안해요, 우리." 하곤 또 눈물을 고였다.

"부끄럽구만, 눈물 같은 걸 흘려서."

나는 명욱의 어깨를 안아주었다.

"정말 미안해요, 그런 줄도 모르구."

"미안할 것 없어요. 자 아래로 갑시다. 손님들이 이상하게 여기겠다."

방에 붙어 있는 욕실에서 얼굴을 씻었다.

"참 한복을 입어보세요." 하고 명욱이 한복을 꺼내놓았다.

어제부터 매고 있던 넥타이가 갑자기 거북살스럽게 느껴져 한복을 입었다.

한복을 입고 보니 어머니의 체취가 느껴졌다. 어머니가 돌아가시고 난 후로 나는 한복을 입어본 적이 없었다. 내 눈에 다시 눈물이 솟았다.

"또 왜 그러시죠?"

"한복을 입으니까 어머니 생각이 또 나느만."

"눈물 닦아요. 내려갑시다."

명욱이 앞장을 섰다. 명욱의 어머니는 한복을 입은 나를 황홀한 듯 바라보았다. 나는 이방 저방의 손님들에게 인사를 드리고 남자 친척들만 모인 자리에 비집고 들어서 앉았다.

"아주머닌 원도 한도 없겠소. 이렇게 좋은 사위를 보셨으니." 좌중의 한 사람이 이렇게 소리를 쳤다.

"원도 한도 없기로. 이제 아무런 걱정이 없다."

언제 와서 있었던지 내 등 뒤에서 장모님의 말이 있었다.

정명욱이 사람이 달라진 것처럼 쾌활하게 되었다. 청운동에서의 침울한 표정과 어조는 온데간데가 없고 소녀처럼 깔깔대고 웃으며 손님들에 대한 대접이 민첩했다.

친척의 한 사람이,

"저런, 어제 결혼식을 올린 신부가 이렇게 뻔뻔스러울 수가 있나?"며 익살을 부리자,

"뻔뻔스러운 게 아니라 기뻐요." 하고 대꾸하곤,

"그 기뻐하는 꼴이 뻔뻔스럽다는 거야." 했을 때 명욱은 서슴없이 말했다.

"시집가기 글렀던 노처녀가 세계에서 제일가는 신랑의 아내가 되었는데 기쁨을 숨길 까닭이 있나요?"

명욱이 쾌활해진 것을 보고 나는 마음을 놓았다.

아까 택시 속에서의 고문이, 손님이 가고 난 뒤 다시 시작하면 어떻게 하나, 하고 나는 지레 겁을 먹고 있었던 터였는데 명욱의 태도로 보아 그런 일은 없을 것 같다고 느껴졌던 것이다. 나는 명욱의 태도가 돌변한 덴 무슨 원인이 있었을 것이라고 생각했고 그 원인이 오해에서 비

롯된 것이라고 짐작했다.

명욱이 아까의 나의 눈물을 보고 오늘 하루 동안의 나의 불가사의한 행동을 돌아가신 어머니에 대한 감상 탓으로 있어진 것이라고 풀이하고 있는 눈치를 얼핏 느꼈기 때문이다. 이를테면 아름다운 오해!

진정한 사랑은 아름다운 오해로 만들게 마련인가. 기왕에 나는 사랑의 최대조건으로서 오해가 없어야 한다고 생각하고 있었는데 그 견해가 얄팍하다는 걸 깨달았다. 그러니 나의 행복어사전엔 다음과 같은 구절이 끼어야 할 것이었다.

—오해엔 아름다운 오해라는 것도 있다. 아름다운 오해는 사람을 파멸에서 구해내어 행복의 성에 계속 머물러 있도록 하는, 정해正解 이상의 힘을 가지고 있는 것이다. 아름다운 오해는 또한 사랑의 증거일 수도 있다……

장미가 있다. 여기에서 춤춰라 _ 헤겔

　형식은 대학 근처의 하숙으로 나가고 명욱이 청운동의 아파트로 왔다. 형식이 떠나는 전날 밤엔 하나의 해프닝이라고 할 만한 사건이 있었다. 아파트의 꼬마들이 모여 아파트의 앞뜰에서 형식의 환송회가 열린 것이다.

　나는 그것이 형식의 연출이라고만 생각하고 그다지 탐탁한 기분이 아니었던 것인데 알고 보니 그런 것은 아니었다. 어느덧 형식의 작품을 본뜨게 된 꼬마들의 창안이었다. 국민학교 상급생인 듯싶은 소년의 사회로 진행된 그 모임은 연설과 노래로 꾸며진 자연스럽고도 훈훈한 정에 넘쳐 있는 축제와 같은 것이었다. 마지막에 형식의 답사가 있었다.

　"북악산의 서쪽 자락을 등지고 남산을 바라보는 이 청운동에서 여러분과 같이 지낸 낮과 밤을 나는 영원히 잊을 수 없을 것이다. 그러니 이곳을 떠나긴 할망정 내 마음을 두고 간다. 그리고 토요일 오후나 일요일엔 들를 작정이니 그때 또 만나자. 그런데 이런 거창한 환송회를 베풀어 주니 마음이 간질간질한 느낌이로구나. 그러나 이 모임을 통해 여러분의 나에 대한 정을 확인했다는 것은 내 인생에서도 가장 중요한 일일 것이라고 생각한다. 앞으로 십 년만 자라라. 그러면 모두 씩씩한 청년이 될 것이 아닌가. 나는 서른 살이 되겠지만 우린 같은 청년으로서 어울릴 수 있을 끼다. 자동차 조심, 불 조심, 연탄 조심을 철저히 하라. 비겁하지 말고. 이것이 내가 여러분께 꼭 하고 싶은 말의 전부다."

그러자,

"서형식 학생 아저씨 만세!"란 함성이 폭발했다.

밤이 깊어 단둘이 되었을 때 내가 빈정댔다.

"하숙을 옮긴다고 환송회까지 할 건 뭣고. 조용히 오고 조용히 가면 되는 거지."

이 말에 누워 있던 형식이 벌떡 일어나 앉았다.

"핫바지 방귀 새듯 없어져라, 이 말인데 난 싫습니다, 그런 것. 사람이 가고 사람이 올 땐, 가는 것처럼, 오는 것처럼, 매듭이 있고, 흔적이 있고, 해야 하는 깁니더. 나는 팡파르가 없어서 유감이라고 생각하는디, 삼촌은 무슨 그런 소릴 합니꺼."

"그게 이놈아 쓸데없는 영웅주의라고 하는 기다."

"영웅주의가 왜 쓸데없습니꺼. 사람처럼 살고 행세하기 위해선 영웅주의는 절대로 필요합니더. 사람을 자꾸만 보잘것없는 존재로 만들려고 하는 현대 사회에 있어서, 사람의 빛이 회색으로 바래기만 하는 풍조에 항거해서 사람은 곤충이 아니라는 것을 증명하기 위해서도 환송회가 필요하고 환영회가 필요한 겁니더. 허영을 없애고 실리를 노려야 한다는 명목으로 갖가지 행사를 절약하려고 드는데 나는 그런 경향엔 절대로 반대다, 이겁니더. 행사는 이걸 절약할 것이 아니라 그 내용을 알차게 하도록 힘써야 한다, 이겁니더. 그런 뜻에서 누구의 생일이건 이걸 소중히 해야 한다, 이겁니더. 차라리 나지 않았더라면 좋았을 것을 운운하고 제법 시인처럼 포즈를 취해 보이는 인간들이 있는데 나는

68

그들을 타기唾棄합니다. 경멸합니다. 스스로의 존재를 부인하기까지 함으로써 스스로의 존재를 내세우려는 그 퇴폐적이고 비겁한 발상을 나는 용인할 수 없습니다."

형식의 연설이 언제까지 계속될는지 알 수가 없어서 나는 손을 저었다.

"알았다, 알았다, 그만둬."

"삼촌은 너무 많이 알아서 탈이라요."

"그렇게 빈정대지 말거다."

"빈정대는 게 아니라, 사실을 말하고 있는 겁니다. 너무 많이 알아서 왜 탈인고 하니 삼촌이 알고 있는 것은 전부 마이너스 방향으로 작용하고 있기 때문입니다."

"마이너스 방향?"

"그렇지요. 가령 삼촌은 권력엔 위험이 동반한다는 것을 알고 있다고 치면 권력과 멀어지려고 애를 쓴다, 이겁니다. 그 위험까질 무릅쓰고라도 권력을 장악해보겠다, 또는 위험을 극복할 방도를 연구해야겠다, 그런 방향으로 생각이 작용하지 않고 그저 권력을 피해갈 궁리만 한다, 이겁니다."

"성격인 걸 어떻게 하나."

"성격이나 운명이 등장하면 토론은 종결해야지요."

형식은 다시 자리에 눕더니 한마디 보탰다.

"가방 한 개 들고 마중 나온 사람 하나도 없는 외국 공항에 내려서는 것보다, 예포를 곁들인 환영을 받으면서 비행기의 트랩을 내려야 하는 겁니다."

"세상에 예포를 싫어하는 사람도 있다는 걸 알아야 해."

"성불성은 차치하고 사람이 야심, 포부라고 해도 좋습니다, 그런 걸 가져보는 건 자유 아닙니꺼? 만일 역량과 능력에 대한 다소나마의 자부가 있다면 큼직하게 포부를 가져볼 만하잖아요?"

"……."

"그걸 전 플러스 방향의 사고라고 하는 깁니더."

"그런 사고가 위험하다는 말이다, 난."

"호랑이 무서워 산에 못 간다는 얘기구먼요."

"호랑이가 있다고 알면 산에 안 가는 게 현명하지."

"호랑일 잡을 생각은 안 하고요?"

"글쎄. 그건 성격 나름이라니까."

"성격, 성격 하지 마십시오. 고칠 수 있는 성격이란 것도 있는 겁니다."

"군이 고칠 필요가 없다면?"

"그게 마이너스 방향이란 겁니다."

하고 잠잠하더니 형식이 불렀다.

"삼촌."

"얘기해보렴."

"내가 고등학교 이학년 때이던가? 하가란 선생하고 손가란 선생을 배척하는 스트라이크를 한 적이 있어요. 이학년 전체가. 그 이유는 하 선생과 손 선생이 기생집에서 나오다가 우리 반 학생들에게 들킨 데 있었습니다."

"치사하군, 선생의 사생활을 들춰 스트라이크를 하다니."

"들어보십시오. 하 선생이나 손 선생은 교사 노릇을 하는 게 죽기보다 더 싫다는 시늉으로 수업을 하는 선생이었습니다. 하는 화학선생이고 손은 역사선생인데 그런대로 실력은 있는 선생이었어요. 그런데 그들은 언제나 종이 울리고 나서 오 분쯤 후에 들어와선 종이 울리기 십 분쯤 전에 수업을 거듭니다. 수업하는 동안에도 전연 열이 없어요. 마지못해 이렇게 하고 있노라 하는 정신상태가 역력하게 나타나 있는 기라요. 그 선생들만 교실에 들어오면 그 순간부터 교실의 공기가 지겨웁게 되는 겁니다. 교사의 기분이 학생들에게 전염된 탓입니다. 그 한 시간을 끝내고 나면 모두들 기진맥진한 기분으로 되어버립니다. 그러던 차에 어느 아침 기생집에서 나온 그들을 발견한 겁니다. 누가 시작했다고도 할 것 없이 배척하자, 이렇게 된 겁니다. 하나도 반대하는 사람이 없었으니 전원일치의 의견이었죠. 하·손 두 선생을 추방하지 않으면 우리는 수업을 거부한다는 요구서를 교장실에 제출해놓고 이학년 전원이 강당에서 농성을 시작한 겁니다. 철석같은 단결이어서 학교 측에서 우리 말을 들어주지 않을 수 없게 되었죠. 그런데다 학부형이 우리에게 동조했으니 스트라이크는 성공하게 돼 있었습니다. 그런데 변고가 왔어요. 변이란 영어선생이 농성 중에 있는 우리 앞에 나타나더니 하는 소리가 자기도 기생집에 드나들고 했으니 하·손 두 선생을 추방하면 도의상 자기도 학교를 그만두어야 한다는 겁니다. 그런데 불명예스럽게 지금 학교를 그만두게 된다면 많은 가족을 거느리고 있는 자기의 형편이 심히 딱하다는 말이었습니다. 그러니 자기의 처지를 동정하는 셈치고 스트라이크를 중단할 수 없느냐는 부탁을 간절히 하는 겁니다. 그러자 학생 하나가 서서 선생님을 우리는 존경하고 있으나 선생님의 청은 들어줄 수 없다는 발언을 했습니다. 그 발언을 듣고 있던 변 선생은 모두들의 의견이 그러하면 도리가 없다면서 등을 돌려 나가버렸습니다. 그 등을 본 우리들은 변 선생이 학교를 그만둘 각오를 했다는 걸 직감했습니다. 이 경우도 누가 선창했는지 모릅니다. 변 선생을 그만두게 해선 안 된다는 의견으로 합쳐진 겁니다. 그래 급장단이 교장실로 가서 요구서를 철회하고 스트라이크는 디엔드가 되었다, 이 말입니다."

"그 변 선생이란 사람 꽤나 인기가 있었던 모양이지?"

"그런 것도 아닙니다. 그런데 그 선생은 종을 치기가 바쁘게가 아니라 미리 시간을 가늠해놓고 교실 문 앞에 섰을 때 종이 울립니다. 빈자리를 체크해서 출석부를 정리해놓곤 아무런 서두도 없이 수업이 시작되는데 정말 신나게 수업을 합니다. 때론 육두문자를 섞기도 하여 웃기기도 하며 수업을 하지요. 지루한 기분이란 전연 없습니다. 짤막한 질문을 수없이 살포하고 정답이 돌아오면 손뼉을 치기까지 하며 반기고 틀린 대답을 하면 찌푸린 얼굴이 되면서도 실패는 성공의 어머니라면서 바른 답을 자기가 가르쳐주든지 다른 학생에게 시키든지 하는데 하여간 그 선생님의 수업을 받고 나면 키가 한 치쯤 자란 기분으로 되는 겁니다. 좁은 바닥이라 그 선생님이 기생집에 드나드는 걸 모르는 학생이 없을 정도로 되어 있었지만 누구도 그런 걸 탓할 생각을 안 했으니까요. 뿐만 아니라 그 선생님이 한 것이라면 아무리 나쁜 짓이라도 우린 개의치 않았을 겁니다. 적극적으로 산다는 것이 어떤 것인가를 우리는 그 선생님을 통해 배운 거지요."

그 얘기는 약간의 감동을 주었지만 나는 싸늘하게 물었다.

"내 생활태도가 소극적이다, 이 말인가?"

"적극적이라고 할 순 없죠. 그게 안타까워요." 하고 말이 끊어졌는데 보니 형식은 잠들어 있었다. 고른 숨소리가 형식의 마음과 몸의 건강을 증명하고 있는 것 같아 나는 형식의 잠자는 얼굴을 한참 동안이나 바라보고 있었다.

형식은 이 아파트에서 사는 동안 그의 자아를 이 아파트의 크기만큼 확대해놓았다. 그는 대학생활에서도 그의 자아를 대학의 크기만큼 확대하며 살 것이었다. 그런데 나는? 이 아파트에 살면서도 이 좁은 방에 나를 국한하고, 이 좁은 방도 넓다고 내가 덮고 있는 피부를 경계로 해서 그 속에 움츠리고 있는 것이 아닌가.

형식을 바라보고 있는 내 눈에 이슬이 맺혔다.

형식이 이사하는 날은 일요일이었다. 이날은 또한 정명욱이 시집을 온 날이기도 했다. 명욱이 화장케이스와 핸드백만을 들고 나타나자 형식이,

"트럭은 언제쯤 옵니까?" 하고 물었다.

"트럭? 트럭이라뇨?"

명욱이 놀라며 되물었다.

"산더미처럼 싣고 시집올 거라고 생각하고 있었거던요."

형식이 싱글벙글했다.

그제야 형식의 말뜻을 알아챈 명욱이,

"한꺼번에 날라와서 수선을 피우기 싫어 필요에 따라 조금씩 나를 작정예요." 하고 얼굴을 붉혔으나 나는 명욱의 속셈을 안다. 어떻게 하건 나를 설복해서 신당동의 집으로 데리고 갈 작정인 것이다.

'그러나 어림도 없지.' 하고 나는 속으로 웃었다.

대학생의 짐이란 대수로울 것도 없었지만 이불 보퉁이 · 책 꾸러미 · 옷가지가 들어 있는 트렁크 · 책장 · 책꽂이 등으로 택시로는 감당하기 어려워 덕규 아버지의 삼륜차에 실었다.

짐을 다 싣고 나더니 형식이 나와 명욱을 방으로 들어오라고 했다.

"떠나는 마당에 삼촌과 숙모에게 드릴 선물이 있습니다." 하곤 호주머니에서 봉투를 꺼냈다. 다닥다닥 우표가 붙어 있는 봉투를 명욱에게 건네며,

"숙모님이 열어보시이소."

봉투 안에서 호적등본이 나왔다.

등본의 맨 끝에 정명욱의 이름이 있었다.

"서씨 가문에 권구가 하나 붙은 겁니다. 이로써 숙모님은 법적·관습적·집안적·전통적·절대적으로 우리 가문의 일원이 된 겁니다."

이렇게 장중하게 말과 포즈를 꾸미곤 형식이 덧붙였다.

"이럴 때 서양 사람들은 껴안고 뽀뽀를 하는 건데."

그 말이 끝나기 전에 명욱이 형식의 어깨를 안더니 이마에 키스를 했다. 그러곤 얼른 팔을 풀어 손수건으로 눈 언저리를 눌렀다.

눈물이 쏟아질 뻔했던 모양이었다.

나와 명욱이 형식을 따라 하숙집엘 가보려고 했으나,

"정리를 대강 하고 나서 청하겠습니다." 하고 형식이 거절했다.

형식은 떠나고 나와 명욱이 서로의 얼굴을 쳐다보며 방 안에 남았다.

때론 거북살스러운 경우가 없는 바 아니었지만 형식이 어느덧 내 생활의 중심에 있었던 모양으로 그가 떠났다고 생각하니 큰 공백이 생긴 느낌이었다.

비슷한 감상이었던 모양으로 명욱이,

"넓은 집에서 살면 형식 씰 데리고 있을 수도 있을 텐데." 하고 중얼거렸다.

나도 같은 감정이었지만 말론,

"아냐, 그놈은 가는 데마다 봄바람을 일으킬 놈이니까 하숙생활을 시켜볼 필요가 있다."고 했다.

이렇게 형식을 화제로 하고 말이 오갔는데 명욱은 형식의 개성을 칭찬하고, 나는 뻔뻔스러운 게 개성이냐고 반발했다.

그런데 명욱은,

"약한 자가 강한 자에게 뻔뻔스러움을 느낀다는 것은 일종의 열등의 식이 아닐 수 없다."며,

"형식 씬 뻔뻔스러운데도 유머가 있잖아요." 하고 버텼다.

토론이 끝난 후 나는,

"그러나저러나 우리의 인생은 이렇게 시작되는 건가?" 하고 하품을 했다.

명욱이 어이가 없다는 듯,

"하품으로 인생을 시작해요?" 하고 나를 쌔려보았다.

여자가 출근하고 남자가 집에 남아 있어야 하는 가정생활은 어색할 수밖에 없다. 그렇다고 해서 남자가 빈둥빈둥 놀고 있는 것은 아니지만 우선 남 보기가 어색한 것이다. 그런데다 나는 큰 문제를 안고 있었다. 소향이 남겨두고 간 아파트. 그것을 돌보지 않고 비워둘 수도 없고 명욱에게 터놓고 얘기할 수도 없고, 팔아서 돈을 은행에다 맡겨두면 그런 대로 묻혀 넘어가버릴 일이긴 하지만 소향의 모처럼의 호의를 그런 식으로 짓밟아버리는 건 될 일이 아니었다. 어떡하든 그 아파트는 길남 김 서 잭슨의 것으로서 유지해줘야 할 의무가 내겐 있는 것이었다.

계절이 여름의 절정을 향해 기어오르고 있는 어느 날 나는 명욱에게 이런 제안을 했다.

"욱이 출근하고 나만 집에 남아 있기가 쑥스러워. 그러니까 나도 욱과 같이 집을 나가 도서관에서 일하다가 다섯 시쯤 돌아오는 그런 버릇을 만들었으면 하는데."

"우리 좋을 대로 하세요." 하고 욱이 곧 승낙한 것을 보면 나의 제안

이 리즈너블하게 느껴졌기 때문일 것이었다. 그런데 결국 이것은 나의 나날을 거짓말의 연속으로 만드는 결과가 되었다. 도서관에 간다는 핑계를 하고 소향의 아파트로 가는 것이니까.

나는 이 거짓말을 연장하면 할수록 시정하기 어렵게 된다는 것과, 그것이 폭로되었을 때 더욱 곤란하게 된다는 것을 알고 있으면서도 고백할 기회를 찾지 못했다.

어느 날이었다. 소향의 그 아파트로 편지가 왔다. 잭슨 덕택으로 만사가 안온하게 진행되고 있다는 것, 길남 김 서 잭슨은 탈 없이 무력무력 자라고 있다는 사연과 아울러 인감증명의 유효기간이 있을 테니 그 기간이 지나기 전에 아파트의 명의변경을 서둘라는 부탁이 있었다.

한동안 망설였지만 별 도리가 없었다. 아파트 근처의 복덕방에 가서 명의변경을 부탁했더니 그다지 큰 비용도 들이지 않고 수월하게 일을 치를 수가 있었다. 이렇게 되고 보니 일은 더욱 난감해졌다. 김소향의 명의로 있을 때는 뭐라고 둘러댈 수가 있었지만 내 명의로 해놓곤 그럴 수도 없을 것이니까.

헌데 그 무렵엔 명욱이 신당동 집으로 가자고 떼를 쓰고 있었다.

"신당동엔 에어컨도 있고 냉장고도 있는데 무엇 때문에 이런 데서 고생을 할 필요가 있느냐."는 것이다.

"이 아파트를 팔면 이백만 원은 될 게 아녜요? 그걸 갖고 우리 사고 싶은 책을 사건, 여행하는 비용으로 하건 마음대로 하면 될 게 아녜요?"

이때 나는 어리석은 말을 하는 실수를 저질렀다.

"그렇게 해버리고 신당동에 살다가 쫓겨나면 난 갈 곳도 없게?"

정명욱은 일순 질린 표정이 되더니,

"당신 그런 생각을 하고 있군요." 하고 신음하는 듯한 한마디를 뱉곤

입을 다물어버렸다.

죄의식도 타성이 되면 고통의 빛깔이 낡아지는가 보았다. 바깥은 푹푹 찌는 한여름인데 소항의 아파트에 설치된 에어컨은 미국 대통령 관저에 있는 거나 마찬가지인 미국제인 탓으로 기막히게 성능이 좋아 언제나 청량한 가을 공기 속에 있는 기분이었다. 그런 만큼 일의 진도도 빨랐다. 보통 같으면 두 달이 걸려야 해낼 번역을 한 달 동안에 넉넉히 해치울 수가 있었다.

일 한 가지를 매듭했다는 흡족한 기분으로 나는 양춘배에게 전화를 걸었다. 번역이 다 되었다고 듣자 그는,

"번갯불에 콩 구워먹는다는 얘기가 있는데 서형이 그런 식이군요." 하고 반기곤,

"일전 서형이 말씀하신 책을 입수해놓았습니다."라고 했다.

일전에 내가 부탁한 책이란 루트비히 마르쿠제가 쓴 『행복의 철학』이었다. 『나의 20세기』를 번역하고 있는 동안 그의 저서목록을 뒤졌는데 그 가운데 『행복의 철학』이 있었다. 행복론이란 원래 어줍잖은 것으로 되어 있긴 한 것이지만 『나의 20세기』라고 하는 명저를 남긴 사람의 것이어서 특히 마음이 끌려 양춘배에게 부탁해두었던 것이다.

양춘배는,

"대강대강 읽어보았는데 책 흥미가 있습니다. 다음엔 이걸 한번 번역해보시죠." 하곤 오늘이라도 출판사로 나오면 그 책을 주겠다고 했다.

『행복의 철학』을 구했다는 소식은 행복을 찾은 것만큼이나 반가웠다. 나는 다 된 번역원고의 넘버를 다시 한 번 챙겨 보고 일어서려는데 초인종이 울렸다.

'관리사무소에서 왔는가?' 하고 일어서서 도어를 열었다.

그런데 거기에 서 있는 것은 언젠가 현관에서 본 적이 있는 성싶은 젊은 여인이었다.

"들어가도 되겠어요?" 몹시 피곤한 듯한 음성이었다.

"난 지금 외출하려는데요." 하고 우물쭈물했다.

"잠깐이면 돼요. 잠깐 앉았다가 가겠어요."

여자의 눈에 애원하는 듯한 빛이 있었다. 들어오라고 했다. 빛깔이 바랜 파티스트의 투피스를 입고 맨발에 샌들을 신은 그 여인은 샌들을 벗고 홀로 들어섰다.

그러고는 주위를 둘러보곤,

"조금도 변한 데가 없네요." 하고 내 말을 기다리지 않고 가까운 소파에 앉았다. 앉았다기보다 몸을 내던졌다고 하는 것이 적당한 표현일는지 모른다.

몹시 지쳐 있는 듯한 그녀를 옆쪽에서 나는 자세히 관찰했다. 초라한 옷을 입은, 화장도 손질도 하지 않은 모습과 얼굴이었지만 어딘지 모르게 우아한 품위라고 느껴졌다. 이상한 여자랄밖에 없었다.

"뭐 좀 마실 것이 없을까요?"

여자는 나를 보지도 않고 입술만 놀렸다. 나는 냉장고에 서너 개 넣어놓은 코카콜라를 꺼내 캡을 따곤 글라스와 함께 탁자 위에 놓았다.

여자는 글라스 반쯤으로 콜라를 채우더니 그 양의 반쯤이나 마셨다.

"혹시 임씨가 아니십니까?" 하고 내가 물었다.

"그렇습니다. 헌데 어떻게 아시죠?"

글라스를 내려놓으며 여자가 한 소리다.

"전화의 음성을 닮아서요."

"기억력이 좋으시군요. 한 달 전의 음성을 기억하시는 걸 보니."

나는 그녀를 그냥 그 자리에 두고 방으로 들어가 원고를 책보에 싸들고 나왔다. 그런 태도를 취하면 무슨 반응이 있을 것이라고 생각했던 때문이다.

여자는 힐끗 나를 보더니,

"조금 앉으시죠." 하고 손가락으로 자기 앞자리를 가리켰다.

내가 앉자 여자의 말이 있었다.

"소향 씨로부터 편지 왔어요?"

"왔습니다."

"그 주소를 알려주실 수 없을까요?"

"원하신다면." 하고 소향 씨와 당신은 어떻게 된 사이냐고 물었다.

"친구 사이지요. 내겐 은인이라고 할까요? 지금 내가 살아 있는 것이 좋은 일이라면."

"그런데 내게 무슨 볼일이 있으시죠?"

"선생님께 볼일이 있는 것이 아니라 이 집에, 이 곳에 볼일이 있을 뿐예요."

"……."

"볼일이라기보다 잠깐 여기서 쉬고 싶다는 것뿐입니다. 소향 씨의 흔적이 있는 곳에서 말예요."

"그러시다면 오늘은 이쯤으로 하시고 다음에 또 오시죠. 난 지금 외출을 해야겠습니다."

"전 갈 곳이 없는 여자예요."

"갈 곳이 없다고 해서 여기 계실 순 없는 것 아닙니까?"

"방해하지 않을게요. 내가 여기 좀 있게 해주세요. 이 집은 선생님이 혼자 쓰고 있는 집 아녜요? 살림을 하시는 것도 아니구."

"나 혼자 있으니까 안 되겠다는 겁니다."

"날 여자라고 치구요? 난 여자가 아녜요. 사람도 아녜요. 산송장이에요."

여자의 이마에 기름땀이 솟아 있었다. 에어컨이 시원한데 그런 땀이 날 까닭이 없는 것이다.

"혹시 배가 고프신 것 아닙니까?"

"배고픈 문제엔 상관하지 마세요."

나는 이 여자가 죽을 자리를 찾아 이곳으로 온 것이 아닐까 하고 겁을 먹었다. 아니나 다를까 내 예상이 정확하다는 것을 증명이나 하려는 듯,

"내 몸 하나 뉠 공간만 빌려주시면 돼요. 그 이상 아무것도 바라지 않아요." 하곤 지퍼로 된 백에서 신문지에 싼 것을 탁자 위에 꺼내놓았다.

"그게 뭡니까?"

"왜 내가 여기에 누울 자리를 찾아왔느냐 하는 이유를 적은 것이에요."

"안 되겠습니다."

나는 단호하게 말했다.

여자는 말끄러미 날 쳐다보더니 그 신문지에 싼 것을 도로 백 속에 집어넣고 일어섰다. 그러곤 돌아선 채,

"실례했습니다." 하는 말을 남겨놓고 비틀비틀한 걸음으로 나가버렸다.

나는 확실히 그 여자가 죽을 각오를 한 것이란 짐작을 했다. 헌데 이런 짐작을 하고서도 그녀를 방치해두어야 할까, 나는 선뜻 형식을 생각했다.

'형식 같으면 이럴 경우 무슨 적절한 방도를 생각해 낼 것인데.' 하는 상념이었다.

이때 전화벨이 울렸다.

송수화기를 집어들었다.

"여긴 수위실입니다. 방금 선생님 댁을 찾아간 여자가 현관에서 쓰러졌습니다. 빨리 오셔야 하겠어요." 하는 다급한 목소리가 울렸다.

엘리베이터의 속도가 느리기만 해서 짜증이 났다. 여자는 수위실 앞 벤치에 맥없이 누워 있었다. 핏기가 없는 얼굴은 창백하기가 종잇빛과 같았다.

"구급차는?" 하고 물었더니 수위가 답했다.

"불러놓았습니다."

뭉게구름이 순백의 빛깔로 하늘의 일각에 있었다. 하나의 비극을 조명하는 빛으로선 너무나 강렬하게 태양이 누리에 꽉 차 있었다.

나는 시선을 그 여자에게로 돌렸다. 죽음을 일보 전에 하고서도, 아니 그런 까닭 때문인지 모른다. 여자의 얼굴은 신성한 느낌을 줄 정도로 아름다웠다.

너무도 생각할 것이 많아서 나무는 침묵하고 있는 것이다

앰뷸런스는 서열暑熱이 황혼빛으로 물들어가고 있는 거리를 누비며 달렸다. 앰뷸런스 안의 공기는 떡시루를 방불케 하는 더위로 부풀어 있었다. 숨이 막힐 지경이라서 무턱대고 앰뷸런스를 타버린 내 자신을 뉘우쳐볼 겨를마저 없었다.

들것에 누인 여자, 임이란 성을 가진 그 여인의 스커트 자락이 구겨진 채 앞쪽이 들려 희끄무레한 허벅다리가 바로 내 눈앞에 있었다.

그러나 한 오라기의 에로티시즘도 없었다. 죽음과 더불어 에로티시즘은 사라진다. 임 여인은 죽음 직전에 있는 듯 보였다.

— 에로티시즘은 죽음에까지 이를 수 있는 생의 찬가이다.

하는 것은 누구의 말이었던가. 그것은 혹시 죽음과 더불어 에로티시즘이 끝난다는 말은 아닐는지.

헝클어진 머리칼로 얼굴의 반쯤을 가리고 자동차의 진동에 따라 경련하고 있는 듯한 임 여인의 감긴 눈 언저리를 바라보며 나는 마음속으로 대화를 시작하고 있었다.

'이 여자는 이대로 죽을 것인가.'

'설마 그렇게야 될려구. 그러나 죽을지도 모르지.'

'그럼?'

'나는 박명의 여자가 죽어가는 현장을 지켜보는 입회인이 되는 셈이다.'

'비극의 입회인?'

'죽음을 비극이랄 수는 없지.'

'그러나 젊은 죽음은 비극이 되지 않을까?'

'죽음에 노소가 있을라구.'

'사람은 저마다 죽음을 짊어지고 다니는걸.'

문득 생각나는 『말테의 수기』의 한 구절.

—사람들은 모두 이 도시에 살려고 모여드는 모양이지만 내가 보기론 모두들 죽으려 모여드는 것 같다.

'죽음이 구제라고 말한 사람도 있었지.'

'그러나 이 여자가 이대로 죽어간다면 너무 슬픈 일이 아닐까.'

'어떻게 살아왔느냐에 달렸겠지만.'

'아직 서른도 안 되는 나이로 보이는데 삼백 년 동안이나 지친 얼굴을 하고 있으니.'

'이렇게 죽기 위해 살아온 것이라면……. 이 여자에겐 부모가 있을까? 김소향을 은인이라고 하더라만 김소향과 이 여자완 어떤 관계에 있는 건가?'

'아마 이 여자는 인생이 마라톤 경주라는 걸 잊었는가 부다. 단거리 경주에 실패했다고 이렇게 지칠 수가 있을까.'

'만일 살아난다면 나는 이 여자에게 힘이 되어줄 수 있을까.'

'그렇게 하자면 명욱에게 알려야 할 것 아닌가.'

'그럴 경우 아파트 문제를 어떻게 해명하지?'

'한 사람의 생명이 오락가락하는데 그따위가 문제이기나 할까?'

'이웃 사람의 죽음보다 내 밥그릇에 섞여 있는 돌 한 개가 더욱 큰 문제일 수도 있으니……'

'아무래도 빨리 아파트 얘기는 해야만 하겠다. 그러나……'

'아무튼 이 여자를 어떻게 하지?'

그때 윤두명의 얼굴이 떠올랐다. 윤두명 씨에게 부탁만 하면 그 상제교인가 뭔가 하는 곳에서 무슨 수를 써주겠지, 하는 생각이 잇따랐다.

얼마 전에도 들은 적이 있다.

정진동이 말했다. 교세가 오만 명으로 불었다는 얘기였다. 무슨 공장인가를 세 개나 세우고 농장도 대소 규모가 다르지만 여섯 군데 장만했다는 것이었다.

"가능한 한에 있어서의 낙원건설이 우리의 목표입니다. 편파적·폐쇄적·배타적이라고 할지 모르나 우리 교도의 행복만은 우리 힘으로 지켜 나갈 겁니다." 정진동이 자신 있게 말했다.

그리고 또 한다는 말이,

"교세가 십만 명으로 확장되면 나는 실험농장으로 들어가 한국의 루더 버벙크가 될 작정이죠."

지금 총무직을 맡아 교단 일로 동분서주하고 있으면서도 육종학에 대한 향수는 잃지 않고 있는 모양이었다.

나는 윤두명이 오엔 식의 십구 세기 사회주의를 상제교에 응용하려는 것이 아닌가 하는 생각을 하곤,

"그런 운동엔 상한이란 게 있는 것 아닐까. 교세를 불려 나가지 않으면 현상유지가 불가능하고, 그렇다고 해서 교세를 팽창하다간 자체의 모순이 커서 폭발할 경우가 있지 않겠느냐."며 몇 가지 예를 가상하고,

"그런 까닭으로 해서 실패하면 어떻게 할 것이냐."고 했더니 정진동이 흥분했다.

"실패할 까닭이 없죠."

"정치적인 충돌을 상상해볼 수 없을까?" 하고 내가 물었다.

"없다."는 대답이었다.

"경제적인 파탄은?"

"있을 수 없지요."

"일반교도들의 희생 없이 공장이나 농장을 유지할 수가 있나?"

"희생이 있대도 그건 교도를 위한 교도의 희생인 걸요."

"희생만 하는 부류가 생기고, 그 희생 위에 안락을 꾀하는 부류가 생기는 위험은 없을까?"

"그런 위험도 없죠."

"불평분자가 나타나면?"

"그럴 리 없지요."

"헤게모니 투쟁은?"

"그런 것도 없어요."

"그럼 그곳은 사람이 모인 곳이 아니구먼."

"신앙이 있지 않습니까. 신앙을 가진 사람과 신앙을 갖지 않는 사람과는 인간과 짐승만큼한 차이가 있을 겁니다."

"내 짧은 역사적 소견이지만 고래로 분열되지 않은 교단이 없었고, 흔들리지 않은 신앙은 없었는데."

"우리 상제교는 다릅니다. 신앙과 생활이 일체화되어 있으니까요. 완전 민주주의로 해나가니까 분열할 까닭이 없구요. 누구라도 아이디어를 제출하면 그것을 검토해서 필요한 자금을 주고, 하고 싶은 일을 하며 살 수 있도록 보장해주는데 어떻게 불평과 불만이 있겠습니까."

"그런 낙천주의, 부럽구나."

"부러우면 상제교에 입신하십시오." 하는데 정진동의 표정은 농담 같지가 않았다.

나는,

"그래도 실패하면 어떻게 할 것이냐."고 따졌다.

"실패할 까닭이 없다고 하잖았습니까. 그런데도 만일 실패하면 그건 상제의 실패가 되는 것이니까……." 하고 일순 말을 끊더니 덧붙였다.

"모두 죽을 수밖에 없지요."

"죽는다구?"

나는 놀라며 반문했다.

"죽어야죠."

그러고는 힘 있게 보탰다.

"우리 상제교도는 죽음을 두려워하지 않습니다."

나는 말문을 닫아버렸던 것인데 그 직후의 상념은 복잡했다. 그때 내가 상기한 것은 천 명 가까운 사람이 집단 자살한 가이아나에서의 인민사원 사건이었다.

—우리들은 저 세상에서 만나게 될 것이다. 죽음엔 존엄이 있다. 누구에게도 죽음은 위대한 데몬스트레이션이다.

이 한 마디의 말로 구백 명 이상의 남녀가 청산염을 마셨다. 그리고 그 구백 명 이상의 사람이 죽는 덴 오 분 이상 걸리지 않았다.

역사상 어떤 인물이 짐 존스와 같은 위력을 발휘한 사람이 있었을까.

어떤 전설과 신화 속의 악마도 이러한 괴력을 발휘해본 적이 없었던 것이 아니었을까.

그때도 그랬지만 나는 막연하게 짐 존스와 윤두명과의 연결을 생각해보는 마음으로 되었다. 한마디로 흉악하다고밖엔 말할 수 없는 짐 존스와 언제나 온유한 얼굴을 지니고 있는 윤두명과를 결부시킨다는 것은 꺼림한 노릇이었지만, 정진동의,

"우리 교도는 죽음을 두려워하지 않는다."는 말이 촉발한 감정의 단편이었다.

『샌프란시스코 크로니클』의 기자 마셜 길다프의 기사에 의하면 짐 존스는 신도들에게 자살 연습을 번번이 시키고 있었다고 하는데 혹시 윤두명도 노골적인 방법으로서가 아니라 은근히 신도들로 하여금 자살 준비를 시키고 있는 것이 아닐까. 그렇지 않고서야 정진동이 어떻게 서슴없이

"모두 죽을 수밖에 없다."는 말을 할 수 있었겠는가 말이다.

짐 존스는 자기가 쌓아올린 세계가 언제 붕괴될지 모른다는 공포상태에 있었다. 그 공포의 대상으로 집단 자살을 구상했던 것이다.

윤두명도 자기 나름대로의 교단, 아니, 세계를 구축하고 있다. 그런 만큼 그는 자기가 구축한 세계의 붕괴를 겁내는 마음을 갖게 되었을 것이라고 추측해보는 것도 그다지 황당한 일이 아니다. 어쩌면 가이아나의 인민사원 사건이 그에게 충격을 주었을지도 모른다⋯⋯.

앰뷸런스 속에서 죽음을 가까이에 하고 있는 사람을 바라보며 하는 생각이기 때문에 그 내용과 빛깔이 그로테스크하게 되었는진 몰라도 들것에 누워 있는 임 여인의 몰골을 통해 윤두명의 명령하에 집단 자살한 무수한 시체를 보는 마음이 되었다.

그러면서도 나는 임 여인이 살아났을 경우 그 처리를 윤두명 씨에게
맡길 작정으로 기울어들고 있었다.

앰뷸런스가 멎고 나서야 그곳이 J병원이란 사실을 알았다. 병원의 현
관엔 벌써 전등이 켜져 있었고 거리에 엷은 어둠이 깔려 있었다. 정신
이 돌아왔는지 임 여인은 응급실로 옮겨지는 동안 들것 위에서 눈을 떴
다. 옆에 따라가고 있는 나의 얼굴을 확인하고서야 자기의 처지를 깨달
은 모양으로 몸을 움직이려고 했다.

"잠자코 계십시오." 나직이 말하며 나는 손짓을 했다.

임 여인은 불안한 표정으로 눈동자를 굴리더니 자기가 베고 있는 게
책보라는 것을 알자 안심을 한 듯 숨을 깊게 내쉬었다.

응급실의 철제침대 위로 임 여인을 옮겨놓고 들것을 멘 사람들이 나
가는 것과 동시에 간호원이 들어섰다.

"보호자가 누구시죠?"

임 여인 옆에 있는 사람이 나밖엔 없으니 내가 보호자일 것이라고 확
인하고 묻는 질문이었다.

나는 잠자코 있었다.

"보호자 아니세요?"

간호원의 물음은 힐문으로 바뀌었다.

"보호자랄 수는……." 나는 어물어물했다.

"수속을 하셔야 응급치료를 할 것이 아녜요?"

간호원의 말이 신경질적으로 날카로웠다.

"응급치료부터 먼저 하고 수속은 천천히……."

내 태도가 죄 지은 사람처럼 되었다.

"그렇겐 안 돼요. 먼저 수속을 하세요."

명령조였다.

이때,

"나 아픈 데 없어요." 하고 임 여인은 일어나려고 했지만 몸이 말을 듣지 않아 도로 쓰러졌다.

"수속은 어떻게 하면 됩니까."

나는 비로소 용기를 냈다.

"저쪽 현관에 접수처가 있어요. 거기 가서 서류를 받아 기입을 하세요."

간호원의 지시대로 접수처로 가서 서류를 받았다. 기입할 사항이 꽤 많았다. 우선 임 여인의 이름을 알아야 했다.

다시 응급실로 돌아와 물었다.

"이름이 뭡니까?"

"이름은 왜요?"

"입원수속을 하려면……."

"입원하지 않겠어요."

"입원하지 않으면?"

"나가겠어요."

"걷지도 못하시면서?"

"일으켜주시면 걸을 수 있어요."

"일어날 수도 없는 사람이 어떻게……. 이름을 말하시지요."

간호원이 나섰다.

"빨리 하세요. 곧 또 위급환자가 와요."

"임선희라고 해요."

들릴락말락한 소리였다.

"나이는?"

"스물아홉 살이에요."

"주소는?"

"없어요." 하는 수 없이 내 아파트 주소를 쓸 수밖에 없었다. 보호자
란엔 부득이 내 이름을 기입했다.

헐레벌떡 서류를 들고 갔더니 접수처의 직원이 물었다.

"대강 며칠쯤 입원하실 예정입니까?"

"그걸 내가 어떻게 알겠소. 의사나 알지."

"일주일쯤으로 잡아둘까요?"

"글쎄, 그걸 내가 어떻게……."

"입원비 때문에 그럽니다."

"입원비?"

직원이 이상한 눈초리로 나를 보았다.

"입원비가 얼마나 됩니까?"

"상세한 것은 치료를 해봐야 알겠지만 우선 보증금을 내야 합니다."

"얼마쯤요."

"일주일로 잡고 십만 원은 내셔야겠습니다."

"돈이 없으면 어떻게 합니까?"

"환자를 데리고 나가야죠."

나는 호주머니를 털어보았다.

이만 원하고 잔돈이 몇 푼 나왔을 뿐이다.

"우선 이만 원 갖고 안 될까요? 내일 어떻게 할 테니까요."

"그럼 내일 다시 사무적으로 처리할 요량하고 받아두죠." 하고 직원
은 영수증과 함께 카드를 내주며 응급실 간호원에게 보이라고 했다.

아까는 그렇게 바삐 서둘더니 막상 카드를 내밀자 간호원은,

"담당선생님이 식사하고 계시니까 조금 기다려야 할 거예요." 하곤 바깥으로 나가버렸다.

나는 멍청하게 서 있을 수밖에 없었다.

"미안합니다." 하는 신음을 닮은 소리가 임 여인의 입에서 새어나왔다.

성난 티를 낼 수도, 표정을 부드럽게 할 수도 없는 어색한 기분으로 나는 창가에 있는 둥글의자에 가 앉아 담배를 꺼냈다.

'양춘배를 찾아가서 『행복의 철학』을 가져올 참이었는데…….'

행복에의 길이 멀다는 얘기로도 될 것이란 생각이 들었다. 행복, 그 자체를 찾아가는 것이 아니라, 행복에 관한 책을 받으러 가는 도정이 엉뚱하게도 어느 병원으로 어느 불행과 동반하지 않을 수 없었다는 사실은 일종의 상징적인 사건일지 모른다는 생각도 들었다.

'그건 그렇고 양춘배가 지금까지 나를 기다리고 있지나 않을까.' 하는 염려가 생겼다.

복도에 나가 공중전화를 찾았다. 공중전화는 현관 옆에 있었다. 출판사로 전화를 걸었다. 아니나 다를까 양춘배는 기다리고 있었다.

"서형의 성격을 아니까 기다릴 수밖에." 하곤,

"서형이 오시면 한 잔 하려고 벼르고 있습니다." 하는 고마운 말이었다.

나는 대강의 설명을 하고 내일 아침나절에 찾겠다고 했다. 그랬더니 양춘배는 병원으로 오겠다는 것이었다. 그것도 불여의 화인데 어떻게 혼자 당하고만 있게 할 수 있느냐는 것이다.

"고맙습니다."고 전화통에 머리를 숙였다.

전화를 끝내고 돌아왔는데도 의사는 아직 나타나지 않고 있었다. 가난한 환자인데다가 그다지 급하지 않다고 생각하고 능장을 부리는가

보았다.

나는 사명감 없이 의사 노릇이 가능할까, 여부를 두고 생각해볼 작정이었지만 치밀어오르는 분격 때문에 사고가 제대로 풀리지 않았다.

'의술을 인술이라고까지 말하고 있는 이에게 과분한 기대를 할 요량은 없다. 그러나 직업인으로서의 성의는 있어야 할 것이 아닌가.'

나는 형식이 이런 형편이 되었을 경우 어떻게 할까 하는 상상을 해봄으로써 겨우 분격의 불길을 진정했다. 형식 같으면 벌써 간호원 대기실 같은 데 나타나서 익살을 섞은 말을 휘둘러 이렇게 기분 나쁜 상황을 만들지 않았을 것이다.

여덟 시가 거의 되었을 때 의사가 나타났다. 의사로서의 기량에 앞서 체면부터 먼저 익혀놓은 것 같은 거만스러운 젊은 의사였다.

그는 임 여인 옆으로 가서 감고 있는 눈꺼풀을 뒤집곤 잠깐 들여다보더니 퉁명스럽게 물었다.

"아픈 데가 어디죠?"

답이 없었다. 의사의 태도에 반발을 느꼈대서가 아니라 답할 기력이 없는 탓일 것이었다.

의사는 목에 걸고 있는 청진기를 귀에 걸더니 무슨 나무 등치라도 만지는 듯 이리저리로 임 여인의 몸을 굴려가며 청진기를 갖다댔다. 그러고는 혓바닥을 내보라고 했다. 맥박을 짚기도 했다.

"식사를 한 지가 얼마나 되었소."

"……."

"언제 식사를 했느냐 말이오."

"……."

"이 환자 벙어리요?" 하고 의사는 나를 힐끔 보았다.

너무도 생각할 것이 많아서 나무는 침묵하고 있는 것이다 93

"벙어리는 아닙니다."

되도록 침착하게 나는 대답을 꾸몄다.

"그런데 왜?"

"대답할 기력이 없는 겁니다."

의사는 임 여인의 배를 만졌다.

그리고 나에게 물었다.

"이 사람 언제 식사를 했죠?"

"잘 모르겠습니다."

"모르다뇨?"

의사의 눈이 힐난하는 빛으로 번쩍했다.

뭔가 나는 설명할 필요를 느끼지 않았다.

체온을 재고 얼만가의 혈액을 뽑고 하더니 의사는 테이블에 붙어선 채로 처방을 썼다. 그러고는 나로선 알아들을 수 없는 말을 간호원 상대로 지껄여놓고 횡 나가버렸다.

병실은 삼층이었다. 세 사람이 같이 쓰는 병실이었는데 창쪽 침대엔 노녀老女가 누워 있었고 침대 두 개는 비어 있었다. 임 여인에겐 입구 쪽으로 붙어 있는 침대가 할당되었다.

"환자가 대단히 쇠약해 있어요. 프라즈마 주사를 놓아드릴까요?"

간호부의 그 말이 흡사 거래하는 듯 딱딱한 말투였다. 나는 가까스로 불쾌감을 참았다.

"치료와 투약은 병원 측이 알아서 할 일 아닙니까."

"비용 때문에 그래요." 그녀의 말은 여전히 쌀쌀했다.

"비용 걱정은 내가 할 테니까 치료나 잘 해주시오."

이 말엔 대꾸가 없었다.

이윽고 프라즈마 병과 주사기를 들고 들어오더니 임 여인의 팔에 주사바늘을 꽂았다. 다시 실신상태가 되었는지 허탈한 때문인지 환자는 주사바늘을 찔러도 아무런 반응이 보이지 않았다.

그 쓸쓸하고 매정스럽고 한스러운 광경을 지켜보고 서 있다가,

"내일 아침 와보겠소." 하고 내가 병실을 나서려고 하자,

"침구와 식사는 어떻게 하죠?" 하고 간호원이 물었다.

"병원에서 적당히 안 됩니까?"

"사용료를 따로 지불해야 합니다. 식비도 그렇구요."

"좋을 대로 하시오. 비용을 떼먹진 않을 테니까요."

뱉듯이 말해놓고 복도로 나왔다.

괜히 엉뚱한 일에 말려들었다는 푸념에 앞서 사사건건 쌀쌀함을 드러내놓으면서도 별로 성의가 없어 보이는 그 병원 측의 태도에 정녕 노여움을 느꼈다. 내일이라도 돈이 마련되면 좀더 친절한 병원으로 옮겨야겠다는 각오가 섰다. 이렇게 비인간적인 병원을 탓하기 위해선 내 스스로가 인간적인 인간이 되어야 하는 것이다. 우주에 섭리라는 것이 있다면 이런 병원부터 먼저 바람으로 치건 파도로 치건 해서 날려 없애야 하는 것이다.

한편 내가 이처럼 분격해보긴 처음이란 자각이 있었다. 그런 자각이 없었더라면 아까의 그 의사를 찾아가서 멱살이라도 잡았을 것이었다.

현관을 나서려는데 양춘배가 나타났다. 뻘뻘 흐르고 있는 땀을 닦으며,

"볼일은 다 보셨소?" 하고 웃었다.

병원 근처의 대폿집에 들렀다.

술잔이 거듭되자 아무리 억누르려고 해도 되질 않았다. J병원에 대한 분격을 털어놓았다.

양춘배는 시종 웃는 얼굴로 듣고 있더니 한마디 했다.

"서형이 그처럼 흥분하는 건 처음 보는데요."

"흥분하지 않고 배겨낼 수 있어요?"

"서형, 그건 상식입니다. 병원이 만일 그렇지 않았다면 그런 사실이 야말로 놀랄 만하죠. 아무래도 오늘의 서형은 서형답지 않습니다."

양춘배의 그 말은 생각해볼 만한 계기를 가지고 있었다.

"아닌 게 아니라." 하고 나는 머리를 긁었다.

양춘배는 여전히 웃음을 품고,

"나는 그렇게 장삿속을 노출하고, 의사가 거만하다는 사실을 되레 다행으로 생각하는데요. 적어도 거긴 위선은 없으니까요. 악도 그처럼 솔직하게 나타난 것엔 대응하기가 쉽습니다. 독을 독이라고 알면 손해가 없습니다. 무서운 것은 오블라토에 싼 독이지요. 사탕발림을 한 악의지요. 친절한 척 꾸며선 사람을 궁지로 몰아넣는 기막힌 술책, 그런 게 지금 우리의 주변에 미만해 있지 않습니까. 세상을 현명하게 살려면 친절을 경계해야 할 겁니다."

"그러나 그런 꼴을 당하고 보니까, 발끈할 수밖에요."

"그만큼 서형이 순진하단 말 아닙니까?"

"나는 결코 순진하질 않습니다."

"그건 그렇고 그 여인을 어떻게 하시렵니까. 병원비를 부담하신다는 건 서형의 처지로선……"

"이렇게 받아놓은 것이 있잖습니까."

나는 조금 전 양춘배로부터 받은 번역료가 들어 있는 포켓을 가리켰다.

"그건 안 됩니다." 하고 양춘배는 손을 저었다.

"안 되면 어떻게 합니까. 내가 보기론 너무 오래 굶은 데 원인이 있는 허탈증이 아닌가 해요. 한 일주일 입원하고 영양분 있는 것을 먹이면 원기를 회복할 겁니다. 그때까진 보살펴주어야죠. 이것도 무슨 인연이 겠죠. 돈을 빌려서까지 입원비를 물어야 할 형편인데 마침 번역료가 들어와서 다행입니다."

"그러지 말구 서형, 그 입원비의 반은 내가 물도록 합시다."

"그건 안 됩니다. 나는 묘하게 걸려들어 할 수가 없지만 양형은 그럴 건덕지가 없지 않소."

"내가 오늘 서형의 딱한 처지를 보았으니까, 그것을 묘하게 걸려든 것으로 치면 될 게 아니오."

"걸려든 것하고, 걸려든 것으로 치는 것하곤 다릅니다."

"휴머니스트 노릇을 서형만 독점할 참입니까? 나도 휴머니스트 노릇 한번 해봅시다. 겸사겸사 친구 노릇도 해보구요."

"사실은 입원비 같은 건 문제가 아닙니다. 그 여자가 퇴원했을 때가 문제거립니다. 아무래도 그 여자는 죽을 결심을 했는가 봐요. 성질이 독하지 못해 극단한 수단을 쓰지 않는다 뿐이지 서서한 방법으로 목숨을 끊을, 그런 마음인가 합니다. 모처럼 입원까지 시켜 대사를 넘겼는데 또 그런 일이 있으면 어떻게 합니까. 그렇다고 해서 따라다니며 보살펴줄 형편은 못 되구, 난 모른다 하고 팽개쳐버릴 수도 없구."

양춘배는 잠깐 생각하는 눈빛이 되더니 물었다.

"그 여자, 가정부 노릇을 할 수 있을까요?"

"본인이 그렇게 작정한다면야 못할 것도 없겠지. 잘 할까, 못 할까가 문제일 뿐이겠지, 그러나." 하고 나는 망설였다.

임 여인을 어떻게 설명해야 할지 방도가 없었다. 임 여인을 설명하려면 김소향에 관한 설명을 앞세워야 하는데 그 얘기는 양춘배 앞에서라도 거북했다.

"가족이나 연류를 찾아 맡기면 될 일 아니겠소. 그 이상 신경 쓸 것 없는 것 같은데요."

양춘배는 수월하게 이처럼 말하지만 내 입장은 다른 것이다. 가족이나 연류를 쉽게 찾을 수 있을 것 같지도 않았다.

양춘배와 이런 말들을 주고받고 있는 사이에 또 다른 생각이 일었다. 그것은 김소향과의 인연을 보아서도 임 여인을 소홀히 해선 안 되지 않을까, 하는 생각이었다. 내가 원하진 않았지만 김소향은 시가로 쳐서 오천만 원 상당의 아파트를 나에게 넘겨준 사람이 아닌가. 그런 사람과 절실한 연분이 있는 사람이라면, 아니 김소향이 그 여인에게 정신적으로나 물질적으로 무슨 부담을 가지고 있는 처지라면 김소향이 할 일을 내가 대신 맡아주어야 하는 것이 당연한 정리가 아닐까.

어쨌든 나는 임 여인의 운명에 상관하지 않을 수 없는 처지에 말려들었다는 인식을 새롭게 하며,

"그 여인의 문제는 사태에 따라 처리하겠으니 양형, 신경 쓰지 마시오." 하고 화제를 바꾸었다. 화제는 자연 마르쿠제의 『행복의 철학』으로 넘어갔다. 양춘배는,

"행복의 철학이 행복을 만들어내는 데 도움이 될 까닭이 없지만 행복이란 테마를 갖고 각 방면으로 사색했다는 그 시도만은 좋은 일이 아닌가 합니다. 대강 훑어보았지만 이런 책은 많이 읽혔으면 해요. 서형, 번역을 잘 부탁합니다." 하고 고개를 약간 숙여 절을 하는 시늉을 했다.

"내 번역으로 된다면야."

나는 이렇게 겸손해했다.

"서형의 번역에 차츰 정평이 생기기 시작했습니다. 형편없는 번역이 범람하고 있는 가운데 서형의 번역은 단연 출색이니까요."

양춘배는 정색을 하고 말했다.

"과찬이시겠지."

"천만에요. 가끔 고급독자들로부터 편지가 오는데 이렇게 독실한 번역자가 있다는 것은 나라의 문화를 위해 크게 기뻐할 일이라고 하는 내용의 것이 많거든요. 나는 우리 문화의 단계를 번역문화의 단계라고 봅니다. 사회과학에 있어서나 자연과학에 있어서나 우리 학자의 독창을 기대하는 것은 먼 훗날의 일일 테니까요. 그런 뜻에서 서형의 존재가치는 퍽 크다고 생각합니다."

"번역자로서의 존재가치?" 하고 나는 쓸쓸하게 웃었다. 양춘배가 다시 정색을 했다.

"서형! 나는 번역자의 존재가치를 높이 평가합니다. 겸손하게 고전을 배우고 선진된 문명을 배워야 할 시대가 아닙니까? 나는 지금의 상황을 과도기라고 보고 과도기에 있어서 중요한 것은 다음 시대를 정상기로 만들기 위해 묵묵히 기초적인 작업을 하는 데 있다고 생각합니다. 나는 보잘것없는 출판사의 사원이지만 그러한 기초적인 작업을 하고 있다는 데 긍지를 느낍니다. 좋은 책을 만들어 민족의 비료로 하겠다고 애쓰고 있다는 사실, 나는 그 자각만으로 살아갑니다. 생각하면 신문사의 민주화를 하겠다고 나선 것은 하룻강아지 범 무서운 줄 모르고 덤빈 수작이었습니다. 물론 후회는 안 합니다. 몸소 철벽에 부딪혀 좌절하고 그 좌절을 통해 사회의 메커니즘을 실감했으니까요. 기막힌 교훈을 얻은 겁니다. 그러나 그런 좌절만을 되풀이하고 있을 순 없지 않습니까.

출판사에 취직할 수 있었다는 것은 다행한 일이었습니다. 출판사의 직원은 먼지를 쓰고 사회의 어두운 구석에서 묵묵히 일을 하다가 이름도 없이 사라지겠지만 그가 좋은 책을 만드는 데 정열을 다했다고만 하면 이 민족, 이 산하의 공기를 바꿔놓는 데 얼마간의 기여를 한 것이라고 되지 않겠습니까. 그렇다면 서형은 큰일을 하고 있는 겁니다. 내가 자부를 가지고 있다면 서형은 나의 자부의 열 배쯤은 가지고 있어야 할 것입니다. 나는 그러한 서형을 내 가까이에 모시고 있다는 것만으로 자랑으로 알고 있습니다. 그래서 오늘 입원한 그 여인의 병원비의 반을 내가 부담하겠다는 겁니다."

화제는 다시 임 여인에 관한 것으로 돌아갔다. 많은 얘기가 있은 후 나는,

"그 문제를 크게 걱정하지 말래두요. 정 안 되면 윤두명 씨와 의논해 볼 작정입니다." 하는 말을 했다.

"윤두명 씨? 교정부에 계시던?" 하더니 양춘배는 웃음을 머금고 이런 말을 했다.

"윤두명 얘기가 나왔으니 하는 말입니다만 며칠 전 그분이 약 천 장가량으로 된 원고를 가지고 오셨어요. 출판해달라는 겁니다. 물론 자비출판으로. 내가 한번 읽어본 후 사장과 의논해서 연락드리겠다고 하고 원고를 받아두었는데 읽어보니, 뭐라고 말해야 좋을까……. 한마디로 내 상식으로선 도무지 납득할 수가 없습니다."

"대강 어떤 건데요."

"제목은 「신앙의 길」이라고 했는데 인간은 종교 없이 살아갈 수 없다는 일반론부터 시작해서 우리 민족의 신은 옥황상제일 수밖에 없으니 옥황상제를 신앙해야 한다는 결론으로 되어 있어요. 그 결론에 이르기

까지 별의별 학설이 인용되어 있습디다. 희랍인은 옥황상제를 제우스라고 하고, 크리스천은 여호와라고 하고, 회교도는 알라라고 한다는 등. 놀랄 수밖에 없는 것은 여호와를 신으로 아는 사람이나, 알라의 신을 믿는 사람이면 한국에선 옥황상제를 믿어야 한다는 단정이었습니다. 그뿐이 아니라 상제교의 윤곽을 그린 대목엔 정치론 · 경제론 · 문학론이 끼어 있었는데 그 세부는 러스키 · 슘페터 · 그로티우스 등의 고급이론을 곁들여 정채롭기도 합니다만 그 결론이 옥황상제의 신앙으로 비약하는 바람에 뭐가 뭔지 모르게 되어버렸어요. 결론적으로 말해 윤두명 씬 대단한 분이던데요. 우선 그 박식에 놀랐습니다. 그런 박식한 지식인이 옥황상제를 신앙한다는 것이 더욱 큰 놀람이었구요."

나는 상제교의 윤곽을 알고 있기 때문에 그 원고의 내용을 대강 짐작할 수 있었다.

"그래 그걸 출판할 겁니까?"

"윤두명 씨 생각은 자기가 비용을 내서 출판하는 거니까 출판사의 명의만 빌리면 된다는 그런 식인 것 같았습니다만 우리 출판사의 입장은 또 다릅니다. 출판사의 체면이란 것도 있으니까요."

"그럼 거절한다는 겁니까?"

"도리가 있습니까. 내일이라도 전화를 걸까 합니다. 미안하다는 생각이 없진 않지만 우리가 안 해도 맡아줄 출판사는 얼마든지 있을 테니까요."

"윤두명 씨 같은 총명한 사람이 어떻게 상제교를 믿게 되었는지 나 자신 납득할 수가 없어요. 어떻게 해석해야 하는 겁니까, 양형!"

"나도 생각해보았지만 도무지 납득할 수가 없데요."

"가이아나에서 있었던 인민사원 사건, 기억하시죠?"

"구백 명인가 천 명이 집단 자살한 사건 말이죠?"

"짐 존스인가 하는 사람이 교조였다는데 윤두명 씨도 그 전단에선 교조님으로 불리고 있거든요."

"짐 존스와 윤두명 씨가 서로 닮은 데가 있다, 이 말씀입니까?"

"그건 아닙니다. 윤두명 씨는 그처럼 흉악할 순 없을 테니까요. 게다가 보도에 의하면 짐 존스는 사기꾼이었는데 윤두명 씬 사기꾼은 아닙니다. 그러나 한 군데 닮은 것이 있어요. 집단생활입니다. 인민사원은 가이아나의 밀림 속에서 집단으로 살고 상제교도는 아직도 뿔뿔이 흩어진 채 있지만 이상으로 하는 바는 집단생활입니다. 지금도 그들의 생활체제는 집단생활이나 다를 바가 없습니다."

"헌데 서형은 어떻게 상제교의 내부를 그렇게 잘 아십니까."

"우연한 기회, 그 교단의 본부에 드나든 적이 있고, 나 자신 입신을 권유받고 있는 중입니다."

양춘배의 눈이 휘둥그렇게 되었다. 내가 얼른 말을 보탰다.

"걱정 마십시오. 상제교에 입신할 생각은 추호도 없으니까요."

양춘배는 잔을 비우고 나에게 권하며,

"요컨대 상제교라는 것이 정상적인 것은 아니지 않습니까." 하고 겸연쩍스럽다는 듯 얼굴을 찌푸렸다.

"윤두명 씨의 말로는 종교의 존재이유가 있는 이상 상제교의 존재이유가 있다는 것이고, 어떤 종교도 시발점이 있었을 것이니, 지금 시작하는 종교라고 해서 그 이유만으로 어떻게 유사종교니 뭐니 하고 부인할 수 있겠느냐는 것이었습니다."

"사회의 병리적 현상의 일단면? 그렇게라도 해석해야 되지 않겠소."

"물론 병리적 현상이겠죠. 그러나 그 해석만으론 어림이 없죠. 나는 가끔 이렇게 생각하기도 했습니다. 윤두명 씬 비범한 사람입니다. 두뇌가 좋다는 그런 정도가 아닙니다. 일종의 신통력 같은 것도 가지고 있지요. 그런 사람은 어떤 뜻으로건 정상을 노립니다. 정상을 노리긴 하지만 힘은 없는 거죠. 금력도 병력도 체제를 통해 사다리를 기어오르기 위해선 체제가 탐탁스럽지 않고, 그렇다고 해서 체제를 부인하는 혁명을 일으킬 수 없고, 그러니 자연 제삼의 길을 모색하지 않을 수 없었다로 된 것인데 그것이 교단의 창설이 아니겠는가 하는 겁니다. 조금 건방지게 말을 보태면 윤두명 씨는 자기 나름의 방법으로 나폴레옹이 되려고 하는 것이 아닌가……."

"재미있는 해석인데요. 어쩌면 신흥종교 교조들의 심리구조를 공통적으로 설명한 것으로 될지 모르겠습니다."

"그러니까 가이아나의 짐 존스가 그랬듯 윤두명 씨도 워털루를 언제나 예상하고 있을 것이다, 이겁니다. 가이아나 밀림에서의 대학살은 짐 존스에게 있어선 워털루였을 테니까요."

가이아나의 인민사원과 상제교가 화제로서 얽히고 보니 나와 양춘배의 얘기는 끝간 데를 몰랐다.

열 시 가까워서 대폿집을 나와 병원에 들렀다. 임 여인은 깊은 잠에 빠져들어 있었다. 그런데 그 잠자는 얼굴이 아름다웠다. 어떻게 된 탓인지 머리는 곱게 빗겨져 있었고 먼지투성이이던 얼굴이 맑기만 했다. 어떤 간호원의 호의였는가 했는데 같은 방을 쓰고 있는 노녀를 시중드는 중년 여자의 친절이란 것을 알았다.

"땀과 먼지가 범벅이 되어 있어 물수건으로 닦았더니 저렇게 예쁜 얼굴이 되지 않았겠어요?"

중년 여자의 말은 조용하면서도 만족스러웠다.

임 여인은 깨끗한 홑이불을 덮고 있었는데 그것도 그 중년 여자의 친절이었다.

"할머니의 이불이 두 개 있었어요. 그래서." 하는 말을 듣고 나는 감사하다며 깊숙이 머리를 숙였다.

양춘배와 헤어져 아파트로 돌아가는 도중 나는 가슴속으로 중얼거렸다.

'길고 긴 여름의 어느 하루……'

자연엔 의지가 있을 뿐 윤리는 없다

길고 긴 여름의 어느 하루, 라고 중얼거렸지만 아파트로 돌아간 것으로 그 하루는 끝나지 않았다.

정명욱이 창백한 얼굴로 나를 맞이했다. 그런데 그 창백한 얼굴은 형광등의 탓만은 아니라는 것을 곧 알 수 있었다.

"식사를 하셔야죠?" 하는 말이 지나치게 공손하게 들리기에 명욱의 얼굴을 보았더니 명욱의 표정은 석고처럼 굳어 있었다.

나는 당황한 감정을 수습할 수가 없었다. 허둥지둥 상의를 벗고 세면장으로 들어갔다. 손을 씻고 얼굴을 씻고 발을 씻고도 수도꼭지를 틀어놓은 채 멍청히 서 있었다. 각별히 지은 죄라고는 없는데도 문제로 삼으려고 들면 귀찮게 될 문제점이 한두 가지가 아닐 것이란 막연한 공포, 그 가운데 어떤 것이 터졌을까 하는 데 대한 불안.

'죄 짓고는 살 수 없는 것이 인생인가 보다.'

등 뒤에 인기척이 있더니 명욱의 손이 나와 수도꼭지를 잠갔다. 그러고는 내 어깨에 타월이 걸렸다.

"식사 준비를 할까요?"

말에 부드러움이 있었다.

경화된 감정을 순간적으로나마 가졌다는 데 대한 뉘우침이 명욱의 가슴속에 일기 시작했다는 증거처럼 느껴졌다.

"식사할 생각 없소." 타월로 얼굴과 손을 닦으며 나는 덤덤히 말했다. 그리고 덧붙였다.

"양춘배 씨를 만나 한 잔 했어."

방으로 돌아와 불빛 밑에 앉았다. 명욱이 무릎을 가지런히 꿇고 정면에 앉았다.

"오늘도 쭈욱 도서관에 계셨수?"

나는 얼른 대답할 수가 없었다. 그 아파트의 일이 탄로가 났나? 하는 상념이 스쳤다. 가슴이 두근거렸다.

"도서관도 꽤 덥죠?"

"여름철은 더운 계절인데 뭐."

"국립도서관쯤 되면 냉방설비도 되어 있어야 할 텐데."

나는 속으로 아차, 했다. 국립도서관에 냉방시설이 되어 있는지 없는지를 모르고 있는 것이다.

그러나 명욱은 그 이상 따지질 않았다. 동시에 도서관에 있었느냐, 없었느냐를 문제로 한 것이 아니란 사실을 알았다. 명욱은 뭔가에 성이 나 있는 것인데 그 감정을 스스로 진정하기 위해 엉뚱하게 도서관을 들먹인 것이라고 짐작할 수가 있었다. 그런데 명욱은 무슨 일 때문에 신경을 곤두세우고 있는 걸까. 무슨 까닭이냐고 물어도 될 테지만 긁어 부스럼을 만들 필요는 없는 것이다. 봉투에서 양춘배로부터 받은 책을 꺼냈다.

"루트비히 마르쿠제의 『행복의 철학』이란 책이야. 이걸 번역해달라는 얘기였소."

"그 책을 읽으면 모두들 행복하게 되겠네요."

명욱의 말에 시니컬한 내음이 섞였다. 나는 잠자코 그 책을 폈다.

따분한 분위기를 건디기 위해선 책을 읽는 것이 상책이다.

―사람의 동경엔 늙을 줄을 모르는 게 있다.

이 첫 구절이 썩 내 마음에 들었다. 다음과 같이 이어지고 있다.

―태고의 옛적부터 영원한 젊음을 지녀온 동경, 그 가운데의 하나가 행복이다. 바빌로니아인 · 유대인 · 인도와 희랍과 중국인 · 로마인 · 아라비아인 · 페르시아인 그리고 그후 몇천 년이란 역사 속에서 많은 행복한 사람들, 불행한 사람들이 행복한 인생에 관해 사색을 거듭해왔다…….

거친 숨소리를 느꼈다. 고개를 든 나의 시선에 명욱의 시선이 부딪혔다.

"태평하시군요." 명욱이 말했다.

"태평 안 할 것도 아니지." 내 말에도 익살이 섞였다.

"전 알고 싶어요." 명욱이 고개를 숙였다.

"뭘 알고 싶다는 거요." 다시 책으로 시선을 옮기며 내가 말했다.

"당신의 마음을요."

"내 마음? 그건 내 자신도 잘 모르겠는데."

그러고는 다시 활자를 쫓았다.

―이 책은 선인들이 개척한 행복에 이르는 왕도를 탐색하는 데 그 목적을 둔다…….

"그런 불성실한 대답이 어딨어요." 하는 명욱의 말에 나는 고개를 들었다.

"불성실하다구?"

"그래요. 솔직하질 않아요."

"솔직하게만 살아갈 순 없잖을까?"

"무슨 뜻이죠?"

"솔직하게만 살았으면 난 벌써 맞아죽었을지 몰라." 하고 나는 군에 있었을 때의 한 정경을 뇌리에 떠올렸다.

"문제를 그처럼 확대하지 말아요. 적어도 부부 사이에만은 솔직해야 할 것 아녜요?"

"내가 당신에게 솔직하지 않았던 것이 뭔데."

"당신에 관한 일이면 제가 다 알고 있어야 할 것 아녜요?"

"꼭 그럴 필요가 있을까?"

"그래야죠."

"납득이 안 가는군. 덮어두면 그대로 망각의 먼지에 싸여버릴 그런 일도 있는 거요. 그런 걸 괜히 파 드러내서 어데다 쓸 거야. 미중아리 호중아리 지껄이는 게 솔직하다는 건 아니겠지. 말할 것이 있고, 침묵해야 할 것이 있고, 문제는 성실에 있는 거요. 그렇지 않을까? 과거는 파헤칠 것이 아니라 묻어버려야 하는 거요."

"과거가 아니고 현재 진행하고 있는 일이면 어떻게 하겠어요."

"욱이에게 꼭 알려야 할 일로서 현재 진행 중인 것은 없는 것으로 나는 알고 있는데?"

"꼭 그럴까요?"

나는 여기에서 일단 발뺌해두어야겠다고 생각했다.

"아닌 게 아니라, 알려야 할 일이 더러는 있어. 그러나 그렇게 하지 않은 까닭은 지금 말하면 서로 어색해질 일이 일 년 후쯤에 말하면 웃음거리가 될, 그런 일도 있거든. 지금 말하려고 하면 설명이 곤란한 것이 좀더 시기를 두고 말하면 수월하게 설명될 수 있는 그런 것도 있구 말야."

"전 납득할 수 없네요."

"성서에 말이 있지 왜. 사랑할 때가 있고, 미워할 때가 있고, 말할 때가 있고, 짐작할 때가 있고, 때, 때, 때, 때가 소중한 것 아닐까?"

명욱의 표정은 이지러져 있었다. 할 말이 가슴속에 들끓고 있는데 간신히 그것을 참고 있다는 표정일지 몰랐다. 나는 자리에서 일어나 그 『행복의 철학』을 들고 테이블 앞으로 가려고 했다.

"저기 좀 앉으세요." 명욱의 말이었다.

우물쭈물 도로 앉았다. 귀찮다는 생각이 문득 가슴을 가로질렀다.

그랬는데 정명욱의 질문이 있었다.

"혹시 우리 결혼을 후회하고 있는 것 아녜요?"

"글쎄." 하는 대답으로 되어버렸다. 약간 당황해서 덧붙였다.

"꼭 그런 것만은 아니지만."

이 말이 더욱 어색했다고 느꼈지만 도리가 없었다. 사실을 속일 순 혹시 있을지 모르나 감정을 속이기란 힘드는 것이다.

명욱의 침묵이 압박해왔다. 이번엔 내가 물었다.

"그런 걸 묻는 걸 보니 당신이 그런 생각을 하고 있는 모양이지?"

발끈하는 듯한 명욱의 표정이 있었다. 그러나 말은 조용했다.

"결혼식을 올린 지 석 달도 채 안 되는데⋯⋯."

'이 꼴이 뭐람.' 하고 나는 속으로 말을 보냈다.

명욱이 아까 한 말대로 내가 솔직해야 한다면 다음과 같은 말이 있을 수 있었을 것이었다.

'당신과 결혼했다는 것을 후회하는 것이 아니라 결혼이란 자체가 후회의 원인이 되는 것이 아닐까. 더러는 결혼생활 자체를 보람 있게 하는 데 목적을 두고 있는 사람들도 있는 듯하더라만, 그런 사람들은 물론 제외하곤, 대강 결혼한 걸 후회하게 되는 것 아닐까? 그렇다고 해서 결혼을 집어치우자는 건 아니지만, 결혼하지 않았다면 느끼지 않아도 될 마음의 부담을 느끼게 되는 것이니까 말야.'

아닌 게 아니라 결혼만 하지 않았더라면, 김소향의 아파트, 박문혜의 편지 등이 정신적인 부담, 생리적인 압력으론 되지 않았을 것이었다.

나는 명욱의 다음의 말을 기다렸다. 무슨 말이 있건 당당하게 대응할 작정도 세웠다. 그러나 명욱의 다음 말은 없었다. 생각나는 것이 있었다.

"명욱 씨, 우리 결혼식할 때 우동규 부장이 한 말, 기억나지 않수? 서로 따지지 말라고 했어. 자꾸 따지고 있으면 양파껍질 벗겨지듯이 벗겨져 껍질이 추잡하게 산란할 뿐 아무런 알맹이도 남지 않는다구. 그러니 무조건 물을 주고, 북을 치고, 거름을 주어 가꾸라고 하잖았어? 후회하나? 안 하나? 그따위의 질문은 따지고 드는 거로 되는 거라. 그러니까 따지지 맙시다. 결혼한 걸 후회한대서 욱인 싸짊어지고 친정으로 갈 거야?"

"후회하는 기분이 있다는 것만으로도 불쾌하거든요."

명욱이 가느다란 목소리가 되었다.

"마음을 한 섬의 부피를 가진 거라고 하면 그 가운데 한두 되 되는 부분이 후회한다는 건데 불쾌할 건 또 뭐 있어."

"아까 우리 때가 있는 거라고 했죠?"

"그렇지."

"오늘 말하면 좋지 않을 것이 내일 말하면 아무 일도 안 되는 그런 게 있다고 했죠?"

"했지."

"그렇다면 왜 이런 것은 생각해보시지 안 해요. 오늘 말해버리면 아무 일도 없을 것을 오늘 말하지 않았기 때문에 사고가 될 수 있다는 걸 말예요."

"……"

"그런 것도 있을 테죠?"

"있겠지."

"우리에 관한 모든 것을 전 다 알고 싶어요. 그러나 그런 엄청난 욕심은 부리지 않을래요. 단 가장 요긴한 것, 우리의 마음을 차지하고 있는 중요한 건 알고 싶어요."

"그것이 뭔데."

"제가 어떻게 알아요."

"뭔가 눈치챈 게 있길래 당신 이러는 것 아냐?"

"……"

"그걸 말해봐."

"제가 강요해서 알아내는 것하고 우리가 자발적으로 말하는 것하곤 그 의미나 결과가 다를 것 아녜요?"

"요컨대 자백을 하라, 이거구먼."

"그런 거창한 말 싫어요."

"싫건 말건 그 얘기가 아닌가. 자백을 하면 죄가 감일등된다는 얘기?"

"그런 게 아니라니까요."

"그러나저러나 자백할 게 너무 많아서 무엇부터 먼저 해야 할지 난 모르겠어."

"그처럼 얼렁뚱땅하시질 말구요."

"차차 하겠어."

"전 오늘 밤 듣고 싶은 걸요."

"난 오늘 지쳤어. 그리고 저 『행복의 철학』의 번역을 시작해야 하겠어."

"불행의 씨앗을 뿌려놓고 행복의 철학을 번역하면 뭣해요."

"불행의 씨앗?"

"그래요."

"난 불행의 씨앗을 뿌린 적 없어."

"고의로 뿌린 건 아니라도 결과적으로 그렇게 되는 게 있어요. 하기야 우리에겐 행복의 씨앗일는지 모르죠. 나에게만 불행의 씨앗이구."

"도대체 욱인 무슨 소릴 하고 있는 거야."

"제가 꼭 말을 해야 하나요?"

"나는 뭐가 뭔지 모르니까 하는 소리 아냐?"

"참으로 모르겠어요?"

"참으로 모르겠어."

명욱이 어이가 없다는 듯 날 응시했다. 그런데 그 눈엔 눈물이 글썽해 있었다. 그 눈을 보자 나의 신경질이 폭발할 지경이었다. 결혼이고 가정이고 집어치우자고 소리 지르고 싶은 충동이 와락 일었다. 나는 여자의 눈물만 보면 참지 못하는 성질을 가지고 있는가 보았다.

"하여간 오늘 밤은 그만둡시다. 뭣이 폭발할 것 같애."

나는 테이블 앞에 가서 앉아 『행복의 철학』을 폈다. 어떡하든 마음을 진정해야만 했다.

─가령, 성서에 등장하는 '욥'이란 인간이 있다. 욥은 행복의 추구를 인간의 권리라고 젊은 나라 미국이 헌법에 기입하기 삼천 년 전에 시나

112

이 산에서의 계약에 의해 보장된 행복의 권리를 위해 싸웠다. 이것은 거대한 사건의 시작이었다. 칸트는 신의 존재증명을 모조리 파기한 연후, 그러나 미덕을 가진 사람은 행복하게 살 수 있다는 것을 보장하는 그 무엇이 있어야 한다는 전제로 출발해선 십팔 세기에 신을 구축했던 것이다.

이야기가 이렇게 진행되면 이 책도 별 볼일이 없다는 우울한 예감이 들었지만, 양춘배와 약속한 이상 번역을 해야만 했다. 원고지를 꺼내기 위해 서랍을 열었다. 눈에 익은 모양과 빛깔의 봉투가 선뜻 시야에 들어섰다. 집어보나마나 스웨덴에서 온 편지, 박문혜가 보내온 편지였다. 가슴이 철렁했다.

명욱의 시선이 등 뒤에 아팠다.

태연해야겠다고 마음을 먹었다.

봉투를 집어들었다. 봉투는 열려 있었다. 그러나, 왜 봉투를 열었느냐고 명욱을 힐난할 순 없었다. 그렇게 하면 문제를 더욱 복잡하게 만들 것이란 짐작이 갔기 때문이다.

'우프살라에서 박문혜가 올리는 글입니다.'

편지는 이렇게 시작해서,

'나는 지금 조국을 향해 쓰고 있습니다. 서재필 씨, 당신은 나의 조국입니다. 조국에 대한 나의 사랑과 정성을 모두 당신께 바칩니다.'

라고 이어지고 있었다.

이국에 홀로 사는 여자의 회향병을 닮은 감정의 표현일 뿐이지만 사정을 모르고 읽는 제삼자는 아주 농도가 짙은 사랑의 편지라고 오해하기 알맞은 문면이 아닌가.

나는 명욱의 시선을 느끼면서 태연하게 그 편지를 읽어내려 갈 수가 없어 펼친 편지를 도로 접어 봉투에 넣었다. 그러고는 명욱을 돌아보고 말했다.

"욱이의 심정을 알 것 같애. 그러나 그건 당신의 오해요."

명욱의 답이 없었다. 명욱은 열려 있는 창문의 저편 공간을 보고 있었다.

"오해야, 오해." 나는 말에 힘을 주었다.

"그렇게 중요한 분이 당신에게 있을 줄 몰랐어요."

혼잣말처럼 중얼거리는데 나를 두고 항상 '우리'라고 하던 명욱이 '당신'이란 말로 고친 변화에 무감각할 순 없었다.

"오해라니까."

"무엇이 오해란 말예요."

"지금 당신이 생각하고 있는 게 오해다, 이 말이오."

"내가 지금 뭘 생각하고 있기에요."

"당신은 나와 그 여자 사이에 무슨 일이 있는 것으로 알고 있는 것 아냐?"

"그분이 당신에게 중요한 사람 아녜요?"

말의 뜻은 가려야 하겠지만 박문혜가 내게 있어서 중요하지 않은 사람이라곤 단언할 수 없었다.

"왜 대답 안 하시는 거죠?"

"중요하다면 중요한 사람이야. 그러나……."

"중요한 사람이면 그만이지 그러나가 뭐예요."

"그 사람은 학자야. 박사야. 생화학에 있어서 중요한 사람이란 뜻도 있고……."

"학자는 사람이 아닌가요? 여자가 아닌가요? 그 편지는 학자의 편지가 아니고 사랑하는 여자의 편지예요."

"그 사람은 한국에 편지를 쓸 만한 사람을 가지고 있지 않아요. 그래서 내가 편지를 보낼 대상이 되었다 뿐인데." 하고 나는 이리저리 설명하려고 애썼으나 석연하게 되질 않았다.

"그 정도의 남자를 위해 아파트까지 구해놓고 기다려요?"

"아파트라니, 그게 무슨 소리야?"

"편지 읽어보시지 않았어요?"

"다 읽진 않았는데."

"아파트까지 구해놓고 학수고대한대요."

나는 서랍에서 편지를 꺼내 읽었다.

'……아파트의 배정을 받았어요. 원래 독신자에겐 합숙소의 방 한 칸을 주게 되어 있는데 곧 동거자가 있게 될 것이란 사유를 적어 신청을 했어요. 그랬더니 특별히 저에게만 혜택이 내린 겁니다. 스웨덴 사람은 가족이 생기고 난 연후에야 아파트를 배정하는데 절 특별 취급한 겁니다. 그만큼 절 소중히 대접하는 거지요. 그러니 서 선생이 오셔도 의식주의 걱정은 전연 없는 것으로 되었습니다. 주저 말고 신청서에 사인만 해 보내세요. 비행기료는 즉각 보내드릴 테니까요. 스칸디나비아의 풍경에 의식을 살큼 바래보는 것이 선생님의 문학을 위해서 크게 도움이 될 것이라고 굳게 믿고 있습니다. 저는 요즘 유전핵의 문제에 몰두하고 있습니다. 이것이 충분한 성과를 얻게 된다면, 구체적으로 말해 제가 구상한 가설이 적중한다면 틀림없는 노벨상 감이라고 모두들 격려해줍니다. 그러나 저의 관심사는 노벨상 같은 데 있지 않고, 서 선생을 스웨덴으로 데리고 오는 데 있습니다. 만에 하나의 경우 서 선생이 스웨덴에 오지 않을 때엔 오는 시월쯤 일단 한국으로 돌아갈까 합니다.

이를테면 서 선생을 납치하러 가는 거죠. 시월부터 이듬해 삼월까지 걸친 그 길고 긴 스웨덴의 밤을 서 선생의 힘을 빌리지 않고 견딜 자신이 없습니다. 유전핵의 문제도 그 두터운 어둠 속에 분실하고 말 것이란 위협을 지금부터 느끼고 있습니다. 헌데 조국이 무엇일까요. 전 조국이 이처럼 소중하다고 하는 것은 꿈에도 생각한 적이 없는데, 무슨 까닭일까요. 조국이 목마르도록 그립답니다. 오오, 조국인 당신!'

"그런 편지를 쓰는 사람이 아무런 관계가 없을까요?"

명욱의 말소리는 떨리고 있었다.

"아파트까지 준비하고 기다리고 있다는데 아무런 관계가 없을까요?"

나는 잠잠할밖에 없었다.

"납치하러 오겠다고까지 하는데 아무런 관계가 없을까요?"

마음의 한구석에 박문혜에게 대한 한 자락의 동경이 없는 바는 아니지만, 그저 그런 정도뿐이란 내 심정을 어떻게 표현하면 좋을까. 어떻게 설명하면 좋을까. 나는 명욱의 마음을 상하기가 싫었다.

"멀리 혼자 외국에 떠나 있으니 센티멘털한 기분이 되어 있을 뿐, 사실 그 여자와 나 사이엔 아무런 일도 없소. 그 여자는 고아라고 했소. 이 한국 안엔 편지를 써 보낼 만한 사람이 없다고 했소. 만일 내가 그 여자에게 무슨 별다른 감정을 가지고 있었다면 난 벌써 스웨덴으로 떠났을 거야. 그 얘기가 언제부터 있었던 얘기라구. 기회만 있으면 외국에 가고 싶었지만 그 여자 때문에 당신이 오해할까봐 나 스스로 포기한 거요. 내가 당신에게 그 여자에 관한 말을 하지 않은 것은 그 여잔 스웨덴에 있고, 우리 생활에 직접적인 영향이 없으리라고 믿는 때문이오. 덮어두면 아무 것도 아닌 일이, 입 밖에 내면 무슨 일이 있었던 것처럼 될까봐 그랬던 거요. 내 마음을 몰라주니 정말 딱하구려."

"그 여자 때문에 저와 결혼한 걸 후회하고 있는 것 아녜요?"

나는 실소를 터뜨렸다.

"욱이 똑똑히 들어요. 똑바로 말하자면 그 여자가 있었기 때문에 나는 당신과 결혼한 거요. 그 여자가 없었더라면 난 아직도 결혼할 각오를 갖지 못했을지도 몰라."

"그것 무슨 뜻이죠?"

나는 긴 얘기를 하지 않을 수 없었다. 북악 스카이웨이에서 있었던 일로부터 도가니탕집에서의 일, 관철동 다방에 간 일, 공항에서 헤어진 일, 그리고 그녀로부터 받은 몇 번인가의 서신, 그 일 때문에 형식의 데몬스트레이션이 있었다는 일까지……. 덧붙여 내 마음의 자락 자락을 가능한 대로 세밀하게 얘기했다.

"그런 까닭에 혹시 명욱이 없었더라면 나와 박문혜 사이는 어떻게 되었을지 모르지. 지금쯤 나는 스웨덴에 가 있을지도 모르구. 그런데 명욱이 내 곁에 있었어. 명욱을 놓치고 싶지 않았어. 내 마음의 세계에서도……. 그래서 서둘러 결혼하자고 한 거야. 그러니까 나와 박문혜가 편지나 주고받고 하는 친구 사이를 지속할 수 있도록 내버려둬 줄 수 없을까?"

"그건 불가능해요." 명욱의 말이 또박했다.

"왜?"

"전 그렇게 대범할 수 없어요."

"난 명욱을 그렇게 보진 않았는데."

"전 약한 여자예요. 유리그릇을 안은 기분으로 있는 여자예요."

"그럼 좋아. 앞으로 편지 말라고 내가 편지를 쓸게."

침묵이 흘렀다.

망창을 쳐놓았는데 부나비가 몇 마리 전등의 언저리를 빙빙 돌고 있었다.

'나에게 조국을 보고 저처럼 열띤 편지를 쓰는 박문혜에게, 편지를 쓰지 말라고 하는 건 너무나 잔인한 일이 아닌가.' 하는 생각과 더불어 '결혼했다고 하는 단순한 그 사실만으로 여자는 남자를, 남자는 여자를 얽어맬 수 있는 것일까.' 하는 불평이 생겨났다.

'무수한 여자 가운데의 하나를 골라서 아내로 한다는 것은 스스로를 그렇게 속박하겠다고 한 것이나 다를 바가 없으니 이를테면 자승자박이다. 그러나 가정을 파괴하지 않을 보장, 즉 마음만 단단하면 박문혜와 나 사이에서 진행되고 있는 우정쯤은 용인되어야 할 일이 아닌가.'

나는 박문혜에게 편지를 쓰기에 앞서 명욱과 그 문제를 두고 담판을 해야겠다고 작정했다.

'그러나 오늘 밤은 피하자.'

나는 너무나 지쳐 있었던 것이다.

명욱이 냉장고를 뒤지더니 토마토와 사이다를 내놓았다.

"고문을 당한 기분이더니." 하고 나는 사이다를 시원하게 마셨다.

"그런 기분으로 만들었다면 미안해요."

명욱이 그날 밤 처음으로 상냥한 웃음을 보였다.

"헌데 욱인 나와 박문혜 씨 사일 질투하고 있었던 건가?"

"질투 안 할 수 있어요?"

"질투는 여자의 자연인가?"

"남자의 자연이기도 하겠지요."

"자연엔 의지가 있다. 그러나 윤리는 없다."

"그것 무슨 말이죠?"

"그저 해본 소리야."

"그러나저러나 겁나요."

명욱이 겁난다는 표정을 했다.

"뭣이?"

"사람을 안다는 건 빙산의 일각만을 알 뿐이라고 하던데, 정말 실감이 나는 말예요."

"빙산의 일각이지."

"우리 또 비밀을 가졌어?"

"……"

"우리에게 그런 편지를 내는 여자가 있으리라곤 정말 몰랐어."

"……"

"매일처럼 얼굴을 맞대고 지낸 지가 일 년이 넘었는데 그런 비밀이 있을 줄이야……"

"……"

"그 편지 봤을 때 벼락을 맞은 기분이었어요."

"……"

"신문사서 돌아와 문을 열었는데 눈에 익숙지 않은 편지가 방바닥에 있지 않았겠어요. 보니까 스웨덴, 보낸 사람은 박문혜. 편지를 뜯어봐선 안 된다느니 어떠느니 하는 마음이 있을 겨를도 없이……. 그러나 가위를 찾았지요. 읽어보니 농도가 짙길……. 전 방바닥에 주저앉아 멍청해져 버렸어요. 꼼짝도 않고 땀을 뻘뻘 흘리며. 이웃집 아줌마가 색시 왜 그러냐고 말을 걸어오지 않았으면 일어날 엄두도 내지 않았을 거예요."

이렇게 말하는 걸 보면 명욱의 마음은 풀어진 모양이지만 내 마음은 굳어만 갔다. 명욱의 마음을 상하게 해선 안 되겠다던 심정은 사라지고 이 여자가 내 인생에 거추장스런 장애물이 되는 것은 아닐까 하는 어두운 기분으로 되었다.

"또 비밀이 있으세요?"

장난기가 섞인 말이었지만 내겐 비수처럼 느껴졌다.

"비밀이 있거들랑 다 털어놔요. 또 오늘과 같은 일이 있을까봐 겁나요."

명욱이 어리광을 섞었다.

김소향의 아파트, 지금 병원에 누워 있는 임선희란 여자……. 그 얘기를 어떻게 털어놓는단 말인가. 아무것도 아닌데도 과민한 명욱을 석연하게 설득하기 위해서 상당한 시간이 걸릴 것이었다. 그런 기력이 있을 것 같지 않았다.

"앞으로의 문제가 문제이지 지나간 문제는 문제가 아니야."

"지금 편지가 날아드는데도 지나간 문제예요?"

"또 그 소리."

신경질이 터지기 직전이었다.

"다신 오늘과 같은 일이 없도록 해달란 말예요." 하고 명욱이 일어서서 빈 병과 쟁반을 치우곤 부엌으로 갔다.

"아무래도 목욕탕은 있어야겠는데요." 하는 소리가 부엌 쪽에서 났다.

몸을 닦는 듯하는 소리가 들렸다.

나는 피로한 몸을 돌려 책상을 향했다.

'아무래도 이 책은 지혜가 쓴 책이 아니고 지식이 쓴 책일 것 같다. 행복엔 지혜가 필요하지 지식이 필요한 것이 아닌데.' 하는 생각이 들자 염증이 생기지 않는 바는 아니었지만 약속은 약속인 것이다. 다음을 읽었다.

─행복을 신으로부터, 세상의 변천으로부터 분리해서 생각해야겠다는 사고방식이 나타났다. 독일의 메르헨의 「행복한 한스」는 '행복은 네 속에 있다.'는 것을 발견한 청년을 묘사한 것인데 이는 실로 기막힌 발견이다. 행복이 내 속에 있는 것이라면 당연히 내 힘이 미치는 범위 내에 있다는 얘기가 아닌가. '에르고=그런 까닭에' 인간은 누구나 행복을 단련해내는 대장장이인 것이다.

이것은 진실이다. 사람은 자기의 행복을 자기가 만들어내야 한다. 그러나 무로써 만들어낼 순 없다. 첫째 건강, 둘째 돈, 셋째 교양? 심성? 그만한 재료가 갖추어져 있어야만 되는 것인데 결국 하나마나한 얘기가 아닌가. 다음을 읽었다.

─서력 기원전 삼 세기의 희랍에 행복의 고전주의자라고 불릴 만한 인물이 있었다. 에피쿠로스이다. 에피쿠로스는 행복한 생에 대한 정열을 불태워 친구들에게 설교했다. 이것이 행복이다, 천차만별하고 다종다양한 원천에서 행복을 떠올 수가 있다고 가르쳤다. 동시에 그는 행복의 뜰 둘레에 높게 철학의 담장을 쳤다. 그가 말하는 행복은 언제나 파괴되기 쉬운 위험 속에 있다는 것을 알았기 때문이다. 에피큐리언은 행복을 찾기에 열광하는 사람들이다. 동시에 그들은 자기들을 위협하는 것에 대해선 비상한 경계심을 가지고 있다. 에피큐리언 중에서도 가장 지대한 인물은 술과 여자에 대한 송시를 써서 유명한 호라티우스가 아니다. 가장 위대한 에피큐리언은 에크레지아스테스라고 불리는 신비로운 사나이, 세계사상 가장 음울한 말로 알려져 있는 '헛되고 헛되도다.' 하고 존재의 허망함을 말한 바로 그 사나이다. 그의 사색이 도달하

는 것은 언제나 존재의 허무였다. 그러면서도 그는 현세에 살고 있는 행복을 찬양해 마지않았는데, 그 찬양의 기분은 행복이 꽃피고 있는 심연이 음울하면 할수록 더욱 정열적으로 되어갔다. 에크레지아스테스 이래 가장 정열적인 에피큐리언은 "그럼에도 불구하고 우리는 행복하다."고 말한 비극배우들이다. 그 가운데의 하나가 니체였다. 『이 사람을 보라』라는 낡은 표제를 단 그의 자서전은 다음과 같은 현란한 말로 시작되어 있다. "내 인생의 행복은……."

니체란 이름에 내 눈이 번쩍했다. 이 사람을 배워야겠다고 마음먹고 있었음에도 불구하고 나는 번번이 기회를 놓치고만 있었던 것이다.

'니체가 결혼에 사로잡혀 자기가 하고 싶은 일을 주저하는 그런 일이 있을까.'

'니체가 아내의 신경질을 겁내어 장장 한 시간에 걸쳐 변명조 설명을 하는 그따위 짓을 할까.'

'니체가 구질구질한 가정에 얽매어 스웨덴의 엑조티시즘을 외면하고 청운동의 시민아파트로 기어가고 기어들고 하는 생활을 되풀이할까.'

니체는 고소高所의 사상을 가진 사람이다. 소리개의 날개, 독수리의 눈이다.

—휴머니즘을 무시하는 자만이 진정한 휴머니스트가 될 수 있다.

'누구의 말이던가?'

—일체의 반 휴머니스트들을 참살할 용기가 있는 자만이 진정한 휴머니스트다!

'누구의 말이던가?'

어쨌든 사람을 죽일 수 있어야만 진정한 휴머니스트가 될 수 있다는 교리의 모순. 세상은 그 모순 위에 서 있는 것이 아닌가.

나는 마르쿠제의 『행복의 철학』이 그러한 모순의 델리커시를 해명하지 못하는 한 구질구질한 지식의 퇴적일 뿐이라고 미리 표준을 세울 수 있었다. 그러고 보니 『행복의 철학』의 지금까지 읽었던 부분이 내게 의미가 있었던 것은 니체의 이름을 상기시켰다는 바로 그 사실뿐이다.

니체의 이름만으로 내가 흥분하는 건 인생·사상·역사에 있어서 모순의 오묘함을 체현한 사람이 니체이기 때문일지 모른다. 천재가 광기에 휘말리는 광경처럼 모순의 박진상이 어디에 있을까.

"······."

"주무시지 않을래요?"

분명히 그것은 크산티페의 목소리가 아닌가. 나는 실없는 웃음을 히죽 웃었다.

"왜 웃으시죠?"

"소크라테스는 없는데 크산티페만 있으니까."

"그럼 제가 크산티페처럼 악처란 말예요?"

명욱이 뾰루퉁했다.

"아냐, 아냐. 내겐 소크라테스가 될 소질이 없는데 욱에겐 크산티페의 소질이 있단 말이다. 소크라테스를 만들지도 못하는 크산티페면 얼마나 서러워. 이만저만한 손해가 아니잖아?"

"우리 살큼 돈 것 같애. 주무시도록 해요."

불을 끄고 누워 나는 니체 같으면 지금 내가 당하고 있는 일을 어떻게 처리할까 하는 생각을 해보았다. 여자 앞에선 수줍기가 소년 같았다니까 나폴레옹이 조세핀을 처리하듯은 못했을 테지만 그러나 결연한 행동은 있었을 것 아닌가. 좀처럼 생각이 마무리되지 않았다. 그러다가 깨달았다. 니체는 나와 같은 꼴이 되지 않기 위해서 당초 결혼을 회피했다는 사실을.

"주무세요?"

명욱이 손을 뻗어왔다.

"아아니."

"뭘 생각하고 계시죠?"

"아라비아 생각을 하고 있어."

"아라비아 생각을? 왜요?"

나는 답할 수 없었다. 박문혜와 정명욱을 동시에 내 세계 속에 존립케 하려면 나는 아라비아인이 되어야 하는 것이다. 아라비아인은 최소한 네 여인을 거느려야 한다는 계율을 만듦으로써 여자에 대해 남자의 마음에 발생하는 모순을 해결해놓은 셈이다. 크산티페처럼 생활력이 강한 왈가닥과 페넬로페 같은 정숙한 여인이 한 지붕 밑에서 모순을 해결하려면 아라비아의 계율이 필요하다. 헌데 그 말을 어떻게 하겠는가 말이다.

"제가 지금 뭘 생각하고 있는지 알아맞춰 보세요."

명욱의 팔이 내 목을 살큼 안았다. 선풍기의 방향이 그 팔의 방향에 있었다.

"자신 없어."

"제가 말할까요?"

"말해봐."

"아기를 갖고 싶어!"

나는 소스라치게 놀랐다. 그 반응을 육체적으로 느낄 수 있었던 모양이다.

"왜 그러시죠?"

"지금 나는 룸펜과 다름없는 신세가 아닌가. 룸펜이 남의 아버지가 될 순 없어."

"우리는 룸펜이 아녜요."

"어줍잖은 번역을 하고 있다구?"

"절대로 룸펜이 아녜요."

"한 편의 소설도 쓰지 못하는 소설의 지망생이 룸펜이 아니고 뭐야."

"절대로 우린 룸펜이 아녜요."

"룸펜이 아니고 뭐야."

"제 남편."

"……"

"정명욱의 남편."

내 입으로부터 저절로 한숨이 나왔다.

"전 아길 가질 테에요. 불안해서 견딜 수 없어요."

"아길 가진다고 어디……"

"제가 아길 가진 후엔 마음대로 하세요."

"자신이 서겠다, 이 말인가?"

"아무튼 아길 갖고 싶어요."

이땐 벌써 명욱의 손이 내 몸뚱어리를 애무하고 있었다. 나는 눈을 감았다.

풀잎이 떨었다. 독사가 스쳐간 자리?

이 해의 더위는 무척이나 더웠다. 그 지긋지긋한 더위 속에서 나는 싸늘한 교훈을 익혔다.

질투란 진정 무서운 것이었다. 질투의 눈초리는 내 가슴을 얼어붙게 했다. 질투가 발언한 마디마디는 얼음의 칼날로 내 뇌수를 마구 찔렀다. 질투의 동작은 내 피부에 소름의 가시를 심었다.

헌데 그 무서운 질투는 사랑의 의상을 두르고 있는 것이다.

"오해라는 것을 전 알고 있어요. 알면서도 이처럼 괴로운 것을 보면 역시 여자란 도리가 없는 짐승인가 보죠? 신경 쓰실 것 없어요."

이렇게 말할 줄 아는 여자 앞에서 무슨 말을 할 수 있겠는가.

나무랄 데 없는 여자, 정명욱, 영리하고, 단정하고, 부지런하고, 내게 조그마한 불편도 없게 하려고 애쓰는 여자. 팔짱을 낀 채 하늘만 보고 살아도 송두리째 나를 먹여 살려주겠다고 장담하고, 그렇게 하려고 노력하고 있는 여자.

"번역 같은 것 집어치우고 창작을 하세요, 창작을. 평생에 단 하나 걸작을 내면 그만 아녜요? 진정 이거야말로 문학이다, 할 수 있는, 그런 작품. 치사스런 소설을 쓰는 것보다 문학에의 사랑만으로 일생을 관철

하는 것이 떳떳하지 않아요? 비록 한 권의 작품을 남기지 않더라도 말예요. 그러니 우린 결단코 초조하게 생각하지 마세요. 우리에겐 재능이 있어요. 언젠가는 활짝 꽃을 피울 때가 있을 거예요. 생활에 대한 걱정일랑 마세요."

이렇게 말할 줄 아는 여자를 상대로 무슨 불평을 하겠는가.

그럭저럭하다가 나는 고백할 기회를 놓치고 말았다. 아파트의 얘기를 하려면 김소향과의 관계를 설명해야 했고, 그 설명을 하려면 길남 김 서 잭슨에 언급이 있어야만 하는 것인데 나는 아무리 생각해도 그럴 용기를 얻지 못했다.

형법의 세계에선 자수 또는 자백이 형을 감일등해주는 정상이 된다고 하지만 정명욱의 법정에서 그런 관례가 통할 것 같지 않았다. 그런데다 어떤 카타스트로프로 끝장이 날지 모른다는 공포마저 있었다.

단 하룻밤의 풋사랑이 길남 김 서 잭슨을 낳게 되었고, 그런 인연으로 김소향이 아파트를 내게 주고 갔다는 말이 어떻게 통하겠느냐 말이다.

—참말 같은 거짓말을 할지언정 거짓말 같은 참말은 하지 말라!

난세를 이겨 남은 어떤 책략가의 이 말은 지금의 내 경우에 있어선 절실한 충고가 아닐 수 없었다. 내가 진실을 말할수록 거짓말 같은 참말이 될 것이기 때문이다.

같은 이유로 임선희 여인의 얘기도 나는 명욱 앞에 꺼내지 못했다. 그 이름을 들먹이기만 해도 파국을 초래하는 기폭제가 될 것이었다.

게다가 아직도 임선희는 내게 하나의 문제로 남아 있는 것이다.

임 여인을 입원시킨 그 이튿날, 즉 박문혜의 편지 때문에 험악한 시간을 가진 밤의 그 이튿날, 나는 임 여인을 병실로 찾았다.

임 여인은 놀랄 만큼 건강을 회복하고 있었다. 나를 보고 웃는 얼굴에 장밋빛 홍조마저 있었다.

"덕택으로 전 죽길 포기했어요."

건너편 의자에 앉아 있는, 어젯밤 만났던 중년 여성에게 눈짓을 보내며 임 여인이 한 말이었다.

"아름답고 예쁜 아가씨가 그런 말을. 농담이라도 앞으론 그런 말 해선 안 돼요."

중년 여성의 대꾸였다.

임 여인은 머리맡의 책보를 끄르더니 통장과 도장을 꺼내 내 앞에 놓았다.

"이 가운데서 병원비를 치러주세요."

"병원비 걱정은 마십시오."

나는 통장에 손을 댈 생각도 하지 않았다.

"아닙니다, 선생님. 제가 왜 선생님에게 부담을 시킵니까? 안 돼요. 이 가운데서 병원비를 치러주세요."

"꼭 그러실 생각이라면 내가 이 통장을 가지고 갈 필요가 없잖습니까. 병원에 맡겨도 될 게구 저 아주머니에게 부탁해도 될 텐데요."

"그건 그렇군요."

임 여인은 통장과 도장을 만지작거리고 있더니,

"의사의 말에 의하면 일주일 정도로 제 건강이 완전히 회복할 수 있다고 해요. 입원한 김에 일주일쯤 병원에 있을 작정이에요. 퇴원하고 나서 한번 선생님을 찾겠어요." 하고 조용조용 말했다.

그 이상 반가운 말이 있을 수 없었다. 나는,

"아무쪼록 조섭을 잘 하십시오." 하는 말을 남겨놓고 병실을 나왔다.

문제는 일주일 후에 생겼다.

임 여인이 아파트로 나를 찾아온 것이다. 일단 환영의 뜻을 표하지 않을 수 없었다.

임 여인은 이런 말을 했다.

"전 벌써부터 죽을 각오를 하고 있었습니다. 다만 죽을 장소가 문제였던 겁니다. 그러나 어디에서 죽더라도 주변 사람들의 폐를 덜어주기 위해 장례비를 통장에 넣어두었지요. 얼마 안 되는 돈이지만 절 매장하는 비용으로선 넉넉한 액수였습니다. 그런데 그날 밤 너무나 많은 호의를 선생님으로부터 받았습니다. 그런데다 같은 방에 있는 심 여인이 너무나 고맙게 해주었어요. 심 여인은 시어머니의 병간호로 와 계셨던 분인데 십 년 전에 과부가 되셨대요. 딸만 있는 형편인데 큰 이불공장을 하고 계신다고 했습니다. 저의 처지를 여러 가지로 물으시곤 자기의 이불공장에 같이 있자고 하셨어요. 그리고 심 여인은 이런 말씀을 하시기도 했어요. 남편을 잃은 과부도 기를 쓰고 살려고 하는데 젊은 여자가 용기를 잃어서 쓰느냐구요. 자기를 위해서 살기 싫으면 남을 위해서 살아보면 어떠냐고 하셨어요. 전 그 말에 감동한 겁니다. 자기를 위해서 살기 싫으면 남을 위해서 살아보라는 그 말씀, 청천에 벼락 같았어요. 그 말에 힘입어 살아볼 작정을 한 겁니다. 전 이처럼 단순해요……."

나도 그 말엔 감동했다.

'자기를 위해서 살기 싫으면 남을 위해서 살아보라!'

어쩌면 이 말로써 자살 지망생의 몇 퍼센트쯤은 구제할 수 있지 않을까도 싶었다.

"좋은 분을 만나셨네요."

나는 마음으로 기뻐했다.

"그런데 선생님께 부탁이 있어요."

임 여인의 눈에 간절한 빛이 있었다.

"말씀하세요."

"가끔 제가 여기 놀러올 수 있도록 허락해주십시오."

나는 얼른 대답할 수가 없었다. 모처럼 살아보려고 의욕을 가진 사람의 청을 거절할 수도 없었거니와 섣불리 승낙할 수도 없었던 것이다.

"누군가가 소제를 해야 할 것 아녜요."

"소제는 내가 합니다."

그러면서도 약간 움츠러드는 기분으로 된 것은 최근 며칠 동안 소제한 흔적이 없었기 때문이다. 내가 쓰고 있는 책상을 치우고 정리하는 이상의 소제를 안했기 때문이다.

"남자분이 하는 소제하고 여자가 하는 소제하곤 다릅니다."

임 여인은 내 승낙을 기다리고 있는 듯한 동안 잠잠했다.

"나에겐 아내가 있습니다."

그런데 왜? 하는 눈초리로 임 여인은 주위를 두리번거렸다.

"지금 우리가 살림을 하고 있는 곳은 청운동입니다. 이사할 형편이 아니라서 낮 동안만 내가 이 아파트를 쓰고 있는 겁니다."

"부인께서도 가끔 이리로 오시나요?"

"직장에 다니느라고 바빠서 여기 올 수가 없는 거죠."

"그렇다면 제가 소제해드려도 무방하지 않을까요?"

"그런 폐를 끼치긴 싫은데요."

"폐가 될 까닭이 없습니다. 전 김소향 씨가 살았던 이곳에서 소향 씨의 흔적이라도 맡고 싶은 겁니다."

"……."

"부인이 마음에 걸리신다면 제가 부인을 만나 양해를 구하겠어요. 일주일에 한 번쯤 이 아파트를 찾아 한 시간 동안만 소제를 해드리겠다구요. 여자이면 제 심정을 이해해주실 것 같은데요."

"그건 더더구나 불가능할 겁니다. 내 아내가 임 여사처럼 아름다운 여성이 나 혼자 있는 아파트에 드나드는 것을 허락할 까닭이 없습니다. 내 아내는 그처럼 너그러운 마음의 소유자가 아닙니다. 그러니……."

"일주일에 한 시간도 안 될까요?"

"어림없을 겁니다."

"선생님의 부인 이름과 직장을 말씀해주세요. 한 번쯤이라도 의논을 드려봤으면 해요. 그래도 안 된다면 하는 수가 없구요."

"괜한 헛수고하실 필요 없습니다."

"그러나……."

임 여인은 낭패를 당한 어린애의 얼굴이 되어 움직이지 않았다.

나는 임 여인이 어떻게 해서라도 명욱의 직장을 찾아내지 않을까 하는 짐작을 하게 되었다. 무서운 집념의 여자라고 보았기 때문이다. 만일 그런 일이 있기라도 한다면, 하고 상상만 해도 겁에 질렸다.

"좋습니다. 일주일에 한 시간 정도이면." 나는 이렇게 승낙하고 말았다.

"고맙습니다. 선생님."하고 임 여인은 들고 온 책 보따리를 탁상 위에 올려놓고 일어섰다.

그 보퉁이는 앰뷸런스를 탔을 때에도, 그리고 병원에서도 본 적이 있는 것이었다.

"이게 뭡니까?"

"부끄러운 겁니다만 보아주시기만 하면."

나는 그 보퉁이를 집어들었지만 억지로 도로 가지고 가라고 할 정도로 매정스러울 순 없었다.

　임 여인이 떠나고 난 뒤 그 보퉁이를 끌러보았다.

　다음과 같은 사연이 적힌 쪽지가 있었다.

　'이건 죽길 작정하고 유서로 할 셈으로 쓴 것입니다. 이제 살기를 원하는 마당에 소용없이 되었습니다만 태워 없애기 전에 선생님이 읽어주셨으면 하는 마음을 가졌습니다. 저의 불행은 제 자신이 자초한 것이고 어느 누구도 탓할 성질의 것이 아니라고 알고는 있습니다만 세상엔 이런 일도 있다는 것을 누구에겐가는 알려둘 필요가 있다고도 생각한 겁니다. 스스로의 추잡함을 폭로하여 남에게 교훈이 될 수 있게 해야하겠다면 심히 외람스러운 얘기가 될 것이지만 선생님이 이것을 저 개인의 문제라고 생각하기보다 하나의 사회문제로서 읽어주시면 고맙겠습니다. 부끄러움을 무릅쓰고 아뢰옵니다.'

　이백 자 원고용지로 해서 오백 장이 넘는 부피의 기록을 이곳에 죄다 옮겨놓을 순 없다. 다음에 간추려본다.

　'내게 있어서 그해의 봄은 절망의 빛깔로 물든 음울한 계절이었다.' 고 서두하고 임 여인은 그해의 봄에 대학입시에 낙제하고, 집에 있기가 싫어 오산에 있는 이모집을 찾아간 심정부터 적고 있다. 그것이 팔 년 전의 일.

　오산엔 미군의 비행기가 있었다.

　날카로운 굉음을 내며 하늘로 날아오르는 비행기를 보는 것이 무척 마음의 위안이 되었다고 한다. 고막을 찢을 듯한 굉음이 고통으로 되지 않았던 것은 그 소리와 더불어 가슴속에 부글부글 괴고 있는 가스 모양의 번민이 산산조각으로 분해하는 기분이었던 까닭이다.

그런 때문도 있어 임 여인은 비행장이 멀찌감치 보이는 언덕에 수양 버들의 그늘을 깔고 앉아 황혼의 한때를 지내는 버릇을 가꾸었다. 손에 언제나 영어 교과서를 들고 있었던 것은 내년의 입시를 준비하는 마음의 가닥이 시킨 노릇이지만 입시 준비에 열중한 마음으론 되지 않았다.

어느덧 봄은 가고 있었다. 달갑지 않은 봄이긴 했지만 가는 봄이 아쉽지 않을 까닭이 없었다.

―실버들을 천만사 늘어놓고도 가는 봄을 잡지를 못한다 말인가.

그때 이 노래가 있지 않았지만 수양버들 아래에 앉아 가는 봄을 느끼는 기분이란 이러했었다.

헨리를 만난 것은 봄과 여름과의 어우름에 있는, 임 여인의 표현을 그대로 적으면 '아주 아주 델리케이트한 계절, 델리케이트한 시간이었다.'

헨리는 이제 막 저문 여광이 장밋빛으로 물들이고 있는 대기 속을 천천히 걸어 임선희 가까이까지 왔다. 그러고는 그냥 지나치려고 하다가 임선희의 손에 들려 있는 영어책을 보곤 멈춰 섰다.

무슨 말인가를 했다.

임선희는 알아들을 수가 없었다. 대신 수줍은 웃음을 그에게 보냈다.

헨리(뒤에 안 이름인데)의 얼굴과 맵시는 앤서니 퍼킨스를 닮아 있었다. 임선희가 무척 좋아하는 배우가 바로 앤서니 퍼킨스였다. 가냘프고 섬세한 듯하면서도 가끔 남성다운 매력을 번쩍 나타내곤 하는 그 앤서니 퍼킨스. 임선희는 그를 앤서니 퍼킨스라고 생각했다.

헨리는 임선희의 수줍은 미소를 보자 풀을 깔고 옆에 앉았다.

"익스큐즈 미." 하는 소리만을 알아들을 수 있었다. 헨리는 그 말과 함께 임선희의 손에 있는 책을 집어들어 펴보곤 또 뭐라고 했다. 그러나 알아들을 순 없었다.

헨리는 계속 무슨 말을 지껄이고 있더니 책을 도로 돌려주고 일어서서 멀어져갔다. 그런데 이상하게도 다음 토요일 이맘때 여기서 만날 수 있었으면 하는 말을 들은 것 같은 느낌만은 남았다. 그런데 임선희가 명백하게 알아들은 헨리의 첫마디가 "익스큐즈 미."였다는 말은 중요하다. 임선희가 명백하게 알아들은 헨리의 마지막 말도 "익스큐즈 미."였던 것이다.

그러나 얘기가 너무 앞지르는 것 같다.

음울하기만 하던 임선희의 가슴에 환히 불이 켜졌다. 그러면서 어쩐지 불 켜진 자기의 가슴속이 새로운 가구와 조도를 갖추고, 보랏빛 커튼을 치고, 벽에 '성모 마리아'의 초상이 걸려있는 신부의 방을 방불케 하는 것이었더라고 한다.

운명이 임선희에게 보내준 왕자. 임선희는 최초의 만남에서 그 왕자에게 사로잡혀버렸다. 다음의 토요일은 사흘 동안 임선희가 꾼 꿈과 공상을 합쳐놓으면 꽤 큰 부피를 이룰 극채색의 화집이 되었을 것이었다.

약속한 토요일, 헨리는 먼저 수양버들 아래에 와 있었다. 오륙백 미터 전방에서 헨리가 거기 와 있다는 것을 알 수 있었던 임선희는 그때부터 구름을 밟는 걸음걸이가 되었다. 스프링이 달린 매트 위를 걸어가고 있는 것 같은 불안과 황홀감이 섞인 그 시간 속을 임선희는 어떻게 걸어갔는질 알 수가 없다.

두 번째의 만남에도 지껄이는 사람은 헨리였다. 임선희는 그의 말을 한마디도 알아듣지 못했으나 그런대로 좋았다. 외국 가수의 노래는 소리 그것만으로 좋다. 누가 가사까지 다 알 수가 있는가. 임선희는 헨리의 말을 음악처럼 들었다. 헨리는 가지고 온 초콜릿과 비스킷을 풀 위에 폈다. 자기는 깡통 맥주를 마시고 임선희에겐 코카콜라를 권했다.

왕자와 공주님의 향연, 그런 것을 생각하며 임선희는 헨리의 말을 반주로 공상의 날개를 폈다.

국제결혼, 창공을 나는 비행기, 태평양, 그리고 미국. 미국 영화를 수없이 본 것이 공상에 도움이 되었다. 운명의 신이 거기까지 데려다줄 작정도 없이 어찌 헨리를 나에게 보냈겠는가. 임선희의 공상은 차츰 신념으로 되어 갔다.

사나이의 이름이 헨리라는 것을 안 것은 세 번째의 만남에서였다. 헨리는 임선희의 손을 잡고 그 손바닥 위에 HENRY라고 썼다. 선희도 그 본을 따라 헨리의 손바닥에 SUNHI라고 썼다. 그때 이미 두 남녀는 밀실에의 갈망을 가졌다. 선희는 헨리가 이끄는 대로 따라갈 수밖에 없었다. 선희는 헨리가 그녀를 데리고 간 데가 어떤 곳인가 하는 문제엔 전연 관심이 없었다. 조금만 주의력이 있었더라면 그곳이 양공주들이 서식하는 곳인 줄을 알았을 것인데 선희는 그런 것을 살피고 따질 마음의 상태가 아니었다. 그와 같이 가는 것만으로 행복했다. 그가 가자고 하는 곳이면 지옥이면 어떠리, 그런 심정이었던 것이다.

뒤에야 안 일이지만 헨리는 자기의 친구와 사귀고 있는 어느 양공주의 방을 잠깐 빌린 것이었다. 사나이에게 매혹된 여자의 몸이란 세포 하나하나, 신경의 가닥가닥이 정감에 저민 상태로 된다. 가연성은 무서울 정도이다.

선희는 자기의 알몸을 부끄러워하지 않았고 당연히 고통스러워야 할 국면마저도 희열에 넘친 감동이었다. 격심한 생명의 합창이 끝난 뒤, 폭풍 후의 바다처럼 숨을 유착이며 헨리가 한 소리는,

"원더풀!"

그러나 그때 비극(이 비극이란 말은 임선희가 사용한 그대로의 말이

다), 비극의 씨앗이 뿌려진 것이라고 임선희는 회상하고 있다. 양공주가 서식하고 있는 지역으로 부끄럼 없이 따라갔다는 사정, 잠깐 빌린 양공주의 방으로 서슴없이 들어왔다는 사정, 아직 날이 밝은데도 주저 없이 알몸이 되어 익숙한 성애 기술을 다하고 최고의 성적 반응을 보였다는 사실, 그런데다 임선희가 이미 처녀가 아니었다는 사실, 이런 이유로 하여 헨리는 임선희가 현역 양공주의 지망생일 것이라고 판단한 것이다. 그러지 않고서야 어찌 그날로 그 근처에 방을 얻어 살자고 헨리가 제안할 수 있겠는가.

임선희는 모든 것을 국제결혼을 전제로 하고 받아들였다. 헨리는 헨리대로 지껄이고, 선희는 선희대로 지껄이는 가운데 선희는 자기가 한국말로 한 모든 것을 헨리가 승낙한 것으로 착각하고 그 착각을 정각正覺인 양 믿게 되었다.

집엔 어느 미군부대에 취직한 것으로 통지했다. 이모집엔 합숙을 하게 되었다고 말하고 가끔 들르겠다고만 했다. 딸아이의 동정에 등한할 수 없었지만 모든 것이 결정되었다는 투로 우기고 행동해버리는 딸아이를 어떻게 할 수 없는 것이다. 게다가 선희는 부모들에게 캐고 물을 시간적 여유를 주지 않았다. 부모들은 이모집에서 기식하며 직장엘 다니는 줄만 믿었고 이모는 미군부대 내에 여자 종업원만 합숙하는 데가 있는 줄만 알았다. 헨리가 밤을 새고 가는 날은 일주일에 두 번이었으므로 나머지 밤은 이모 집에서 지낼 수 있었으니 걱정할 필요가 없었다.

그리고 일 년 동안은 밀월이었다.

헨리의 선희에 대한 사랑은 변하지 않았다. 선희는 행복했다. 그러는 동안 주워모은 엮어의 낱말을 엮어 미국에 가서 살 공상을 말하면 헨리는 언제이건 고개를 끄덕이며 "굿, 굿."이라고 했다. 일 년이 지난 어느 날이었다.

그해의 봄도 어느덧 가고 있었다.

여느 때와 같은 격렬한 포옹이 있고 난 뒤 헨리는 무어라고 했다. US 란 말이 있고 "홈."이란 말이 섞이고 했는데 너무 빠른 말이어서 언제 나 하는 식으로 "홈홈." 하며 알아듣는 척해두었다. 성애의 황홀감에서 미처 깨어나 있지 못할 때의 얘기는 대개 밀어일밖에 없다. 밀어는 속 삭이는 음향만으로 족한 것이다. 새벽에 헨리는 집, 아니 방을 나섰다. 그때 한 말이 "익스큐즈 미."였다. 아침의 키스로선 약간 긴 키스를 한 연후의 말이었던 것인데 그 "익스큐즈 미."란 말이 묘하게 마음에 걸렸 으나 그대로 다시 잠에 빠졌다.

아무런 일 없이 그날도 저물어갔다.

오늘 밤은 헨리가 안 올 테니까 이모집에나 갈까 하고 준비를 했다. 헨리와의 결혼이 확정되기까진 집에 알려선 안 된다는 조심으로 이모 집과의 왕래를 빈번히 해야만 했고, 헨리가 없는 동안 주변의 양공주들 과 어울려 놀기 싫은 때문도 있어 기회가 있으면 이모집엘 가곤 했던 것이다.

BG 스타일로 차리고 방문을 나설 때였다. 프라이란 하사관이 마당으 로 들어섰다. 며칠 전 전속한 사람인 모양으로 꼭 한 번 헨리가 데리고 온 적이 있었다.

프라이는 싱글벙글 웃으면서 선희의 방으로 쑥 들어섰다. 선희는 당 황했다.

"노, 노."를 연발하며 그를 밀어냈으나 완강한 프라이의 체구는 끄떡 도 하지 않았다. 뿐만 아니라 양팔을 번쩍 펴곤 임선희를 안았다. 선희 는 몸부림을 쳤으나 독수리에게 채인 참새의 몰골이었다. 프라이는 열

138

심히 선희를 타이르고 있었지만 선희는 알아들을 수가 없었다.

선희는 창피하기도 해서 프라이의 팔에 이빨을 세웠다. 프라이는 와락 팔을 풀고 선희를 밀쳤다. 그 힘이 너무 강렬해서 방바닥에 넘어졌다. 프라이는 호주머니에서 종이를 꺼내들고 선희의 코앞에 바싹 갖다댔다. 헌데 그런 걸 아랑곳할 여유가 없었다. 고함을 질러 주인을 불렀다.

이윽고 사람들이 모여들었다.

참으로 어처구니없는 일이었다.

영어를 썩 잘하는 양공주의 하나가 설명하는 바에 의하면 헨리는 현재 임선희가 들어 있는 그 방의 권리와 임선희를 미화 오백 불을 받고 프라이에게 양도했다는 것인데 프라이가 내보인 종잇조각은 그 계약서란 것이다.

"세상에 이럴 수가 있어요?" 임선희는 체면불구하고 외쳤다.

"이럴 수가 있지, 이 세계에선." 나이가 든 양공주가 차갑게 말했다.

모여든 양공주들은 모두 고소하다는 눈초리로 임선희를 보았다. 임선희는 그들 모두에게 인심을 잃고 있었던 것이다. 그 이유는, 임선희가 자기만은 헨리와 진정한 연애, 참된 사랑을 하고 있는 데 반해, 다른 여자들은 돈을 위한 매춘행위를 하고 있는 것으로 보고 "나만은 다르다."는 냄새를 풍기고 있었다는 데 있다.

그런데 "나만은 다르다."고 뻐기고 있던 여자가 조금도 다를 바 없는 양공주의 신세임이 밝혀진 것이니 모두들 고소하다는 감정을 갖게 된 것이다.

그러나저러나 헨리를 만나야 하겠다고 임선희가 말하자 프라이의 말이라며,

"헨리는 오늘 오전 열 시 비행기로 떠났다."고 양공주의 한 사람이 통

역했다.

임선희는 눈앞이 캄캄했다. 이때 선희의 어깨를 가볍게 두드린 사람이 김소향이었다.

"방의 권리는 헨리가 마음대로 할 수 있어도 선희 씨를 마음대로야 할 수 없는 거예요. 그러니 저 사람이 싫으면 싫다고 말하면 돼요."

"싫어요, 난 싫어요."

임선희는 울부짖었다.

소향이 나직한 소리로 프라이를 타이르는 모양이었다.

"갓뎀." 하는 소리를 남기고 프라이는 휭 나가버렸다.

그런데 어떻게 해서 프라이와 같이 살게 되었는지는 설명하려면 구구한 사연이 된다. 헨리에 대한 보복심, 그 환경에 대한 관성, 또는 타성, 부모님들 곁으로 돌아갈 수 없다는 자책감에 따른 절망, 아무튼 이런저런 사정으로 헨리가 떠난 이주일 후에 임선희는 프라이의 품에 안겼다.

친구가 데리고 살던 여자를 품에 안고 있어도 조금도 위화감 같은 것을 느끼지 않는 프라이를 이상하게 느낀 것도 한동안만이고, 임선희는 자기 자신의 행동에도 애착을 느끼지 않게끔 되었다. 프라이가 선희를 창녀로서 취급하고 있었다면 선희 또한 창녀로서의 의식에 익숙하게 되었다는 데 불과한 노릇이다.

프라이하고도 일 년 남짓 동거했다. 결과적으로 보아 프라이는 헨리보다 인간성이 좋았다고 할 수 있다. 프라이는 헨리처럼 돈을 받고 방과 선희를 친구에게 양도하는 그런 짓은 하지 않았다. 헤어질 무렵 프라이는 이런 말을 했다.

"예상한 것보다는 넌 좋은 여자다. 헨리와의 관계만 없었더라면 널

미국으로 데려가고도 싶지만 그게 쉬운 일이 아니구나. 집안도 좋고 소질도 좋은 여자가 어쩌다 이 모양이 된 것 같은데 지금이라도 늦지 않으니 빨리 이런 데서 발을 씻고 고향으로 돌아가 새출발해라. 건강하고 나이 스물다섯 살이면 인생을 다시 시작해도 늦지 않다."

그러고는 방을 마음대로 처분해도 좋다는 말과 함께 돈 천 불을 선희에게 주었다. 하사관으로서 천 불의 지출은 대단한 부담일 것이었는데도. 헨리는 미남이었고 프라이는 추남에 가까웠는데도 사람의 마음은 얼굴의 미추완 관계없다는 사실을 임선희는 그 경험을 통해 뼈저리게 느꼈다.

영어를 자유롭게 알아들을 수도 말할 수도 있게 된 임선희는 그 세계를 떠나느니보다 그 세계에서 희망을 붙들어보고 싶었다. 삼분의 이쯤은 창녀로서의 의식에 젖은 때문인지 몰랐다. 그 세계에 살다가보니 미군 가운데도 참으로 좋은 사람이 있다는 것을 알았다.

프라이가 미국으로 가고 난 후 임선희는 서울로 왔다. 김소향이 그 애인이 서울로 전속하는 바람에 서울로 이사하게 되었기 때문이다. 임선희는 김소향과 같이 있고 싶었던 것이다. 이태원으로 온 임선희는 달피드란 미군 장교와 사랑에 빠졌다. 아름다운 용모와 세련된 몸매, 그런데다 유창하게 영어를 할 줄 아는 임선희에게 젊은 달피드는 홀딱 빠졌다. 물론 임선희의 전력을 몰랐던 때문도 있었지만 달피드는 하루에 한 번씩은,

"난 선희를 사랑해. 나는 한국에 오게 된 것을 하나님께 감사해." 하는 말을 했다.

순진하고 정에 넘친 달피드, 그는 결혼할 것을 굳게 약속하고 선희의 사진을 동봉해선 고향에 보내곤 했다.

선희도 달피드를 사랑하지 않은 것은 아니다. 그런데 헨리와의 너무나 격렬한 사랑과 그런 만큼 격렬했던 환멸이 달피드에의 사랑에 몰두하지 못하게 했다. 일종의 경계본능의 발동이라고 할 수 있을까. 그 무렵 임선희는 어느 한국 청년을 사랑하게 되었다. 이를테면 이중 연애를 하게 된 것이다.

'미국인은 언제 나를 팽개치고 떠나버릴지 모른다.'는 것이 한국 청년과의 관계를 청산하지 못하게 하는 쐐기가 되었다.

'미국인과의 관계가 탄로나기만 하면 나를 보지도 않을 것이다.' 하는 의식이 미국인과의 관계를 청산하지 못하게 한 이유였다.

이러나저러나 임선희의 혈관엔 창부로서의 피가 흐르고 있었고, 그 신경은 창부로서의 스스로를 보호하고자 하는 경각으로 저며 있었다.

이러한 나날에 파국이 없을 까닭이 없다. 미국 장교와 한국 청년이 선희가 방을 빌리고 있던 김소향의 집에서 충돌하게 되었다. 선희는 한국 청년에게 절대로 집을 가르쳐 주지 않았던 것인데 그녀의 가끔 보이는 미온적인 태도에 불만을 느낀 청년이 이윽고 임선희의 거처를 알아내고 말았던 것이다.

몇 해 전에 있었던 미군 장교에 의한 한국 청년 살해사건, 그 뉴스의 본원이 바로 임선희의 주변에 있었다는 얘기다.

헌병대에 끌려가기에 앞서 달피드 중위는 호주머니에서 편지를 꺼내 두 동강으로 잘라 임선희의 앞에 팽개쳤다. 김소향이 그 편지를 맞추어 보니 달피드의 어머니가 임선희와의 결혼을 승낙한다는 내용으로 아들에게 쓴 편지였다.

임선희의 수기 마지막은,

'내가 당장 죽지 않은 것은 김소향 언니의 따뜻한 마음씨 때문이었다. 그러나 내겐 죽음 이외의 길이 있을 것 같지 않다. 내가 내게 벌을 내리는 일뿐이다. 내가 죽는다고 해서 어찌 내 죄의 보상이 되리오만. 나는 이 세상에 나선 안 될 여자였다. 이 세상에 있어선 안 될 여자였다. 모두들 나를 질책하소서. 그러나 여기 동봉한 돈으로 공동묘지의 한구석에 묻어주소서. 어머니 아버지 죄송해요.'

재능이 있는 작가를 만나면 능히 한 편의 소설을 이룰 수 있는 재료이다. 그러나 나는 이것으로 소설을 꾸밀 생각은 없다. 미군이 주둔해 있는 이 시대의 '어느 여자의 일생'이 될 수 있겠지만, 이십 세기의 현재, 나의 문학적 안목으로선 이런 여자의 일생이 결단코 소설이 될 수 없다고 믿기 때문이다.

'이런 여자'란 무엇을 뜻하는 것인가. 운명에 질질 끌려가는 여자를 말한다. 이십 세기의 현재 '어느 여자의 일생'이 소설로서 가능하다면 운명에 항거한 여자의 일생이라야만 한다. 운명과 맞서 과감하게 항거하다가 갈기갈기 찢겨 죽은 여자, 산산이 부서져 가루가 되어 사라지는 여자, 그런 여자만이 우리 소설의 주인공일 수 있을 것이다. 소설의 주인공일 수 없는 여자를 상대할 필요가 없다……. 그런데 지금 그 임선희가 내게 커다란 문제로 되어 있는 것이다.

수기를 두고 간 일주일 후 차임이 울려 나가보았더니 큼직한 보퉁이를 이고 임선희가 서 있었다.

보퉁이를 인 모습은 촌스러웠다. 촌스러웠던 만큼 싱그러웠다. 이마에 살큼 배어 있는 땀방울. 화장기 없는 건강색. 그 얼굴과 몸매가,

'난 살아갈 희망을 얻었어요.' 하고 발언하는 듯했다. 들어오라고 해

놓고,

"그 보퉁이 뭐냐."고 물었다.

"이불이에요. 아주머니가 선생님께 선사한댔어요." 하며 임선희는 보퉁이를 마루에 놓았다. 그러고는 화장실로 가선 땀을 씻고 나왔다. 이제 시골에서 나온 처녀와 같은 얼굴. 그러고 보니 흰 바탕에 만초무늬를 놓은 원피스까지가 시골 처녀의 치장이었다.

의아해하는 내 마음을 알았던지,

"소제부 스타일로선 적당하죠?" 하고 임선희는 웃었다.

그 수기에서도 되풀이 자기 속에 있는 창녀근성을 언급하고 있었지만 시골 처녀 차림을 하고서도 창녀의 교태는 남았다고 느꼈다.

보퉁이를 끄른 임선희의 손끝에서 호화롭다는 표현이 그냥 어울릴 이불이 두 채 나타났다. 두툼하고 폭삭한, 보기만으로도 안온한 흡족감이 있었다. 선희는 이불과 요를 전장全長대로 펴 보이며,

"곧 가을이 깊어지고 겨울이 닥칠 것 아녜요? 선생님 따뜻하게 주무시라고 아주머니가……." 하고 활짝 웃었다.

"이런 걸 그냥 받아서 될까?"

"호의는 호의대로 받아야 하는 거예요."

"대강 얼마나 할까? 이 이불."

"글쎄요. 전 아직 몰라요."

임선희는 도로 이불을 개선 침대 있는 방으로 들고 들어갔다.

나는 아연한 기분, 낭패를 당한 기분, 그러면서도 어떤 모험을 기다리는 것 같은, 야릇하고 복잡하고 걷잡을 수 없는 기분이 되었다.

창세기의 기록이 정확하다면 이브는 문명의 어머니, 뱀은 역사의 시원이 된다

"목욕탕을 좀 빌리겠어요."

등 뒤에 임선희의 말이 있었다.

"그렇게 하세요." 하며 나는 아까 임선희의 이마에 맺혀 있던 땀방울을 상기했다. 아직도 더운 날씨인데 이불 보퉁이를 이고 왔으니 땀을 씻을 필요가 있을 것이라고 충분히 짐작할 수 있었던 것이다.

나는 작업에 착수할 양으로 R. 마르쿠제의 『행복의 철학』을 폈다.

—행복에의 열렬한 탐구는 서기 전 삼백 년의 옛날부터 갖가지 비판을 받아왔다. 비판엔 언제나 두 가지의 방향이 있다. 하나는 외부로부터의 비판이고 또 하나는 내부로부터의 비판이다. 외부로부터의 비판은 언제나 '농=좀'이다. 내부로부터의 비판은 "행복은 이를 추구할 만하다. 그러나……" 하는 식으로 계속된다. 외부로부터의 비판은 행복에 관해서 시끄럽게 굴 필요가 없다고 나무라는 것인데 "그런 생각을 하는 것보다는 교회에 대한 복종이 중요하다. 너의 국가에 충성을 다하는 것이 중요하다. 네가 지금 풀려고 하는 수학의 문제, 네가 지금 끌로 파서 만들고 있는 조각, 네가 종사하고 있는 사업에 열중하는 것이 보

다 중요하다." 요언하면 너 개인의 행복이 문제인 것이 아니라 인류의 장래가 문제인 것이라고 한다. 에피쿠로스의 적과 동지는 각양각색이다. 신에 봉사하는 사람이 있는가 하면 학자도 있고, 예술가도 있고, 사업가도 있다. 뿐만 아니라 무슨 까닭으로 혁명을 일으키려 했던지 잊어버린 몽상적인 혁명가조차 끼어 있다. 대개의 마르크스주의자들은 '행복'을 반혁명적인 말로 규정하고 있는 것이다.

나는 여기까지 번역해놓고 펜을 놓았다. 마르크스주의자들이 '행복'이란 단어를 반혁명적인 말로 규정하는 까닭을 내 나름대로 파악해두어야 하기 때문이었다.

사람들이 스스로의 행복에 집착하면 혁명의 대열에 참가하길 꺼린다. 가난하지만 자기 집, 못났지만 자기의 아내, 평범하지만 자기의 아들딸을 지키며 살려는 것이 소시민들의 근성이며 의식이다. 그들은 그러한 조건을 개선해나가는 것이 행복에의 접근이라고 생각하고 있다. 내일 얼마나 잘살지 몰라도 그 내일을 위해 오늘을 희생시키기 싫은 것이 이를테면 소시민 근성이다. 혁명의 약속은 찬란하지만 막연하고, 현실은 고달프지만 지킬 만한 값을 지닌 구체적인 것이다. 그런 까닭에 사람을 혁명의 투사로 만들기 위해선 행복에의 욕구 자체를 사람들의 의식 속에서 말쑥이 지워버려야 한다. 그러기 위해서 많은 말이, 많은 선동이 준비되기도 하고 쏟아져 나오기도 했다.

예컨대,

'노예로서의 안일을 탐하기보다 혁명의 투사로서 빛나는 고난을 감내한다!'

'보다 큰 행복, 네가 주인 행세를 하고 떳떳이 살 날이 있는데 그 희

망을 포기하고 노예의 현상에 집착한단 말인가!'

'전체와 더불어 행복하지 못한 행복은 타기할 에고이즘에 불과하다. 그런 의식이 소시민 근성이다. 반동이다. 네가 진정한 행복을 원하거든 당의 명령에 복종하라. 당만이 전체의 행복이 개인의 행복으로 통하는 진정한 방향과 내용과 방법을 제시한다······.'

마르크스주의자가 행복을 반동적 언어라고 할 땐 대강 이와 같은 이유를 준비하고 있을 테지만 실상은 어떻게 되어 있는 것일까.

나는 어느덧 솔제니친의 『수용소 군도』에 펼쳐진 러시아의 지옥도를 상기하게 되었고, 아서 코에스틀러의 『백주의 암흑』을 뇌리에 떠올리고 있었다.

볼셰비즘은 철저한 사술에 불과한 것이 아닐까. 전체의 행복을 만들어내야 한다는 구호 아래, 전체를 노예로 만들고, 그 노예들에게 주인이란 명패만 달아주는 사술!

이어 나는 다음과 같은 조직을 구상해보았다.

"이 나라는 노동자 농민을 주인으로 하는 나라이다. 알겠나?"

"예."

"그러니까 노동자인 네가 바로 이 나라의 주인이란 말이다. 알았지?"

"예."

"그러니까 아침부터 저녁까지 열심히 일을 한다는 건 네가 너를 위해서 하는 일이란 걸 알았지?"

"예."

"자본주의 시대의 노동자는 노예로서의 노동을 하고 있었으니까 불평하는 것이 당연했지만, 지금 사회주의 사회에선 네가 주인으로서 일을 하고 있는 거니까 불평할 여지가 없지?"

"예."

"그런데 왜 넌 불평을 하고 남의 것을 훔쳐 먹었느냐?"

"배가 고파서요."

"주인이 배고픈 것하고 노예가 배고픈 것하곤 다르지 않느냐?"

"예."

"주인은 보다 잘살기 위해 배고픔을 스스로 자청할 수도 있고, 떳떳이 견딜 줄도 알아야 하지 않겠는가?"

"예."

"그런데 네가 그러하지 못했다는 것은 너 스스로 주인 되길 포기한 것이 아니냐?"

"주인이 안 되어도 좋으니 배불리 먹고 잠이나 실컷 잤으면 합니다."

"뭐라구? 주인 되기가 싫다구? 그렇게 간단한 게 아냐. 네가 주인임을 포기할 순 없어. 넌 시베리아의 수용소에 가서 주인이란 것이 얼마나 영광스러운 것인가를 배워야 하겠다……."

내 스스로 구상해보겠다던 조직이 결국 시냐프스키가 쓴 에세이를 재생한 꼴이 되고 말았다. 씁쓸한 얘기다.

나는 다시 펜을 들었다. R. 마르쿠제의 번역은 월말까지 완성되어야 하는 것이다.

그때,

"혹시 가운 같은 것 없어요?" 하는 소리가 들렸다. 이윽고 나는 임선희의 존재를 깨닫고 고개를 소리 나는 쪽으로 돌렸다. 하반신을 목욕타월로 가렸을 뿐인 알몸의 임선희가 일 미터의 거리에 서 있었다.

일순 숨이 막히는 듯했다. 행복의 개념이고, 마르크스주의고 이슬 녹듯 사라져버리곤 공동이 된 두뇌에 수컷의 정념이 타올랐다.

"가운이 없는데요." 하는 말끝이 입안에 말라 붙었다.

"그럼 어떻게 하지? 입고 온 원피스를 빨았거든요. 하두 땀이 배서." 하고 돌아서는데 등에서 히프로 흘러내린 에로티시즘이 마력이었다. 그 마력에 걸려들면 죽음이 있고, 그 마력을 외면하면 수컷으로서의 폐절선언廢絶宣言이 필지必至할 것이란 사실을 시위하는 마력, 그렇기 때문에 마력이랄 수밖에 없는 마력이었다.

임선희의 모습은 사라졌지만 그 나형의 이미지는 남았다. 나는 펜을 던졌다. 그러고는 망막에 새겨진 그 이미지의 디테일을 살피기 시작했다.

가는 팔, 가는 다리, 극도로 지방을 절약해서 조형한 것 같은, 얼굴로선 상상도 할 수 없는 볼륨이 그 나신에서 나타난 까닭은 무엇일까. 상아 빛깔의 피부가 엷은 핑크로 물들 때 그것은 그냥 최고의 에로틱 컬러가 되는 것이 아닐까. 나는 아직 생신의 여체로서도 그림으로서도 그런 피부 빛깔을 본 적이 없었다는 경험을 새삼스럽게 다져보는 마음으로 되었다.

잘룩한 허리를 기점으로 해서 상하로 일종의 시메트리對稱를 이룬 균형을 모양 좋은 유방이 조금 깨뜨린 듯했지만, 그 크지도 작지도 않은 유방으로 언밸런스의 밸런스가 단조로운 밸런스 이상으로 미학적 효과를 나타낸 범례라고 할 수 있었다.

나는 비로소 어느 한국의 청년을 죽음에까지 몰아세우고 미국의 장교를 살인범으로 만들어버린 운명의 정체를 안 듯한 느낌으로 전율했다. 일개의 창녀란 개념으로 그녀를 조명하려고 했지만 허사였다.

'한강에 배가 지나간 흔적이 남지 않는다.'는 속된 표현까지 뇌리를 스쳤다.

아까부터 느껴오던 갈증을 풀 양으로 부엌으로 갔다. 그 도중 나의 눈은 한 오라기도 걸치지 않은 나신으로 홀의 소파에 앉아 타월로 문지르며 머리를 말리고 있는 임선희를 보았다. 내게로 돌린 임선희의 눈에 윤기가 흐르고 있었다. 나는 얼른 수도꼭지를 틀어 한 글라스의 냉수를 벌떡벌떡 커곤 방으로 들어가려다가 말고 우뚝 서버렸다. 임선희의 눈이 내 눈과 초점을 맞추려고 움직였다. 그런 사이에도 타월로 머리칼을 문지르고 있었는데 노출된 겨드랑의 털이 어떤 사곡에 기적적으로 돋아난 한 움큼의 방초를 닮아 있었다.

그것은 결정적인 유혹이었다.

이브의 유혹은 결정적인 것이다. 아담은 이브의 유혹에 굴복해야만 하는 것이다. 그 세계사의 순간에 내가 있다는 것을 강하게 깨달았다. 임선희는 집요할 만큼 그 시선을 내게서 떼지 않았다. 개구리를 노린 뱀의 눈, 그 눈에 주박된 개구리는 나라는 상념이 일지 않는 게 아니었지만 그것은 이미 지성이 발하는 상념이 아니고, 죽음을 예감하면서도 죽음으로 나가고 있는 거미의 경련적인 사고를 닮아 있을 뿐이었다.

한마디의 말도 없이 쳐다보고만 있던 임선희는 내가 가까이에 다가서자 머리칼을 문지르고 있던 타월을 버렸다. 거의 동시에 나의 손을 잡았다…….

나의 의식의 한 군데는 끝내 깨어 있었으나 임선희란 수렁으로 빠져들어가는 내 자신을 방문하고 있을 뿐이지 거기서 몸을 빼내게 하는 의지의 힘이 되지는 못했다.

"아아, 나는 다시 살아난 거예요."

임선희는 젖가슴을 내 얼굴에 밀어대며 전신을 경련했다.

…….

다시 시간이 움직이기 시작한 것은 언제부터인가.

"추한 여자죠? 나." 임선희의 팔이 내 목에 감겼다.

내게 대답할 말이 있을 까닭이 없었다.

"여자란 건 숙명이죠?"

여전히 내 답이 없자, 임선희는 내 목을 안았던 팔을 풀고 속삭였다.

"사랑까지 원하진 않아요……. 일주일에 한 번, 아니 한 달에 한 번이라도 좋아요……. 이렇게 만나주세요……. 이렇게만 만나주시면……마음 가라앉히고……이불공장의 여공 노릇을 하며……그로써 만족하고 살아갈 수 있을 것 같아요……."

의식이 밝아옴에 따라 나는 지금 큰 문제를 안고 있는 것이란 자각을 했다. 그러면서도 나도 이 육체에의 미련을 끊지 못할 것이란 예감을 가졌다.

'그럼 어떻게 될 것인가!'

곧이어,

'될 대로 되라지 뭐.' 하는 사고의 포기가 잇달았다.

'사고의 포기! 조금 문제가 번거롭게 되면 생각을 중단해버리는 이 습성! 이것이 자멸의 원인이 아닌가.' 싶었지만 나는 임선희와의 앞날의 일에 관해선 오늘은 생각하지 말자고 작정했다. 사기꾼과 향락주의자의 공통된 사고방식이 사기의 현장, 향락의 현장에선 오늘의 일을, 그 일이 전개되는 방향에 관한 생각을 하지 말자로 된다는 것을 그땐 미처 생각하지 못했던 것이다.

"나쁜 여자죠? 나."

"왜 그렇게 생각하지?"

"주어야 했던 것을……"

"그런 생각 말아요."

"아녜요. 나는 내 몸 안에서 타오르는 불꽃을 끌 수가 없어요."

"……"

"내 비극의 원인은 아무에게도 있는 것이 아니고 내 자신에 있다고 생각해요. 난 불행만을 만들고 다니는 여자예요. 독기를 가루처럼 날리는 못된 여자예요. 그래서 나라고 하는 화근을 끊어버리기 위해 죽으려고 한 거예요, 그런데……"

"그런데?"

"선생님이 절 살려놓았다, 이 말씀예요."

"……"

"물에 빠진 사람 건져놓았더니 보따리 찾아달라고 응석하는 꼴이 되었죠?"

"……"

"어떡하든 내 몸속의 불을 꺼보려고 애썼어요. 내 육체에 깃들어 있는 악마를 추방해보려고 몸부림을 쳤어요. 그러나 되지 않데요. 그렇다고 해서 아무에게나 몸을 열어줄 생각은 나질 않았어요. 백인에게도 흑인에게도 몸을 맡길 생각 없어요. 한국 여자에겐 한국 남자가 제일이데요."

"죽은 사람을 두고 하는 말인가?"

"한국인으로선 그 사람이 내겐 처음 남자였어요. 그 사나이를 통해 처음으로 섹스가 뭔가를 알았어요. 김치 냄새, 마늘 냄새엔 신경을 쓸 필요가 없이, 말 한 구절 잘못 알아들을까봐 걱정할 필요도 없이, 너희 여자보다 못하지 않을까 하는 콤플렉스도 없이, 싫은 것을 싫다고 하면 매너에 어긋나는 짓이 아닐까 하는 염려도 없이, 자유로운 마음, 활달한 기분으로 한덩어리가 될 수 있을 때 비로소 섹스가 성립될 수 있는 것이란 사실을 알았단 말예요."

"……."

"선생님에게 안기니 고향에 돌아온 기분이에요."

"선생님, 선생님 하지 말아요." 하고 나는 겸연쩍게 웃었다.

"그럼 뭐라고 하죠?"

"적당히 하시오."

"미스터 서?"

"그건 안 돼."

"서군?"

"그게 좋군."

"그러나 난 그렇게 부를 수 없어요."

"그렇다면 서씨쯤 해두시지."

"요릿집 지배인 같아서……."

"꼭 부를 게 뭐 있어요. 필요할 때면 서재필 씨, 또는 재필 씨라고나 하시오." 하고 나는 침대에서 미끄러져 내려와 옷을 챙겨 입었다.

"난 이대로 좀더 누워 있겠어요. 아직 원피스가 마르지 않았을 테니까요."

시트에 몸을 휘감으며 임선희는 스르르 눈을 감았다.

목욕탕에서 몸을 씻고 소파에 나가 앉아 담배에 불을 피워물었다. 관악산이 오늘따라 청명한 윤곽을 보이며 의젓했다.

눈은 관악산을 보며 상념은 아직도 알몸으로 누워 있는 임선희를 쫓았다.

자기변명으로서 하는 말이 아니라 나의 섹스 체험은 초라할 정도로 극히 적다. 나이 서른에 겪어본 여체가 여섯밖에 안 된다. 그런데 그 여섯 가운데의 다섯이 창녀인 것이다. 원주의 여자, 하월곡동의 여자, 김소영, 김소향, 그리고 임선희, 아니 원주의 여자, 하월곡동의 여자는 손을 대었다고 할 수도 없는 것이니 네 여인으로 좁혀든다.

성실하고 결벽하기가 짝이 없는, 옛날 교정부의 동료 김달수와 박동수를 섞은 자리에서 오갔던 얘기가 생각났다.

"김형은 여자 몇이나 겪었소." 하는 박동수의 질문에 김달수는,

"대강 알아맞춰 보시오."라고 했다.

박동수가,

"일곱쯤 되느냐."고 했더니,

"그보다는 많지요."라는 대답이어서 박동수가 말했다.

"그럼 한 다스, 열둘이 넘는가?"

"그보다야 적지요."

"하여간 싱글이거먼." 하고 박동수는 나에게 물었다.

"나도 김달수와 비슷해요."

나는 그렇게 얼버무렸던 것인데, 성실의 표본 같은 김달수보다도 여체 경험이 적다는 것이 그땐 왠지 부끄러웠던 것이다. 하기야 김달수의 말도 액면 그대로 들어줄 순 없다. 치마만 둘러놓으면 절구통에게도 덤비는 박동수에 대한 일종의 제스처, 이를테면 허세였는지도 모른다.

"그렇다면 남자와 여자 어느 편이 나쁜가." 하는 문제가 그때 제기되었다.

그러자 박동수는,

"어느 편이 나쁜가, 하는 문제설정을 할 것이 아니라 어느 편이 더욱 호색한가 하는 문제설정을 해야 할 거라."

"그 문제에 관해선 남녀가 꼭 같다."고 결론을 내렸다. 그 이유로서

많은 여자를 걸머들인 사나이가 있다면 그런 사나이에게 응한 여자의 수가 그만큼 있어야 할 것이 아닌가, 하는 사실을 들었다.

완전히 석연할 순 없었지만, 여자의 매춘을 성립시키고 있는 조건은 남자의 호색보다도 여자들의 호색성에 있다는 박동수의 견해는 미상불 탁견이라고 할 수 있었다.

'임선희는 악인가? 자기 말대로 불행의 독기를 가스처럼 뿌리고 다니는 요물인가?'

나는 이런 생각을 하면서도 임선희의 육체를 겪어간 황인·백인·흑인에게 아슴푸레 질투를 느끼고 있는 듯한 나 자신을 발견하고 적이 놀랐다. 그들과의 음락의 빛깔도 내음도 전연 찾아낼 수 없는 그 육체의 심오한 부분에 그 신경의 미시적인 가닥가닥이 아직도 새겨져 있을 그 환락의 기억에 상도하자 나의 수컷은 다시금 고개를 쳐들고 일어나는 것이 아닌가.

사랑하는 아내를 배신한 데 대한 한 가닥 양심의 가책도 들어설 수 없게 해놓은 상념의 마당에 질투의 감정을 불러들이는 건 어떠한 까닭일까? 불결한 창녀라는 관념의 얼음이 열띤 그 정념의 실체 앞에 눈이 녹듯 해버리는 것은 어떠한 까닭일까? 관념론은 이처럼 패배해야 옳은 것인가, 그처럼 무력한 것인가. 세네카의 철학이 클레오파트라의 일순의 미소를 감당할 수 없었던 것이라면 철학은 실총失寵한 사나이들의 푸념일밖에 없는 것이 아닌가. 그러나 나는 이 순간만이라도 패배하기가 싫어 임선희가 누워 있는 방문 앞을 지나 작업이 기다리고 있는 방으로 들어갔다.

펜을 들어 번역을 시작하려다가 말고 혹시 그『행복의 철학』속에 성애에 관한 언급이 없나 하고 책장을 넘기기 시작했다. 건성으로 책장을 넘기고 있는 한에 있어선 그런 대목이 보이질 않았다. 목차를 살폈으나 역시 없었다.

'성애를 제외한 행복의 철학이 과연 있을 수 있을까.' 하는 푸념과 더불어 다시 책장을 넘기는데 스피노자를 언급한 부분에 다음과 같은 것이 있었다.

—예컨대 1668년 『화원』이란 제목의 책이 출판되었는데 그 속에 이런 대목이 있다. '간통을 한다든가, 첩을 둔다든가 하는 생활은 일부다처제와 마찬가지로, 그것이 죄악이라서가 아니라, 어떤 다른 유익한 목적 때문에 국법으로 금지되어 있긴 하지만 그 자체는 악이 아니다.' 이로써 알 수 있듯이 스피노자 시대의 네덜란드를 덮어놓고 암흑 시대라고만 할 순 없다.

이것을 읽고 있으니 연상되는 것이 있다. 누군가의 글에 다음과 같은 것이 있었다.

—제도로서의 일부일처는 오늘날 정립된 그대로이다. 그러나 사회의 표피를 한 꺼풀 벗기기만 하면 폴리가미 현상, 즉 일부다처, 또는 일처다부의 현상을 곧 발견할 수가 있다. 제도로서의 일부일처와 현상으로서의 일부다처, 또는 일처다부의 접점에 성적 사회의 실상이 있다.

'쓸데없는 소리!' 하고 나는 혀를 찼다.

그리고 일어섰다.

이웃방에 천의무봉한 시적 실체를 두고 화석처럼 바랜 문자의 나열을 다른 문자의 나열로 고치고 있어야 한다는 것이 한없이 역겹고 쑥스러웠다.

유혹에 이기는 덴 의지가 있어야 하지만 유혹을 받아들이는 덴 정열이 있어야 한다. 의지와 정열의 투쟁에 있어서 나는 어느 편을 들어야 할 것인가. 인간의 의지와 곤충의 정열을 대비시켜보았지만 일단 포로가 된 사람은 그 포위를 벗어나지 못하는 한 곤충의 행세를 할 뿐이다. 내가 다시 임선희의 방으로 들어갔을 땐 난 이미 곤충이 되어 있었다.

도어가 열리자 선희는 눈을 크게 떴다. 그 눈엔 이상한 광채가 있었다. 아까까진 있지도 않았던 광채, 스스로 요물이라고 한 그 말을 입증하는 듯한 광채였다. 선희는 두르고 있던 시트를 걷어차고 반듯이 누워 있는 그대로 양팔을 폈다. 미국인하고 사귀는 동안에 익힌 버릇일 것이라고 혐오감을 강작해보려고 했으나 어림이 없었다. 거미는, 버마재미는, 수컷이 암컷에게 먹히게 마련인 것이다.

말은 필요 없고 포옹이 있었다. 육체는 대화하고 신음이 반주가 되었다. 그런 동안에도 깨어 있는 나의 뇌리엔 '곤충, 곤충, 곤충, 곤충, 곤충……' 이란 부르짖음이 메아리를 치고 있었다.

"걸었어요."

꿈결에 들은 말이다.

"서재필 씨가 다시 이 방으로 오느냐 오지 않느냐, 하고 걸었어요."

이 말에 나는 완전히 잠을 깼다.

"그 무슨 말이지?"

"다시 오지 않으면 실망을 하려고 했구요……."

"다시 오면?"

"아까의 제안을 확인하려고 했구요."

나는 말하는 대신 임선희를 안고 이마에 키스를 했다.

"고마워요." 하고 선희는 나를 힘껏 안았다.

"단, 원 타임 원 먼스."

어쩐지 한국말론 하기가 쑥스러웠던 것이다.

"OK, 원 타임 원 먼스." 하곤 포옹을 풀더니 선희는 목욕탕으로 달려갔다.

돌아왔을 땐 원피스를 입고 있었다.

"봐요, 멋지게 말랐죠? 거짓말처럼."

임선희의 얼굴엔 테니스 시합에 우승한 여류 선수를 닮은 싱그러운 웃음이 있었다.

어느덧 어둠이 방 안에 밀려들기 시작했다. 나는 선희가 있는 동안엔 불을 켜고 싶지 않아,

"늦었으니 돌아가시죠." 하고 가볍게 그녀의 어깨를 안아주곤 팔을 내렸다.

"같이 식사라두." 하는 것을 나는 조용히 거절했다.

"안 돼요, 그건. 우리가 오랫동안을 사귀려면 조심이 있어야 할 거예요. 이 세상에 우리만 사는 게 아니니까요."

"그렇군요."

임선희는 순순히 현관으로 나갔다. 신을 신고 도어를 열며 물었다.

"언제?"

"디스 데이 넥스트 먼스."

또 서툰 영어가 나오고 말았다. 서툰 심정을 말하기 위해선 서툰 영어가 필요한 것인지 몰랐다. 이것도 곤충의 곤충적인 반사운동인 것이다.

완전히 밤이 되어버린 창가에 서서 나는 원근의 불빛을 멍청히 바라보았다.

정명욱의 얼굴이 떠올랐다. 고달픈 근무에서 돌아와 지금쯤 그 비좁

158

은 부엌에서 저녁식사를 만드느라고 열심히 움직이고 있을 것이었다.

한줄기 뺨을 흘러내리는 것이 있었다.

나는 왠지 안심했다. 철저한 악인이 되기엔 약간의 거리가 있다고 자인한 때문의 안심이었을까.

월천심月天心 아시아의 가을을 다스리도다

가을이 왔다.

한시름 놓은 기분이다. 이제야 격투가 끝난 것 같은. 아닌 게 아니라 여름은 더위와의 격투였다. 거기다 임선희와의 밀회가 세 번 거듭되었으니 가슴의 늪에서 양심이 메탄가스처럼 부글부글 튀기조차 했다.

그런데 사기꾼은 탄생하는 것이 아니라 만들어지는 것인가 보았다. 어느덧 죄의식은 희미해져가고 완전범죄이기를 노리는 악지혜만 늘어난다. 임선희와 만난 날이면,

"오늘은 어제의 분량 배나 해치웠어." 하고 두툼한 원고뭉치를 명욱이 보란 듯이 책상 위에 놓는다.

"서둘지 마세요. 과로가 제일 나쁘대요." 하며 명욱은 수건과 비누를 챙겨 내게 안긴다. 빨리 목욕탕엘 다녀오라는 시늉이다.

나는 목욕탕엘 간다. 탕 안에 들어갔다가 얼굴과 머리만 씻고 나올 뿐이다. 아파트에서 목욕을 하고 왔으니 땀만 씻으면 그만인 것이다. 이렇게 배신은 무슨 유희처럼 되풀이되는 것인데, 그렇다고 해서 어떤 위기의식이 전여 없어진 것은 아니다. 인간의 타락은 결국 이런 식으로 진행된다는 것을 나는 모르는 바가 아니다.

원 타임, 원 먼스, 즉 한 달에 한 번씩 만나자고 했는데 임선희는 두 주일 만에 나타났다. 약속이 틀리지 않느냐는 말을 나는 삼키고 말았다. 동시에 은근히 임선희를 기다리고 있었던 스스로를 발견하고 얼굴을 붉혔다. 그 다음은 일주일이 지나서 왔다.

"원 타임, 원 위크."

일주일에 한 번씩 만나자는 묵계로 어느덧 바뀌고 있었던 것이다.

올 때마다 임선희는 냉장고를 채웠다. 꽃을 사오기도 했다. 아파트 안에 자기의 존재를 새기는 조그마한 트릭이 다음 다음으로 진행되었다. 그것은 위험의 시작이었다. 병균은 처음 아는 듯 모르는 듯 인간의 몸뚱어리, 그 음미로운 부분 교두보를 잡는다. 일단 교두보를 잡아놓고 나면 그 교두보를 견고하게 하기 위해 힘쓰고 어느 정도 견고해지면 그 교두보를 확대하길 꾀한다. 이것은 인체의 병리학일 뿐 아니라, 인생의 병리학이기도 하다.

나는 임선희와의 만남을 일주일에 한 번으로 굳이 제한할 각오를 하고 이 룰을 지키지 못하면 우리의 사이는 끝장이 난다고 타일러 지금 소강상태를 지키고 있지만, 그 마음의 한 꺼풀 저편엔, 될 대로 돼라 하는 자포자기의 늪이 음습한 독기를 피우고 있는 것이다.

그럴수록 명욱 앞에서의 나는 명랑하게 꾸며야만 했다. 사실 나의 배신이 완전범죄로 남는 한 명랑해선 안 될 까닭도 없다. 나는 한편 임선희를 통해 '어느 여자의 일생'을 읽고 있는 셈이며, 그 여자의 일생을 통해 여성 일반에 관한 뜻밖인 발견을 할 수 있을지도 몰랐다.

'임선희에 있어서의 창부의 연구.'

틀림없이 흥미 있는 연구 제목이 될 수 있지 않은가. 그런데 나는 어느덧, 창부도 탄생하는 것이 아니라 만들어지는 것이란 발견을 하게 되

162

었다. 다시 말하면 임선희에 관한 변명을 내 스스로 만들고 있었다는 셈이다.

대학입시에 낙방했다는 것이 무슨 죄랴! 오산 이모댁에 간 것이 무슨 죄랴! 거기에서 미남인 미국 병사를 만난 것이 무슨 죄랴! 영어를 모른 데서 빚어진 그 모든 트러블에 있어서 임선희의 죄가 무엇이랴! 일생 가는 곳마다에 늪이 있고, 수렁이 있다. 그 수렁에 빠져들면 헤어 나오기가 힘들다. 문제는 수렁에 있는 것이지 빠진 사람은 슬플 뿐이다. 그런데 누가 이 여자에게 돌을 던질 수 있을 것이랴!

명욱과 선희의 육체를 비교한다는 것은 명욱에 대해선 용서할 수 없는 모독으로 될 것이나, 얼굴에 미추가 있듯이 여체의 오묘한 부분에도 아니 그 부분을 핵심으로 한 여체의 분위기엔 각각 엄청난 차이가 있다는 사실의 발견도 나에게 있어선 새로움이었다. 그렇다면 한국판 카사노바, 박동수의 엽색행각은 갖가지 음식을 고루 맛보고자 하는 식도락을 닮은 것일까.

아무튼 나는 명욱에 대한 배신을 뉘우치지 않고, 그 배신을 은폐하려는 데만 마음이 쏠려 있다는 사실을 솔직히 인정하지 않을 수 없다. 헌데 이런 생각을 해보는 것도 가을바람이 불고 있기 때문이다. 여름의 한동안은 뭐가 뭔지 모르게 지나버렸던 것이다.

가을이면 내 생일이 돌아온다.

추석을 지난 사흘 후가 음력으로서 나의 생일이다. 중추의 명월이 있는 까닭으로 나는 내 생일을 음력으로서 기억하고 있다. 허나 생일은 누구에게나 있다. 그런 까닭에 생일은 사건일 수도 없고, 무슨 별난 의미를 가질 수도 없다. 생일에 의미가 있다면 찰스 왕자쯤 되어야 한다.

왕자가 되지 못했으면 나폴레옹이 되든지, 아인슈타인쯤은 되어 있어야 하는 것이다.

어머니가 계실 땐 나에게도 생일이 있었다. 추석 제사에 쓰던 음식들이 있었기 때문에 생일의 잔칫상은 언제나 풍성했다. 그것을 어머니는 항상 이렇게 표현했다.

"우리 재필인 운이 좋은 아이다. 생일이 이날 아니었다면 어떻게 이런 잔칫상을 채릴 수 있었겠느냐."

어머니가 돌아가시고 내가 바깥으로 나돌기 시작하면서 생일은 어느덧 잊혀진 것이 되었다. 추석날 밤을 보면, 사흘 후가 내 생일이군, 하고 마음속에서 중얼거려 보았을 뿐이다.

그런데 이해는 사정이 달랐다. 정명욱이 기를 쓰고 내 생일잔치를 하겠다는 것이다. 그리고 물었다.

"생일은 양력으로 할까요, 음력으로 할까요?"

"굳이 해야 한다면 음력."이라고 대답해두었더니 명욱은 우동규 부장을 비롯해서 신문사의 전 동료들뿐만 아니라, 양춘배를 비롯한 출판가 관계의 사람들도 초대하라고 했다.

"당신과 나, 그리고 형식을 끼어 조촐하게 합시다. 꼭 손님이 필요하다면 아파트의 이웃들이나 몇 부르구." 나는 이런 조정안을 냈다. 그러나 명욱은 듣지 않았다.

"아침식사엔 아파트의 이웃사람, 특히 남자들을 초청하고, 점심 때는 아파트의 여자들을 초청하고, 밤엔 당신의 친구를 초청할 참예요." 하고 이십사 시간 연회를 주장하고 나섰다.

"남의 글 옮겨갖고 겨우 호구지책을 강구하는 주제에 생일잔치가 지나치게 성대하면 되레 웃음거리가 될 텐데." 했지만 명욱은,

"나에게 있어선 하늘 아래 제일가는 사람이에요." 하고 굽히지 않았다.

그 말에 나는 일순 섬뜩한 충격을 받았다.

임선희와 나와의 관계를 알고도 명욱은 나를 하늘 아래 제일가는 사람으로 칠 것일까. 이 감정은 공포를 닮은 감정이었다.

생일을 열흘쯤 앞두고 나는 아파트의 관리인에게,

"앞으로 열흘쯤 오지 않을 테니. 내 아파트를 잘 돌봐주시오." 하고 얼마간의 푼돈을 맡겼다. 추석이 다가오는 데 있어서의 선물의 기분이기도 했다.

그 사이 무슨 일이라도 나서 모처럼 명욱이 서둘고 있는 생일잔치를 잡치지 않을까 하는 겁이 앞질러 한 노릇인데 바로 그날 조그마한 사고가 있었다.

아파트의 유리창문 안팎을 죄다 잠그고, 입구의 도어도 단단히 잠가 흔들어보기까지 하고 아파트를 빠져나온 것은 오후 다섯 시, 버스가 있는 정류소까지 한가하게 걸어가고 있는데,

"서재필 씨." 하는 소리가 등 뒤에서 들렸다.

돌아보았다.

안민숙이 석양을 받고 서 있었다.

"어떻게 된 일이오, 미스 안."

나는 되돌아가서 손을 내밀 정도로 반가웠다. 그런데 안민숙의 표정은 차가웠다. 내가 내민 손을 잡으려고도 않고,

"저편 터미널로 갑시다. 거긴 다방이 있을 테니까요. 가서 얘기 좀 합시다." 하고 앞장서 걸었다.

조금 여윈 듯한 안민숙의 어깨가 바바리코트 아래 앙상하게 느껴졌다. 내 결혼식 날 보곤 처음이었다. 그러니까 반 년이 지났나?

다방 한구석에 자리를 잡고 차를 청해놓곤 안민숙이 한참 동안 나를 쏘아보았다.

"미스 안, 어떻게 된 거요." 겸연쩍스럽게 물었다.

"불결해서 이렇게 앉아 있기만 해도 구토증이 나요." 안민숙이 또박또박 발음했다.

나는 사태의 대강을 짐작했다. 그러나 가만있을 순 없었다.

"무슨 소릴 하는 거요, 미스 안."

"나는 서재필 씨가 그런 인간인 줄은 정말 몰랐어."

"무슨 일인데그래."

"치사스러워서 입 밖에 내지도 못하겠어."

"그렇다면 좋아. 나는 갈 테니까."

내가 일어서려고 하자 안민숙은,

"빨리 그런 짓 그만둬요. 그만두지 않으면 명욱 언니에게 알려야겠어요." 하고 애원하는 표정으로 바꿨다.

역시, 하고 나는 포켓의 담배를 찾았다. 담배가 없었다. 안민숙이 백을 열더니 담배와 라이터를 꺼내 내 앞으로 밀어놓았다.

"그 여자를 어떻게 할 참으로 있어요." 하는 안민숙의 말은 차분했다.

나는 입을 열 수가 없었다.

"대단히 매력적인 여자던데요."

"……."

"무엇하는 여자죠?"

"말하기 싫으면 안 해도 좋아요. 그러나 그 여자와의 관계는 청산해야 될 거예요. 나는 이 이상 고민하기 싫어요."

"고민?"

"그런 사실을 번연히 알면서 명욱 언니에게 알리지 못하는 심정이 고민 아니고 뭐겠어요."

"알리지그래."

마음에도 없이 이런 말이 불쑥 나와버렸다.

"재필 씨 타락하셨군요."

안민숙의 표정은 어이가 없다는 뜻으로 변했다. 안민숙은 그의 개성의 탓인지 내부의 감정을 얼굴의 표정으로써 선명하게 표현한다. 그런 점 서구적인 얼굴이라고 할 수 있다.

나는 이런 엉뚱한 생각을 하며 안민숙을 관찰했다. 안민숙은 분명히 나와 임선희와의 관계를 알고 하는 얘긴데, 그녀가 알고 있다는 사실만으로선 위협이 되지 않는다는 것을 나는 또한 알고 있는 것이다. 안민숙은 어떠한 경우에라도 명욱에게 고자질할 그런 여자는 아니기 때문이다. 그러나 안민숙이 알고 있다는 그 사실이 내게 유쾌할 까닭은 없다.

"어떻게 알았지?"

"내가 어떻게 알았건, 그게 문제가 되나요?"

"하두 신통해서."

"그건 그렇고 그 아파트는 어떻게 된 거예요. 그 여자의 아파트?"

"아냐."

"내가 듣기론 서재필 씬 매일 도서관엘 간다던데. 매일 그 아파트에 나타나는 것 같던데요. 그만큼 그 여자에게 홀딱 빠졌단 말예요?"

"그 여자의 아파트가 아니라니까."

"그럼 여자 쪽에서 서재필 씰 찾아온단 말예요?"

"그것도 가끔이야."

"가끔이니까 괜찮다 이건가요?"

"그런 건 아냐."

"잡아떼질 말아요. 서재필 씨가 그 아파트에 드나드는 걸 안 건 퍽이나 오래돼요. 먼빛으로 한 번 보고는 그 뒤 눈여겨보게 됐는데 거의 매일이지 않아요. 이상한 느낌이 들데요. 그래 명욱 언니보고 물어보지도 못했어요. 서재필 씨 잘 있느냐고 안부를 묻는 척했더니 매일 도서관엘 간다고 하잖아요. 아차 싶었지. 아파트를 들먹이지 않은 것이 잘됐다, 했죠. 뭔가 있다고 느끼고 있던 참인데 어느 날 그 아파트에서 색다르게 느껴지는 여자가 나오데요. 뭔가 예감이 있었는데 얼마 후 서재필 씨가 나오더란 말예요. 아파트 앞길에서 둘이 뭔가 소근거리더니 헤어지는데 알아차렸죠. 바로 엊그제도 그 여자가 아파트로 들어가는 것을 봤어요……"

"미스 안은 직장에 나가지도 않고 내 뒤만 밟았나?"

"요즘 나는 주간부로 돌았어요. 취재할 일이 많아요. 비교적 시간을 자유롭게 쓸 수가 있어요."

"그럼 좀더 세밀하게 취재를 해보실 걸 그랬군."

"그럴 작정을 안 해본 건 아녜요. 그런데 웬일인지 상세하게 사실을 아는 게 두려운 생각이 들지 뭐예요."

"모르는 척 해두는 것도 모럴이야."

"눈 감아달라는 얘긴가요."

"보고도 안 본 척, 듣고도 안 들은 척, 그것도 예의가 되지 않을까."

"참으로 뻔뻔스럽군 서재필 씨. 그런 식으로 나가면 나 정말 가만있지 않겠어요."

"……"

"빨리 청산하세요. 부탁이에요. 난 서재필 씨를 의리의 사나이로 보고 있어요. 천하의 남자가 다 추해도 서재필 씨만은 그렇지 않을 것이라고 믿고 왔어요."

"……."

"이러니 세상의 사내들을 어떻게 믿겠어요."

나는 인민숙에게만 사실대로 알려야겠다고,

"미스 안, 내 얘기 들어줄래?"

"변명? 변명하려구?"

"아냐, 미스 안에게만은 얘기해두고 싶어." 하고 나는 아파트의 내력부터 시작해 임선희 스토리까질 되도록이면 간추려서 요령 있게 얘기했다. 그리고 덧붙였다.

"완전히 은폐할 수만 있으면 배신도 배신이 되지 않지 않겠느냐."고.

"배신이라고 느끼고 있긴 하군요."

"헌데 미스 안. 배신과 배신하지 않는 행위의 사이엔 얇은 종이 한 장이 있을 정도란 걸 나는 알았어. 그 종이를 찢고 넘어서면 거기 로맨스가 전개되고 종이를 찢지 못하면 회색의 일상이 있을 뿐야. 종이 한 장 찢는 용기로써 펼쳐질 로맨스를, 그건 배신이다, 하는 제동으로 외면할 수가 있을까 솔직한 얘기."

"종이를 찢는 것은 쉽고, 찢지 않는 게 어려운 일이라면 제동을 거는 쪽에 용기가 필요한 것 아녜요? 나는 용기를 필요로 하는 행위를 존중해. 서재필 씬 유혹에 이기지 못했다는 얘기를 하고 있을 뿐야. 서재필 씨에게 필요한 로맨스는 정명욱 씨와의 사이에 엮어야 할 로맨스야. 어떻게 해서 그런 여자와의 사이에만 로맨스가 있지? 그건 로맨스가 아니고 스캔들일 뿐야, 오해하지 말아요, 서재필 씨!"

"내 마음을 이해하지 못하는군."

"이해할 필요도 없어요. 내가 충고할 수 있는 건 오직 한 가지, 빨리 임선희 씨와의 사이를 청산하라는 것뿐예요. 그러고 나서 아파트 얘기를 명욱 씨에게 하세요. 바람을 심어 폭풍우를 거둔단 말 아시죠? 예수교의 성서에 있데요. 로맨스가 필요하시거든 서재필 씨가 소설로서 꾸미세요. 난 바빠요." 하고 안민숙은 일어서기가 바쁘게 전표를 들고 카운터로 가버렸다.

내 삼십 세의 생일은 다가오고 있었다. 명욱이 그 잔치를 서둘고 있는 분위기 속에 앉아 있으니 부득이 삼십 세의 의미를 언뜻언뜻 생각하게도 되었다.

공자가 말한 '삼십이립'三十而立이란 건 어떤 뜻일까. 십오 세에 뜻을 세우고 삼십 세에 자립할 수 있었다는 말이라도 그 뜻은 꽤나 광범위하다. 우선 나는 생활적으로 자립할 수 있었다는 말로 풀이해본다. 그렇다면 나는 공자 근처엔 간 셈이다. 열 평에 미달한 시민아파트이기로서니 남의 집 아닌 내 집인 것이다. 조식일망정 일단사一簞食, 일표음一瓢飮은 정도를 넘어 하루 세 끼의 식사는 결하지 않는다. 옷이 추해서 광화문 네거리에 버텨 서 있지 못할 정도도 아니다. 게다가 빚을 지고 있는 것도 아니다. 이만하면 나는 자립하고 있는 것 아닌가. 즉 '삼십이립'은 성사한 셈이다.

나는 인명사전을 이곳저곳 뒤져 보았다. 랭보는 이십 세에 이미 프랑스 문학사에서 도저히 지워버릴 수 없는 시작詩作을 성취했다. 당나라 장안에 이하李賀라는 남자가 있었는데 나이 스물에 마음이 이미 썩었을 정도로 조숙하여 천추에 작을 남겼다. 레이몽 라디게는『육체의 악마』,『도르젤 백작의 무도회』등 걸작을 남기고 이십 세에 죽었다. 바이런이『차일드 해럴드의 순례』를 쓴 것은 그가 이십사 세 때, 안톤 체호프가

『권태로운 이야기』를 쓴 것이 이십구 세 때, 영국의 왕자 찰스는 서른에 미달하는 나이에 북해의 폭풍 속에 요트를 달렸고, 알프스의 정상에 올랐고, 리우데자네이루에선 브라질의 미녀들과 밤새워 삼바춤을 추고, BBC의 텔레비전 앞에서 세계의 석학들을 모아놓고 인류의 운명을 논했다.

한편 나는 나만큼 머리가 나쁜 사람이 쓴 책을 우리말로 옮겨 씀으로써 최저한도의 의식주를 보장하고 있는 것이다. 그런데 나는 이 최저한도라는 것이 극히 마음에 든다. 내가 최저한도의 생활을 하고 있다는 것은 이 지구에 최저한도의 신세를 지고 있다는 것과 같은 말이 되는 것이니까 무릇 나의 동시대인에게 최저한도의 폐를 끼치고 있을 뿐이란 말도 되는 것이니까.

이런 생각의 연장선상에서 나는 한글로서는 동성명이며 한자론 서재필이라고 되는 어른이 삼십 세 땐 무엇을 하고 있었는가를 살펴볼 마음이 되었다.

서재필은 1895년, 그러니까 그가 삼십 세 되던 해엔 의과대학을 졸업하고 워싱턴 가필드 병원에서 의사로서 근무하며, 한편 그의 모교인 조지 워싱턴 대학에서 교편을 잡고 있었다. 그와 동시에 세계적으로 유명한 미국의 군의 월터 리드와 함께 세균학을 연구했다. 이 사람의 이름을 따서 오늘날 월터 리드 병원이란 것이 있다. 그리고 바로 이해 서재필은 미국 우편사의 선구자인 암스트롱 대령의 둘째딸과 결혼한 것이다.

내일이 나의 생일인 그날 밤 나와 명욱과의 사이에 다음과 같은 얘기가 오갔다.

"서재필 박사 알지?"

"알구말구요."

"어떻게 알지?"

"당신과 같은 이름이니까요."

"헌데 그 서재필 박사가 결혼한 나이가 삼십 세다."

"그래요?" 하며 명욱은 눈을 반짝거렸다.

"이름도 같구, 결혼한 나이도 같구."

"머리가 좋은 것도 같구?" 하고 명욱이 웃었다.

"머리는 아마 박사 서재필 씨가 훨씬 좋았던 것 같애."

"우리 서재필도 머리가 좋아요."

"아냐, 들어봐. ABC도 모르는 사람이 미국으로 건너가서 말야, 처음부터 노동을 하며 공부를 해갖고 말야, 칠, 팔 년 만에 의과대학을 나와 의사가 된 것도 대단한데 그 자리에서 곧 모교 조지 워싱턴 대학의 교수가 되었으니 대단하지 않아?"

"대단하군요."

"그만큼 출중했으니까 미국의 상류인 딸과 결혼할 수 있었을 테구."

"제가 상류계급의 딸이 아니라서 미안해요."

"그런 애긴 아니구, 아무튼 동양인이라면 원숭이 취급을 받던 1895년에 동양인이 미국 상류사회의 사위가 되었다면 보통 일이 아니잖아."

"그렇긴 해요."

"그런 점만이 아니라 박사 서재필을 양자강이라고 한다면 나는 개울물 정도밖엔 안 돼."

그는 인생 이십에 다른 인생 팔십 세 이상을 살았다. 십구 세 약관에 갑신정변에 참가한 그가 아니었던가.

"서재필 박사가 갑신정변에 실패하고 망명할 즈음 가족은 없었나요?"

"왜 없어. 박사가 떠나고 난 뒤 그의 아버지·어머니·형님·부인은 모두 음독자살했고, 열네 살밖엔 안 되던 그의 아우 재창載昌은 붙들려 광화문 네거리에서 참형을 당했어."

"아들은 없었던가요?"

"두 살 난 아들이 있었어."

"그래 그 아들은 어떻게 되었을까요?"

"역적의 아들을 돌보는 사람이 없어 굶어죽었다오."

"어머나."

"그러나 이 서재필은 아들을 굶어죽게 만들진 않겠어."

그리고 그 자리는 웃고 말았지만 박사 서재필에 관한 생각은 오래오래 꼬리를 물었다.

그는 피와 땀으로 만들어놓은 미국에서의 생활기반을 버리고, 기왕 역적으로 몰려 가족이 몰살당한 이 나라로 다시 돌아왔다. 이 나라의 자유를 위해서, 이 나라의 근대화를 위하여 자기 자신을 희생할 각오를 한 것이다. 어렵게 미국에서 벌어 푼푼이 모은 돈으로 독립문을 만들고 독립협회를 만들고 신문을 만들었다. 자기를 위해선 바라는 것이 없고 오직 민족을 위할 뿐이란 그의 행적엔 찬란하다는 평보다도 우직스럽다는 평이 옳을지 모른다. 우직, 그렇다, 그의 일생은 우직, 한마디로써 통한다. 이윽고 그는 일본의 침략세력에 몰려 다시 망명의 길을 떠났다. 그리고 또 수십 년. 조국이 광복했다는 소식을 듣고 그는 다시 고국으로 나왔다. 그러나 그땐 벌써 팔십오 세. 조국은 그의 도움을 필요로 하지 않았고, 그에게도 도움을 줄만한 것도 없었다. 일종의 아나크로니즘時代錯誤의 표본을 우리들에게 제시했을 뿐이었다. 좌와 우와의 분열로 소용돌이치고 있는 현실에 그가 끼일 틈서리는 없었다. 몇 갈래로 갈라져 있는 우익의 정파들도 이미 그를 필요로 하지 않았다. 갑신정변이라고 하는 그 맹렬한 권모술수 속에서 인생을 시작한 사람으로선, 박사 서재필은 원래가 무음모, 무책략의 인간이었다. 이승만과도 확연히 다른 것은 이승만은 목적이 좋다고 보면 남의 돈이건, 남의 힘이건 거리낌 없이 받아들이고 이용했다. 뿐만 아니라 자기의 이름을 내세우는 데 악착같았다. 자기가 중심이 될 수 없는 일엔 일체 협력하지 않았다. 박사 서재필에겐 매명의 의지가 없었을 뿐만 아니라 자기의 생활은 어디까지나 자기 힘으로 해야 한다는 우직스러운 고집이 있었다. 남의 돈을 긁어모아 독립운동도 하고 자기의 생활비도 한다는 그런 사고방식과는 당초에 완전히 무연이었다. 십사 세 때 알성과시에 장원급제하여 소년당상이 될 수 있을 만큼의 총명을 가진 인간으로서의 이러한 우직함을 뭐라고, 어떻게 해석할 수 있을까.

이렇게 보면 그가 줄잡아 세 개의 인생을 밀도 있게 최대한으로 살았다는 얘기도 된다. 시간적으로도 근세 일 세기를 꽉 채우다시피 해서 살았으니 그렇고, 공간적으로도 태평양을 사이에 둔 미국과 한국을 행동의 범위로 삼았으니 그렇고 역사적으로 큼직큼직한 사건에 있어서의 관여도를 보아 그렇다.

헌데 그 인생의 고독함은 어떠했을까. 인천에서 일본으로 떠나는 배 위에서, 일본에서, 샌프란시스코로 떠나는 배 위에서, 영어 한 단어 모르고 샌프란시스코에서 박영효와 서광범과 헤어져 완전히 혼자 남았을 때의 고독은 어떠했을까. 고국에서 부모와 처자가 몰살당했다는 소식을 들었을 때의 슬픔은 어떠했을까. 하루 이 불의 돈을 벌기 위해 오백 장의 광고를 돌려야 했고, 캘리포니아의 농장에서 흑인과 중국인 쿨리들 틈에 끼어 노예노동을 해야만 했다.

박사 서재필에 대한 나의 관심은 우연히 닮은 이름을 가졌기 때문인 탓이지만, 이 사람이 내 사고의 중심이 된 것은 국민학교 때 서울로 수학여행 와서 독립문이란 것을 보았을 때 비롯되었다.

안내하는 선생이,

"이 독립문은 서재필 박사가 지은 것이다." 했을 때 주위의 동무들이

"야아." 하는 함성을 올리며 내 등을 밀기도 하고, 내 어깨를 건드리기도 했다.

"이 문을 서재필이가 지었단다."

"이 문을 네가 지었단다."

"서재필, 서재필, 어찌 그리 똑같은 이름이 있노."

그때 나는 어안이 벙벙했을 뿐이었는데 그후로 서재필 박사에 관한 것을 애써 알려고 했다. 그 덕분에 눈을 감고 어느 한 장면을 상기하려고만 하면 그 장면이 선하게 내 눈 앞에 떠오르기도 한다. 이를테면, '연경당의 고별' 같은 장면…….

청군의 총성은 가까워오고 있다. 김옥균·서광범·서재필은 임금을 데리고 인천으로 도망칠 계획을 세운다. 임금은 가지 않으려고 한다. 일본공사 다케조에竹添도 임금이 인천으로 가는 덴 반대한다. 여기서 임금을 놓치면 역적이 된다. 그 위난의 순간에 있어서의 서재필. 서재필이 임금에게 호소하는 모습이 보이는 것이다. 핏자국이 묻은 옷, 얼굴엔 땀과 피와 먼지가 이겨져 있고, 손에 든 칼은 이가 군데군데 결락되어 톱니처럼 되어 있는데 그의 호소하는 말은 애절하다.

"제왕 폐하, 인천으로 가셔야 하옵니다. 거기서 후사를 도모하여 환궁하심이 어떠하오리까. 수구파와 청국의 힘으로썬 이 나라를 부지하기가 어렵소이다. 백성들에게 빛을 주실 날을 기약하옵소서."

그래도 임금은 듣지 않는다.

"나는 인천으론 가지 않을 것이다. 대왕대비 있는 곳으로 가야만 하겠다."

이윽고 임금의 북가는 결정되었다. 김옥균 · 박영효 · 서광범 · 서재필은 엎드려 통곡하며 이별을 고한다. 임금을 따라간 사람은 홍영식, 그는 청진에 도착하자마자 참살을 당한다.

캘리포니아 농장에서 일하는 서재필은 개척시대를 극화한 영화가 많았기 때문에 그 영화 장면에 끼워넣으면 완연한 이미지를 얻을 수가 있고, 만년의 필립 제이슨으로서의 고독은, 그 학처럼 마른 노구의 사진이 있으니 상상하기가 수월하다.

그래서 나는 필립 제이슨으로서의 서재필이 이자택일의 기로에 섰을 때 언제나 버렸던 길, 가지 않았던 길을 택하기로 은근히 결심했던 것이다. 그 길은 안일의 길이고, 무의지의 길이고, 사건이 없는 무풍의 길이고, 나 때문에 부모 형제가 절대로 학살당할 염려가 없는 길이고 감옥으로 가는 길과는 반대쪽을 향한 길이고, 민족과 국가를 위한 대도를 피해 초가삼간으로 이끄는 오솔길이다. 그렇기 때문에 시험을 보아도 당상으로 통하는 시험을 보지 않고 당하로 통하는 시험을 보았던 것이며, 이름을 날리길 피하고 남의 글을 옮겨 쓰는 직업을 택한 것이 아닌가.

제이슨 서재필이 관철동의 작부 김소영과 어우를 수 있었을까? 천만의 말씀이다. 제이슨 서재필이 양공주 김소향과 하룻밤을 같이 지낼 수 있었을까? 절대로 '노'이다. 제이슨 서재필이 임선희와 원 타임 원 먼스의 랑데부로 놀아날 수 있을까? 천지가 무너져도 가당치 않은 일이다. 그렇다면 나의 행동은 의식하지 않았던 사이에도 나와 제이슨 서재필과의 동명이인을 증명하기 위한 수작이었을지 모른다.

아무튼 나도 제이슨 서재필이 포기하고 금기하고 돌보지 않았던 길을 걸음으로써 그의 인생을 보완하는 것이 될 수 있을 것이 아닌가. 서재필徐載弼과 서재필徐在弼을 합해 하나의 인생을 만들면 시간은 백육십 년 이상의 스펜으로 늘어나고, 내용은 민족의 애환이 골고루 섞인 것으로 다채롭게 될 것이 아닌가.

'언젠가 미국으로 가서 서재필이 헤매던 샌프란시스코의 거리를 방황하고 캘리포니아의 농장을 들러 필라델피아의 목사관, 조지 워싱턴 대학을 거쳐 월터 리든 병원으로 해서 그가 운영한 집을 찾아보리라. 그리고 가는 곳마다에 서 당신이 포기하고 피한 길을 걸어 당신인 내가 여기에 왔소이다, 하고 말할 것이다.'

사랑하는 나의 제이슨 서재필! 이 서재필로선 어림도 없는 서재필이기에 나는 당신을 사랑한다.

당신이 천신만고 끝에 고등학교를 졸업했을 때, 그리고 라파예트 대학의 입학시험에 합격했을 때, 당신 모교의 교장이자, 당신에게 숙식을 제공했을 뿐 아니라 아르바이트 자리를 주선해준 스코트 씨와도 친분이 있던 홀렌백 씨가 당신에게 다음과 같은 제안을 하지 않았소.

"네가 라파예트 대학을 마친 후에 신학 공부를 하겠다고 약속하면 내 매년 천 불씩 학비를 대리다."

그런데 당신은 그 제안을 거절했다.

라파예트 대학을 우선 나오고 볼 것인데 사 년 후에 과연 신학공부를 할 생각이 생길까 어떨까에 자신이 없다는 것이 거절의 이유였다. 그 거절은 대학엘 다니지 못하게 된다는 의미와 더불어 여태껏 보호해준 사람과의 절연을 의미하는 것이기도 했다. 그런데도 당신은 당신의 양심이 허락하지 않는다는 단순한 그 이유만으로 다시 친애고독한 신세가 되길 선택한 것이다.

나는 이 얘기만은 아내 명욱에게 빠뜨릴 수 없었다. 명욱은 감동했다.

"우리가 아이를 낳으면 그런 아들을 갖고 싶어요."

"그 아이 덕택으로 우리가 몰살돼도 좋단 말인가?"

"끔찍한 소리. 소질만 그렇게 닮았으면 한다는 얘기예요."

"하여간 당신이 애써준 나의 생일 축하를 기해 제이슨 서재필을 재확인하고 나와 새출발을 다질 참이다." 나는 배신한 사나이답지 않은 어조로 이렇게 말하고 명욱을 안았다.

생일날, 나는 아침부터 술에 취했다. 아파트 주민들을 초청한 자리에서 일일이 반배를 다 마셨기 때문이다. 명욱은 아파트의 여자들을 점심에 초대했기 때문에 신문사를 쉬었다. 점심시간에 나는 목욕탕엘 다녀와서 덕규네 방에서 낮잠을 잤다.

저녁 때 나의 생애 최고의 파티가 있었다. 우동규 부장을 비롯해 많은 동료가 왔고, 윤두명·정진동도 왔고, 양춘배와 더불어 신문사 친구들도 왔다. 방이 비좁아 아파트 바로 앞 잔디에 천막을 치고 연회장으로 했다.

분야가 다른 사람들이 한자리에 어울렸기 때문에 화제에 편파성이 없어지고 오직 축하 무드만 있었다. 파티의 주역으로서의 명욱의 수단은 대단했다. 형식의 익살에 의하면,

"아주머니에겐 퍼스트레이디의 관록과 수완이 있다."는 것이다.

연회가 바야흐로 클라이맥스에 이르렀을 때 소동파의 표현을 빌리면,

'월출어동산月出於東山 하여 배회두우지간徘徊斗牛之間.'

하는 장면이 나타났다. 달이 동산에서 떠올라 어느덧 중천을 향하고 있었던 것이다.

"달 좋다."

누군가가 말하자,

"연회의 조명으로선 그저 그만이군." 하고 감탄하는 사람이 있었다.

"이조 때 같으면 선비가 이 정도로 모였으면 주일배시일수酒一杯詩一首하는 풍류가 있었을 텐데."

우동규 부장, 지금은 국장 대우의 한탄이 있었다.

"풍風이 매연을 나르고, 청류가 탁류로 변한 지 이미 오래인데 풍류를 들먹이게 되었소?" 하고 누군가의 반발이 있었다.

"그러나 역시 중추의 달은 좋아." 하고 윤두명이 일어서서 내 시 한 수, 아니 한 구를 짓겠소 했다. 일순 장내가 조용했다.

윤두명이 호흡을 재는 듯하더니 낭랑히 한마디 읊었다.

"월천심月天心, 아시아의 가을을 다스리도다."

약간의 침묵이 있고, 이어 환호가 있었다.

"월천심, 아시아의 하늘을 다스리도다. 좋은데." 하는 소리가 이곳저곳에서 있었다. 통행금지 시간이 가까워졌을 때 우동규 부장이 일어섰다.

"오늘 생일의 주인공 서재필 씬 항상, 독립문을 지은 서재필을 최대한으로 보고 자기의 서재필을 최소한으로 보고 있는 모양인데, 독립문 서재필의 삼십 세 생일에 과연 이만한 성황이 있었는지 심히 의심스럽소. 특히 이 자리에서 윤두명 교주의 시 한 구가 있었는데 그 시 한 구만으로도 오늘 밤의 이 연회가 얼마나 기막힌 자린가를 알 수 있지 않소. 월천심 아시아의 가을을 다스린다는 시는 참으로 좋았소. 교주 윤두명 씨의 그런 시심이 있기 때문에 상제교의 교세가 날로 번창하는 줄 아오. 서재필, 정명욱 가정의 행복을 빌고 우리 이만 물러갑시다."

손님들을 한길에까지 전송해놓고 돌아오며 나는 계단 위에서 발을 멈춰 하늘을 보았다. 모서리가 지워져 나가 만월의 형태는 이미 없었지만 옆얼굴을 보인 미녀의 취향으로 교교하게 청아했다.

'월천심, 아시아의 가을을 다스리도다.'

가슴에 찡하는 것이 있었다.

인생 백 년을 살아 빠짐없이 본다고 해도 만월을 보는 기회는 천이백 회를 넘기지 못한다고 했는데 음력 팔월 십팔일의 달도 그 예외는 아닌 것이다.

'인생은 수유須臾, 부유기어천지蜉蝣寄於天地는 묘호창해지일속渺乎蒼海之一粟이라.'

제이슨 서재필이 멀리 미주의 하늘 밑에서 읊었던 시구일 것이었다. 그런데 이러한 센티멘털리즘을 일순에 분쇄해버리는 그림자가 있었다. 저편 가등 아래 임선희의 유령이 나타나 있었다. 나는 그 유령 쪽으로 빨려 들어가지 않을 수 없었다.

"이주일이 지났는데도 소식이 없어서요."

유령이 한 말이었다.

"빨리 돌아가세요." 내 등에선 식은땀이 흐르고 있었다.

"내일 만나주시겠죠?"

가등 아래인데도 유령의 눈에 질투의 불길이 타고 있는 것을 알아차릴 수 있었다.

"그렇게 합시다, 그렇게." 나는 이 말을 남겨놓고 쫓기는 사람처럼 계단을 뛰어올랐다.

'바람을 심어 폭풍우를 거둔다.'는 말이 뇌리를 스쳤다.

아아, 육肉은 슬프다. 모든 책을 다 읽었는데도 _말라르메

관악을 끼운 추경이 창밖에 펼쳐져 있다.

나는 언제라도 그냥 바깥으로 나갈 수 있는 차림을 하고 책상 앞에 앉았다.

'이런 날이면 산이나 들이나 하다못해 거리에 나가 있어야 한다. 이 아름다운 가을의 날씨, 이 아름다운 풍경!' 하면서도 약간 침울한 기분으로 책을 펴고 펜을 들었다. 책은 물으나마나 마르쿠제의 『행복의 철학』. 번역의 진도는 너무나 더디다.

마르쿠제는 스피노자의 행복에 관한 모색을 쓰고 있는 것인데, 이 사람은 나만큼이나 머리가 나쁘다는 인식을 새삼스럽게 하지 않을 수 없는 것은, '스피노자는……', 또한 '이 사람은……', '그는' 하고 써버려도 좋을 곳에서,

'이 허약한 사나이는……'

'이 병약한 사람은……'

'이 불운하고 쓸쓸한 사나이는……' 하고, 사상의 해설관 아무런 관계가 없을 뿐만 아니라 유해무익한 수식어를 늘어놓고 있기 때문이다. 수식어의 남용은 두뇌의 빈곤을 말한다는 격률이 성립됨직도 하다.

그러나 가난하게 산 스피노자가 후원자가 제공하려는 거액의 돈을,

"내겐 그런 많은 돈이 필요 없다."며 거절한 것을 비롯하여 아직 스피노자에 관해 몰랐던 사실을 알게 되는 것은 위안이 아닐 수 없었다.

창밖의 풍경을 잊고 구질구질한 잡념을 없애고 나는 번역하는 일에 빨려들었다. 어느 정도의 시간이 경과했는지도 모른다.

차임 소리에 정신을 차렸다.

'임선희!'

나는 만년필에 뚜껑을 씌우고 일어서서 도어 쪽으로 나갔다.

"누구십니까?"

"저예요."

임선희의 목소리였다.

"조금 기다려요."

나는 구두를 신고 문을 열곤 들어오려는 임선희를 부자연스럽지 않게 가슴으로 밀어내고 바깥으로 나왔다.

"산에 놀러 갑시다."

임선희는 안고 온 꽃을 어떻게 하나 하는 시늉으로 꽃에 시선을 잠깐 두었다가 내 얼굴을 보았다.

"하두 날씨가 좋아 방에 처박혀 있긴 아깝습니다." 하고 나는 문을 잠 갔다.

"이 꽃은?"

"수위실에 맡깁시다. 수위실에 선사해도 좋구."

임선희의 눈에 불만스러운 빛이 괴었지만 나는 단연코 다신 아파트 안으로 들어오지 않기로 결심한 터였다.

앞장을 서서 복도를 걸어 엘리베이터 쪽으로 가자 임선희는 그 이상

아무 말 없이 따라왔다. 그 인종의 자세가 내 마음을 찔렀다.

이왕 가지고 온 꽃이니까 꽃병에라도 꽂아놓고 가자고 할 만도 한데 임선희는 그러질 못한다는 것이 여심의 슬픔을 말하는 것 같았기 때문이다.

엘리베이터 속에선 아무 말도 오가지 않았다. 일 층에 도착하여 엘리베이터 문이 열렸을 때 꽃다발을 받아들며,

"수위실에 주겠다."고 했다.

보일 듯 말 듯 임선희의 고개가 끄덕였다. 나는 수위실로 걸어가 그 꽃다발을 내밀었다.

"수위실에도 꽃쯤 있어야 할 게 아뇨. 저 숙녀가 사왔답니다."

"감사합니다." 하고 수위는 웃으면서 일어섰다.

그때 나는 임선희가 수위실에 꽃을 선사할 만하다고 생각했다. 임선희가 졸도했을 때, 바로 그 수위가 내게 연락한다, 앰뷸런스를 부른다, 하고 신속하게 움직여주었던 것이다.

아파트의 뜰을 걸어나오며 내가 말했다.

"오늘 당신 좋은 일 했소."

"……."

"아까 그 수위에게 인사가 없었죠?"

"무슨 말씀인데요."

임선희가 어름어름 말했다.

"오늘 이렇게 임선희 씨가 가을의 풍경 속을 걸을 수 있는 건 혹시 그 수위 덕택일지도 모르죠."

임선희의 얼굴이 붉어지는 것을 곁눈으로도 알 수 있었다. 그녀는 대강 짐작을 한 모양이었다.

"그러니 꽃다발을 선사할 만하다는 얘기요."

"그렇다면 제가 대단한 결례를 한 게 아닐까요?"

"그게 오늘의 꽃다발로써 해소가 된 거요."

거리에 나서서 망설였다. 임선희를 아파트에 들여놓지 않겠다는 결심만 했다 뿐이지 어디로 데리고 갈까, 하는 것까진 생각하고 있지 않았던 것이다.

"우선 차나 한 잔 할까?"

나는 터미널 쪽으로 방향을 잡았다.

터미널 앞엔 슈퍼마켓이 있고, 다방도 있다. 임선희는 내 곁에 착 붙어 걸었다. 애달픈 정감 같은 것이 솟았다. 이 여자를 행복하게 해주려면 어떻게 해야 할까!

다방에 들어서고 보니 그곳이 십수 일 전 안민숙에게 끌려왔던 다방이었다. 공교롭게도 그때 앉던 자리가 비어 있었다. 나는 그곳으로 가서 임선희를 안민숙이 앉았던 자리에 앉혔다.

"차는 뭘루?"

"커피."

"이 집 커피는 나쁘지 않아."

"언제 이 집엘 왔었수?"

"꼭 한 번."

"누구허구요."

"이따 말하지."

나는 그 얘기를 함으로써 임선희와의 사이를 해결하는 단서가 될지 모르겠다는 생각을 얼핏 하고 커피를 주문했다.

커피가 오기까지 말이 없었다.

커피가 왔는데도 말이 없었다.

나는 커피에 설탕을 타고 있는 임선희의 손과 맵시를 지켜보았다. 새삼스럽게 느껴지는 아름다움이었다. 나는 다방 안을 둘러보는 눈이 되었다. 이곳저곳 젊은 여자들도 많았지만 그 아름다움과 우아함에 임선희를 따라갈 여자가 없었다.

'하기야 보통의 여자 매력으로 한 사나이를 죽음터로 몰아넣고 한 사나이는 무기징역에 보낼 순 없을 것이다.' 하는 엉뚱한 상념이 일기도 했다.

'나는 지금 이 여자와 헤어지려고 하고 있다.'고 다짐했지만, 아니 다짐해보는 체 마음을 꾸몄지만 실감이 나질 않았다. 그게 가능할 것 같지 않았다.

명욱의 얼굴을 애써 떠올려보려고 했다. 대지처럼 든든한 여자, 어쩌면 어머니를 닮은 여자. 그런 까닭에 명욱에 대한 죄의식으로 임선희를 멀리하려는 것이지만 그것이 그렇게 수월하게 되는 일일까 말이다. 기껏 나는 선희를 아파트에 오지 못하도록 하는 수단과 그렇게 되었을 후의 만남을 어떻게 해야 하느냐를 모색하려고 하고 있을 뿐인 것이다.

철학자의 반성으로선 윤리와 정리와의 갈등이 될 것이고, 심리학적으론 애욕의 문제가 될 것이고, 문학적으론 사련이 될 것일까!

나는 이제 번역하다가 말고 나온 스피노자에 관한 구절을 생각했다.

'아아, 스피노자, 그자에겐 이런 것은 도대체 문제일 수도 없다. 임선희는 고사하고 정명욱이 스피노자에겐 존재할 수가 없기 때문이다. 그렇다면 그 스피노자가 엮은 행복의 탐구가 도대체 우리에게, 나에게 무슨 관련이 있단 말인가.'

눈앞에 삼분의 이나 남은 커피는 식어가고 있었다. 임선희의 커피도

반이나 남은 채 있었다.

나는 용기를 냈다. 그러나,

"지금 선희 씨가 앉아 있는 그 자리……." 하곤 말이 이어지질 않았다.

"이 자리가 어떻단 말예요."

선희의 눈이 동그랗게 나를 보았다.

"십수 일 전이었소. 그 자리에 앉아 있던 사람으로부터 나는 대단한 힐난을 받았소."

"무슨 일이 있었는데요?"

"그게 아니고." 하고 나는 말을 슬쩍 바꿨다.

"당신으로부터 힐난을 받을 것 같아서 하는 소리요. 십수 일 전 그 자리에 앉은 사람에게 힐난을 받았는데 우연히 오늘 당신이 그 자리에 앉고 보니까……."

내 말은 맥락을 잃고 있었다.

"내가 왜 당신을 힐난하죠?"

"그렇게 예감을 했어, 어젯밤."

"그건 제가 사과드릴 일예요. 하지만 양해하셔야 해요. 열흘이나 소식을 몰랐으니 궁금할밖에요."

"집은 어떻게 아셨소?"

"출판사에서 물었어요."

"출판사?"

"선생님이 번역한 책을 낸 출판사 말예요."

나는 잠잠해버렸다.

말을 어떻게 꺼내야 할지 엄두가 나질 않았다.

"나갑시다."

일어서서 카운터를 가면서 생각했다.

'어딜 갈까!'

다방을 나서며 택시를 잡았다.

갈 곳도 정하지 않고 택시부터 먼저 탄다는 것은 그만큼 내가 당황하고 있다는 증거이다.

"어딜 갈까요."

선희에게 물었다.

"전 아파트에 가고 싶어요."

선희의 손이 내 무릎에 와 있었다.

다소곳한 촉감.

"단풍구경이나 갈까?"

"아파트로 안 가구요?"

아파트를 고집하는 임선희의 마음을 모를 바 아니다. 그것은 마음이라고 하기보다 정염일 것이었다. 그 정염이 나의 육체로 옮아왔다.

"단풍구경 갑시다. 우이동으로 가요." 하고 나는 운전사에게 일렀다.

우이동의 단풍은 상록의 푸르름을 바탕으로 곱게 수놓여 있었다. 단풍은 갖가지를 생각하게 한다.

"단풍의 아름다움이 꽃의 아름다움만 못할 바가 아니다, 하는 글이 있는데, 선희 씨 생각은 어때." 하고 물었지만 건성이었다.

"전 그런 것 몰라요." 하는 선희의 대답도 건성이었다.

선희는 나의 육체를 원하고 나 또한 선희의 육체를 원하고 있다는 사실만 뚜렷할 뿐이다.

'이떻게 해서 이 여자 옆에만 있으면 전신이 욕망으로 변해버리는 것일까.'

나는 젊은 남녀의 아베크가 이곳저곳의 숲속에서 조촐한 파티를 펼치고 있는 곳을 피해 산속으로 선희를 인도했다. 그러고는 바위를 하나 골라 그 위에 손수건을 깔고 선희를 앉게 했다.

　"할 말이 있어."

　"뭔데요." 하고 선희는 손을 내 손 위에 겹쳐왔다.

　"우린 아파트에선 만날 수 없게 됐어."

　선희는 고개를 떨구었다. 이유를 묻지 않는 것이 안타까웠다.

　"아까 우리가 간 다방이 있지. 거기서 내가 힐난을 받았다고 했지? 그게 사건이었어."

　선희는 고개를 들지 않았다.

　"신문사에 있었을 적 같은 교정부에 있었던 여자친구를 우연히 만난 거야. 그 여자는 근처의 아파트에 살고 있대. 우리의 관계를 아는 거야. 앞으로 계속 우리가 만나면 내 아내에게 이르겠대. 그 여잔 내 아내의 친구거든."

　선희는 얼굴을 떨군 채 내 옆을 조금 비껴 앉았다. 내 손에 겹쳐놓았던 그 손으로 바위의 이끼를 긁기 시작했다. 나는 그 동작을 지켜보고만 있었다. 그런데 손톱이 휘어져 떨어질 만큼 손가락에 힘이 들어 있었다. 나는 얼른 선희의 손을 붙들어 안았다.

　"그래서 절 아파트에 들여놓지 않았던 거로군요."

　"귀찮은 일이 생길 것 같아서. 귀찮은 일은 귀찮지 않아."

　산속 어딘가에서 뻐꾸기 우는 소리가 들렸다. 개울물 소리가 높아진 느낌이었다.

　"그 여자친구가 누구죠?"

　"……."

"그 사람 사는 곳이 어디죠?"

"그걸 알아 뭣하게."

"죽여달라고 하려구요."

가슴이 떨렸다.

선희의 말이 조용히 계속되었다.

"전 혼자 죽진 않을 거예요⋯⋯. 제게서 행복을 빼앗아간 원인을 만든 사람을 먼저 죽이고 저도 죽을 거예요. 그 사람은 무슨 권리를 가졌다고 우리에게서 일주일에 한 시간의 행복을 빼앗으려는 거죠? 친구에 대한 신의로선가요? 도덕적인 양심에선가요? 자기의 신의, 자기의 양심은 소중하고 남의 행복을 짓밟아도 되나요? 그 여자친구가 누구인지 알려줘요. 담판을 짓겠어요. 만일 그 여자가 사람이라면 제 말을 이해할 거예요. 만일 그 여자가 분명히 여자라면 제 말을 양해할 거예요. 당신의 신의는 소중하고 내 생명은 소중하지 않은가를 물어볼 거예요."

그러면서 몸을 떨곤 일어섰다.

"그 여자 있는 곳으로 데려다줘요."

나는 선희의 눈빛에 광기를 본 듯했다. 아뿔싸 싶은 마음이 일었다.

"선희 씨, 진정해요. 여기 앉아요."

"아녜요. 그 여자 있는 곳으로 데려다줘요." 하고 선희는 내 팔을 끌었다. 몸의 평균을 취하지 않고 있던 차에 와락 끄는 바람에 나는 선희를 덮쳤고 선희는 넘어지고 나도 따라 넘어지는데 하마터면 바위 아래로 굴러 떨어질 뻔했던 것을 잡히는 나무가 있어 가까스로 위험에서 벗어났다. 아차할 순간, 아찔한 순간이었다.

하늘은 유난히 파랗고, 나무들은 무섭게 다가서고 있었다. 일체의 음

향이 숨을 죽인 듯했는데, 심호흡과 더불어 개울소리, 새소리가 되살아
났다.

실존의 의미 같은 것을 느꼈다. 나는 바위 아래의 무수한 바위의 누
적과 굴곡과 경사를 보며 몇 순간 전에 있었을 죽음을 생각했다.

'이렇게 죽음은 도처에 그 함정을 만들고 있는 것이로구나!'

죽음을 당연한 것으로 알고 있는 것처럼 죽음을 들먹이고 있던 임선
희도 몇 순간 전에 벌렸던 죽음의 아가리를 실감했던 모양으로 핏기가
가신 창백한 얼굴로 멍청했다.

나는 말없이 선희의 손을 잡고 바위에서 내려왔다. 크리티컬한 토론
이나 격정적인 의논은 위태로운 바위 위에나 낭떠러지 근처에서 해선
안 된다는 상식쯤이 내게 없었을 까닭이 없는데 그만한 말이 그러한 파
국 직전까지 갈 수 있게 하리라곤 꿈에도 꿀 수가 없었던 것이다.

산 아래에 내려와서 어느 가게를 찾아들었다. 맹렬한 갈증을 느꼈기
때문이다. 맥주를 한 병 주문하여 선희의 글라스에 따르고 내 글라스에
도 따랐다.

이것이 사지를 모면한 실존자의 축배라고 하고픈 감상이 일지 않은
바 아니었지만 그런 말을 꺼내기엔 내 마음이 너무나 절박해 있었다.

맥주를 한 병 치우고 나더니 선희는 소주를 청했다.

"실컷 술에나 취해보고 싶어요."

나는 그녀를 말릴 수가 없었다.

될 대로 되라는 마음은 언제이건 고개를 쳐드는 패배주의의 바탕이
다. 패배주의는 또한 영웅주의에 못지않은 강력한 의식이기도 하다. 동
화작용이 강하면 그만큼 이화작용도 강한 것이다.

얼마를 마셨는지 모른다.

그러는 도중 선희는,

"그 여자가 누구인지, 그 여자에게로 데려다달라."는 문제를 꺼냈다.

"그 여자에게 가기 전에 우리는 우리대로 대책을 강구하면 될 게 아니야."고 나는 맞섰다.

"나를 버리지 않는 거죠?"

"나를 버리지나 말어."

취한 그녀와 취한 나 사이에 말이 어떻게 얽히고설켰는지 알 까닭이 없다.

…….

정신을 차렸을 땐 어떤 여관방에 누워 있었다. 나전구가 비추고 있는 좁은 방은 얼룩진 벽에 둘러싸인 을씨년한 공기, 수십 명, 수백 명의 체취와 체액이 스며 있는 듯한 추찹한 이불이었다. 이불을 젖혔더니 임선희의 알몸이 비너스의 조상처럼 대리석의 빛깔로 빛났다.

여자가 없었더라면 지옥이 없었을 것이 아닐까.

'나는 이 여자와 같이 지옥엘 가도 좋다.'며 임선희를 안았다.

그때 이웃방에서 소리가 있었다.

고문을 하는 자와 고문을 받는 자의 신음과 신음! 학대하는 자와 학대를 받는 자의 신음과 신음. 쾌락이 고통을 방불케 하는 것은 무슨 까닭일까. 쾌락이 행복에 통하는 것이라면, 행복이 쾌락으로써 이루어지는 것이라면, 그 쾌락을 찾아 이 오욕에 가득 찬 방으로 들어와서 이 추잡한 이불을 견디어야 할 이유도 있을 것이지만……. 이웃방은 바야흐로 광란의 절정에 도달한 모양이 되었다.

육욕을 단절하는 곳에서 인간이 시작된다는 금욕의 사상의 절실성을 그 광란은 외치고 있었고, 어떠한 오욕까질 견디면서도 애욕에 몰두하지 않을 수 없으니 이것이 죽음에 이르는 생명의 노래가 아니겠느냐고 그 광란은 주저하고 있을 것이다.

스피노자에 진실이 있고, 스피노자의 충고에 귀를 기울인다면 당장에라도 자리를 박차고 일어나야 한다는 마음의 소리를 들으면서도 나는 이웃방의 광란이 끝나길 기다려 임선희로 통하는 오욕의 길, 육체의 문에 들어서기 시작했다.

시각은 열한 시, 지금 같으면 집엘 돌아가는 데 늦지 않다는 의식, 내일 안민숙을 찾아,

"안민숙의 신의만 소중하고 임선희의 생명은 소중하지 않느냐."고 공갈에 협박을 섞어야겠다는 의식이 교차되기도 하는데 정염의 불은 지옥의 불인지 모른다. 지옥의 불이 꺼지지 않는 한 정염의 불은 꺼지지 않는 것이다.

그러나 정염의 불길에도 의식 속의 스피노자가 불타 없어지지 않는 것은 책상 위에 펼쳐둔 채 있는 책의 탓만은 아닐 것이 아닌가.

'아아, 육체는 슬프다……. 스피노자를 읽었어도…….'

여자를 두려워함이 지혜의 시작이니라

아침은 오고야 말았다.

불결한 아침!

태양이 불결한 것도 공기가 불결한 것도 아닌데 아침이 이처럼 불결하다는 것은 불결하게 지낸 밤 탓일 것이다

왜 불결한 밤이었는가를 생각해본다.

'내 마음이 불결했던가?'

'아니다.' 하는 소리가 있다.

'내 마음이 약했을 뿐이다.'

마음이 약하다는 것이 죌까? 매정스럽게 임선희를 뿌리쳐버릴 수 없었던 것은 내 마음이 약했던 탓이다. 그런데 그 약한 마음엔 끄나풀이 있었다. 암컷에게 끌리는 수컷의 정욕! 결국 이것이 불결의 원인인 듯 싶다.

하지만 정욕을 불결하다고 단언할 수 없지 않는가. 어떻게 해서 에드워드 8세의 심프슨 부인에 대한 정욕은 세기의 사랑이 되고, 나의 임선희에 대한 정욕은 불결한 것이 되는 것일까. 로베르토와 마리아의 정욕은 『누구를 위하여 종을 울리나』가 되어 만인의 가슴팍에 감동을 심는

장면이 되기도 하는데 어째서 나와 임선희의 사랑은 불결하다로 되느냐 말이다.

결코 불결하지 않다고 다짐하고 싶지만 천장에서 드리워진 나전구 언저리의 먼지, 벽지에 새겨진 세월의 때, 넝마뭉치나 다를 바 없는 침구, 그것들로 해서 물든 방 안의 공기는 어찌할 수 없는 것이었다. 부시시 일어나 앉아 이 구석 저 구석에 팽개쳐놓은 옷을 주워 입고 숨소리도 내지 않고 잠들어 있는 임선희의 얼굴을 들여다보았다.

─잠자는 여자의 머리칼이 아름답다.

는 릴케의 문장이 뇌리를 스치기도 했는데 잠자는 임선희의 얼굴엔 천사의 모습이 있었다. 불결한 아침 속에서도 천사일 수밖에 없는 여자의 얼굴, 나는 굳이 거기에서 창부의 흔적을 찾으려는, 그러고서 임선희로부터 등을 돌릴 구실을 찾고자 하는 차가운 마음이 일시 되기도 했지만 그 천사의 얼굴엔 창부의 흔적이라곤 없었다. 누군가의 사랑 없인 살아갈 수 없는 여체를 지닌 천사. 나는 그 여자를 자는 대로 둬두고 살짝 떠나려고 했던 음모를 포기했다.

"일어나지그래."

나는 알몸으로 있는 선희의 어깨를 가볍게 흔들었다.

"으응." 하는 신음을 닮은 소리와 함께 선희의 눈이 꽃봉오리가 열리듯 열렸다.

"몇 시?"

"일곱 시."

선희는 이불을 밀고 일어나 앉아 두리번거리곤 나를 향해 씨익 웃었다. 자기 딴으로도 을씨년한 여관방이 너무나 어처구니가 없었던 모양이다.

나는 오른손 검지를 뽑아 내 입 앞에 세웠다. 이 어처구니없는 상황에 관해선 말하지 말자는 시늉이었다.

두 사람은 서로 말없이 대강대강 옷매무새를 챙기곤 그 여관에서 나왔다. 여관의 간판엔 청풍여관이란 글자가 있었다.

버스를 타고 시심까지 와선 C동의 해장국집에 들렀다. 선희는 내키지 않는 모양이었지만 나는 다음과 같은 얘기를 곁들여 해장국을 권했다.

"내게 해장국을 먹는 버릇을 익히라고 한 친구가 있었어. 그는 해장국을 먹는 버릇 때문에 살아남은 사람야."

그러자 선희는 솔깃한 눈을 내게로 보냈다.

"몇 해 전, 크리스마스에 있었던 대연각호텔의 화재사건 알지? 불에 타서 수백 명이 죽은 사건 말야. 그때 내 친구 하나가 크리스마스 이브 파티를 거기에서 하고 그 호텔에서 자게 되었는데 새벽에 해장국을 먹으려고 여기까지 나왔다, 이거야. 해장국을 먹고 돌아가니, 대연각이 화염에 싸여 있었더란 것인데 만일 그 친구, 해장국 먹는 버릇이 고질병처럼 되어 있지 않았더라면 꼼짝없이 그때 타죽었을 거다."

물론 이것은 사실로서 있었던 얘기긴 하다. 그렇다고 해서 이따위 얘기를 씨부렁댄 데는 내 마음이 비어 있었기 때문이다. 일종의 불안과 초조가 허튼소리라도 안 하면 안 될 기분으로 되었던 것이다.

"앞으론 어떻게 되죠?"

해장국을 두어 숟갈 뜨다 말고 선희가 한 소리다.

"아무튼 아파트에서 만나는 건 삼가야겠어."

이 말을 하기 위해 나는 막걸리를 한 사발 들이켰다.

"아파트에서 안 만나면?"

선희가 상을 찌푸렸다. 이제 막 거기에서 나온 여관방의 상황을 상기하고 있는 눈치였던지 몰랐다.

"무언가 방법을 생각해야지."

이렇게 나는 말하긴 했지만 과연 어떤 방법을 써야 할 것인가에 관해선 전연 엄두도 나질 않았다. 딜럭스한 호텔방을 찾아갈 수도 없는 노릇이고, 선희에게 전세방을 마련해줄 형편도 안 되는 것이고……

"선생님 못 만나면 난 살 수가 없어요."

선희는 탁자 아래로 시선을 떨군 채 나직이 말했다.

"나도 선희 씨를 놓치고 싶지 않아."

이것은 선희의 불안을 덜어주기 위한 수단으로서의 말만은 아니었다. 선희에겐 사나이를 사로잡는 강력한 그 무엇이 있는 것이다.

해장국 한 그릇을 벌써 치웠고 막걸리도 두어 사발 들이켠 터라 해장국집에 그냥 앉아 있기가 거북할 만큼 되었다.

"이불공장에서 걱정하지 않을까?"

"걱정할 거예요."

"그럼 가보도록 해요."

그러나 선희는 움직이지 않았다. 어떤 방침을 들어야만 일어나겠다는 그런 태도였다.

"내일, 아니 모레쯤 아파트로 전화를 걸어. 그때까진 내 무슨 방법을 생각해놓을 테니까."

"꼭 그렇게 하시겠죠?"

"물론."

그래도 선희는 움직이지 않고 한동안 나를 쏘아보듯 하고 있더니,

"선생님을 못 만나게 된다면 전 살지 못해요."

다시 한 번 되풀이하고 시선을 떨구었다.

"알았어, 알았소."

나는 일어서서 셈을 하고 바깥으로 나가 기다렸다. 조금 후에 선희가 나왔다.

"택시 값은 있소?"

선희가 고개를 끄덕였다.

나는 그녀에게 택시를 잡아주고 광화문 쪽으로 터덕터덕 걸음을 떼 놓았다.

하룻밤의 외박이 이처럼 마음의 부담이 될 줄은 미처 몰랐다. 외박을 한 덴 그만한 이유가 있어야 한다. 물론 이유는 있었다. 그러나 그 이유는 명욱 앞에 내놓을 수 있는, 그런 것이 못 된다. 명욱은 하룻밤을 어떤 심정으로 기다렸을까. 지금 어떤 마음으로 있을까, 일단 다방으로 들어 갔다. 커피를 블랙으로 마셨다. 커피의 쓴맛을 입 안에 다시면서 근사한 이유를 꾸며보려고 했지만 도무지, 실마리가 집히질 않았다. 소설가 지 망생으로서 그럴 듯한 스토리를 엮어보려고 했지만 어림이 없었다.

'소설가로서의 실격!'이란 상념이 솟기도 했다.

그러나 언젠가 읽은 어느 소설가의 고백이 생각났다. 그는 이렇게 말 하고 있었다.

─기막힌 스토리를 꾸밀 줄 아는 소설가가 실제 생활에 있어선 거짓 말을 할 줄 모른다. 수백 편 소설을 엮어 우리를 웃기고 울리고 했던 체호프는 단 한마디 거짓말을 못했다. 이 사실은 소설이 무엇인가를 가르쳐주는 위대한 교훈이다. 소설이란 결코 거짓말을 꾸미는 노릇이 아니란 것과, 거짓말쟁이는 결코 위대한 소설가가 될 수 없다는 사실

의 명백한 증거이기도 하다. 거짓말을 할 수 있었더라면 스트린드베리는 발광하지 않았을 것이고 슈테판 츠바이크는 자살하지 않았을 것이다…….

명욱을 납득시킬 만한 거짓말을 꾸미지 못한다고 해서 소설가가 되길 단념할 필요까진 없다고 하더라도 그로써 마음이 가벼워진 것은 아니다. 눈앞에 닥친 일은 어떻게 하건 해결해야 하는 것이다. 참으로 아득했다.

생각한 나머지 출판사에 전화를 걸어 양춘배를 불러달라고 했다.

"서형! 이 시간에 어떻게 된 일이오."

양춘배가 다소 불안하다는 듯 물었다. 내 말투에 불안요소가 있었던 것으로 보았다.

"실은 어젯밤 외박을 했어."

나는 더듬거렸다.

"그래서요."

"아내를 납득시킬 만한 이유를 꾸미려고 하는데 그게 도무지…….'

"사실대로 말하면 될 것 아뇨, 꾸미려고 하니까 안 되는 거지."

"그런데 그게…….'

"음, 로맨틱한 내용이 있었구먼요."

"로맨틱하긴커녕 불결하기 짝이 없는 밤이었소."

"그럼 어떻게 하죠? 술에 취해 통행금지 시간에 걸려 여관에서 잤다고 하면 안 될까요?"

"그래갖곤 납득하질 않을 걸요."

"서형, 그래서 나는 결혼하지 않는 거요. 어쩌다 외박을 했다고 그렇게 고민해야 한다면 정말 결혼 같은 것, 경솔하게 해서 안 되겠는데……."

"양형, 좋은 수가 없을까?"

"산전수전 다 겪었는데도 그런 경험만은 없으니 어디……. 그러나저러나 생각해봐야 할 문젠데. 하나의 가정이 파괴될 위험이 있다고 하면 난들 가만있을 순 없군요. 내 생각해볼 테니까 이십 분쯤 후에 전화 한 번 더 하시죠."

양춘배와의 전화에서 확인한 사실은 섣불리 결혼 같은 건 해서 안 된다는 것, 그로 인한 후회뿐이었다. 나는 진심으로 내가 결혼했다는 사실을 후회했다. 결혼도 또한 생각해보니 그 원인은 내 마음이 약한 데 있었다.

'내게 죄가 있다면 마음이 약한 데 있다. 그런데 마음이 약하다는 것은 결코 변명의 재료는 되지 못한다. 약한 마음이 저지르는 죄가 끼치는 해독도 엄청날 경우가 있다.'

차례를 기다리는 사람들 때문에 전화통 앞에서 물러나와 자리로 돌아왔다. 그런데 내 자리의 정면은 벌써 젊은 남녀의 차지가 되어 있었다.

시각은 열 시. 이 시각에 이 젊은 남녀는 다방에서 무엇을 하려는 것일까. 학생 같기도 하고, 학생 아닌 것 같기도 한데, 여자의 손에 몇 권의 책이 들려 있는 것을 보면 학교와 전연 무관한 건 아닌 것 같았다.

남들이야 어떻게 되었건 내 발등에 떨어진 불이 문제인 것이다. 나는 다시 국면타개를 위해 생각을 집중하려고 했는데 건너편에서 말이 날아왔다.

"아저씨 성냥 없수?"

고개를 들어보니 젊은 사내가 담배를 물고 있었다. 괜히 아찔한 기분이었다.

"없소." 하기가 겨우였다.

"야, 카운터에 가서 성냥이나 집어와."

사나이의 말이었다.

"웃기지 마."

여자는 뱉듯이 말하고 "흥." 하는 표정으로 토라졌다.

"너 이러기야?"

"너, 내가 네 깔치라고 생각하니?"

"아닌 게 뭣구."

"치워라, 치워. 어쩌다 심심파적으로 상대해줬더니만 믿고 올라서려고 하는군."

여자의 말이 야멸쳤다.

남자는 내 보기가 민망한 모양으로 물었던 담배를 도로 담뱃갑에 집어넣고 일어섰다.

"나가자."

"너나 나가, 난 안 나가."

"이게."

"난 너 같은 비신사하군 절교야."

"비신사?"

"여자더러 성냥 가지고 오라는 사람이, 그럼 신사냐?"

"그래 넌 숙녀란 말이지."

"지금의 난 숙녀가 아냐."

"알긴 알구만."

"내가 숙녀 아닌 까닭을 얘기해줄까?"

"말해봐."

"너 같은 녀석과 같이 앉아 있다는, 바로 그 사실이야."

"요게."

"요게?"

"그래 요게다."

그러다 여자는 탁자 밑에서 뭘 찾는 듯하더니 힐 한 짝을 치켜들었다. 그리고 날카롭게 외쳤다.

"느그 엄마 울릴 생각 없거덜랑 빨랑 꺼져!"

"뭐라구?"

"대갈통을 무사하게 간수할 생각이 있거들랑 꺼지란 말야."

그때쯤은 다방 내의 손님들이 모두 그 남녀에게로 시선을 집중시키고 있었다. 카운터에서 레지가 달려왔다.

남자는 일어서서,

"나가자."고 했다. 최소한의 체면이나마 찾아야겠다는 시늉으로 보였다.

"난 안 나가, 너나 나가."

여자의 말이었다.

레지가 날카롭게 쏘았다

"당신도 나가줘요."

여자는 힐끔 레지의 얼굴을 쏘아보더니 다부지게 말했다.

"이 사내 빨리 내보내요. 그럼 나도 나갈 테니까. 죽었으면 죽었지 같인 못 나가요."

그때 어디서인지 사내가 나타나더니 남자를 끌다시피하여 바깥으로 내몰았다. 그것을 확인하자 여자는 나에게 묘한 눈웃음을 쳐 보이곤 점잖게 일어서서 유유히 나가버렸다.

불과 사오 분 동안의 해프닝이었다. 어이가 없는 일. 세상에 이럴 수가 있느냐 하는 생각이 들었는데, 돌연 스스로 내 꼴이 쳐다보이는 기분이 되었다.

'너는 뭐냐?'

나는 모든 것을 포기하고 영동의 그 아파트에나 돌아가 자버렸으면 하는 충동을 느꼈다. 그러고 보니 내겐 명욱을 피해 숨을 곳이 있었던 것이다.

그 아이디어에 나는 다소 흥분했다. 동시에 양춘배가 이십 분쯤 후에 전화하라고 한 얘기가 상기되었다.

'그렇다, 일단 전화나 해보자.'

공중전화의 박스는 누군가에 의해 점령되어 있었다. 내가 그 전화통을 이용하려면 세 사람이 끝나길 기다려야만 했다. 동전을 챙겨들고 그들 꽁무니에 섰다.

차례가 되어 다이얼을 돌리자 곧 양춘배가 받았다. 기다리고 있었던 모양이다. 우정의 고마움이여!

대뜸, 양춘배가 말했다.

"우동규 부장에게 의논해보면 어떻겠소. 우 부장의 주례사에 부부의 사랑은 상대방의 결점, 상대방의 잘못까질 사랑하는 것이라고 하잖았소. 그런 말을 할 줄 아시는 만큼 무슨 묘안이 있을 것 아뇨."

양춘배의 충고는 왜 내가 그걸 생각하지 않았던가 싶었을 정도로 기막힌 아이디어였다.

"고마워요, 양형."

"이러나저러나 구질구질 꾸며대는 건 사내답지 않다고 생각해요. 침묵할망정 거짓말은 말자 이겁니다, 서형. 아무튼 결혼한 자를 동정하는 입장에 서 있으니 내 기분은 별로 나쁘지 않습니다그려. 잘해보시오."
하고 웃음을 억누르는 시늉으로 양춘배는 전화를 끊었다.

나는 신문사 근처의 다방에 가서 우동규 부장을 만나야겠다고 생각하고 햇살이 완전히 퍼진 거리를 걸었다. 생각할수록 야릇하기만 했다.

스모그가 걷힌 것은 아니지만 그런 대로 화창한 늦가을의 거리를 죄지은 사람의 기분으로 우울하게 걷고 있어야 할 까닭이 야릇했다는 뜻이다. 이 순간 어느 곳 어느 사람들은 적어도 우주대宇宙大의 문제를 문제로 하고, 인류의 행복을 위하는 규모로 그 두뇌를 열중시키고 있기도 할 것인데 나는 아내 명욱을 두려워하여 이처럼 거리를 헤매고 있어야 하는 것인가.

여태껏 나는 공처가라는 말을 장난스럽고 희극적인 풍자용의 말로만 이해해왔다. 그런데 그것이 질감과 양감을 동반하고 이처럼 억압적인 의미를 가지고 나를 억누를 줄이야.

'여호와를 두려워함이 지혜의 시작이니라.'
하는 말이 떠오르더니,
'여자를 두려워함이 지혜의 시작이니라.'
하는 상념으로 바뀌기도 했다.

신문사 근처의 다방으로 들어섰다. 저편 구석진 곳에 어떤 사나이와 얘기하고 있는 안민숙의 모습이 보였다.

'원수는 외나무다리에서 만난다더니.' 하는 말이 뇌리를 스쳤다.

'옳지, 야무지게 따져주리라.'고 마음을 먹었다. 어젯밤의 외박은 순전히 안민숙 때문에 저지른 일인 것이다.

사나이가 먼저 일어서서 나가고 안민숙이 뒤따라 나왔다.

"안형, 얘기 좀 합시다."

나는 거북살스럽게 안민숙에게 말을 걸었다.

"어쩐 일예요?"

뜻밖이란 표정으로 안민숙이 내 앞자리에 앉았다.

"이쯤 시간에 다방에 나와 앉아 있는 걸 보니 안형 출세했군요."

"데스크에 앉아서 취재가 되는 줄 아세요?"

"그것도 그렇군. 그런데 안형!"

"서형, 이상하시군요. 오늘은 안 쓰던 문자를 다 쓰구요."

"안형 소리가 귀에 거슬리오?"

"천만에요. 헌데 어쩐 일루?"

"안형을 좀 만나러 왔소."

"저를 만나러?"

"그렇다니까."

"말씀해보세요."

"안형, 몸조심하십시오."

"몸조심?"

"그렇소, 그걸 충고하려고 모처럼 나온 겁니다."

"고맙군요. 헌데 그 충고는 내게 하는 것보다 서형 자신에게 해야 할 것 아닐까요?"

"그런 일반론이 아니니까 들어보시오."

"가능하다면 간단히 말씀하세요. 난 서형처럼 자유로운 몸이 아니니까요."

"약간 복잡한데요, 이야기가."

"결론만 말씀하시죠. 영리한 사람들의 대화는 결론만 말하게 돼 있잖아요?"

"그럼 결론만 말하리다." 하고 호흡을 재고 나서 말했다.

"안형을 죽이려는 사람이 있습니다."

"나를? 죽인다구요?"

안민숙이 어이가 없다는 듯 소리 없이 웃었다.

"농담이 아닙니다."

"그게 농담이 아니라면 안민숙도 꽤나 존재가 있는 인물이군요."

"결코 농담이 아니구요. 하마터면 안형 때문에 내가 어제 죽을 뻔했소."

"서재필 씨 살큼 돈 건 아녜요?"

안민숙이 왼손의 검지를 세워 자기 머리를 가리키며 동그라미를 그렸다.

"사실 돌기라도 하면 좋겠다는 심정입니다."

"구체적으로 말씀해보세요."

안민숙이 막상 흥미가 없지 않다는 표정으로 되었다.

"안민숙 씨가 미행해서 알아낸 사실 있잖소."

"미행? 내가 미행?"

안민숙의 얼굴빛이 변했다.

"왜 있잖소. 강남 터미널 근처의 다방에서 나를 협박한 일."

"음, 서재필 씨의 정부 얘긴가요?"

"정부라도 좋고 간부라도 좋습니다. 나는 안민숙 씨의 충고를 고맙게 듣고, 어제 결판을 내려고 했던 겁니다. 나의 결심을 얘기하려다가 보니 자연 안민숙 씨 이름이 나온 거죠. 이러이러한 사람이 알게 되었으니 우리의 사이를 청산해야 되겠다구. 그랬더니……"

여자를 두려워함이 지혜의 시작이니라 205

"그랬더니?"

안민숙은 긴장하고 있었다.

"그랬더니 글쎄, 미스 안을 죽이겠다는 겁니다."

이 말을 할 때에 내 얼굴이 심각했던 모양이다. 그제야 안민숙은 내가 농담을 하고 있는 것이 아니라고 느꼈던지

"참말로 내 이름을 들먹였단 말예요?" 하고 얼굴을 찌푸렸다.

"겁이 나우?"

"겁날 건 없어요. 겁날 건 없지만 무슨 주책이 그래요. 괜히 남의 이름을 들먹이구."

"그렇게 하면 설득력이 생길 것으로 알았지. 그런데 역효과가 났을 뿐이오. 그 여자가 말하길, 앞으론 나와 만나지 못하게 되면 살 수 없다는 거라. 그러나 결코 자기 혼자만 죽진 않을 거라면서 당신도 죽이겠다는 거요."

안민숙이 피식 웃었다.

"웃을 일이 아니라니까."

"웃을 일이 아니면 울어야 하나요?"

"내 말을 끝까지 들어."

"그래 말해봐요."

"그 여자는 또 이렇게 말했어. 자기로부터 행복을 뺏은 원인이 된 사람을 먼저 죽이고 자기도 죽겠다고 하고, 그 사람은 무슨 권리로 우리에게서 일주일에 한 시간의 행복을 빼앗으려는 거냐고 흥분하는 거라. 그래 내가 말했지. 안민숙 씨는 친구에 대한 신의가 두터운 사람이라구. 그랬더니 그녀는 발광상태가 됐어. 친구에 대한 신의, 자기의 양심은 소중하고 남의 행복은 짓밟아도 되는 것이냐구. 그러구선 안민숙 씨

있는 곳으로 가자는 겁니다. 신문사로 오겠다는 거야. 당신이 사람이면 자기 심정을 이해해줄 거라며……. 이해해주지 않으면 당신을 죽이고 자기도 죽겠다고……."

"서재필 씨."

착 가라앉은 목소리가 안민숙의 입에서 나왔다. 성이 났을 때의 안민숙의 발성법이었다.

나는 덤덤히 그녀를 바라보았다.

"서재필 씬 내 앞에서 사랑 자랑을 하고 있는 거유?"

"아니라니까 그러네."

"그럼 협박을 하고 있는 건가요?"

"나는 지금 사실대로 말하고 있는 거요."

"서재필 씨 정말 타락했군요."

"아니라니까 그러네."

"아니라면 그 여잘 데리고 와요. 야무지게 뺨을 갈겨줄 테니까요. 세상을 어떻게 보고 있는 거예요, 그 여잔."

"내가 전에도 말하지 않았소. 그 여잔 정신상태가 정상이 아니라구."

"그렇다면 서재필 씬 정신병자허구 놀아나고 있는 거로구먼요."

"안민숙 씨 왜 이러는 거죠?"

"서재필 씨 정말 왜 이러는 거죠?"

나는 할 말을 잃었다.

'진실은 이렇게 통하기 어려운 것일까!'

안민숙이 퍅 일어서서 무어라 말하려고 하는 눈치더니 그냥 나가버렸다.

'아, 이 무슨 꼴이람!'

나는 후회했다. 먼저 빈정대는 투로 시작한 것이 잘못이었다. 안형이니 뭐니 하고 수다를 떤 것이 잘못이었다. 진지하게 성실하게 의논을 했어야 옳았던 것을 괜히 경솔하게 덤벼 안민숙의 경멸만 산 꼴이 되어 버렸다.

나는 어떤 일보다도 안민숙의 오해를 산 것이 후회스러웠다. 세상에서 가장 두려운 것이 오해라는 것을 이미 뼈저리게 익힌 내가 아니었던가. 울고만 싶구나. 머리가 욱신거렸다. 숙취의 고통이 돌연 되살아났다. 나는 탁자 위에 팔을 괴고 손으로 이마를 짚은 자세로 눈을 감았다.

'이 일을 어떻게 한단 말인가.'

그런 멍청한 자세가 얼마 동안 계속되었는지 모른다. 앞자리에 누가 앉는 기척을 깨닫고야 정신을 차리고 눈을 떴다.

안민숙이 돌아와 앉아 있었다.

와락 눈물이 나려는 것을 가까스로 견디었다.

"서재필 씨."

"……?"

"고민이 있는가 보죠?"

"……."

"내가 그 여자를 보았다는 것이 고민? 그녀와의 사랑이 고민?"

"……."

"이렇건 저렇건, 난 안 본 걸로 할게요. 모르는 걸루 할게요."

"……."

"난 서재필 씨 고민하고 있는 것 보기 싫어! 그리고 서재필 씨의 오늘과 같은 태도 정말 싫어. 깡패 같은 말투도 싫구, 꾸며대는 것 같은 태도도 싫구. 서재필 씨는 그런 연애 때문에 타락한 게 아니구 자기가 떳떳한 짓을 하고 있지 않으면서 그걸 떳떳한 것인 양 우기려는 때문에 타락하고 있는 거야. 그런 서재필 씨를 보는 것 난 정말 싫어. 명욱 언니를 두고 연애하는 건 나쁜 일이잖아? 그러나 난 말리진 않겠어. 사람은 후회할 짓인 줄을 알면서도 과오를 되풀이하게 돼 있는 슬픈 동물이니까. 아까는 정말 화가 나서 인사도 안 하고 나가버렸지만 신문사의 계단을 오르다가 생각하니 안됐어. 서재필 씨의 고민이 오죽하기에 내게 그런 추태까지 보였을까 싶어서."

"부끄러워."

"암말 마세요. 난 모두 이해해요. 서재필 씨에겐 나름대로의 생각이 있을 거라구."

"아까의 내 태도는 나빴지만 내가 한 말은 전부 사실이야. 어제 우이동으로 갔거든. 담판을 하려구. 그때 참말로 죽을 뻔했어. 그런데 그 여잔 불쌍한 여자야. 만나게 된 건 내 실수지만 그 만남엔 어떻게 할 수 없는 사정이 있었어. 그 여잔 참으로 위험해. 내가 만나길 거절하면 틀림없어 죽어버릴 여자야. 난 그걸 알아. 그걸 아니까 겁이 나. 어떻게 해야 좋을지 통 모르겠어. 난 지금 거짓말을 하고 있는 게 아냐."

"서재필 씨가 거짓말할 사람이 아니란 걸 난 잘 알아. 그러나 뭔가 결단을 내려야 할 것 아냐?"

"그래서 그 의논도 할 겸 우동규 부장을 만나려고 온 건데 미스 안을 불쾌하게 만들어 미안해요."

"내 걱정은 마. 난 이래뵈도 서재필의 친구라고 자처하고 있는 사람이니까. 그럼 난 갈게요."

하고 안민숙은 부드러운 웃음을 남겨놓고 떠났다.

한결 가벼운 마음이 되긴 했으나 문제는 남아 있는 것이다. 나는 우동규 부장에게 전화를 했다.

고맙게도 우동규는 곧 나와주었다. 나는 사정을 간추려서 말하고 아내 정명욱을 어떻게 대해야 할지 모르니 부장님의 지혜를 빌려달라고 했다.

우동규는 껄껄대고 한참을 웃고 있더니 이렇게 시작했다.

"대장부에게 외박은 불가피한 거야. 포커를 하다가 밤을 새울 수 있지? 마작을 하다가도 밤을 새울 수 있지? 술을 마시다가도 밤을 새울 수 있지? 꼬리 없는 여우에 홀려서도 밤을 새울 수 있지? 초상난 집에 가서 밤을 새울 수도 있지? 이렇게 외박을 할 수 있는 이유와 조건은 한정이 없는 거라. 그런 틈바구니에서 외박을 않는 것이 되레 이상하지 않아? 그런데 뭐 하룻밤쯤 외박을 했다고 당황하는 건가."

"남의 일처럼 말씀하시지 마십시오, 부장님."

"남의 일이나 나의 일이나 마찬가지지. 하룻밤 외박을 했다고 무슨 죽을죄를 지은 것처럼 축 늘어져 있는 꼴이 이상하단 말야."

"그러나 부장님."

"그러나고 저러나고 없어. 그러니까 내가 지금 외박 칠일론을 가르쳐주려는 거야. 하룻밤쯤 외박을 해가지고 들어갔을 때, 신경질 안 낼 여자는 이 한국에서는 없을 거요. 그러니까 집에 들어가지 말란 말이다. 또 이틀밤을 외박하고 들어가는데 신경질 내지 않을 여자, 이 한국엔 없을 거야. 사흘밤을 외박하고 그 집에 들어가는데 신경질 안 낼 여편네 없어. 그러니까, 사흘밤에도 들어가지 말란 말야. 나흘밤 외박을 하고 들어가면 여편네가 신경질을 낸다고 해도 좀 달리 낼 거구만. 그러나 그걸 믿고 나흘째 들어가서도 안 되지. 닷새밤 외박하고 들어가면 말은 안 해도 태도가 이상할 것이 아닌가. 그걸 보면 이편에서 성이 나거든. 그러니까 다섯밤째도 들어가지 마. 그리고 여섯밤째 외박을 하는 거야. 그날쯤 술을 되게 마셔. 그리고 칠일째 외박을 하는 거야. 그리고 팔일째 집으로 들어가. 그때쯤 되면 어떤 아내라도 반가워서 버선발로 뛰어나올 테니까."

나는 어이가 없어서 피식 웃었다.

"왜 웃어?"

"그런 게 어디 있어요?"

"이 이상의 명안이 어디 있단 말인가."

"부장님은 명욱이의 성격을 모르시고 하시는 말씀입니까?"

"정명욱 씨의 성격이 어때서?"

"일주일쯤 그 꼴을 하고 들어가면, 아마 보따리 싸 짊어지고 친정으로 돌아가버릴 겁니다."

"그럼 좋지 않은가. 장가 한 번 더 갈 수가 있을 테니."

"부장님, 농담하시는 겁니까?"

"난 아침철엔 농담 안 해."

그러면서 우동규는 정색을 하고 나를 쏘아봤다.

"부장님! 그런 비현실적인 얘기 말고, 부장님 체험에 비추어서 좀 보람 있는 방법을 가르쳐주시지요?"

"여보시오 서형! 아무런 변명 없이 아무런 신경질도 당하지 않고 집으로 들어갈 수 있는 방법은 칠일 외박의 방법밖엔 없다니까 그러네. 만일 칠일 동안 외박을 하고 집에 들어갔는데 여편네가 신경질을 내고 덤벼들면 그런 여자완 그만둬야 해! 아무리 독살스러운 여자라도 닷새가 지나면 걱정을 하게 되는 거야. 이 머저리, 자동차에 받혀 죽지나 않았나? 시궁창에 빠져 죽지나 않았나? 깡패한테 얻어맞고 다리뼈가 부러져 병원에나 들어 있지 않나? 그런 걱정을 하게 되는 거야. 그러다 엿새째가 되면 무슨 나쁜 일을 했어도 좋으니 살아서 돌아오기만 하면 좋겠다고 마음이 바뀌어 있는 거라. 칠일째 되면 하느님, 부처님을 위시해서 옥황상제한테까지 빌게 돼. 아무 말 안 할 테니 이 머저리를 무사히 집에 보내달라구. 그런데 말야, 만일 칠일 외박을 하고 돌아갔는데도 신경질 내는 여자, 그런 여자를 여편네로 둬둬서 어디에 써먹겠어. 당장 쫓아버려. 그런 여자는 도통 정이 없는 여자야. 알겠나?"

"알 것도 같고, 모를 것도 같은데요."

"그래 어때! 한번 실천해볼 의향이 없소?"

"도저히 그럴 용기 없는데요."

그러면서 영동의 그 아파트에 일주일 동안 처박혀 있어볼까 하는 생각을 얼핏 해보았다.

우동규 부장으로부터 좋은 지혜를 배울 수 없다면 그렇게 하는 도리밖엔 없을 것이 아닌가도 싶었다. 내가 잠잠해버리자 우동규 부장은,

"각오가 됐나?" 하고 씨익 웃었다. 그리고 덧붙였다.

"대장부답지 않게 거짓말을 꾸며대는 것보단 그 방법이 훨씬 나을 거요. 아울러 아내가 나를 어느 정도로 사랑하고 있는가를 테스트해볼 셈으로도 되고."

아닌 게 아니라, 아내 앞에서 구질구질 거짓말을 꾸며대는 일은 정말 싫었다. 그래서 부장이 시킨 대로 한번 해보자 했더니, 이번엔 우동규가 당황했다.

"괜히 해본 소리야. 이 사람, 참으로 큰일 낼 사람이네. 정명욱 씨 같은 성실한 여자를 그런 식으로 골탕 먹인다는 것은 내가 용서할 수 없어."

"그럼 절더러 어쩌라는 말입니까? 시키는 대로 안 한다고 나무라고 시키는 대로 하겠다니 또 뭐라구 하시구."

"좋은 수가 있어. 내가 잘 수습해줄게." 하고 우동규는 일어서서 전화통 있는 곳으로 갔다.

물어보나마나 정명욱을 부르는 것임에 틀림없을 성싶었다.

그런데 한참을 전화통 앞에 붙어 서 있더니 이상하게 얼굴을 찌푸리고 자리로 돌아왔다. 나는 우동규의 표정을 보고 가슴이 쿵 떨어지는 것을 느꼈다.

"무슨 일입니까? 부장님!"

"정명욱 씨는 오늘 출근을 하지 않았대."

또 한 번 가슴이 쿵 내려앉았다.

"당신 아직 집에 안 돌아간 거지."

"어떻게 돌아갑니까? 그래서 부장님 만나러 온 것 아닙니까?"

"안 돼! 여기에서 시간을 보내고만 있을 것이 아니라, 빨리 집으로 돌아가 보우. 그런 충실한 분이 결근을 했다면 보통일이 아니야. 도서실에 있는 아이에게 꼬치꼬치 물어보았더니 전화 한 통도 없었대. 무슨일이 있어 출근을 못하신다면 반드시 무어라고 연락이 있었을 것 아니야? 빨리 집으로 돌아가봐요. 집으로 돌아가서 되는 대로 발라넘기는 거지 별 수 있나."

나는 허겁지겁 택시를 잡아타고 집으로 돌아갔다.

계단을 뛰어오를 즈음 덕규네를 만났다.

"아이 선생님, 어찌된 겁니까."

그 말엔 대답 않고 물었다.

"우리 집사람 있습니까?"

"아주머닌 지금 방을 바른다고 야단입니더."

"방을?"

"아까까진 머리가 아프시다꼬예 누워 있더니 좀 전에 일어나서 회사에 결근한 김에 방이나 발라야겠다고예. 그래 전 풀 사러 갑니더."

방을 바를 정도로 마음의 여유가 있는 것이라면 일단 안심해도 좋았다.

소리 나지 않게 구두를 벗고 방문을 조심조심 열었다. 방바닥에 종이를 널어놓고 앉아 있는 명욱이 힐끔 나를 보았다. 일순 표정이 굳어지듯 하더니 뜻밖에도 싱긋 웃었다.

장난치다가 옷을 버려갖고 돌아온 어린애를 나무라려다가 말고 웃어버리는 어머니의 웃음을 닮아 있었다. 마음이 놓였다.

나는 종이뭉치를 민 자리에 주저앉아 변명을 하려고 나오지 않는 말을 꾸며댈 양으로 입을 우물우물했더니 명욱의 손이 뻗어 와서 내 입을 막았다.

"아무 소리도 마세요. 서툰 거짓말 들으면 제 기분 나쁠 거고 당신 괴로울 거구. 군자도 평생에 한 번쯤은 무단 외박할 수가 있다는 걸로 쳐둡시다."

나는 "휴우." 하고 한숨을 내뿜었다.

'성모 마리아도 이럴 경우 뭔가 가시 돋친 한마디의 말쯤은 있지 않을까.' 하는 생각이 들기조차 했다.

그런데 명욱은 한술 더 떴다.

"배고프지 않으세요?"

"배 같은 건 안 고파. 그런데 이게 뭐요." 펼쳐놓은 종이를 가리키며 물었다.

"혹시 과부가 될지도 모른다 싶어 방이나 깨끗하게 해두려구요. 보다도 과부로서 오래오래 살자면 연탄가스는 안 마셔야 할 것 아녜요?"

"과부되는 게 소원인 것 같구려."

"과부가 되고 싶어 되나요? 본의 아니게 되는 게 과부 아녜요?"

그러고는 펼쳐놓은 종이를 주섬주섬 모아 둘둘 말기 시작했다.

"모처럼 시작한 거니 끝까지 하지 왜 그래요."

"당분간 과부가 될 걱정은 없을 것 같애서요."

"그럼 됐소. 이불이나 깔아주슈. 난 한잠 자야겠소."

명욱이 나를 말끄러미 바라보고 있더니 일어서서 부엌으로 갔다.

그리고 목욕대야에 칫솔, 치약, 비누, 수건 등을 담아갖고 나왔다.

"당신 목욕탕에나 갔다 오세요."

거미는 스스로가 엮은 그물 속에 사로잡혀 포로가 된 운명이다

목욕탕에서 돌아와보니 자리가 깔려 있었다. 커튼이 쳐져 있었다. 백주와 밤의 사이 빛깔로 방 안은 아늑했다. 차디찬 한 글라스의 밀크가 상쾌했다.

잠옷으로 갈아입고 나는 자리에 누웠다. 네글리제 바람으로 명욱이 이불 속으로 들어왔다.

"간밤에 한잠도 못 잤어요."

어리광을 섞은 핀잔이었는데도 내 어찌 이 착한 여자를 사랑하지 않을 수 있으리, 하는 감격이 피로한 몸의 일부에 생기를 불어넣었다.

문은 잠겨 있어, 나와 명욱은 말을 필요로 하지 않고 화해의 의식을 거행할 수가 있었다. 몇 번이고 "미안하다."는 말이 입 밖으로 나오려고 했으나 그 충동을 참을 수 있었던 것은 말로써 하는 확인 이상의 확인이 있었기 때문이다.

나는 안심하고 잠에 빠져들 수 있었다.

…….

잠을 깼을 때 전등불이 들어와 있었다. 곁에 명욱은 없었다. 부엌 쪽에서 고소한 내음이 흘러 들어오고 있었다. 명욱이 맛있는 음식을 만들

고 있는가 보았다. 그러자,

"덕규야." 하는 소리와 거친 동작을 동반하는 소리가 들려왔다. 형식이 들이닥친 모양이다.

"덕규 잘 있었니?"

"대학생 아저씨 안녕!"

"이거 과자다."

"야 신난다." 하는 형식과 덕규의 대화가 오갔다.

"잘 오셨수."

명욱의 소리가 섞였다.

"숙모는 자꾸만 예뻐지는데, 어떻게 된 거요. 삼촌 되게 불안하겠는데."

"말 마세요. 내가 퇴짜 맞을 판이에요."

"퇴짜 맞으면 즉시 신고하십시오. 내 기막힌 남자 소개해드릴게. 그러나저러나 룸펜 삼촌 계시유?"

"지금 주무셔요. 좀더 재워둡시다. 덕규하고 놀다가 오세요. 내 맛있는 저녁식사 만들고 있으니깐."

"그렇게 합시다. 야, 덕규야 느그 친구들 불러와. 마당에 가서 한바탕 하자."는 형식의 말이 떨어지기가 바쁘게 사방에서 꼬마들이 모여든 모양으로,

"아저씨."

"아저씨." 하고 재잘거리는 소리가 있었다.

형식이 그들을 데리고 뜰로 내려가는 모양으로 소리가 멀어져갔다.

'하여간 이상한 놈이다.' 하고 나는 이불 속에서 기지개를 켜며 형식을 생각했다.

218

형식은 하숙으로 나간 후론 일주일에 한 번씩은 청운동 아파트에 나타나서 회오리바람을 일으켜놓는다. 수십 명 남녀 꼬마들을 모아놓고 기상천외의 연설을 하기도 하고 쇼를 벌이기도 해서 모두를 웃기기도 하는데,

"너 언제 철이 들거냐."고 나무라면 형식이 하는 소리는 이랬다.

"십수 년 지나면 모두 표가 될 아이들 아닙니꺼. 그 애들의 표로써 나는 영광의 대좌에 오르게 돼 있어요. 그런데 어떻게 그 귀중한 표들을 무시할 수 있느냐 이 말입니다. 나는 어디까지나 현실주의자이며 공리주의자이며 출세주의자이며 선거주의자니까요. 보리밥티로 잉어 낚는단 말 들어보지도 못했어요? 그런 내가 철이 덜 들었는지, 허무맹랑한 소설을 쓰겠다고 룸펜질하며 숙모한테 얹혀사는 삼촌이 철이 덜 들었는지 길을 막아놓고 물어봅시다."

형식에게 말할 기회만 주면 이런 장광설이 된다. 그런데 그게 귀찮지도 밉지도 않으니 이상한 놈인 것이라고 할밖에 없다.

나는 푸시시 일어나 앉았다.

저녁식사는 형식을 끼워 제법 호사로운 분위기가 되었다. 무엇보다도 형식의 이야기가 흥미로웠다.

목하 E여대의 학생과 S여대의 학생과 교제 중인데 교제 자체보다도 그 여학생을 비교 검토하는 노릇이 재미가 있다는 얘기에 명욱이 기겁을 했다.

"조카님, 그건 안 돼요. 동시에 두 여자를 사귀다니 말도 안 돼요."

"나는 그 여자들을 사귀고 있는 것이 아니라 관찰하고 있는 겁니다. 만사가 공부, 공부, 공부다 이 말입니다."

"하여튼 안 돼요. 여자를 그렇게 농락하는 게 아녜요."

"농락? 제가 그 여자들을 농락한다구요? 천만의 말씀. 전 그 여자들을 인격자로서 정중히 대접하고 있는 겁니다."

"그러나 그러는 게 아녜요."

"숙모도 참 답답해. 나는 그녀들을 사랑하고 있는 게 아니래두요. 남녀간에서 가능한 우정의 한계 내에서 교제하고 있는 겁니다."

"그럼 사랑하는 마음도 가능도 없이 그분들과 교제하고 있다는 말인가요?"

"그렇죠. 그리고 두 여자에게 미리 그 얘기도 했구요."

"그 얘기라니요."

"당신 말고도 교제하고 있는 여자가 있다는 것을 알렸단 말입니다."

"그러니까 그 여자들의 반응은 어땠어요?"

"즈그도 나 말고 사귀고 있는 남학생이 있다는 얘기였어요."

"그렇다면 모르지만." 하면서도 정명욱은 불안한 모양으로,

"그런 교제에선 아무것도 나오지 않을 텐데 시간낭비만 될 게 아녜요?" 하고 따졌다.

"관찰하는 데 묘미가 있다니까요. 그리고 일주일에 한 번, 그때마다 두 시간 이상은 만나질 않아요."

"하여튼 사랑하지도 않는 여자를 관찰해서 어디다 쓸 거냐 말예요."

"말하자면 청춘의 특권이지요. 전 그들과의 교제를 통해 여자에겐 뿌리 깊은 보수성이 있다는 것과 동시에 남자들로선 상상도 못할 낭만성이 있다는 것을 알았어요."

이 근처에서 내가 끼어들었다.

"형식이 차츰 건방지게 되어가는구나."

"제가 건방진 건 어제 오늘 시작한 일이 아니지 않습니꺼."

"내 생각으로도 그 이중 교제는 그만두는 게 좋겠는데." 하고 나는 어물어물 이유를 설명하기 시작했다. 내 경험을 전달해서 형식의 불장난을 그만두게 하기 위한 숙부로서의 간절한 소망이었지만, 내 경험 자체를 구체적으로 명쾌하게 전달할 수 없는 형편이고 보니 하나마나한 얘기가 되고 말았다.

"요댐, 조카님의 결혼 문제가 나타났을 때 곤란하게 돼요. 저 사나이는 여자와의 교제가 심했다, 플레이보이다, 하는 평이 돌게 되면 어떻게 해요. 그러니 내 생각으론 진정 사랑을 느꼈거나, 사랑할 가능이 있을 성싶은 여자이면 모르되 그렇지 않을 경우엔 여자와의 교제는 삼가는 게 좋아요. 공부에 열중해야 할 것 아녜요? 고등고시라도 치르고 나서 여자 교제를 시작해도 늦지 않을 것으로 보는데요."

"삼촌이나 숙모는 문제를 너무나 어렵게 생각하고 있는 것 같애. 수많은 대상자 가운데서 하나의 배우자를 선택하자면 많은 여자를 관찰할 기회를 가질 필요가 있다고 생각해요. 신발 하나 사는 데도 사람은 이것저것 비교 검토하지 않습니까. 하물며 평생을 같이 살고 같이 어버이가 되고 동업자가 될 상대를 구하는 덴 이만저만한 노력 갖고 되겠어요? 유행가의 문구에도 있잖아요. 귀여운 고양인 줄 알고 아내로 맞이해놓았더니 단번에 호랑이로 변하더라고. 여자를 속속들이 안다는 건 어려운 일 아닙니까? 그러니 충분한 관찰력을 양성하자, 이겁니다. 하기야 아라비아의 풍습을 닮을 수만 있다면 며느리 요원으로 하나, 직업상의 협력자로서 하나, 외출용 동반자로서 하나, 생산용 수단으로서 하나, 하는 식으로 아내를 선택할 수 있겠지만 일부일처제다 이겁니다. 하나의 여자를 다목적적으로 활용해야 하니, 여자의 선택은 아무리 신중하게 한다고 해도 지나치다곤 말할 수 없다 이겁니다. 그 유명하고 머리 좋은 임마누엘 칸트 대선생이 왜 평생을 독신으로 지냈는가를 아십니까? 선택이 불가능했기 때문입니다. 한마디로 말해 이 서형식처럼 인생 초년에서부터 여자를 관찰하는 기회를 가지지 못했기 때문입니다. 그래서 칸트의 그 위대한 혈통은 끊어지고 만 것입니다. 따라서 나는……."

"그만하면 알겠다."고 내가 손을 저었다.

"그쯤 해두세요."

명욱도 브레이크를 걸었다.

"이쯤 연설을 하니까 숙모나 삼촌이 겨우 알아들으신 모양이군요."

형식은 익살을 쉬지 않았다.

"요즘의 대학 사정은 어떠니." 하고 내가 화제를 돌렸다.

"학생을 세 종류로 나눌 수가 있겠습니다. 대학생이 된 것을 공부할 기회를 얻었다는 정도로 인식하고 있는 사람이 한 종류, 대학생이 된 것을 무슨 특권이나 얻은 양으로 목에 힘을 주고 있는 사람들이 한 종류, 이것도 저것도 아닌 사람들이 한 종류."

"그래 넌 어느 종류에 속한다고 생각하니."

"이상의 어떤 종류에도 속하지 않는다고 생각합니다."

"그렇다면 네 종류가 있다는 얘기가 아닌가, 너 같은 게 있으니까 말야."

"난 단 하나니까 종류라고 분류할 순 없는 거죠. 그러니 정확한 표현을 하면 대학생은 이상 세 종류와 서형식으로써 구성되어 있다가 되겠지요."

"그렇게 넌 동료들의 권외에 자기를 두려는 태도가 좋다고 생각하나."

"마음먹은 대로 안 되는 게 탈이지 그런 태도를 취하려는 의도는 나쁘지 않다고 생각하는데요."

"요컨대 영웅주의 하겠다, 이 말 아닌가."

"천만의 말씀입니다. 제 신조는 민주주의에 있습니다."

"이것 웃기는 얘기구나." 하고 내가 웃었다.

형식이 정색을 했다.

"진정한 민주주의는 부화뇌동이 없어야 합니다. 그러려면 일단 조류의 권외에 있어야죠. 조류에 휩쓸려 있으면서 어떻게 조류의 방향을 바꿉니까. 어떤 부류에도 속하지 않아야만 모든 부류를 화합시킬 수 있는 것 아닙니까."

"그 생각은 유치하다."고 나는 잘라 말했다.

형식의 사고를 발전시키면 정당의 다양성을 부인하는 방향으로 가거나 일당전제의 방향으로 갈밖에 없다는 사실을 설명했다.

형식이 맹렬한 반발을 해왔다.

그러나 철학을 가미한 정치적 토론이 되면 그는 내 적수가 못 되는 것이다.

"민주정치에 있어서의 정치력, 또는 영도력은 도도한 조류 가운데서의 척화작용으로 형성되어야 하지 권외에 서 있는 사람의 거중조정적居中調整的 노력으로썬 어림이 없다. 그러한 이론을 승인한 곳에서 언제나 독재의 독버섯이 돋아났다."

고 나는 플라톤 이래의 정치사상을 열거하고 그 장단점의 실례를 들었다.

나는 어젯밤 이래의 명욱에 대한 실점을 회복해야겠다는 저의도 있고, 형식에 대한 삼촌三寸으로서의 위신을 이 기회에 확립해야겠다는 의도도 없지 않아 평생 해보지 못한 논진을 폈던 것인데 그 논조가 뜻밖에도 깊고 명쾌했던 모양이다.

명욱은 전연 딴 사람을 발견했다는 듯 나에게 시선을 쏟고 있었고 형식은,

"정녕 대학의 강단으로 모셔야 할 분은 우리 삼촌이다." 하고 감복했다. 그 말투엔 전연 익살의 빛깔이 없었다.

나는 약간 부끄러운 생각이 들어,

"그렇고 그런 거라, 이 말이다." 하고 겸연쩍게 웃었다.

그러자 형식의 입에서 교수들에 대한 비판이 쏟아져 나왔다. 그 골자는, 적당한 책을 골라 학생들에게 읽으라고 권하기만 하면 그뿐인 것을 강의랍시고 하고 있으니, 대학이란 이름에도 사명에도 합당치 않다는 것이었다.

나는 나의 학생시절을 되돌아보는 기분이 되어,

"교수들이 그런 안이한 강의를 하게 된 데는 학생들도 일부의 책임을 져야 한다. 만일 학생들이 깊게 파고드는 질문을 연발하게 되면 교수들이 정신을 차리지 않을 까닭이 없다. 우리의 교수들도 우수한데 학생들로부터의 자극이 없으니까 자연 이지고잉이 되고 마는 것 아닌가. 예컨대 사전을 찾아보면 알 수 있는 따위의 질문은 일체 하지 않고, 문제의 핵심에 관계되는 델리케이트한 질문을 하는 학생들이 모여 있는 교실에선 교수들이 절대로 이지고잉이 될 수 없다. 너희들은 교수들을 탓하기에 앞서, 교수들의 영재를 흐리게 하고 있는 스스로를 반성할 줄 알아야 한다."고 맞섰다.

형식도 지지 않고 자기의 주장을 내세우기도 했는데 명욱의 말이 있었다.

"제 나고 처음으로 진지하고 열띤 학문적 토론을 구경한 것 같애요.

224

참으로 기쁜데요. 좋은 조카님을 가지고 있다는 자랑을 새삼스럽게 느꼈는데요."

그러자 형식의 익살이 시작되었다.

"좋은 남편 가져서 행복하다는 말씀은 차마 못하시는 걸 보니 숙모님도 꽤나 수줍은 성격이십니다."

그러고는 덧붙이길,

"여자를 관찰하기 위해 신경 쓸 것 아니라, 우리 숙모 같은 아내를 만나길 기대하는 게 나을 것 같네요."

"나는 이처럼 좋은 아낸데 조카님의 삼촌은 좋은 남편이 아니랍니다." 하고 명욱이 장난스러운 시선을 내게로 보냈다.

"구체적으로 그 죄상을 열거해보십시오. 제가 구형을 할 테니까요."

형식이 신이 나서 말했다.

"삼촌은 어젯밤 외박하셨어요."

"외박? 삼촌이? 이거야말로 빅뉴슨데요. 우리 삼촌에게 그럴 만한 용기가 있었다면 이건 분명 집안의 경사입니다. 나는 삼촌이 숙모님에게 깔려 꼼짝도 못하는 줄만 알았는데."

"조카님, 그러기예요?"

명욱이 부러 성을 냈다.

"사실 아닙니까. 삼촌에게 그런 용기가 있었다니 정말 기쁩니다."

"난 조카님의 응원을 얻어 오늘 밤 사문회를 열까 했는데, 혹 떼려다 혹 붙인 꼴이 되었군요. 같은 서씨라고 편당적으로 구는 건가요?"

"삼촌의 빽은 전데 제가 삼촌 편 안 들어주면 누가 들어주겠습니까."

명욱이 괜한 소릴 꺼낸 바람에 자리는 형식의 독단장이 되어버렸다. 나는 희죽희죽 웃고만 있을밖에 없었다.

열 시 가까이 되어 돌아가려고 하며 형식이,

"사실은 오늘 삼촌에게 물어볼 게 있어서 왔는데." 하고 포켓에서 수첩을 꺼냈다.

"뭔데."

"이겁니다."

형식의 수첩엔 다음과 같은 글귀가 적혀 있었다.

—정신은 낙타가 되고, 낙타는 사자가 되고, 그리고 마지막으로 사자는 소아가 된다.

"이것 니체의 『차라투스트라』에 있는 글귀 아닌가."

"그렇습니다."

"형식이 『차라투스트라』를 읽게 되었구나."

"삼촌이 권한 책 아닙니꺼."

"그런 일이 있었던가?"

"그런데 삼촌, 도대체 이 뜻이 어떻게 되는 겁니까. 『차라투스트라』엔 이밖에도 정체불명의 말이 있긴 하지만 대강 점을 쳐서 넘겨짚을 수가 있는데 이건 무슨 뜻인지 전연 알 수가 없다, 이겁니다. 삼촌을 시험하는 것 같아서 미안하지만 하두 답답해서 들고 온 겁니다."

"다행한 일이다."고 나는 먼저 전제를 들었다.

"다행하다니 뭐가 다행합니까."

"니체 안엔 내가 모르는 게 수두룩한데 내가 이해할 수 있는 것을 골라 시험 삼아 물으니 다행하다는 얘기다."

명욱이 형식의 수첩을 들고 보고 있더니 내 눈치를 슬큼 보았다. 약간 불안스러웠던 모양이다.

나는 다음과 같이 시작했다.

"니체의 난점은 그가 쓰는 시어에 언제나 과중한 의미를 부여하는 데 있다. 말하자면 그는 우의적으로 세계를 표현하려고 하는데 그 표현이 더러는 난해하다. 그래서 그는 모처럼 시어를 사용하는데 반시적인 결과를 낳는다. 그 대표적인 예가 바로 이 글귀이다. 내 말 뜻을 알겠나?"

"거기까진 알겠어요."

"그런데 니체의 다른 저서 『도덕의 계보』에 이런 말이 있어. 인간이란 맹수를 순양하여 온순한 동물, 즉 가축화하는 데 문화의 의미가 있다……. 그러니까 간단하게 설명하면 정신, 즉 인간존재는 동물일 수밖에 없는데 원래 숙명적인 고역을 짊어진 낙타와 같은 것이었다. 그 낙타가 스스로의 고역을 남에게 짊어지우기 위해 서두를 때 필연적으로 사자와 같은 맹수가 될 수밖에 없다. 여기에 문화라는 것이 나타나 맹수를 가축으로 만드는 역사작용이 있게 되었다. 인간의 가축화는 동시에 그 가축을 사육하는 목자를 있게 한다. 여기 소아라고 하는 것은 가축과 목동을 동시에 표현한 말이다. 니체는 이 대목에서 인류사, 특히 목축과 농경사회로서의 역사를 상징한 것이라고 할 수 있다. 말하자면 현실의 세계사는 존재가 맹수가 되고 맹수가 가축이 되고 마지막으로 가축이 목자가 되었다는 얘긴데, 내가 생각하기론 가축이 목자가 되었다는 대목은 인간의 프롤레타리아화, 프롤레타리아가 큰소리치는 세태에 대한 풍자라고 이해한다. 이 글귀를 완전히 이해하려면 당시 유럽의 사조에 대한 좀더 소상한 검토가 필요하겠지만 이 정도로서도 이 글귀의 이해를 위해선 충분하다고 생각하는데, 어떤가."

"아이 엠 프라우드 오브 댓 유 아 마이 엉클(I am proud of that you are my uncle)."

어색한 발음으로 이렇게 지껄이고 형식이 일어섰다.

미묘한 감정을 표현할 적에 나 자신도 서투른 외국어를 쓰는 경우를 상기하며 나는 다시 한 번 형식과의 핏줄을 느꼈다.

이튿날 아침 명욱과 같이 집을 나섰다. 오랜만의 동행이란 뜻으로 택시를 탔다.

택시 속에서 명욱의 말이 있었다.

"신사가 평생에 한 번쯤의 외박은 있을 수 있어도 두 번은 안 된다는 사실을 명념하셔야 해요."

나는 어젯밤 형식이 돌아가고 난 뒤 명욱이 한 말과 겹쳐 생각하며 애매하게 웃었다. 어젯밤 명욱은,

"좋은 조카 덕택으로 무사했다는 걸 아셔야 해요." 하는 말을 했던 것이다.

화해는 되었지만 외박의 사연에 관해선 알고 싶어했던 것인데 형식이 와서 내숭을 떠는 바람에 그만두기로 했다는 함축이었다.

신문사 근처에서 명욱을 내려놓고 강남 아파트로 가는 도중 뭔가 해결책을 강구해야겠다는 마음으로 초조를 느꼈다.

'강남에 있는 아파트 얘기를 한다?'

'아파트를 전세라도 내주고 거기서의 생활을 청산한다?'

'그럴 경우 임선희를 어떻게 하지?'

나는 그런 난문제를 피하기 위해 스웨덴으로 가버렸으면 하는 공상을 했다. 스웨덴엔 박문혜가 있다. 강남 아파트의 주소로 박문혜에게 보낸 편지의 답장이 오늘 내일 있을지 몰랐다.

'스웨덴에 가고 난 후 정명욱은?'

문제는 복잡하게만 되어갔다. 아무튼 스칸디나비아의 풍광에 바래

기만 하면 모든 문제는 그런대로 해결이 날 것만 같은 기분이 되기도 했다.

스스로 줄을 뿜어내어 그물을 만들어선 그 그물에 사로잡혀 꼼짝달 싹도 못하는 거미와도 같은 인생! 니체의 표현을 빌리면,

─너희들 거미 같은 인생들이여! 네가 엮은 그물은 너 스스로를 사로 잡기 위한 그물이다. 승리는 그 그물을 파괴하는 데서부터 비롯된다. 거미로부터의 결별. 이것이 중요하다.

택시는 터널을 지나고 있었다. 터널의 한 군데 고장난 자동차가 있었 다. 픽업차를 기다리고 있는 모양으로 사고 난 차의 운전사가 슬큼 스 쳐보는데도 처량했다. 사고는 어디에겐 언제이건 발생한다. 겨우 사고 를 면했대서 존재하는 인생, 이른바 실존.

터널을 벗어나면서부터 나는 소설을 생각했다. 씌어져야 할 나의 소 설, 주제만이 흐트러진 카드처럼 허공에 헤매고 있는 나의 소설.

'철학이 행복의 대수학이면 소설은 행복의 임상기록이다.' 하는 아이 디어가 떠올랐다.

'이처럼 다양한 인생을 어떻게 합니까. 오십억의 사람 하나하나가 토 해내는 갖가지의 한숨을 어떻게 합니까. 죽어가는 사람의 눈에 비친 하 늘을 어떻게 합니까. 수분 후에 절벽으로 굴러떨어질 차 속에서 속삭인 애인들의 사랑의 말을 어떻게 합니까. 금세 오욕으로 변할지 모르는 영 광을 어쩌자는 겁니까. 내게 무슨 잘못이 있었단 말인가 반문하는 팔레 비의 만화를 역사는 어떻게 이해해야 한단 말입니까. 사랑한다면서 사 랑을 배신하고 있는 철면피를 어떻게 벗겨야 한다는 말입니까. 나의 명 욱에 대한 사랑은 진실입니다. 그런데 그 반증만을 만들고 있는 행위를 어떻게 설명해야 합니까. 임선희의 그 안타까운 슬픔을 박차야만 나는

명욱에의 사랑을 증명할 수 있는 것일까요. 길남 김 서 잭슨의 운명은? 백 년 후엔 아무도 남을 사람이 없을 지금 이 거리의 인간들. 백 년 후에도 사람들로 붐빌 이 거리. 그 인간들과 지금 이 사람들과의 관계는 도대체 어떻게 되는 것입니까. 백 년 전 이 한강변에서 목 베여 죽은 천주교도들의 원한은 또한 어떻게 되는 겁니까. 천주교도들뿐이겠습니까. 시간마다로 핏자국으로 물들이는 인간의 참극……. 이 모두를 해답할 순 없습니다. 다만 정감으로써 기록할 뿐입니다. 그래서 소설이 있어야 하는 것입니다…….'

어느덧 나는 소설론의 서문을 엮고 있었다.

아파트 앞에 내렸다. 수위가 묘한 웃음을 띠었다. 이 수위는 나의 정체, 그 일부를 알고 있는 것이다. 그를 외면하고 나는 엘리베이터를 탔다. 엘리베이터라고 하는 문명의 이기가 나의 일상생활에 아무런 저항 없이 도입되었다는 것이 신기할 뿐이다.

텅 빈 아파트. 약간의 먼지 냄새, 그러나 나는 그런 것에 개의해선 안 되었다. 책상 위에 펴놓은 채 있는 마르쿠제의 『행복의 철학』. 차라리 그것은 우울의 철학이라고 해야 옳을지 모른다. 출판사에 원고를 넘겨야 할 마감은 일주일 후로 박두해 있고 작업은 아직 반밖엔 진행되어 있지 않으니 말이다.

경쟁적 사회에서 행복을 기대한다는 것은 설원에서
솔방울이 꽃피길 기대하는 거나 다를 바가 없다_존그레이

『행복의 철학』은 로버트 오웬을 설명하는 대목으로 접어들고 있었다. 마르쿠제의 문장은 부드럽고, 그 내용 또한 평이했다. 나는 로버트 오웬에 대한 한량없는 동정심에 이끌리어 번역에 몰두할 수 있었다.

'이 사람이야말로 우리의 독자에게 소개할 만하다.'는 감회는 자극이 되기도 하고 액셀러레이터가 되기도 한다.

그러한 순수한 시간을 교란한 음향이 있었다. 차임소리다.

"누구시오." 하고 문을 응시했다.

"나예요."

임선희의 목소리였다.

"전화도 안 하구……." 하는 소리가 나올 뻔했다. 나는 그 말을 얼른 삼켰다. 이미 와 있는 사람에겐 하나마나한 소리다.

문을 열어주었다.

럭스 비누 냄새를 살큼 풍기며 임선희가 들어섰다.

"환영하지 않으세요?"

나의 무언을 향해 던진 임선희의 말이다.

나는 잠자코 등을 돌려 작업 중인 책상 앞에 돌아와 앉았다.

"기분이 좋지 않으신 거로구먼요."

임선희가 사뿐히 내 옆에 와 섰다.

"약속이 틀리다, 이건가요?"

임선희는 따지고 들 요량인가 보았다. 나는 따지고 드는 게 제일 싫
다. 그래 내 자신 따지지 않는다.

"내일까지 기다리려고 했어요. 그런데 견딜 수가 없었어요. 그래서
전화도 걸지 않고 달려온 거예요. 전화를 걸면 오지 말라고 할까 해서
요. 그러니 성내지 말아요. 당신이 성내면 난 슬퍼요. 성내지 말아요."

"난 성내지 않았어."

"성낸 얼굴인걸요."

"한창 긴장하고 있던 판이라서."

"왜 긴장했죠?"

"이걸 번역하느라구." 하고 나는 책을 가리켰다.

"조금 쉬었다가 해요."

"출판사에 넘겨줄 날짜가 얼마 남지 않았어."

"그래 내가 방해다, 이건가요?"

"아냐, 아냐."

"그럼 이리로 내려와 앉아요. 자긴 의자에 앉아 있고 난 서 있으니까
이상하잖아?"

나는 방바닥에 내려앉았다. 임선희도 앉았다.

침묵이 흘렀다. 도시 할말이 없는 것이다.

임선희는 뭔가를 벼르고 온 모양인데 막상 말을 꺼낼 수가 없다는 기
분인 모양이었다.

"번역하는 것 재미있어요?"

232

한참 만에야 임선희가 입을 열었다.

"재미가 있다기보다……."

"무엇에 관한 번역이죠?"

"행복에 관한 거요."

"행복?"

임선희가 눈을 동그랗게 떴다. 그리고 물었다.

"이 세상에 그런 게 있는 건가요?"

"글쎄."

"난 그 말을 잊은 지도 꽤 오래됐어."

"그런 말은 잊고 사는 게 좋아."

"그럴까?"

"너무 행복을 생각하다가 불행하게 된 사람이 있어."

"행복은 부자유할 거야."

임선희의 입에서 뜻밖에 이런 말이 나왔다. 내가 물었다.

"어째서 행복이 부자유할까?"

"일단 가지면 놓치고 싶지 않을 것 아녜요? 그러니까 부자유한 것 아닐까요?"

"사람은 누구나 행복이란 말을 타고 싶어하지만, 결국은 행복이란 숙제를 싣고 가야 하는 말이 되기가 고작이란 말이 있지." 하며 나는 차성희를 생각했다.

'차성희는 지금쯤 어디서 무엇을 하고 있을까.'

눈 내리는 밤. 청진동의 어느 싸구려 여관방. 차성희는 외투의 단추를 하나씩 하나씩 끌러 내려갔다. 프러시아의 병정들이 입는 것 같은 단추가 줄을 이어 달려 있는 외투. 나는 단추를 끄르는 차성희의 손을 멈추게 했지…….

생각하면 그것이 운명의 갈림길이었다. 그런 우연에 지배되는 인생이라면, 인생이란 참으로 별 게 아니다.

돌연 멍청해버린 내 표정을 임선희는 살피는 눈이 되었다.

"뭘 생각하고 있죠?"

"번역, 번역 생각하고 있어."

나는 엉겁결에 이렇게 대답했다.

"그렇다면 번역하고 있는 내용 얘기 안 해주실려우? 로버트 오웬?"

"십팔 세기 말엽의 영국 사람이지."

"소설가?"

"아니, 사회사상가, 사회개혁가라고 하는 게 옳을까?"

"어떤 사람이었는데요."

"너무나 착한 사람야. 순진한 사람이구. 인류에게 행복을 안겨주려고 애쓴 사람이지."

"그래 인류에게 행복을 안겨줬나요?"

"실패했어."

"그렇다면 결국 실패한 스토리?"

"실패한 스토리이지만 그 실패가 인류의 교훈이 되는 그런 것이지. 요컨대 그가 당초 목적했던 인류에 행복을 안겨주는 덴 실패했지만, 행복 대신 위대한 교훈을 남긴 셈이지."

"교훈은 너무 많잖아요?"

"임선희 씨, 오늘은 엄청난 말만 골라가며 하시는군."

"난 사실을 말했을 뿐예요. 하나의 교훈도 제대로 지키지 못하는데 교훈은 너무너무 많아요."

"지키지 못하는 건 교훈이 아니지. 미스 임이 하나의 교훈도 지키지 못한다면 미스 임에겐 교훈이 많은 것이 아니라 전연 없다는 뜻이 되는 것 아닐까?"

"그렇게 되겠네요."

"교훈 없이 살아보는 것도 나쁠 건 없지. 그러나 교훈은 교훈대로의 보람을 갖고 있는 거다. 결코 무시할 수가 없는 거다. 가령 너 자신을 소중히 하라는 교훈이 있지? 그걸 어기면 나 자신을 소중히 여겨주질 안 해."

"그것 내게 빈정댄 말인가요?"

"천만에."

임선희는 뭔가 할 말이 있는 모양으로 입을 삐쭉하는 것 같더니 마음을 고쳐먹은 눈치였다.

"그 로버트 오웬이란 사람 얘기 해줘요."

"얘기하려면 길어."

"긴 얘긴 내게 할 수 없나요? 없다면……."

하는데 임선희의 눈이 야릇한 빛을 띠었다. 이를테면 관능이 켠 빛. 관능의 불. 내 몸의 일부에 반응이 있었다. 이 여자만 옆에 있으면 욕망의 포로가 된다.

"로버트 오웬은 말야." 하고 나는 얼른 얘기를 시작했다. 얘기하는 데 목적이 있었다기보다 관능의 불을 꺼야 하기 때문이었다.

"로버트는 가난한 집에 태어났어. 어릴 때부터 일을 해야만 했다. 그가 처음 취직한 곳은 이발소. 아침 일찍 일어나 밤늦게까지 일을 해야 했다……."

"훌륭한 사람들은 왜 어릴 때 가난했죠?"

"가난하지 않은 사람도 있지. 괴테라든가 톨스토이라든가."

"그래 어떻게 했어요."

"그런데 그는 서른 살 때 영국에서도 손꼽히는 큰 방적공장의 소유주가 되었어."

"벼락부자가 된 셈이구면요."

"그가 엉뚱한 짓만 하지 않았더라면 사업가로서 명성을 날릴 수 있었을 만큼 유능한 경영인, 유능한 상인이었대……."

"엉뚱한 짓이란 뭐였죠?"

"그는 그의 공장의 소재지인 뉴라나크를 낙원으로 만들 작정을 했을 뿐 아니라, 인류 전반에게 행복을 안겨주려고 했지……."

말이 나온 김에 나는 로버트 오웬에 관한 설명을 하기 시작했다.

로버트 오웬은 공장주이면서도 당시의 노동사정을 분석하고 고민했다.

"누가, 무엇이 공장 노동자들을 이처럼 만들었는가."

하고 묻곤,

"그건 신도 아니고 자연도 아니다. 인간의 사회가 노동자들을 비인간적인 상황으로 몰아넣었다."는 답안을 얻었다.

이어 그는 사회의 모든 해악은 경쟁에 그 원인이 있다고 생각했다. 경쟁에 의해 사람이 사람의 적으로 되는 사회에선 행복의 꽃은 필 수 없다고 단언하기에 이른 것이다.

개인의 이해가 서로 대립하고, 국가의 이해가 서로 대립하고 충돌하는 불합리하며 잔인한 사회에 반대해서 개인과 개인, 집단과 집단이 조화하는 사회를 만들어야겠다고 결심하고 그는 그렇게 실천했다.

"사회에 의해 생산된 인간은 자기의 생산자인 사회를 행복한 것으로 만들지 않곤 행복할 수가 없다. 그러기 위해선 경쟁을 없애야 한다."

이것이 그의 신념이었다.

물론 반대자들이 나타났다. 맨 처음 그를 반대한 부류는 뉴라나크의 실업계였다.

"공장은 돈을 벌기 위해 있는 것이지 불구자들에게 행복을 주기 위해 있는 것이 아니다."

하는 것이 그들의 주장이었다.

다음엔 그가 경영하는 공장의 노동자들이 반대했다. 그들은 스코틀랜드 사람들이어서 잉글랜드인인 오웬을 신용하지 않았을뿐더러,

"자본가들이 베푸는 선행엔 반드시 음흉한 야심이 끼어 있다."고 믿고 있었다.

그의 마누라 캐럴린도 반대했다.

"그가 인류를 사랑하면 사랑할수록 가족에 대한 사랑이 식어간다."고 불평했다.

상류계급이 일치하여 반대했다.

"우리들은 대중이 윤택하게 되어 독립적으로 되는 것을 원치 않는다. 그렇게 되었을 때 우리는 어떻게 그들을 지배할 수 있겠는가 말이다."

많은 성직자들 그리고 마르서소파들이 반대했다.

"사람에겐 신을 수정할 권리가 없다. 하늘과 땅의 지배하에 의해, 짧은 인생을 무교양한 노동자로서 지내도록 운명이 정해진 인간들에겐 공장주라고 할지라도 별도의 인생을 주도록 허용되어 있지 않다. 지구는 일정 수의 인간밖엔 수용할 수가 없다. 그런 까닭에 전쟁과 빈곤은 하늘이 마련한 경제학적 표현이다."

어리석게도 오웬은 이처럼 현명한 경제학을 변경하려고 하고 있다.

자유주의자들도 반대했다.

'오웬 군, 우리를 가만히 둬달라.'라는 표제의 논문이 나타났다.

"오웬은 인간을 뿌리가 잘린 지 천년이나 지난 뒤에 다시 뿌리를 뻗을 수 있는 식물이라고 생각하고 있는 것 같다."는 비판도 있었다.

매콜리의 반대는 유명하다. 그는 다음과 같은 우아한 표현을 썼다.

"오웬은 춤추고 있는 사람들을 마음껏 춤출 수 없게 만드는 멋없는 친구다."

아무튼 이러한 반대자들 때문으로도 오웬이란 공장주는 국제적으로 유명하게 되었다. 많은 나라의 국왕들과 교회가 그의 거주지인 뉴라나크에 사람을 보냈다. 복지제도에 관한 관심 때문도 있었지만 그 제도의 결점을 찾기 위한 목적도 있었다. 외교관·은행원·소설가들도 호기심에 이끌려 그곳을 찾았다. 공감을 가진 사람들도 많았다. 그 가운데 가장 열렬한 인물은 듀크 공작이었다.

오웬이 『인간사회의 신해석, 또는 성격형성에 관한 시론時論』이란 책을 출판한 것은 나폴레옹이 라이프치히 근교의 전투에서 패배하여 엘바섬에 유배되었던 해이다. 그는 그 저서에서 세 가지 이념을 강조했다.

1. 종래의 방법으로썬 인류의 전진이 불가능하다.

2. 사회는 최선의 경우에라도 이기주의자들의 계약일 수밖에 없다는 상황과는 전혀 다른 상황으로 만들어질 수 있다.

3. 인간 문화의 유일한 목표는 행복에 있고, 이 행복에 도달할 수 있다.

오웬은 갖가지 수단을 동원해서 자기의 사상을 보급시키려고 애썼다.

1816년 1월 1일, '성격형성을 위한 연구소'의 개설 축하회에서 한 연설 가운덴 다음과 같은 구절이 있다.

"어떤 사람의 어떤 이념이 천년왕국이란 개념과 결부되어 있는지 나는 모릅니다. 그러나 나는 알고 있습니다. 범죄와 빈곤이 없는 사회를 만들 수 있다는 것을. 그 사회에선 인간의 건강이 본질적으로 향상되고 고민은 최소한도로 줄어들 것이며 이성과 행복은 몇 배 높아질 것입니다."

이 말의 배후에 있는 것은 일시적인 도취가 아니고 그의 생애를 일관한 성실이었다는 것은 의심할 여지가 없다.

드디어 그는 인류의 행복을 위해서 세계 어느 곳에서도 있어본 적이 없는 장대한 실험에 착수했다.

1817년 어느 여름날 오웬은 가족을 버리고 여행길에 올랐다. 그는 다음과 같이 외쳤다.

"인간은 종교 때문에 약하고 어리석은 동물이 되어버렸다. 맹신의 도徒가 아니면 아니꼬운 위선자로 타락했다. 나, 오웬은 이러한 불행을 추방할 것이다. 만일 내가 만의 생명을 가졌다고 치고 그 하나하나가 고난에 벅찬 죽음을 맞이할망정, 나는 내 생명을 바칠 것이다. 우리 슬픈 인간들을, 수억의 인간의 각 세대에 걸쳐 희생하고 짓밟음으로써 살찐 저 사신邪神을 멸망시키기 위해서."

그리고 그는 행복한 사회를 건설하기 위한 실험실을 미국으로 옮겼다.

1825년 2월 25일, 오웬은 합중국 대통령 존 퀸시 애덤스를 비롯한 장관들, 국회의원들을 초청한 자리에서 자기가 어떤 의도로 미국 땅을 밟았는가를 설명했다.

"나는 아직껏 존재해본 적이 없는 평화와 인간 연대의 나라를 만들기 위해 이 땅에 온 것입니다."

그의 나라는 인디애나 주 오하이오 강의 지류 워배시 천의 유역에 건설될 것이었다. 그는 모든 나라의 가장 근면하고 재능이 풍부한 사람들의 참가를 호소했다. 그 땅의 이름을 '뉴하모니'라고 지었다.

당장 비관적 반응이 있었다.

"도대체 어떤 놈들이 그런 곳에 갈 것인가. 혼자 노력해도 무한한 가능이 있는 이 나라에서 말이다."

"게으름뱅이나 가겠지."

그런데도 최초의 수개월 동안에 약 천 명가량의 사람들이 모여들었다. 1825년 4월 27일 뉴하모니 창설 기념석상에서 오웬은 이렇게 말했다.

"나는 행복한 인류를 창조하기 위해 이곳에 왔다. 나는 무지와 의식적 아욕의 시스템을 지知와 연대의 시스템으로 바꿀 작정이다. 나는 많은 이해관계를 하나의 이해로 집약하여 개인간의 대립을 있게 하는 모든 원인을 제거할 것이다."

그러나 그의 뜻대로 되진 않았다. 행복의 땅은 광기의 땅으로 되어버렸다. 한마디로 말해 이상과 현실과의 사이는 너무나 멀었다.

뉴하모니에 분열이 생겼다. 열 개 이상의 당파가 생겼다. 평등하고자하는 사상이 개인주의·분리주의·고립주의의 양상을 띠게 되었다. 평등은 불평등에 굴복했다.

1828년 5월 오웬은 결별연설을 했다. '뉴하모니'는 와해하고 그의 실험은 실패했다. 오웬은 이 실험으로 인해 거의 전 재산을 잃었다. 그래도 오웬은 그의 신념을 포기하지 않았다. 그는 1857년 팔십육 세로 생을 끝냈는데 마지막까지 행복한 사회는 가능하다고 믿고 있었다.

긴 얘기가 끝나자 임선희가 물었다.

"그래서 그가 남긴 교훈은 뭔가요?"

"행복한 사회는 불가능하다는 교훈인지 모르지."

"그럼 우리 얘기나 해요."

"우리 얘기?"

"그럼요. 우리 얘기."

임선희의 눈이 이글이글 타고 있었다.

"우리 얘긴 안 하는 게 좋을지 몰라."

나는 힘없이 말했다.

"왜?"

"해결할 방도가 없어."

"해결이 무슨 필요 있어요. 가끔 이렇게 당신 옆에 있을 수 있으면 그만인걸."

"언제라도 이 꼴로 끌고 갈 순 없잖아."

"갈 데까지 가보는 거지 뭐."

"지금이 갈 데까지 간 것 아닐까?"

"신문사에 있는 여자가 협박하기 때문?"

"아냐. 그 여자의 양해도 얻었어."

"어떻게."

나는 안민숙이 한 말을 간추려 전했다.

"그 여자 꽤나 영리하네요."

"영리하건 말건 선희 씨가 그 여자를 죽이지 않아도 된 것만은 다행한 일이다."

"아무튼 문제의 하나는 해결된 셈 아냐? 나, 앞으로도 이 아파트에 올 수 있는 거지?"

임선희의 이 말에 나는 아파트를 처분해야겠다는 생각을 했다. 확실히 그것이 하나의 해결이 될 것이었다. 그러나 입 밖에 낼 순 없었다.

"와도 좋지만." 하고 내가 망설였다.

"와도 좋지만 어떻다는 거예요"

"아내를 배신하고 있는 것 같아서 마음이 괴로워."

임선희의 몸이 꿈틀하는 것 같았다.

눈이 짐승의 눈처럼 되었다.

"결국 내가 방해물이다, 이거유?"

나는 잠자코 있을 수 밖에 없었다.

"내게 싫증이 났다, 이거유?"

"싫증이나 났으면 되레 좋겠다."

나의 이 말은 진정이었다. 임선희에게 싫증을 느끼기라도 한다면 취할 방법이 나서게 될 것이었다.

임선희는 고개를 떨구었다. 그 모습이 너무 처량했다.

방바닥에 눈물방울이 떨어지고 있었다.

나는 약해지려는 마음을 가다듬었다.

"장래에 아무런 희망도 없는 우리의 관계를 그냥 유지해나간다는 것은 피차를 위해 자멸의 구덩이를 파는 결과밖엔 될 것이 없지 않소."

"그래 나더러 죽으란 말인가요?"

임선희의 표정이 매섭게 이지러졌다.

"왜 자꾸만 극한적으로 나가려고 하지?"

"내가 갈 길은 그 길밖에 없으니까요."

"잘 생각해봐. 일시적인 흥분을 가라앉히고 한번 생각해봐요." 임선희는 다시 고개를 떨구었다.

"선희 씬 예뻐. 마음을 가다듬고 한 일 년만 지내봐. 가슴속의 상처도 말쑥이 나을 거요. 그때 가서 인생을 다시 시작해보는 거요. 혹시 결혼 상대자가 나타날지 모르잖아?"

"양갈보 노릇을 한 년에게……." 하다가 임선희는 말을 삼켰다.

"선희 씬 좋은 여자요. 세상엔 과거를 묻지 않는 사람이란 것도 있을 것 아뇨."

"당신이 날 싫어한다면 난 끝장이에요."

"난 선희 씰 싫어하지 않아, 좋아해. 그러나 좋아하는 것만으로 세상을 살 순 없어. 때에 따라선 단념도 해야 하고 참고 견디기도 해야 하는 거요. 입을 악물고 버티기도 해야 하는 거구. 어떻게 세상을 자기 기분만으로 살아갈 수 있겠소. 눈물을 흘리며 돌아서야 하는 경우도 있는 겁니다. 사랑하면서도 이별해야 하는 경우도 있는 겁니다."

"듣기 싫어요, 그런 말." 임선희가 몸을 떨었다.

"듣기 싫은 말도 들어야 하는 거요. 우리는 이대로 계속할 순 없소. 나와 같이 있어보았자 좋은 일이 있을 까닭이 없소. 나의 장래엔 가난이 있을 뿐이오. 이렇게 원고의 칸을 메워 간신히 살아가는 삶이 있을 뿐이오. 그리고 현재는 아내의 등에 업혀사는 기생충과 같은 존재요. 아내가 이런 우리의 사정을 알면……아니 알지 못한다고 해도 나는 지금 큰 죄를 짓고 있는 것이오. 당신에게도 죄를 짓고 있구요. 엄격하게 말하면 나는 두 여인을 모독하고 있는 거나 다름이 없소. 나는 뻔뻔스러운 사람야. 어떻게 이처럼 뻔뻔스러울 수가 있을까."

"결국 날 다시 보지 않겠다는 말씀 아녜요?"

임선희가 고개를 번쩍 들고 나를 쏘아봤다. 나는 다시 약해지는 마음을 가다듬어야 했다.

"지금 최상의 길은 그 길밖에 없잖을까?"

"내가 죽어도 좋다는 거죠?"

"난 그런 말 하지 않았어."

"그러나 결과는 그렇게 될 수밖에 없는걸요."

이렇게 얘기는 다시 원점으로 돌아가고 말았다.

나는 한숨을 쉬고 일어서서 테이블 앞 의자에 가서 앉았다. 그리고 커튼도 젖혔다. 유리창 너머로 관악이 보였다. 시선을 책으로 옮겼다. 로버트 오웬이란 단어가 눈을 자극했다.

'오웬이 나와 같은 처지에 놓였으면 어떻게 할까?'

이상과 정열과 신념의 사나이 로버트 오웬은 애당초 이런 비겁한 늪 속에 빠져들 까닭이 없을 것이었다.

등 뒤의 동정으로 임선희가 바깥으로 나갔다는 것을 알았다. 화장실 문이 열리는 소리, 이어 목욕탕 물을 트는 소리가 들렸다.

'목욕을 할 모양이로군.'

얼마 안 있어 임선희는 알몸으로 나타날 것이다 싶으니 가슴이 설렜다.

"도루아미타불." 나는 나직이 중얼거리고 기계적으로 펜을 들었다. 마르쿠제의 글을 다음과 같이 옮겼다.

—행복의 실험은 끝났다. 그런데 실패로 끝난 실험에 관해선 다음과 같은 단정을 해볼 수가 있다. 실험에 의해 증명하려고 했던 주장이 틀린 것이 아니었던가. 또는 실험하는 방식이 틀린 것이 아니었던가. 그러나 실험은 아무것도 말하지 않는다. 한편 이렇게 말하는 자가 있다. 플라톤이 좌절하고 오웬이 좌절한 사실로써 밝혀진 것처럼, 요컨대 사람은 본질적으로 '행복한 사회'를 이룰 수가 없는 것이라고. 다른 사람은 이렇게 말한다. 플라톤이나 오웬, 그리고 그 이후의 사람들이 실패한 것은 그들의 실험이 졸렬한 탓이다. 인간의 본성 때문이 아니다. 행복한 사회의 건설이 몇 차례나 실패했다고 해서 조급하게 비관적인 결론을 내려선 안 된다…… 아무튼 오웬은 행복에의 하나의 길을 추구

한 순진한 사도였던 것만은 확실하다. 그러나 그 길은 통행불능의 길이었다. 아무리 훌륭한 원칙이라도 그 원칙에 고집한 낙원은 사람에게 행복을 주기는커녕 불행을 줄 뿐이란 중대한 경험, 중대한 교훈을 오웬은 남긴 것이다…….

나는 여기까지 써놓고 담배에 불을 붙였다. 원칙이란 문제를 생각해 볼 필요를 느껴서였다.

세상을 살려면 원칙이 없어서도 안 되고, 원칙에 사로잡혀서도 안 된다는 말을 어디선가 읽은 적이 있다. 원칙이 없으면 아나키한 상태가 된다는 뜻이고 원칙에 사로잡히면 감옥이 된다는 뜻이었는데, 사회과학의 난점은 바로 이런 사정에 있을 것이었다. 그리고 거기서 문학의 존재 이유가 생기게 되는 것이 아닐까. 문학은 일반론을 거부하는 데서 비롯된다. 일반론의 거부란 원칙론의 거부이다. 그러나 원칙을 거부하려면 강력한 또 하나의 논거가 있어야 한다. 그 논거가 뭘까.

'생명!'이란 상념이 떠올랐다.

생명, 그러나 광범위한 문제이다. 심각한 문제이다.

임선희는 두말 끝에 죽음을 들먹인다. 그런데 그녀의 말에 실감이 있는 것은 전례가 있기 때문이다.

내가 아파트를 처리하고 다신 그녀와 만나지 않는다고 할 때, 임선희는 과연 죽을 것인가. 죽지 않을지도 모른다. 죽을지도 모른다. 만일 그녀가 죽었다고 할 때 나는 살인자가 되는 것일까, 책임이 없는 것으로 되는 것일까. 그러나 나는 알고 있다. 그녀의 죽음은 평생 동안 내 마음의 부담이 될 것이라는 것을. 사람이 이 세상에 나서 자기 때문에 누구의 생명을 건져주진 못할망정 자기 때문에 누군가의 생명을 잃게 했다면 그것이야말로 중대한 문제가 아닌가.

임선희가 죽는다면 나만이 그 원인이 될 수는 없을 것이다. 내가 모를 때 그녀가 밟아온 도정 전체가 원인으로 될 것은 분명하다. 그러나 투신 직전에 공교롭게도 그 자리에 있었던 사람이 손 한번 뻗으면 충분히 구할 수가 있었는데도 그 얼마 되지 않는 노력을 게을리했기 때문에 그 여자를 살리지 못했다면 결국 살인자가 되는 것이 아닐까. 백 가지 자살할 이유가 있었다고 해도 마지막 순간 그 자살을 막았다고 하면 백 가지 이유는 자살의 원인으로선 소멸되고 만다. 그렇다면 자살의 원인은 마지막 순간 그 옆에 있었던 사람의 무위無爲 하나로 집중될밖에 없다.

그런 뜻에서 나는 임선희의 포로가 된 셈이다. 이러한 포로의 상황에서 벗어나려면 나는 어떻게 해야 되는 것일까. 임선희에게 충격을 주지 않고 떠나려면 어떤 수단이 필요할 것인가.

조급하게 서둘지 말 일이다, 하는 결론이 수월하게 나왔다. 이것은 결국 나의 의지와 관능과의 타협이었다. 그랬는데 사태는 엉뚱하게 진전했다.

"날 안아줘요."

선희의 말이 등 뒤에서 있었다.

돌아보았다. 알몸으로 선희가 서 있었다. 대리석으로 깎아놓은 것 같은 여신과 같은 나상!

하나의 남자를 죽이고, 하나의 남자를 파멸시킨 운명의 여체라는 상념이 뇌리를 스쳤다.

"안아줘요, 암말 말구." 선희는 눈을 감고 팔을 내게로 뻗어왔다.

나는 그녀를 안아들고 이웃방 침실로 갔다. 다음은 음남음녀의 시간이다.

"당신 아내 얘기해줘요."

도취에서 깨어난 후의 첫마디였다.

"쑥스럽게 그런 얘긴 왜."

하고 나는 그 화제를 피하려고 했다.

"아녜요. 알고 싶어요."

"……."

"내가 알아야 해요."

"……."

"하기 싫어도 하셔야 해요." 눈을 감은 채 가슴에 파고들며 임선희의 재촉이었다.

"내 아내는 착한 여자야."

"구체적으로 말해봐요."

하는 수 없이 나는 어제 있었던 일을 얘기했다. 외박한 이유를 묻지 않더란 얘기, 목욕탕엘 갔다 오라면서 세수도구를 챙겨주더란 얘기, 변명을 하려고 했더니 서툰 거짓말 들으면 제 기분 나쁠 거고, 당신 괴로울 거구, 군자도 평생에 한 번쯤은 무단 외박할 수가 있다는 걸로 쳐두자고 하더란 얘기.

그러자 선희가 벌떡 일어났다. 그리고 나를 한참 응시하고 있더니 침대에서 빠져나가 옷을 챙겨 입기 시작했다. 이윽고 나와 선희는 홀로 나가 응접대를 사이에 놓고 앉았다.

"선생님." 하는 선희의 말에 내가 고개를 들었다.

"저 결심했어요."

"뭣을."

"선생님을 만나지 않기로요."

"……."

"그러나 걱정하지 마세요."

"……."

"저 죽지 않을 테니까요."

"……."

"절대로 죽지 않아요." 임선희는 힘을 주어 말했다.

나는 얼떨떨할 뿐이었다.

"세상에 그런 여자가 있다는 건……. 질투가 나서도 죽지 않을래요. 질투가 나서도 선생님관 만나지 않을래요."

마지막은 울음이 되어버렸다.

적당한 말이 없을까 하고 찾았지만 이런 당돌한 시간을 예상할 수가 없었기 때문인지 생각나질 않았다.

"전 결심했어요." 하고 선희는 아까 한 말을 다시 되풀이했다. 나는 정말 임선희와 만날 수 없게 되면 쓸쓸할 것이라고 생각했다. 그 생각이 말이 되었다.

"섭섭하군."

"선생님이 바란 대로 된 게 아녜요?"

"그렇지도 않아."

나는 약해지려는 마음을 이 정도의 말로 얼버무렸다.

"얼마 전부터 생각한 일예요. 전 다시 밤거리로 나갈까 해요."

"그건 안 돼."

"죽는 것보다야 낫지 않겠어요? 선생님을 잃고 난 어떻게 살아요."

"이불공장의 일을 충실히 하면?"

"그런 마음을 안 가져본 건 아니지만 그것도 선생님이 있고야 가능한 일예요."

"아무튼 밤거리에 나가는 것만은 말았으면 하는데."

"밤거리에 나간다고 해서 당장 어떻다는 건 아닙니다. 저 아는 사람이 '와일드 캣'이란 살롱을 하고 있어요. 그곳에 호스티스로 나갈래요. 처음 권고를 받았을 땐 거절했지만 지금 와서 생각하니 그렇게 하는 것이 상책인 것 같군요. 이 사람, 저 사람 만나 술을 마시고 허튼소리나 하고 있으면 선생님을 잊게 될지도 모르구요."

나는 임선희가 자기를 붙들어달라는 말인 줄을 알았는데 그게 아니라는 것을 다음의 말로써 알았다.

"그렇게 착한 부인을 배신한다는 건 무서운 일예요. 그걸 알면서도 선생님을 붙들고 있다는 건 더욱 무서운 일예요. 내 하나의 기분 때문에 여러 사람을 불행하게 만들 순 없잖아요? 그래서 결심한 거예요."

"……"

"목욕탕에서 반쯤 그런 생각이 된 것인데 선생님으로부터 부인 얘기를 듣고 확실히 결심했어요."

"선희 씬 착한 여자다."

"그런 칭찬 듣고 싶지 않아요."

"칭찬이 아니라 사실인걸."

선희는 탁상의 담배를 집어 불을 붙였다. 여태까진 없었던 버릇이었다.

"담배 피우는 연습도 해야죠." 했으나 기침과 함께 담배를 비벼 껐다. 그리고 물었다.

"앞으로 절 보고 싶을 때가 있을까요?"

"보고 싶을 때가 있겠지."

"그땐 어떻게 하시죠?"

"그 와일드 캣이란 델 찾아가볼까?"

"안 돼요."

"왜?"

"피차 견뎌야 하니까요."

"……."

"다시 불이 붙는 날이면 전 헤어나지 못할 것 같애요."

"……."

"지금의 결심이 무너지지 않길 빌어야 해요."

"헌데 꼭 와일드 캣 같은 데 나가야 하는 걸까?"

"누가 나가고 싶어 나가려고 하는가요?"

"마음을 고쳐먹을 수도 있잖아."

"이제 끝장이 난 거예요."

선희는 돌연 울음을 터뜨렸다.

그녀의 어깨를 안아주려는 충동을 가까스로 참았다. 나는 그 순간을 위기라고 느꼈다. 위기를 넘겨야 하는 것이었다. 창밖을 보았다. 밀집된 빌딩의 지붕 위로 허허한 하늘이 있었다.

'애당초 이런 만남은 있어선 안 될 것이었다. 책임을 다할 수 없는 정열만으로 된 만남은 비극을 낳게 마련이다. 나는 이 고통을 참아야 한다.'고 버텼다.

그런데 그 다음 순간 임선희가 다른 남자의 품안에 안기게 될 것이란 상상이 번뜩하자 나는 안절부절 불안했다. 어떻게 하건 선희를 붙들어두고 싶은 욕망이 갈증처럼 일었다.

"가겠어요." 하는 소리에 정신을 차렸다.

선희는 눈물을 닦고 있었다.

"그동안 고마웠어요." 하고 선희가 일어섰다.

"생명의 은인으로서 기억하겠어요." 하는 말이 잇달았다. 나는 소파에서 일어설 수가 없었다.

선희가 다가오더니 팔을 내 목에 걸었다.

"마지막 키스." 하고 입술을 포개왔다.

우린 긴 키스를 했다. 와락 몸을 일으킨 것은 선희다.

"부인께 내 몫을 합쳐 사과하세요." 선희는 외치듯 이렇게 말하곤 몸을 날려 현관으로 갔다. 신을 신는 동작이 분주했다.

문을 열며 돌아보지 않고 말했다.

"걱정 마세요, 죽진 않을 테니까요."

이윽고 문이 닫혔다.

나는 그 닫힌 문을 응시하고 있었다. 발자국 소리는 멀어져가고 그리고 사라졌다.

나는 숨을 죽이고 문을 지켜보고만 있었다. 선희가 되돌아올 것만 같았다. 아니, 되돌아오길 바랐다. 이처럼 허무한 이별이 있을 수 있겠는가 하는 절박한 슬픔이 치밀어올랐다. 만일 선희가 되돌아오기만 하면 지금 당장 지옥의 문이 열릴망정 당신을 놓치지 않을 것이라고 통곡을 섞어 호소라도 할 참이었다.

그런데 임선희는 돌아오지 않았다.

너의 아름다움은 오만의 치장일 뿐이다.
언젠가는 재가 된다_ 시몬 베이유

임선희는 돌아오지 않았다.

뭔가 예감은 있었지만 그 이튿날은 평정하게 작업에 몰두할 수 있었다. 마르쿠제의 『행복의 철학』은 바야흐로 톨스토이의 밀림 속을 헤매며 향목과 향초를 채집하기 시작하고 있었던 것이다.

마르쿠제의 도움이 없어도 나는 톨스토이의 생애를 대강은 안다. 그의 『전쟁과 평화』, 『안나 카레리나』, 그밖에도 많은 저서를 읽고, 나름대로의 감동과 반발을 체험하기도 했다. 그런 까닭에 나는 마르쿠제가 톨스토이의 밀림 속에 있는 무엇을 향목이라고 하고, 무엇을 향초라고 하는가에 관심을 갖기로 했다.

내 짧고 얕은 소견으로선 톨스토이는 소설가의 교사는 될 수가 있어도 인생의 교사일 순 없다고 되어 있었다. 왜냐, 그의 고민은 하나같이 사치로만 보였기 때문이다. 빚쟁이에 쪼들려 불기 하나 없는 방에서 사생결단으로 원고를 쓰고 있던 도스토예프스키에 비할 때 톨스토이의 고민은 너무나 고상한 것이 된다. 너무나 고상한 고민! 그것은 톨스토이와 같은 대재大才와 성실이 없었더라면 자칫 위선이 될 뻔도 한 고민인 것이다.

마르쿠제도 이런 사정을 알고 있었던 모양으로 그의 서론은 소피스 티케이트했다. 내 마음에 들었다.

그런 때문에 삼 일째도 사 일째도 별다른 잡념 없이 무난하게 작업을 시키며 다음과 같은 대목을 더욱 흥미 있게 읽었다.

—톨스토이는 인생에 어떻게 대처하는가에 따라 인간을 네 가지 종류로 나눴다. 하나의 종류는, 무지 몽매하게 반성반면半醒半眼의 상태로 평생을 보내버리는 족속이다. 다음 종류는 천 년 이래 나쁜 뜻으로 쓰여오던 에피큐리언들, 즉 향락주의자들을 말한다. 그는 러시아의 귀족 자제들을 이 종류에 넣었다. 그들은 아무런 부자유도 없는 호화스러운 생활을 보낸다. 실컷 먹고 마시고 여자와 놀아나며, 오만불손하게 지내다가 드디어 죽어버린다. 그 다음의 종류는, 이 세상의 가치를 모조리 부정하고 석가처럼 처신하는 신성한 현자들이고, 네 번째 종류는 약하고 불행한 대중과 더불어 살며 그들의 도움이 되고 빛이 되는 사람들이다. 톨스토이는 이 네 번째 종류에 속하는 사람들이야말로 행복한 일생을 보낼 수 있다고 생각했다. 그런데 그는 사십 년 동안 백작 각하로서의 특권적 생활을 계속했다. 그는 '백작'이란 칭호를 사용하진 않았지만 포기하진 않았다. 그는 그가 소유하는 재산을 내던지려고 마음은 먹었으나 그렇게 하지 못했다. 그는 자기의 저작권을 해제하려고 했으나 그것도 하질 못했다. 가정이 방해가 되었던 것이다…….

그런데 닷새째가 되었을 때 나는 오늘쯤 임선희로부터 전화가 있지 않을까 하고 기대했다. 그 기대 때문에 작업의 진도가 얼마간 정체되었다.

엿새째엔 번역하는 펜을 놓고 읽기만 했다. 전화를 기다리는 심정으로는 펜을 들 수가 없었기 때문이다. 그러나 다음과 같은 대목을 읽을 때는 임선희의 존재를 잊었다.

─1881년 5월 5일. 오십삼 세의 톨스토이는 일기에 썼다. '가정이란 육肉이다.' 가정은 사람을 고독에서 구출하는 장소가 아니다. 가정은 야성적이며 생명력이 강한 맹수와 같은 자아가 사는 곳이다. 가정은 욕망을 해소시키는 곳이 아니고 그 집적의 장소이다. 가정은 그를 해방하지 않고 보다 많은 것을 요구하는 에고이즘의 우리 속에 그를 가두어버렸다. 그의 행복한 가정은 단순히 불행한 가정으로 변했을 뿐만 아니라 가정의 본질에 대한 결정적인 실망을 초래했다. 그는 가정이 육일 뿐, 천국에 이르는 수레가 아니라고 단정하고 가정을 저주하게 되었다. 그러나 가정은 그를 '무력한 그리스도'라고 보고 그를 원망했다. 톨스토이가 육십칠 세가 되던 해 결혼 후 삼십삼 년째인 1895년 톨스토이 부인은 자기의 일기에 쓰고 있다. '인간을 행복하게 하기 위한 남편의 설교는 하나같이 우리들의 생활을 번거롭게 할 뿐이다. 남편의 채식주의 때문에 우리 집에선 동시에 두 사람의 쿡과 두 종류의 요리를 필요로 했다. 이 때문에 지출이 많아지고 사용인에 대한 심적 부담도 가중되었다.' 톨스토이는 저택과 부인과 자식들을 포기하진 않았다. 그러나 이건 그의 신념에 위배하는 것이었다…….

　드디어 일주일째 되는 날 나는 영동의 아파트에서 아무 일도 손에 잡지 않은 채 하루 종일 서성거렸다. 골마루의 발자국 소리에 귀를 기울이고, 변소에 갈 땐 전화벨 소리를 놓치지 않게끔 도어를 열어놓는 등 신경을 썼다.
　오후 다섯 시가 가까워서야 나는 임선희로부터의 전화를 단념했다. 창밖에 허허한 하늘이 있고, 관악산의 모습이 거만스럽게 보였다. 즐비하게 주변에 들어서 있는 아파트의 창틈마다가 비누방울의 알알을 연상케 했다. 그렇게 보면 거대한 아파트들이 모두 풍선에 불과한 것이었다. 바늘 끝의 자극만으로도 무참하게 터져버릴 풍선, 풍선, 풍선…….

나는 마음을 가라앉힐 필요를 느꼈다.

'내게 있어서 임선희란 무엇인가.'를 생각해보기로 했다.

임선희는 창녀이다.

임선희는 이른바 양갈보이다. 혹시 수십 명, 아니 십수 명의 미군병사, 그 가운덴 백인도 있었을 것이고 흑인도 있었을 것인데, 그 군상들의 노리개가 되어 몸과 마음이 오염될 대로 오염된 시궁창과 같은 갈보이다.

임선희는 자기 때문에 전도유망했을지 모르는 청년을 죽인 독소이다. 그리고 그녀로 인해 미국 청년 하나가 지금 감옥생활을 하고 있다. 이를테면 임선희는 팔자가 사나운 여자이다. 그녀는 가는 곳마다에 독소를 살포하고, 앉는 곳마다에 병균을 옮기고, 접촉하는 사람마다 오염케 한다.

철저하게 부정적인 여자. 그녀의 사고방식엔 자멸에의 경사밖엔 없다. 그녀의 행동엔 곤충적인 반사작용밖엔 없다. 보다 잘살아보겠다는 의지, 부지런히 생을 건설해야겠다는 의지, 보다 착하게 몸과 마음을 가꾸어보겠다는 의지, 스스로의 생명에 의미를 부여해야겠다는 의지, 요컨대 생산적이고 적극적인 점이 전연 없는 그야말로 철저하도록 부정적인 여자.

그런 까닭에 나는 한사코 그 여자에게서 멀어지려고 했던 것이 아닌가. 그렇게 행동했던 것이 아닌가. 그러지 않고 무엇 때문에 우이동 산골에까지 갔을까. 이러한 나의 일련의 사고와 행동으로 비춰볼 때 임선희가 떠났다는 사실은 천만 다행한 일이 아닐 수 없는 것이다.

'그런데 나는 왜 이처럼 허전한 것일까.'

내가 만일 이성적 존재라면, 마이너스 면만으로 구성되어 있는 임선희가 내 주변에서 없어졌다고 해서 이처럼 허전할 까닭이 없는 것이다.

노리개를 잃어버린 어린애의 실망, 귀여워하던 개가 죽었을 때의 슬픔을 상기하면 내 기분이나 감정을 납득하지 못할 바 아니지만, 그렇더라도 내가 느끼고 있는 허탈감은 도가 지나치다는 이성의 말이 있었다. 그러나 나는 이성을 사용하지 않는다. 사람은 이성으로썬 자기가 애착하고 있는 그 무엇을 단념하지 못한다. 객관적인 사정, 감정적인 비등이 있고 난 연후, 이성은 겨우 그 뒤처리를 할 뿐이다. 이를테면 일종의 합리화 작업을 하는 것이 이성이다.

'임마누엘 칸트가 이성의 명령에 의해 평생을 독신생활로 지냈을까.'

'아이작 뉴턴이 이십 년 걸려 만든 논문을 고양이가 불태워버렸을 때 그 고양이를 쓰다듬고 눈물지으며 용서한 것은 이성의 힘이었을까?'

절대적인 객관적 사정에 굴복하는 것은 이성이겠지만, 객관적 사정이 강요하기 전에 미리 항복하는 이성이란 것은 있을 수 없는 것이 아닐까.

나는 러시아워가 시작된 거리로 나와 버스를 타고 이태원 근처에서 내렸다. 혹시 와일드 캣이란 집을 발견할 수 있을지 모른다는 짐작에서였다.

임선희가 신세지고 있다던 이불공장의 전화번호를 알아놓지 않았다는 것은 실수였다. '와일드 캣'이 있는 지점을 챙겨놓을 생각이 없었다는 것도 실수였다.

이런 생각 저런 생각하며 걷고 있는데 '알라스카'란 간판이 눈에 띄었다.

'아아, 알라스카.' 하고 나는 잠깐 멈춰 섰다.

바로 그 알라스카에서 푸대접을 받았다. 푸대접이라고 하기보다 거절을 당했다. 한 잔의 차를 주문했는데도 나가달라는 싸늘한 말을 받았다. 내 땅에 우리 사람이 경영하는 집에서 우리 사람으로부터 받은 거절에 나는 역정을 냈었다. 그리하여 싸움이 되었다. 그때의 그 싸움으로 해서 김소향을 알게 되었고, 그녀로 하여금 '길남 김 서 잭슨'이란 이름을 낳게 하고, 그것을 인연으로 영동의 아파트를 차지하게 되었고, 임선희의 내음이라도 맡으려고 사냥개의 꼴이 되어 있는 것이다. 이를 테면 나는 '임선희 드라마'의 원점에 돌아와 있는 셈이었다.

그러나 나는 '알라스카'의 도어를 들어설 의사는 없었다. 흑인 병사와 한국 아가씨가 그 도어에서 나오는 것을 계기로 나는 걸음을 다시 시작했다.

조금 걸으니 '해밀턴'이란 호텔이 나타났다.

'해밀턴? 제퍼슨의 라이벌이었던 그 해밀턴인가?' 했지만 상념은 그 이상으로 번지지 않았다. 나는 거리의 이편 저편을 보며 천천히 걸었다.

한남동 어귀에까지 나와버렸지만 '와일드 캣'의 간판은 찾아내지 못했다.

장충단 고개를 넘었다.

체육관 전면엔 무슨 농구대회의 현수막이 큼직하게 걸려 있었다. 코트 이쪽 저쪽에 밑이 빠진 광주리 모양의 것을 달아놓고 거기에 볼을 많이 통과시키면 이기게 되어 있는 이상스러운 스포츠. 공자님의 제자들로서 엄두도 내지 못할 그 스포츠는 분명히 서양으로부터 들어온 것이다. 그것이 어느덧 우리의 스포츠가 되고, 많은 관람객을 그 거대한 체육관 가득히 불러 모을 수 있다는 사실, 단순한 그 사실이 신기하기 짝이 없다고 느껴졌을 때 나는 고독을 느꼈다.

비좁은 골목으로 들어섰다. 늘어선 술집 가운데에서도 가장 초라해 뵈는 가게를 골라 들어서며 언젠가 분수가 있는 그 근처에서 어느 노인으로부터 형무소를 갓 나온 사람으로 오인을 받은 적이 있다는 기억을 찾아냈다.

그때 내가 얻은 아이디어의 하나는,

'도시의 하늘은 무지개를 거부한 지 오래인데 분수는 낙하의 사상으로 빛난다.'는 것이었다.

들머리의 자리에 아무렇게나 앉아 소주 한 병을 청했다. 안주는 뭣이건 빨리 되는 것이면 좋다고 했다. 가게의 주인은 여자였다. 늙기도 전에 이미 늙어버린 것 같은, 아니 나면서부터 노녀로서 태어난 것 같은, 그러면서도 목덜미만은 싱싱한, 연령을 도저히 분간할 수 없는 여자였다.

듬성듬성 썬 오징어 한 쟁반을 곁들여 소주 한 병이 나왔다. 그제야 그것을 보며, 나는 아무런 목적도 없이 혼자 술집에 들어와 앉은 것은 내 삼십 평생에 처음 있는 일이란 걸 깨달았다. 이것이 내 인생에 있어서 하나의 에폭이 될지 모른다는 감상이 살큼 나를 슬프게 했다.

'사랑하면서도 헤어져야 하는 운명이란 것도 있는 것이다.' 하고 나는 한 잔을 마셨다.

'애착이 있대서 모두를 붙들어두기엔 인생이란 너무나 좁은 것이다.' 하고 나는 또 한 잔을 비웠다.

'의지가 필요하다는 것은 잡초를 제거하고 주된 나무를 잘 가꾸기 위해서다.' 하고 나는 또 한 잔을 마셨다.

'그 여자에게 애착할 무엇이 있단 말인가.' 하고 또 한 잔을 마셨고, '일부일처제라고 하는 것이 범연히 생겨난 제도가 아니지 않는가.' 하고 또 한 잔을 마셨다.

'인생을 살기 위해선 의지가 필요하다. 이만한 문제를 감당하지 못하는 의지로썬 넌 인생의 패배자가 되어야 한다.'며 또 한 잔을 마셨을 때 두 홉들이 병은 바닥이 났다.

"술 한 병 더 주시오." 하는데 혀가 살큼 꼬부라지는 느낌이 들었다.

새 술병이 왔다. 나는 다시 시작했다.

'진정 임선희가 네 곁을 떠난 것이라면 넌 축복해야 하지, 슬퍼할 거리가 아니다.' 하고 나는 잔을 비웠다.

'그런데 왜 이렇게 허전한가 말이다.' 하고 연거푸 잔을 비웠다.

'그녀는 창부다, 양갈보다. 그러한 여자를 가까이 하는 것은 내 스스로를 더럽히는 일이다.' 하고 또 잔을 비웠는데 분홍을 섞은 상앗빛으로 마디마디에 탄력을 지니고 꿈틀거리는 임선희의 육체가 눈앞에 선하게 나타나자 나는 거푸 두 잔을 계속해서 마시곤 한숨을 지었다.

'그렇게 추한 넘이 그렇게 영롱한 옥 같은 육체를 지니고 있다니 될 말이기나 한가!'

그렇다면 나는 그녀에 대한 색욕에 사로잡혔단 말인가. 그렇지는 않을 것이라고 나는 단정했다. 그녀의 육체에 설혹 혹한 경우는 있더라도 사로잡히기까지야 했을라구 하는 상념이 전면에 나타났다.

'그렇다면 나는 그녀를 나도 모르게 진심으로 사랑하고 있었단 말인가.'고 다시 한 잔을 비우고 관철동 대폿집의 김소영과 헤어진 일막은 지극히 담담했다는 사정을 회상했다.

김소영의 육체가 임선희의 육체만 못했던 것이 아니다. 그녀도 창부이고 임선희도 창부라고 할 때 거기엔 우열이 있을 수 없을 것이었는데 김소영과는 담담하게 헤어질 수 있었던 내가 어째서 임선희와는 그렇게 될 수 없다는 것이 이상하고 불만스럽고, 보다도 슬펐다.

흡사 실연한 것과 같은 슬픔!

'인생에 실연이 없을 수 있느냐.' 하고 나는 다시 잔을 비웠고,

'실연의 상처는 세월이 치유한다더라.'며 잔을 비웠다.

실연, 실연, 하는 단어가 내 머리에 빙빙 돌았다. 돌연,

"이 근처에 공중전화가 있습니까?" 하고 일어섰다.

"바로 이웃 담배가게에 있어요." 하는 안주인의 대답이었다.

나는 책 보따리를 주인에게 보여놓고 바깥으로 나갔다. 다리가 약간 후들거렸다. 전화통에 돈을 집어넣고 기억 속에 있는 번호대로 다이얼을 돌렸다.

"누구세요."

소녀의 소리가 있었다.

"차성희 씨 계십니까?" 혀 꼬부라진 소리를 가까스로 고쳤다.

"누구신데요."

"신문사에 있는 친구라고 전해주세요."

"잠간 기다리세요. 물어볼게요."

얼마간의 사이를 두고,

"전화 바꿨습니다." 하는 차성희의 소리가 있었다.

나는 말할 수가 없었다. 그때서야 비로소 내가 차성희에게 전화를 했다는 사실의 인식과 왜 내가 이런 짓을 했는가의 반성을 동시에 했다.

"누구시죠?" 부드러운 음성이 되풀이되었다. 송수화기를 내려버렸어야 하는 것인데,

"납니다." 해버렸다.

차성희가 즉각 내 음성을 알아차렸다는 것을 나도 알아차렸다.

전선은 미묘한 침묵의 파장까지 전한다.

침묵이 있은 후 가라앉은 음성이,

"무슨 일이세요." 하고 물어왔다.

"그저."

나는 머뭇머뭇 말을 더듬었다.

"만나뵐 수 없을까 하구요. 그러나 부담 갖지 마시고……. 거절하셔도 좋습니다."

"무슨 말씀인지 전화로 하실 순 없을까요?"

"전화로 할 수 있는 일을 무엇 때문에 만나자고 하겠습니까. 싫으시면 좋습니다. 전화 끊겠습니다."

완전히 혀가 꼬부라진 말이 되어버렸다.

"술 취하셨군요?"

"그러나 한강에 빠져죽으러 갈 정도로 취하지는 않았습니다."

"거기 어디예요."

"여긴 장충단 근첩니다."

"어디서 만날까요?"

"분수 근처에 큰 양과자점 있잖습니까."

"삼십 분 내로 그리로 가겠어요."

차성희 편에서 전화를 끊었다.

다시 술집으로 돌아와서 생각했다. 왜 내가 차성희에게 전화를 했을까, 하고.

그 주된 동기는 '실연'이란 단어 때문인 것은 확실하다. 실연이란 단어가 떠오르자마자 차성희를 연상한 것은 차성희를 통해 실연의 감정을 맛보았다는 뜻이 되는 것 아닐까. 그러고 보니 나는 나 자신을 깨달지 못하는 형편에서 차성희와의 결별에 심각한 충격을 받은 것이 틀림 없었다. 미스터 뉴욕과의 일이 생각났다. 오죽했으면 그놈에게 폭행을 가했을까. 나, 서재필은 결단코 남의 공격을 받지 않고 폭행을 할 그런 사람이 아니지 않았던가.

그러나저러나 나는 큰일을 저질렀다는 기분으로 아찔했다. 술 때문에 감정과 의식이 범람한 시내처럼 격동하고 혼란하고 있었지만 공연한 짓을 했다는 뉘우침은 선명했다.

'다시 전화를 걸까.' 싶었을 때는 시간은 이미 늦어 있었다. 술의 힘을 빌린다는 것은 비겁한 노릇이지만 이 정도로썬 차성희를 만날 용기가 없을 것 같았다.

다시 술 한 병을 시켰다.

"청년, 술이 너무 과한 것 아뉴?" 연령을 분간할 수 없는 안주인의 말이었지만,

"내 걱정은 내가 할게요." 하고 술을 재촉했다.

'나는 무슨 까닭으로 차성희를 불렀을까.'

'아직도 차성희에게 미련이 있는 걸까. 천만에……. 그런 일은 절대로 없다.'

'그런데 왜.'

나는 연거푸 술을 들이켜면서 일문일답을 거듭했지만 답안은 나오지 않았다. 굳이 답안을 찾는다면 영영 임선희를 놓쳐버릴 것 같은 공포심과 허탈감을 카무플라주하기 위해 이미 졸업해서 미라가 되어버린 실연의 감정을 눈앞에 바라보고 싶은 이기주의적 · 독선적인 마음의 장난일지 몰랐다.

말은 어떻게 하나, 임선희란 여자 때문에 이런 주책을 저지르고 있다

는 생각은 결코 유쾌한 것이 못 된다.

그러나저러나 차성희를 만나서 뭐라고 말하지? 싶으니 가슴이 오싹 죄어들었다.

비어버린 소주병 세 개를 을씨년스럽게 바라보고 앉았다가 나는 셈을 치르고 바깥으로 나갔다.

비틀거리는 몸을 억지로 단정하게 꾸미며 나는 과자점을 향해 천천히 걸어 올라가는데 뒤에서,

"여보세요, 여보세요." 하며 뛰어오는 사람 소리가 있었다.

아까의 그 술집의 심부름하는 아이가 가등에 보자기를 치켜들어 보였다.

'아차, 큰일날 뻔했군.'

그 보자기엔 번역한 원고와 함께 마르쿠제의 원본이 들어 있는 것이다. 그것이 없어지는 일이라도 있으면 한 달 동안의 노력이 수포로 돌아가고 만다. 출판사에 대한 체면은 말이 아니고.

술을 마시는 사람이 몰락하기 쉬운 건 술로 인해 육체의 건강을 해치는 동시에, 중요한 일, 중요한 약속, 중요한 물건을 분실함으로써 도의적인 건강을 해치게 되는 때문이란 인식을 취중에서도 새삼스럽게 했다.

'요컨대 인간은 나처럼 이렇게 타락하는 것이다. 이 사람을 보라!'

밤 여덟 시가 가까워진 과자점 내에 그래도 젊은 아베크가 자리를 메우고 있었다. 밝은 전등인데도 그들의 표정은 평균화되어 추상적으로만 보였다. 이를테면 회색의 군중. 넉넉하게 잡아도 백 년 이내에 하나 남기지 않고 재가 되거나 썩어 없어지거나 해서 이 지상에 흔적도 남기지 않을 그런 군중들이다.

그 군중들 틈에 겨우 자리를 잡고 앉아 두리번거렸지만 차성희의 모

습을 찾을 순 없었다. 아직 와 있지 않다는 것을 확인한 후에 나는 도어 쪽으로 시선을 집중하기로 했다.

거리의 탓도 있었지만 젊은 여자라고 보면 차성희를 닮아 보이는 것이 이상했다. 나타나길 기다리면서 나타나주지 않기를 바라는 묘한 심적 모순으로 마음이 답답했다.

그렇게 한 시간이나 앉아 있었을까. 과자점의 자리가 비기 시작했다.

여덟아홉 명의 손님을 남길 정도로 되었다. 마지막 손님이 일어설 때 나도 따라 일어서리라 마음을 먹고 밀크를 한 잔 주문했다.

주문한 밀크가 내 탁자 위에 놓였을 때였다. 도어 쪽에 안민숙의 모습이 보였다. 아뿔싸 할 순간 그 뒤를 따르고 있는 여자가 차성희였다.

전등불 밑에서 보아도 안민숙은 직업여성으로서의 패기를 그 몸에 두르고 있었고 차성희는 요조숙녀의 분위기를 감고 있었다.

안민숙은 똑바로 걸어와서 내 앞에 앉았다. 차성희는 머뭇머뭇 자리에 무엇이 있지 않나 하고 살피는 동작으로 안민숙 옆에 앉았다. 나는 부신 눈으로 안민숙을 보면서도 안도의 한숨을 내쉬었다. 안민숙이 있으면 무난한 자리가 될 것이었다.

"술 많이 드셨군요."

안민숙이 인터뷰나 하듯 시작했다.

나는 겸연쩍스럽게 웃을 수밖엔 도리가 없었다. 안민숙이 말을 이었다.

"서 선생, 아니 서재필 씨, 난 연구하러 왔어요."

"연구?"

엉겁결에 물었다.

"하나의 인간이 어떻게 타락하는가 그 과정을 연구하러 왔단 말예요."

차성희가 안민숙의 팔꿈치 쪽을 건드리는 동작이 있었다.

"왜 이래요, 안 선생. 나는 아직 인사도 하지 못했지 않았소." 하고 나는,

"차성희 씨 오랜만입니다." 하며 손을 내밀었다.

"오랜만이에요." 하고 주저하면서도 차성희는 나의 악수에 응했다.

그러나 그건 너무 속절없는 의례일 뿐이었다.

"서재필 씨, 번번스럽다는 말 아세요." 하고 안민숙이 시니컬한 웃음을 띠었다.

"번번스럽다? 알 만하구먼. 뻔뻔스럽다고 하기엔 뭣하고, 뻔뻔스럽지 않다고 하기에도 뭣한, 그런 중간분자에게 쓰이는 형용사가 아닐까요?"

자꾸만 꼬부라지려는 혀를 가까스로 조절하여 나는 이렇게 말했다.

"잘못 아셨어요."

안민숙의 눈이 반짝했다.

"뻔뻔스럽다가 닳고 닳아서 번번스럽게 된 거예요."

"결국 내가 그런 사람이다, 하는 얘깁니까?"

"그건 정답이에요."

"그러고 보니 차성희 씨는 이 기회를 포착해서 나를 모욕하기 위해 안민숙 씨를 동원한 것이로군요."

이렇게 내 말도 약간 시니컬하게 되었다.

"아녜요." 차성희는 잘라 말했다.

"술 취한 사람의 입에서 나온 말이라도 죽음에 관한 단어를 등한히 할 수 없어 나왔어요."

그 말에 귀가 번쩍했다. 몇 해 전 나는 자살하려 했다는 터무니없는 오해를 산 적이 있었던 것이다. 그것도 차성희 때문에. 그렇다면 차성희는 아직도 그 자살미수설을 믿고 있다는 것일까.

가게 안의 손님은 우리들만이 되었다. 과자점의 폐점 시간은 이른 모양이었다.

"딴 곳으로 옮겨요." 안민숙이 일어섰다.

바깥에 나와 내가 제안했다.

"어델 가서 맥주나 한 잔 합시다." 대답이 없는 것은 승낙인 것이다. 택시를 타고 명동으로 갔다. 오랜만의 명동이었다. 명동은 술렁이고 있었다.

어느덧 나는 안민숙과 차성희 사이에 끼어 걷고 있었다.

삼 년 전의 어느 날이 되돌아온 환각이 일었다.

음악이 흐르고 있는 집을 골라 들어갔다.

"내 단골집이니 오늘 밤은 내가 한턱 할게요."

한 것을 보면 안민숙의 마음도 풀어진 모양이었다. 옛날 생각이 난 탓인지 몰랐다.

맥주가 한 조끼씩 날라져 왔을 때 안민숙이 물었다.

"말해봐요, 서재필 씨, 오늘 밤은 어쩔 셈으로 차성희 씨를 불러냈지?"

"술김이라고 하면 내가 경박한 것으로 될까?"

"경박을 넘어 비열하다고 해야겠지." 말은 이랬으나 안민숙의 말투는 부드러웠다.

"미안해요, 미스 차." 나는 충심으로 사과했다.

"미안할 것 없어요. 절 기억해줘서 고마워요." 차성희는 활달했다.

"그건 그렇고 서재필 씨, 무슨 까닭으로 오늘 그처럼 술을 마셨지?"

안민숙의 질문이었다.

"괜히 세상이 허무해졌어."

"그런 말 마. 정 언니에게 모독이야." 안민숙이 눈을 흘겼다.

"미스 차는 요즘 어떻게 지내시죠?"

"제가 지내는 것이 아니라 시간이 지나가는가 봐요." 차성희가 말에 웃음을 섞었다.

"성희 씨 요즘은 제법이야." 하고 안민숙도 웃었다. 그리고 다시 나에 게 질문을 던졌다.

"흐릿하게 말고 솔직히 말해봐요. 오늘 무슨 일이 있었어?"

"아니." 했지만 내가 만일 오늘의 기분을 솔직하게 털어놓으면 이 숙녀들이 얼마나 놀랄까 싶었다.

"소설공부는 잘 돼가요?" 차성희가 말을 끼웠다.

"너절한 소설을 쓰느니보다 서구의 훌륭한 사상을 소개하는 편이 낫 지 않을까 해서 요즘은 번역만 하고 있죠."

"어떤 걸 번역하시는데요."

"루트비히 마르쿠제란 사람이 쓴 『행복의 철학』이란 걸 번역하고 있 지요."

"행복의 철학?" 해놓고 차성희는 얼굴을 붉혔다. 그 옛날 나와 둘이 서 「행복어사전」을 만들어보자고 했던 일을 상기한 때문인지 몰랐다.

그 행복어사전은 제3장에서 끝나고 말았다. 그리고 그 초고는 정명욱 이 보는 앞에서 갈기갈기 찢어버렸다.

"그 책 언제쯤 나오게 되지?" 성희가 물었다.

"지금 삼분의 이쯤 되어 있으니까 앞으로 한 달? 아니 두 달이면 될 거요. 그러나 거기서 무슨 행복의 단서를 찾으려면 읽을 필요가 없어. 행복의 불가능을 증명해놓은 것 같은 책이야. 그것도 별로 신통하지도 않게."

"정 그렇다면 그런 책을 무엇 때문에 썼을까."

안민숙의 이 말은 우리들의 분위기를 삼년 전의 기분으로 완전히 되돌아가게 했다. 그때 무척이나 토론을 벌였던 것이다. 그런 기분이 되자 나는 말할 수가 있었다.

"서양의 사상가들은 박력을 가졌어. 분석함으로써 대상을 극복해버리려는. 마르크스 있지? 마르크스의 자본론은 자본주의 사회의 분석을 통해서 경제력이 얼마나 강력한 것인가를 증명하는 동시에 돈을 가진다는 것이 실상은 아무것도 아니라는 것을 증명하려고 서둘고 있는 거야. 그의 말을 듣고 아무도 배금사상을 포기하진 않았지만 이론상으론 배금사상을 극복한 것으로 되어 있거든. 물론 거기서부터 공산주의자들의 사기적인 술책이 비롯되는 것이긴 하지만. 그에게 선행하는 사람에 임마누엘 칸트란 사람이 있지 왜. 칸트는 인간의 인식을 분석함으로써 신을 추방한 사람야. 칸트의 말을 듣고 교회에 가길 포기하는 사람은 없겠지만 그의 이론엔 신이 개재할 여지라곤 없어. 사르트르와 그 제자 글뤽스만은 분석을 통해서 권력을 부정했고. 부정이란 뜻은 권력의 존재를 부정했다는 뜻이 아니고 권력이 인간으로서 추구할 만한 가치를 가지지 못했다는 것을 증명했다는 뜻이지…… . 루트비히 마르쿠제를 이러한 위대한 사상가들과 겨눌 순 없지만 자기 나름대로 행복이란 것을 분석함으로써 행복이란 개념, 행복을 추구하려는 노력의 허망을 증명하려고 했던 것 같애."

그러자 안민숙이 사정없이 질문을 퍼부어왔다. 나는 성의와 레토릭을 다해 일일이 그 질문에 대답했다.

"오래간만에 서재필 씨의 아카데믹한 강의를 듣고 보니 별루 나쁜 기분은 아닌데." 하고 안민숙이 쾌활한 얼굴이 되었다.

"그럼 내가 차성희 씨를 나오시라고 한 것이 그다지 실례한 것으로 되지 않는단 얘길까?"

"술에 취해 불러내는 매너가 틀려먹었다, 이거야. 꼭 차성희 씨를 만나고 싶으면 나를 통해야 해, 나를."

정색을 하고 핀잔을 주는 안민숙을 차성희는 너그러운 표정으로 바라보고 있었다.

나는 용기를 냈다.

"술 힘을 빈 것은 비겁했고, 안민숙 씨를 통하지 않은 것은 신사적인 매너가 아니지만 언제나 차성희 씨를 한 번쯤은 만나봐야겠다는 소망이 내 마음의 심층에 있었던 것 같애. 원수처럼 헤어져선 안 된다는 생각, 한마디 인사도 없이 헤어진 채 외면하고 살 순 없다는 생각, 두고두고 앞날의 행복을 빌고 싶다는 생각, 만나진 못할망정 평생 동안 우애를 지녀나갔으면 하는 생각…… 그런 생각이 벅차 있었던 겁니다. 그러나 그걸 억지로 누르고 있었죠. 그런데 어떤 동기로 폭발했다, 이겁니다. 양해해주시겠죠?"

차성희는 그 단정한 옆얼굴을 반쯤 보이는 자세로 앉아 말이 없었다.

"사내는 이처럼 자기의 생각을 싱그럽게 토해낼 수 있으니 수월할 거라." 하고 안민숙이 장난스러운 표정이 되었는가 하더니 쏘았다.

"서재필 씨의 또 하나의 러브 어페어는 어떻게 되었소."

나는 대꾸할 말을 찾지 못했다.

"정 언니에겐 말을 않겠다고 했지만 난 서재필 씨의 양심에 맡기겠다는 뜻으로 한 말이니 오해하지 말아요."

차성희는 지금 안민숙이 무슨 소릴 하고 있는가, 하는 의아한 표정으로 안민숙을 응시하고 있었다.

"서재필 씬 나빠요. 그걸 생각하면 상대할 기분이 되질 않지만……."

나는 그 여자와의 사이는 끝났다고 하고픈 충동이 없진 않았지만, 내일이라도 임선희가 나타나면 하는 애매한 기대가 그 충동에 브레이크를 걸었다. 그래 다만 이렇게 말했다.

"내가 나쁘지, 나도 그걸 알아. 그러나 안민숙 씨가 생각하고 있는 것처럼은 나쁘지 않을 거요."

"그러길 바라요." 하고 안민숙은 슬쩍 차성희의 눈치를 살피는 듯하더니 시계를 보며 말했다.

"서재필 씨, 차성희에게 하실 말이 또 있어요? 있으면 하세요."

"나와주신 것만으로 감사합니다. 그런데 궁금한 게 있습니다."

차성희의 시선이 나에게로 왔다. 그 눈은 무엇이 궁금하냐고 묻고 있었다.

"어떻게 술 취한 사람의 전화를 받고 나오실 용기를 가지셨는가 하구요."

차성희의 입 언저리에 미소가 서렸다.

"아까 말씀드리지 않았어요? 죽음이란 단어를 듣곤 거절할 수가 없었어요. 그래 사실은 정 언니에게 연락해서 같이 나오려고 했는데 전화번호를 알 수 있어야죠. 안민숙 씨에게 문의를 했어요. 그랬더니 아직 전화가 없다구. 하는 수 없이 안민숙 씨에게 도움을 청했어요."

또박또박 할 말을 다하는 태도와 말투로 보아 차성희는 벌써 옛날의 차성희가 아니었다. 나름대로의 신산을 겪고 자기주장을 갖게 된 것이라고 짐작할 수 있었다.

"자 일어섭시다." 하고 안민숙이 카운터로 갔다.

"부디 행복하시길 빕니다." 일어서며 나는 차성희에게 머리를 숙였다.

"정 언니를 소중히 하세요." 차성희의 말은 그 한마디였다.

긴장했던 탓으로 두 숙녀 앞에선 그래도 정신과 몸을 가눌 수가 있었는데 그들과 헤어지자 와락 취기가 올랐다. 보자기를 잃어버리지 않은 것이 천만다행이었다.

아파트 앞에서 택시를 내렸을 때는 완전히 취해 있었다. 그렇다고 해서 의식을 잃은 것은 아니다.

마중 나온 정명욱이 놀란 표정으로 되었다.

"어떻게 된 거요, 당신."

"보면 모르오. 난 술에 취했어."

나도 모르게 퉁명스러운 말투가 되었다. 언제나 나는 명욱 앞에선 온순하고 미안한 감정을 지녀왔던 것인데 오늘따라 이렇게 된다는 것은 좋지 못한 일이란 반성이 없진 않았다. 그러나 가파른 언덕에서 미끄러지기 시작하면 좀처럼 수습할 방도가 없듯이 나는 내 자신의 설움으로 폭발하고 말았다.

"무슨 까닭으로 이렇게 술을 마셨어요." 하는 정명욱의 걱정에 겨운 말에 대해,

"도대체 당신은 뭐요. 뭐길래 나를 붙들고 따지려고 드는 거요." 하고 내뱉었던 것이다.

어둠 속에서 형이상학이 가능할 것인가

어느덧 가을이 깊어가고 있다.

가을! 기막힌 교훈의 계절이다.

나무는 단풍이 들면서 사상을 익히고 사상은 이윽고 낙엽이 된다. 누가 상록이라고 했느냐. 낙엽의 의채擬彩가 상록일 뿐이다. 가을에 상록이 더욱 슬프다. 푸른 하늘의 배경에다 오묘한 굴곡과 빛을 선명한 윤곽으로 새긴 북악을 바라보며 나는 시간을 생각해보았다.

'백 년 전 저 윤곽을 보았던 눈들은 지금 어떻게 썩어 있을까.'

'천 년 전 저 윤곽을 보았던 눈들은 지금 어디로 갔을까.'

'백 년 후 저 윤곽을 볼 눈들은 지금 어떻게 준비되어 있는 것일까.'

'천 년 후, 만 년 후도 기필 있고야 말 것인데 오늘, 사람들은 너무나 오만한 것이 아닐까……'

그날 나는 광화문 네거리에 있었다.

백 년 전 광화문 네거리엔 김옥균이 걷고 있었을 것이었고, 백 년 후의 광화문 네거리를 걷고 있을 사람은 XYZ.

나는 그 X에게 말하고 싶었다.

"현실에서 지고 역사에선 이긴 사람들의 이름을 너는 알고 있느냐.

서양으로 말하면 사백 년 전 로마의 광장에서 불태워져 죽은 지오르다노 브루노 같은 사람. 당신들로 쳐선 이백 년 전 부관참시가 된 김옥균 같은 사람. 현실에서 지고 역사에선 이겼다고 할 때, 그 승리의 의미가 육신을 가진 인간과 어떻게 유관할 것인지 너는 아느냐……."

Y에겐 다음과 같이 말하고 싶었다.

"현실에서도 이기고 역사에서도 이긴 극히 소수의 사람들이 있다. 그런데 그 행운은 어떻게 마련된 것일까. 과연 그 양면의 승리가 합당한 것일까. 어떤 것일까. 역사의 기만이란 것도 있는 것이니 한번 찬찬히 살펴볼 필요가 있지 않겠느냐……."

Z에게도 물론 할 말이 있다.

"현실에서도 지고 역사에서도 진 무수한 사람들이 있다. 이런 인간들이 이 세상에 존재한 의미란 과연 무엇일까. 그들은 통계 숫자용으로만 필요했던 것일까. 영웅만으로는 퍼레이드가 될 수 없으니, 아니 퍼레이드가 성립되려면 보는 사람이 있어야만 되는 것이니 그런 존재가 필요한 것이 아닐까. 너는 어떻게 생각하느냐."

XYZ, 백 년 후의 그들은 말을 안했다. 그러나 그들의 눈빛은 묻고 있었다.

"왜 당신은 현실에선 이기고 역사에서 진 사람들의 얘기는 하지 않느냐."고.

이에 대한 나의 대답은 기껏,

"그건 사람이 대답할 문제가 아니고 역사가 대답할 문제이니라."

하는 것인데 실상 나는 역사를 믿지 않는다. 역사에도 기만이 있다는 것을 알았기 때문이 아니라, 역사로썬 보상하지 못하는 사건의 더미가 곧 역사이며, 가장 충실한 의미에서도 역사는 문서화된 허망에 불과하다고 나는 믿고 있기 때문이다.

이렇게 말하면 당연히 반론이 예상된다.

"역사가 문서화된 허망이라면 역사는 소용이 없다는 얘기가 아닌가."

이럴 때 나는 다음과 같이 답할 것이다.

"천만의 말씀이다. 허망하대서 무용한 것이라면 인생 자체가 무용한 것이 된다. 그런데도 인생이 이렇게 살아 있는 것을 보면 허망이야말로 인생의 실질이다."

그러나 허망이 곧 실질이라는 이 모순된 표현을 설득력 있게 설명하려면 하이데거의 철학을 필요로 하고 사르트르의 주석을 필요로 하고……그러고도 부족이다. 나는 사르트르의 『존재와 무』를 슬픈 책이라고 생각한다.

그날 광화문 네거리를, 악대를 선두로 한 화려한 퍼레이드가 지나가고 있었다. 허무를 향해 가는 역사의 행렬이었다.

사실을 말하면 나는 약간 지쳐 있었던 것이다. 헌데 그 원인이 임선희에게 있었던 것은 아니다.

임선희가 떠나고 그 소식을 끊은 뒤 석 달. 그녀는 이미 회상 속의 흑점으로 화하고 있어, 그것마저도 불원 망각의 먼지 속에 묻혀버릴 것이었다. 그러나 뼈저린 교훈은 남았다.

'하나의 여자가 나를 이처럼 슬프게 할 수 있을까.' 하는.

육친은 물론 아니고 애인조차도 아닌, 그 여자와의 이별이 한동안 나를 괴롭힌 것은 사실이다. 명실 아울러 실연의 고배를 내게 마시게 한 차성희를 불러낸 것은 이 잃어버린 사랑을 눈앞에서 직시함으로써 임선희 따위의 빛깔을 낡게 할 작정이었는데 그건 도리어 괜한 짓이었다. 차성희와 안민숙을 만났어도 나의 임선희에 대한 뭐라 표현할 수 없는 감정의 밀도는 조금도 희석되지 않았던 것이었으니 말이다.

관능의 갈증에 그 원인이 있었다고는 할 수 없다. 나 없이 도무지 살아갈 수 없을 사랑하던 개가 돌연 실종되었을 때 느낄 수 있는 그러한 감정을 닮기는 했으나 물론 그것만은 아니다. 그녀에게 끌린 감정의 진상을 알 수 없다는 것, 그것이 또한 고통을 더하게 한 요소이기도 했다.

그러나 시간이 치유하지 못하는 고통이 있을 것 같지 않다. 지금의 나는 평정하다. 이제 와선 나는 그녀가 어떤 시궁창에 빠져 쥐들에게 뜯기고 찢기고 한 무참한 시체가 되지 않았으면 하고 바랄 뿐이다. 열차에 깔려 뼈와 살이 산란한 몰골로 되지 않았으면 하고 바랄 뿐이다. 웃음을 팔고 살을 팔면서도 때에 따라선 깔깔대고 웃는 형상만은 그냥 지니고 어디에선가 살아 있어주었으면 하고 바랄 뿐이다.

'내가 버린 여자'가 잘되길 바라는 것은 남자의 심정이다. 버린 여자를 위해 눈물짓는 것은 『젤소미나』의 앤서니 퀸만이 아니다. 이래저래 남자란 슬픈 동물이다. 아무튼 이러한 일반론으로 감정을 정제할 수 있을 정도로 나는 임선희를 졸업하고 있었던 것이다.

임선희가 떠난 석 달 동안 많은 일이 있었다. 그 하나가 출판사의 파산이다. 양춘배가 근무하고 있던 그 출판사가 망해버리는 바람에 마르쿠제의 『행복의 철학』 한국 출판은 그의 철학처럼 좌초하고 말았다. 수십 장만 채우면 완성될 번역이 그 수십 장을 채우지 못했기 때문에 한 권의 책을 이루지 못하고 말았다는 정도가 아니다. 이천 장 가까운 원고의 뭉치가 쓸모없는 파지의 더미가 되고 말았다.

"남은 부분은 뭐죠?"

내가 번역한 원고를 다 읽고 명욱이 물었다.

"프로이트에 관한 부분이오." 하는 나의 답을 듣자,

"아까워라." 하고 명욱은 상을 찌푸렸다.

나는 프로이트의 말 한 구절을 인용했다.

"인간을 행복하게 하는 의도는 신의 창조계획엔 포함되어 있지 않다."

"그러니까 행복은 인간이 독자적으로 개척해야 한다, 로 이어지는 건가요?"

명욱의 질문이다.

"프로이트는 영리한 투자자가 한군데에만 돈을 집중하지 않듯이 행복을 원하는 자는 인생의 목적을 하나로 정해선 안 된다고도 하고 있어. 복잡한 설명을 필요로 하는 것이지만 프로이트는 행복과 쾌락을 동일시하고 있는 것 같애." 했지만 출판될 가망이 없는 것을 번역할 의욕은 없었다.

"출판될 가망이 지금은 없더라도 혹시 모르지 않아요."

명욱은 이렇게 권했다.

"가망이 생겼을 때 번역하지 뭐. 지금은 기력이 없어."

아닌 게 아니라 나는 수개월 동안의 노고가 수포로 돌아갔을 때 적잖은 충격을 받았다. 뭐니뭐니 해도 생활인에게 있어서 결정적인 의미를 갖는 충격은 경제적인 충격이다.

"창작을 하라는 계시일지도 몰라요."

명욱은 나를 격려하려고 했다.

"계시?"

나는 웃었다.

명욱의 수입에 의존해 살면서 소설을 쓸 작정은 없었다.

"생활 걱정일랑 말아요. 내 혼자의 힘으로도 궁하지 않게 살 수 있어요."

명욱은 나의 입버릇, 가난하겐 살되 궁하게 살 순 없다는 말을 기억하고 있었던 것이다. 그러나 내게도 궁하겐 살지 않아도 될 자신이 있었다. 다른 출판사를 찾아볼 참이었다.

그래 보퉁이를 안고 어느 출판사를 찾아갔던 것인데, 책 제목에 '철학'이란 글자가 있는 것을 보자 출판사의 젊은 사장은,

"요즘 어려운 책 만들어보았자 팔리지 않습니다." 하고, 그 대신 이걸 하고 미국소설 한 권을 내놓은 것이, 루스 해리스란 사람이 쓴 『부자들과 미녀들』이란 책이었다.

그래서 그 책을 가지고 와서 최초의 몇 장을 우리말로 옮겨보았다.

'자이 자이 발레리언은 예술가였다. 그리고 그녀 최대의 창작은 그녀 자신이었다. 만일 그녀가 십팔 세기에 태어났더라면 왕의 총비가 되었을 것이다. 하기야 이십 세기인 지금에도 그녀는 비슷한 처지에 있다. 그녀는 세계 최대의 부호 중의 하나인 알렉산더 레이몬트와 정사를 나누고 있는 것이다.'

로 시작되어, 카리브해 어느 섬이 등장하곤 이어 맹렬한 성교 장면이 펼쳐졌다. 요컨대 에로소설, 즉 포르노그래피였다. 나는 얼굴이 붉어짐을 느꼈다. 그것은 결코 내게 무슨 결벽이 있어서가 아니다. 출판사의 젊은 주인에게 모욕을 당한 기분이었다.

하기야 아나이스 닌이 파리에서의 불우했던 시절 한 단어에 십 센트씩 받고 호색본을 썼다지만 그것과 이것과는 사정이 다르다.

사람은 스스로의 생명을 지탱하기 위해선 얼마든지 추하게 될 수 있다는 사실을 듣기도 하고 보기도 하고 나 자신의 경험으로도 모르는 바가 아니다. 하지만 나는 견딜 수가 없었다. 그 책을 돌려주고 오는 도중

양춘배를 찾았다. 잔무를 정리하느라고 출판사의 사장도 있었다.

나를 보자 미안해하며 근처의 술집으로 청했다.

술집에서 나는, 좋은 책만을 내겠다고 기를 쓴 당신들의 의지가 좌절된 것이 한없이 슬프다고 했다. 착한 의도가 실패로 돌아간 사정이 슬프다고도 하며 나에 대해 미안하다는 생각은 절대로 하지 말라고 위로의 말을 두서없이 꾸며댔다. 반백의 머리를 한 사장은,

"서 선생에겐 참으로 미안하게 됐소. 자본주의 사회에서 충분한 자본도 준비하지 않고 사업을 시작한 것이 불찰이었습니다."며 쓸쓸하게 웃었고, 양춘배는,

"요컨대 운이 없었던 거라."며 언제 익혔던지 소주잔을 연거푸 비웠다.

그들은 받을 것을 죄다 받아들이고도 이삼천만 원의 부채가 남을 것이라고 하고, 망해버린 출판사의 미수금이 예상대로 들어올 수 있겠는가고 한탄했다. 그렇게 침울한 공기 속에 술맛이 날 까닭이 없었다. 결국 어느 시인의 말대로, 술을 마시는 게 아니라 나를 마시는 결과가 되었다.

돈 떨어지는 날 정이 떨어진다는 말은 단순한 뜻만을 가진 것이 아니다. 경제적 타격이 임선희에 대한 미련을 청산케 하는 요인이 되기도 한 것이다.

그동안에 있은 또 하나의 사건은 박문혜로부터의 편지였다.

이번의 편지는 덴마크에 있는 안데르센의 유적을 찾았다는 사연으로부터 시작되어 있었다.

―우프살라에서의 제7신입니다. 발신자는 박문혜.

방금 코펜하겐에서 돌아왔습니다.

설명할 필요는 없을 것 같습니다만 코펜하겐은 덴마크의 수도. 영어식으로 코펜하겐이라고 썼습니다만 덴마크어로는 '쿄븐하운'이라고 합니다. 우리나라에서의 관용은 고유명사를 그 나라의 발음대로 적는다로 되어 있어 일본의 동경을 '도쿄', 대판을 '오사카' 따위로 적는데, 정확을 기하려면 코펜하겐도 '쿄븐하운'으로 적어야 할 것이 아닐까요? 그러나 그렇게 할 수 없다는 것은 고유명사를 그 나라 발음대로 읽고 적는다는 건 생각하기보단 훨씬 어려운 일입니다. 그러니 어느 것은 그 나라 발음으로 읽고, 어느 것은 다른 외국어로 읽고 하는 것보다는 우리 발음으로 읽을 수 있는 것은 그대로 읽고 그러지 못한 것은 그 나라 발음대로 읽고 그러지 못할 경우는 관용된 대로 읽으면 어떨까 하는 것이 나의 의견입니다. 더욱이 스칸디나비아의 고유명사는 원래 우리가 배우고 있던 것과는 전혀 다릅니다. 이번 코펜하겐에 간 것은 학회의 일 때문이었지만 주로 한 일은 안데르센의 유적을 이곳저곳 찾아보는 일이었는데 그 안데르센만 해도 덴마크 발음으로는 '아나센'이 됩니다.

그럼 왜 안데르센의 유적을 찾아 다녔는가, 그 까닭을 말씀드리겠습니다. 우연한 기회에 도서관에 들러 안데르센이 쓴 『내 생애의 동화』라는 것을 읽게 되었죠. 그 첫머리에 다음과 같은 문장이 있었습니다.

'내 생애는 일련의 아름다운 동화이다. 나의 생애는 그처럼 행복하고 풍부한 것이었다. 내가 가난한 소년으로서 홀로 세상에 나갔을 때 영험이 강한 하나의 요정이 나타나 "자, 너의 목표와 진로를 선택하라. 나는 네 정신의 발달에 따라 그것이 이 세상의 도리에 꼭 들어맞도록 되게끔 너를 수호하며 이끌어주겠다."고 했다손 치더라도 나의 운명은 이처럼 행복하게 현명하게 교묘하게는 이끌어주지 못했을 것이다. 내가 내 생

280

애를 얘기한다는 것은 이 세상이 내게 말해준바, 이 세상엔 만사를 최
선의 방향으로 인도해주시는 자비로운 한 분의 신이 있다는 것을 얘기
하는 것이 될 것이다.'

이처럼 감격적인 얘기가 다시 있을 수 있겠어요? 나는 고아로서 가난
하게 자랐습니다. 그런 만큼 내가 오늘 있는 것이 기적같이만 생각되곤
했던 것인데, 그러나 나는 나의 생득적인 불행을 잊을 수가 없었던 것
입니다. 만일 내가 나의 생애에 관해 쓴다면 끝장에 가선 혹시 신에게
감사하는 말을 쓸지 몰라도, 최초의 장에서부터 아아, 나는 행복했다고
는 쓰지 못할 겁니다.

그런데 아나센은, 아니 안데르센은 이렇게 힘차고 행복한 글을 쓰고
있는 것입니다. 그래서 옳지, 안데르센을 읽는 동시 그 유적을 한번 찾
아보자, 이렇게 가까운 곳에 있으면서 그를 찾아보지 않는다는 건 벌
받을 일이다, 하고 생각한 거죠.

그 유적을 보고, 그 전기를 챙겨 보고 한 결과 나는 더욱 놀랐습니다.
그의 생애는 도무지 그런 글로는 표현할 수 없는 성질의 것이었기 때문
입니다. 그는 덴마크의 가난한 제화공의 아들로 태어났습니다. 그러나
그것쯤은 문제가 아닙니다. 그의 할아버지도 아버지도 미치광이가 돼
서 죽었습니다. 그의 어머니는 사생아였죠. 학교란 구경도 못했고, 물
론 글을 읽을 줄도 몰랐습니다. 안데르센의 아버지와 결혼하기 전 그녀
도 사생아를 낳고 있습니다. 안데르센 자신도 국민학교조차 졸업하지
못했습니다. 그 역시 미치광이가 되어 죽거나, 거지가 되어 길바닥에
쓰러져 죽거나 해도 그만일, 그런 운명을 타고난 사람이었습니다. 그런
데 그는 그렇게 되지 않고 세계적인 작가가 되었고 죽어선 국장國葬의
대우를 받았습니다. 세계적으로 알려진 작가 가운데 그처럼 비참하게

자랐을 뿐 아니라 어두운 운명의 위협을 받은 사람은 아마 유례를 찾기 힘들 것입니다.

그는 또한 다른 작품에선,

'눈에 보이지 않는 사랑의 손이 나를 이끌고 있다는 것을 뼈저리게 느낀다.'고도 쓰고 있습니다.

이런 사정을 감안하고 그가 쓴 동화를 읽어보면 그 의미가 더욱 빛나게 됩니다. 나는 서재필 씨가 안데르센을 공부하여 그러한 작가가 되었으면 하는 희망을 가져 봅니다. 그렇다고 해서 동화작가가 되라고 권하고 있는 것이 아닙니다. 안데르센도 그저 소년소녀를 위한 동화만을 쓴 것은 아닙니다. 소년소녀도 읽을 수 있도록 동화의 형식을 빌려 대문학을 쓴 것이라고 나는 생각하고 있습니다.

일개 생화학자가 문학을 전공하는 사람을 앞에 하고 문학에 관한 장광설을 한다는 것은 쑥스럽기 짝이 없다고 생각합니다. 그러나 내 본심을 말하면 안데르센이 있고, 스트린드베리가 있는 스칸디나비아의 바람에 서재필 씨를 한번 바래보고 싶다는 겁니다. 몇 차례 시기가 지나갔습니다만 서재필 씨를 위해 마련된 장학금과 생활비는 그냥 유효하게 보관되어 있습니다. 일전, 기한 연장을 위해 재단 이사장을 찾아가서 그때가 세 번째의 연장이었으므로, 번번이 연기해서 미안하다고 했더니 이사장은 다음과 같은 농담을 했습니다.

"고귀한 사람을 초빙하기란 원래 힘든 일입니다."

서재필 씨, 당신은 그처럼 고귀한 사람이에요? 스웨덴 국민들이 세금을 내어 그 돈을 모아 당신을 초빙하는데도 응하지 않을 만큼 고귀한 분이에요? 무슨 사정이 있건 당신의 나이 또래에서 일이 년 동안을 외국에서 보낼 수 없다는 것은 도무지 이해할 수 없습니다. 만일 당신의 애인이나 부인이 만류해서 그러는 것이라면 내가 애인이나 부인에게 직접 편지를 쓰겠어요. 오디세이의 부인 페넬로페는 십삼 년 동안이나 남편을 기다릴 줄 알았다고…….

지금부터 스웨덴은 긴 겨울로 들어갑니다. 스웨덴에선 겨울이란 밤을 뜻하는 것입니다. 그 긴 밤을 나는 무엇을 생각하며 지내죠? 가끔 나는 나 없이도 자라고 뻗치고 번지는 학문에 왜 내 생명을 바쳐야 하느냐고 회의할 때가 있습니다. 인생의 의미를 묻게 되는 거죠. 그러면 자연 안데르센이나 스트린드베리의 책에 손이 뻗어가는 겁니다. 스웨덴에 오고서야 비로소 문학의 소중함을 알고 문학에 정진하려는 사람을 가까이 했다는 것을 커다란 은총으로 알고 있습니다. 어느 곳에서나 문학은 가능하겠지만 나는 서재필 씨의 문학이 스칸디나비아의 바람을 쐬고 자랐으면 합니다. 하나마나한 인사는 생략하겠습니다. 안녕.

나는 이 편지를 책상 서랍 속에 쑤셔넣어 버렸지만 시한폭탄을 안고 있는 불안한 마음이었다.

나는 길을 걸으면서도 문득 스칸디나비아를 생각하고 밥을 먹으면서도 스칸디나비아를 생각했다. 스트린드베리·안데르센·입센·그리그와 연결되어 있는 스칸디나비아, 게다가 박문혜의 소박하고 총명한 얼굴과 모습……

그런데 나는 최근 박문혜를 동기로 한 만만찮은 인간관계 속에 빠져 들어 있었다. 그 언젠가 서상복와 친구라면서 어떤 자가 찾아왔던 적이 있었는데 또 다른 자가 나를 찾아왔다. 머리를 짧게 깎은 삼십 대의 ㄱ 사나이는 제대군인 같은 인상이었다.

명욱이 막 출근하고 난 뒤라서 방으로 들어오라고 했던 것이 화근이었다면 화근이었다.

그는,

"강석우라고 합니다. 초면에 실례합니다." 하고 깍듯이 절을 했다.

그 절에 나는 지나친 공손을 느꼈다.

"저는 서상복의 친구입니다."

"서상복?"

"지금 대전교도소에 가 있습니다."

나는 박문혜의 부탁으로 서상복을 찾아간 날을 상기했다. 서상복의 윤곽은 내 기억 속에 흐려 있었다.

"징역 이십 년이라죠? 감형이 안 되었을까요?"

인사치레로 이렇게 말하고 강석우란 사람을 응시했다.

"아시다시피."

강석우는 망설이듯 하더니 다음과 같이 말했다.

"서상복은 동정을 받을 만한 놈입니다."

"……."

"그래서 찾아왔습니다."

"절 어떻게 아셨습니까?"

"신림동 그의 할머니 집에 서 선생의 주소가 있었습니다."

"그래 저더러 어떻게 하라는 겁니까."

"족보를 놓고 따져보면 뜻밖에도 가까운 친척뻘이 될지도 모르잖습니까?"

"……."

"박문혜 씨를 아신다면서요?"

"그저……."

"요즘도 편지가 옵니까?"

속일 필요가 없다 싶었다.

"옵니다."

"그 편지에 혹시 서상복 군에 관한 전언이라든가 메시지가 없었습니까?"

"없었습니다."

"여자란 건 매정한 거로군요."

"어째서 그렇습니까?"

나는 박문혜를 옹호해야겠다는 충동으로 이렇게 물었다.

"한동안 결혼을 약속까지 한 사이인데 서상복이 옥중에 있다는 걸 알면서도 한마디 편지도 없으니 그게 매정한 것 아닙니까."

"내가 박문혜 씨로부터 들기론 사정이 그렇지 않던데요. 서상복 씨의 일방통행이었습니다."

"그렇게 변명을 하겠죠?"

"아닙니다. 나는 박문혜 씨를 믿습니다. 그분은 자기의 감정을 속일 그런 분은 아닙니다."

"그럴까요?"

"그렇습니다. 그런데 날 찾아온 목적은?"

"전 두 달 전에 형무소에서 나왔습니다."

"대전교도소에서요?"

"아닙니다. 안양입니다."

"……."

"서울교도소에 있을 때 서상복과는 같은 감방에 잠시 있었죠."

"그럼 서상복 씨완 교도소 안에서 안 사입니까?"

"전부터 알고 있었습니다. 같은 운동을 하고 있었으니까요."

"운동? 축구?"

강석우의 얼굴에 불쾌감이 스쳤다.

"우린 나름대로 민주운동을 한 겁니다." 강석우의 말은 또렷했다.

"헌데 내게 무슨 용묩니까." 나는 그와 같이 앉아 있는 것이 거북해졌다.

"동정할 만한 사람은 동정해야 하지 않겠습니까."

"그래야죠."

"그렇다면 서 선생께서 서상복 군을 동정해줘야 되겠습니다."

"나는 그분을 동정할 만한 사람인가 어쩐가에 대해서 잘 알고 있지 않습니다."

"이십 년의 징역을 선고받고 형무소에 있다는 사실만으로도 동정할 수 있지 않습니까."

"그게 무슨 말씀입니까. 나는 대한민국이 죄 없는 사람을 이십 년이나 징역살리는 그런 나라라곤 생각지 않습니다. 그건 견해의 차이겠죠."

"아무튼 인간적으로 동정할 만하지 않습니까."

"인간적으로 동정할 만한 일이 어디 서상복 씨 하나뿐이겠어요?"

"서상복 씨와는 다소의 인연이 있지 않습니까."

"그것도 인연일지 모르지만 내키지 않는 일을 그를 위해서 해야만 하는 인연은 아니라고 나는 생각하는데요."

"듣고 보니 당신에겐 정의감도 감수성도 전연 없는 것이로구먼요."

"그럴지도 모르죠."

그러자 그 강석우란 자는 설교조로 시작했다. 결론은 이 세상 어디엔가에 자기의 행복, 자기의 생명까질 희생할 각오로 어떤 목적을 위해 노력하고 있는데 용기가 없어 그 운동에 뛰어들지 못할망정 자기가 할 만한 범위 안에서 도와주는 호의쯤은 가져야 할 것이 아닌가 하는 것이다. 요컨대 서상복은 지금 고립무원하여 겨울이 곧 닥쳐오고 있는데도 내의 한 벌 제대로 준비하지 못하고 있으니 얼만가의 돈을 내서 옥중에 있는 그를 돕자는 얘기였다.

"나는 실업자요, 실업자에게 무슨 돈이 있겠소." 나는 퉁명스럽게 뱉었다.

"돈이 문제가 아니라 성의가 문젭니다." 강석우는 능글능글 말했다.

"성의가 돈으로 될 수 있나요?"

"있지요. 성의만 있다면야 친구에게 가서 빌릴 수도 있지 않겠소."

나는 어이가 없었다. 강석우의 태도로 보아 내게서 얼만가의 돈을 뜯어내든지 아니면 무슨 확답을 받지 않고선 떠날 생각이 전연 없는 것 같이 느껴졌다. 그런데 나는 그자와 같이 있는 것을 단 일 분도 참을 수 없는 기분이 되어 있었다.

"도대체 나더러 얼마를 내라고 하는 거요."

"다다익선이지만 성의만 표시하시오."

나는 주머니를 뒤져 만 원권 한 장을 꺼냈다. 명색이 그건 비상금이란 것이었다.

"이것밖엔 없소, 가지고 가시오."

하고 그 돈을 강석우의 무릎 앞에 밀어놓았다.

"거지에게 동냥 주듯 할 일이 아니잖습니까. 봉투에 이름을 써서 넣어주십시오. 액수를 적구요. 그래야만 도중에 유실되지 않고 본인에게루 가서 본인이 확인할 수 있지 않겠소."

"유실되어도 좋고 본인이 확인하지 않아도 좋소. 그냥 가지고 가시오."

"난 그렇겐 할 수 없습니다." 하고 강석우는 담배를 꺼내 물었다.

나는 견딜 수가 없었다. 그자가 뿜어내는 체액 같은 것이 내 주위의 공기를 침식하는 것 같은 메스꺼움이었다.

얼른 책상 앞으로 가서 백지에,

'일금 1만 원 서재필.'

이라고 쓰고 봉투에 돈을 넣어 그자에게 내밀었다.

"고맙소." 하고 그 봉투를 주머니에 넣고 일어서며 그자는 말했다.

"경과를 알릴 겸 또 한번 찾겠습니다."

그런 것 몰라도 좋으니 다시 오지 말라는 말이 목구멍까지 차올라 있었지만, 발성되진 않았다.

그런데 강석우와의 그 장면이 무슨 회한처럼 동통을 동반하고 상기되는 것은 무슨 까닭일까.

그때 나는 확실히 어떤 예조를 감지하고 있었던 것이다.

출판계는 상상 이상으로 불황인가 보았다. 번역문을 전연 도외시하는 것은 아니지만 베스트셀러로서 이름이 높았거나 그렇게 될 가망이 있는 것만을 출판사가 취급하는데 그런 것의 역자는 이름이 높은 사가나 대학교수라야만 했다. 나 같은 무명의 인사를 이용하지 않는 바는 아니었지만 문자 그대로 그것은 이용이었다. 이백 자 원고용지 한 장에 기껏 삼백 원, 때에 따라선 이백 원, 백 원하는 경우도 있었다. 삼백 원으로 쳐도 최저생활비 삼십만 원을 얻으려면 천 장의 번역을 해야 하는 것이다. 뿐만 아니라 삼백 원, 이백 원의 일을 맡는다는 것은 너무나 비굴하다는 생각이 들었다. 몇 개의 출판사를 둘러보고 이런 결론을 내린 나는 번역에 의한 호구지책은 포기하기로 했다. 나는 영동의 아파트에 앉아 눈앞에 트인 관악의 추색을 바라보며 궁리에 잠겼다. 어떤 직장을 찾든지 막노동을 하든지 할밖에 없었는데 일 자체에 흥미도 없는 샐러리맨 생활은 생각하기만 해도 지긋지긋했고, 막노동판에 나서자니 몸에 익은 기술이 없는 사람이 끼어들 자리가 있을 것 같지 않았다.

'농사를 지을 농토라도 가지고 있었더라면!'

불현듯 농촌으로 가고 싶은 충동이 일었다. 청경우독, 주경야독이란 문자가 뇌리에 어른거렸다. 도시로 도시로 밀려드는 대세를 거슬러 농촌으로 기어드는 스스로의 모습을 상상하고 약간의 비장감까지 느끼게 되었다. 나는 영동의 아파트를 처분함으로써 얼만가의 농토를 마련할 수 있지 않을까 하는 공상까지 했다.

'길남이와 소향이 돌아오는 날이 있으면 그 농장을 그냥 물려주면 될 것이 아닌가.' 하는 합리적 이유마저 겹쳤다.

그러나 그건 안 될 말이었다.

나는 모든 생각을 팽개쳐버리고 스웨덴에 있는 박문혜를 생각했다.

'이런 처지니까 스웨덴으로나 갔으면. 스웨덴에서 돌아오고 난 뒤 다시 출발하면? 농촌으로 돌아가는 것은 그때도 늦을 것이 없다……'

뒤죽박죽이 된 머리를 정리하기 위해선 바깥으로 나가야만 했다. 나는 가을 햇빛이 깔린 거리로 나갔다. 질주하는 차도 옆에 어지럽게 뻗어 있는 인도를 조심조심 걸어, 그러한 내 자신 속에 표랑의 나그네를 보았다.

모두들 저처럼 바쁜데, 나는 이처럼 한가하다는 사실은 나쁠 것이 없었다. 언제나 비애를 가슴에 안고 사는 인간이라야만 인간다울 수 있다는 사상으로 번져갔기 때문이다.

나는 오랜만에 윤두명을 찾아볼 작정을 했다.

'상제봉신회'란 간판이 붙어 있는 정문은 철제로 되어 있었다. 그리고 굳게 닫혀 있었다. 간판도 처음 보는 것이려니와 철제의 문을 필요로 할 만큼 비밀로 할 무엇이 생겨났단 말인가. 철문 어느 곳을 살펴도 초인종 같은 것은 눈에 띄지 않았다. 문틈으로 겨우 보이는 곳이 수위실인 듯한데 문을 두드려도 소리가 없는 것을 보면 수위실엔 아무도 없는 모양이었다.

전엔 왼편 시멘트 담장에 붙여 계단이 마련되어 그 계단을 통해 윤두명이 거처하는 곳으로 갈 수가 있고, 그 계단 끝나는 곳에 솟을대문처럼 꾸며놓은 문이 있었는데 계단은 철거되어 있고 쳐다보는 방향에 그 솟을대문만 남아 있었다. 그리고 보니 정면의 철문을 열어주지 않는 한 그 집 안으로 들어갈 순 없게 되어 있는 것이다.

모처럼 찾아왔다는 것이 미련으로 되어 서성거리고 있는데 집 안에 서 있는 듯한 무슨 소란소리 같은 것이 아슴푸레 들려왔다. 두터운 몇 개의 벽을 뚫고도 저렇게 들려오는 것을 보면 내부의 소란은 대단할 것으로 짐작이 되어 호기심이 일었다.

내부를 들여다보았으면 하는 충동이 강했지만 원래 동산 마루를 차지하고 단단식段段式으로 지은 집이기 때문에 어느 한 군데 적당한 시장視場을 잡을 수 없는 것이 답답했다.

골목을 걸어 나와 잡화를 팔고 있는 구멍가게에 들렀다. 콜라 한 병을 사서 통째로 마시며 나는,

"저 집에 무슨 일이 있는 것 아닙니까." 하고 상제교 본부를 가리켰다.

"일이 나도 단단히 난 것 같소." 하고 중년의 안주인이 말하는 바에 의하면 일주일 전부터 사람들이 모여들더니 저렇게 문을 닫아놓고 꼼짝도 안 하니 걱정이라고 했다.

"싸움하는 소리 같은 게 들리던데요."

"대판 싸움이 벌어진 모양입니다."

"흠, 어떻게 된 일일까."

"선생님도 상제교와 무슨 관계가 있수?"

"아닙니다. 나는 윤두명 씨완 친한 사이라서 오랜만에 와보았더니."

"교조님과 친구시라구요?"

중년의 여인은 먼지도 보이지 않는 둥글의자를 행주로 훔치곤 나더러 앉으라고 했다.

어차피 기다려볼 참이었으니 나는 사양 않고 둥글의자에 앉았다. 그러고는 물었다.

"아주머니도 상제교 신자입니까?"

"예, 그렇습니다."

"윤두명 씬 편하신가요."

"예, 대안하십니다."

"그런데 무슨 까닭일까요?"

"글쎄, 저도 걱정이에요. 제 남편도 그 속에 들어 있습니다. 일주일이 넘었는데도 나오질 않으니."

"바깥에서 연락할 도리가 없을까요?"

"전화밖엔 할 수가 없지요. 그런데 전화도 통하지 않아요."

"전화 있습니까?"

"공중전화가 있습니다." 하는데 내가 앉아 있는 바로 옆에 전화통이 있었다.

전화번호를 그 여인에게 물어서 다이얼을 돌렸다. 신호가 가기 시작했다. 거의 일 분 동안을 들고 있는데도 받질 않았다. 송수화기를 놓으며,

"이상하군. 분명히 사람이 있는데 전화를 받지 않는다는 건 이상하지

않아요."

"글쎄 말입니다." 중년 여인의 얼굴이 질린 표정으로 되었다.

나는 다시 다이얼을 돌렸다. 그리고 대답이 있을 때까지 송수화기를
놓지 않을 작정을 했다. 실히 이 분을 기다렸을까.

"지금 회의 중이라서 누구에게도 전화를 못 바꿔드립니다."
하는 목소리가 정진숙의 목소리여서,

"진숙 씨, 접니다. 서재필입니다." 하고 다급하게 말했다.

"아아, 서재필 씨." 말이 뚝 끊어지더니,

"지금 바빠서요, 내일, 아니 모레쯤 전화해주세요. 미안해요." 하고
전화를 딸깍 끊었다.

"무슨 일이랍니까?" 구멍가게의 안주인이 조심스러운 표정으로 물
었다.

"지금 바쁘다는군요."

"그런데 이상하네요." 하고 나는 정진숙과의 통화 중 그 짧은 시간에
귓전을 스친 소란의 단편을 말했다. "죽어라." 하는 아우성, "돌로 쳐
라." 하는 노호, "적반하장이다.", "네놈이 도둑놈이다." 하는 소리가
중구난방으로 교차하고 있더란 얘기를 했다.

"겨우 교세가 잡혀간다고 들었는데."

구멍가게의 안주인은 울상이 되었다.

"대강이라도 사정을 모릅니까?" 내가 물었다.

"여자가 어디 그런 일을."

안주인은 우물쭈물했다.

"저만한 소란이 있으려면 사전에도 비치는 게 있었을 것 아니오?"

"그러나 저는."

이때 하나의 아이디어가 떠올랐다.

"경찰에 통고를 해야 하겠다."며 내가 일어섰다.

"경찰은 왜요?"

여자의 얼굴에 불안이 보였다.

"저렇게 폐쇄된 집에서 죽여라, 돌로 쳐라 하고 야단이니 무슨 불상사가 날 줄 압니까. 경찰에 알려서 미연에 방지해야죠."

내가 걸어 나오려고 하자 안주인이 내 팔에 매달렸다.

"소리는 시끄러워도 그런 불상사는 없을 겁니다. 자기들끼리 원만한 타협을 볼 겁니다."

"아주머니는 무슨 일인 줄 모른다면서 어떻게 원만한 타협을 볼 것이라고 장담을 합니까."

"전 돈 문제라고만 알고 있어요. 그러니 대수로운 문제는 아녜요."

"그럼 아주머니 아는 대로 말해보시오." 하고 나는 다시 둥글의자에 앉았다.

안주인은 방으로 들어가더니 타블로이드로 된 인쇄문을 들고 나와 나에게 건네며,

"그 속에 강원농장 건설이란 대목이 있어요. 그것이 시비의 원인이 된 것 같애요."라고 했다.

그 인쇄문엔 『상제봉신보』란 타이틀이 붙어 있었다. 열여섯 페이지. 첫장엔 교조 윤두명의 훈화가 있었다. 그것은 다음에 읽을 요량을 하고 페이지를 넘겼다.

전국 봉신회 회원수가 십만을 돌파했다는 기사가 있고 육억 원을 들여 강원도에 농장을 건설했다는 기사가 사진을 곁들여 대대적으로 수록되어 있었다. 요지는 이전엔 화전민이 살던 곳의 땅 만 정보를 사들

여 일부를 개간하여 포도원을 비롯한 과수원으로 하고 일부를 메밀과 깨 단지로 하는 동시 대대적인 양봉장으로 하여 봉신회 회원들의 낙원을 만들 예정이라고 했다.

"이건 잘한 일인데 왜 시비가 생겼을까요?" 고개를 들며 내가 물었다.

"경상도에도 그와 비슷한 농장을 만들었지요. 그런데 경상도 농장에서 일억 원인가 얼만가의 보조를 해달라고 했어요. 교조님께서 사람을 시켜 그 농장의 내막을 알아보고 난 연후에 일억 원을 보내겠다고 했는데 감사 결과 오백만 원인가 하는 돈의 행방이 모호했다는 거예요. 그래서 교조님이 화를 내어 돈을 보내지 않아 경상농장에선 적잖은 고초를 당한 모양이에요. 오백만 원이 없어진 책임 추궁은 별도로 하더라도 이미 시작한 농장의 경영은 충실해야 되지 않겠느냐는 불만을 품은 사람들이 강원농장의 실태를 살펴본 모양입니다. 그 결과 강원농장의 건설을 위해서 실지로 든 돈은 삼억 원에 불과하다는 것을 알았다는 거죠. 나머지 삼억 원은 어디로 갔느냐 하는 것이 시비의 원인이랍니다."

"그런 싸움을 미연에 방지할 만한 힘이 윤두명 씨에겐 없는 건가요?"

"작년까지만 해도 교조님의 위령은 절대적이었는데 돈이 많이 모이고부턴 그렇게 안 되는가봐요."

내친 김에 구멍가게 안주인은 여러 가지 얘기를 했다. 짐작건대 안주인의 남편은 윤교조파로서 윤두명과 같이 반대파의 공격대상이 되어 있는 모양이었다.

그러나 구멍가게 안주인의 얘기만으론 사건의 진상을 소상하게 알순 없었다.

'돈이 있는 곳에 싸움이 있다.'

'돈이 가는 곳에 오염이 있다.'

내가 얻은 결론은 이 정도였다.

"괜히 폐를 끼쳤습니다."

나는 이런 인사말을 남기고 구멍가게에서 나왔다.

해는 아직 남아 있었다.

서울역 구두닦이 소년을 찾아볼까 하는 마음으로 걷기 시작했다. 바쁜 일도 없으니 버스도 택시도 탈 필요가 없었다. 가을빛이 넘쳐 있는 거리로 실직한 사나이가 어슬렁어슬렁 걸어가면 되는 것이다.

나는 팔군 앞을 지나가며 보행의 사상이란 것을 생각했다.

옛날엔 어디로 간다고 하면 걸어갈 작정을 했을 것이고, 걸어서 못 갈 곳엔 갈 요량도 안했을 것인데, 현대에 와선 어딜 간다고 하면 기차나 자동차, 심지어는 비행기를 탈 생각을 한다. 그러한 조건의 변화에 따라 인간의 사고방식엔 무슨 결정적인 변혁이 있을 것이었다.

걸어가는 사람으로서 인생을 생각한다는 것이 극히 소중하게 여겨지기도 했다.

'남아도는 시간을 이용해서 산에나 오를까.'

학생 시절 자주 오르내렸던 백운대와 도봉산을 뇌리에 떠올리며 지금쯤 산이 단풍으로 곱게 물들어 있으리란 상상을 했다.

남영동 근처에 왔을 때였다. 뇌리를 스치는 상념이 있었다.

윤두명! 윤두명에게 금전상의 과오가 있었을지 모른다는 생각과 함께 윤두명을 그리는 정이 솟았다. 가이아나의 인민사원 사건으로 연상이 번졌다.

윤두명이 금전상의 과오로 반대파의 공격을 받고 있는 것이라면 그는 가이아나의 인민사원 교조와 같은 절대적인 지배자가 아니며, 그런 지배체제를 갖추고 있는 것이 아니란 짐작이 그에 대한 친근감으로 된 것이다.

교조라고 하는 전시대적인 행세와 이름으로 해서 그로부터 멀어져 있던 내 마음이 반대파가 존재한다는 사실에 윤두명의 인간을 발견하는 계기를 보고 가까워지는 마음으로 된 것일까.

나는 다시 상제교 본부가 있는 근처로 되돌아가서 만나진 못하더라도 그 가까이에나 있어주고 싶은 충동을 느꼈다. 그러나 나는 되돌아서지 않았다. 서울역에서 구두를 닦고 있는 하준호라는 소년이 더욱 내 마음을 끌었던 때문이다.

소크라테스 앞에 소크라테스가 없었다면
어떻게 소크라테스가 가능했을 것인가

서울역에서 센티멘털리스트가 되지 않을 사람이 있을까. 서울역은 한마디로 말해 서글프기 짝이 없는 곳이다.

살기 위해서, 돈을 위해서, 영화 또는 입신출세를 위해서 많은 사람들이 이곳을 통해 서울로 들어왔다. 그러고는 모두들 죽고 말았던가, 아니면 언젠가는 확실히 죽을 것이다. 마찬가지로 살기 위해서 이곳을 통해 떠났다가 영영 돌아오지 않은 많은 인간들이 있었고, 앞으로도 있을 것이다.

이런 사실만으로 서울역이 서글픈 것이 아니다. 한때 서울역은 봉천·산해관·천진·북경·제남·포구에까지 뻗어 중국대륙을 누빌 수가 있었고, 한편 베를린·치타·모스크바·페테르부르크·로스토프·바르샤바·베를린·프랑크푸르트·암스테르담으로 해서 파리로 연결되는 꿈과 낭만의 기점이었다. 그런데 지금의 서울역은 영락없는 종착역일 뿐이다. 북으로 십몇 킬로 상거의 잔등이 토막난 철로의 잔해가 있다. 그리고 그 상처 위엔,

'철마는 달리고 싶다.'

는 애달픈 사연이 적혀 있는 것이다.

그러나 서울역엔 아직도 로맨스가 있다. 로맨스란 로맨스가 죄다 말라붙어 버린 황무한 도시에 그곳에만은 로맨스의 조각이 있다는 얘기다. 특히 무작정 상경한 시골 처녀들의 눈동자엔 영화의 히로인을 꿈꾸는 꿈의 자락이 있고 신데렐라를 환상하는 환상의 빛깔이 있다. 비록 깨진 유리병의 파편에 핀 것일지라도 달빛은 달빛이 아니겠는가.

그래서 나는 시조가 바닥이 났기 때문에 고민하는 시인이 있으면 서울역에 가보도록 권한다.

하지만 서울역이 퇴락한 의미는 어쩔 수가 없다. 서글픈 종착역이 되어버린 사실 말고도 화려한 출발과 귀착은 김포공항에 뺏겨버리고, 생활에 지쳐 바랜 회색의 출발과 귀착만을 겨우 맡고 있는 현실이다.

그런 까닭으로 추석과 설날 전일에 붐벼대는 혼란의 북새통에 민족의 애환을 더욱더 절실하게 느꼈다.

어느 심술꾸러기는,

"파사데나의 사람들은 우주여행 계획에 몰두하고 있는데 우리네 사람들은 고향에 돌아갈 차표를 얻지 못해 서울역 광장에서 밤을 새운다."고 익살이지만, 밤샘을 하고서도 차표를 얻어 돌아가고 싶어하는 고향이 있다는 것은 얼마나 다행한 일인가 말이다.

이밖에도 서울역은 무궁무진한 의미를 갖고 있기도 한데 그날 내가 서울역엘 간 것은 그러한 의미 가운데의 조그마한 의미를 위해서였다.

그 의미는 하준호란 이름의 구두닦이 소년.

기왕 나는 하준호에게 노트 한 권과 돈 이십만 원을 준 적이 있다. 따지면 그 돈은 내 돈이 아니고 윤두명의 돈이었지만, 나는 그 돈을 주었다는 사실 때문에 고마움의 표시를 확인하러 온 것 같은 오해를 살까봐, 하준호를 찾길 상당 기간 주저하고 있었던 터였다.

나는 서울을 하나의 서울론 생각하지 않는다. 서울은 현재의 인구의 수대로 팔백여만 개로 헤아려야 할 서울인 것이다. 이런 생각을 할 때마다 나는 구두닦이 하준호의 서울이 대재벌가 L씨의 서울에 못지않게 건고하다는 사상을 가진다. 이를테면 하준호는 나의 '팔백만 개 서울' 설에 건고한 구체성을 부여하고 있는 핵경험을 감당하고 있는 존재이다.

하준호의 정위치는 본역사 대합실의 남쪽 출구 우측이다. 그런데 그 자리에 하준호의 모습이 없었다.

이제 기차가 도착한 모양으로 광장엔 오가는 사람이 부쩍 늘었다. 그 사이를 누비며 우왕좌왕하는데 나는 공중전화대가 늘어서 있는 북쪽 끝에서 작업 중인 하준호의 모습을 발견했다.

천천히 그 옆으로 걸어갔다.

하준호의 손님은 삼십사오 세로 보였는데, 다갈색 양복을 입고 검은 가방을 양팔 속에 꼭 끼고 앉아 있었다. 넥타이는 목을 졸라맬 정도로 매어져 있었다. 어느 모로 보나 서울에 출장 온 지방 공무원이었다. 나는 하준호의 작업이 끝나길 기다릴 요량으로 조금 비껴 선 자리에서 그 지방 공무원을 지켜보며 그에게 있어서의 서울의 의미를 짐작해볼까 했지만 무의미한 노릇이라서, 택시 타는 곳 쪽을 바라보다가, 길 건너 빌딩으로 시선을 옮겼다.

녹색에 짙은 오렌지색을 섞은 것 같은 빛깔로 거창한 빌딩. 가로와 세로의, 즉 높이와 너비가 비등한 길이를 가지고 있는 그 육중한 양감은 사람들을 위압하기에 족하지만 미관을 거기에 기대하기엔 왠지 아이디어의 부족이 보인다.

'그러나저러나 거창한 빌딩! 그 프렉시빌러티流動性가 회오리를 닮았다는 돈을 잘도 저만큼한 부피로 쌓아 올렸구나!' 하는 새삼스러운 생각을 새삼스럽지 않은 표현으로 다듬어보려고 했으나 무슨 감동이 있어서가 아니다.

저만한 빌딩을 짓고 그 속에서 군림하고 있는 사람은 일단 성공한 나폴레옹이긴 할 것이지만, 나폴레옹에겐 언제나 워털루의 숙명이 따르게 마련인 것이 아닌가. 이를테면 필패의 숙명이란 것⋯⋯.

준호 앞에 앉아 있던 지방공무원이 일어섰다. 그 빈자리에 나는 성큼 가서 앉았다. 자기 앞에 앉은 사람이 나라고 하는 것을 알자 준호는,

"아, 아저씨." 하고 두리번거렸다. 그런데 그 태도는 아무리 보아도 반갑다는 태도가 아니고 무슨 겁에 질렸다는 태도이다.

이상했다.

"그동안 잘 있었니?"

"예."

억지로 웃음을 조작하려는 것 같은 느낌이 들었다. 그러나 보조개가 팬 언저리에 구두약이 살큼 묻어 있는 것이 애교스러웠다. 동시에 전에도 이런 느낌을 가졌거니 싶었다.

준호는 별말 없이 구둣솔을 집어들어 내 구두의 먼지를 털기 시작했다. 눈 아래에 준호의 뒤통수가 있었다. 예쁜 윤곽을 가진 뒤통수. 그것도 그 언젠가 가져본 감상이다.

"집안은 모두 무사하니?"

준호의 대답은 없었다.

"어머니 병환은 나으셨니?"

역시 대답이 없었는데, 먼지를 털고 손가락으로 약칠을 시작하며, 얼굴을 들지도 않고 준호가 뚜벅 말했다.

"아저씬 나쁜 사람이 아니죠?"

누구나 이런 질문을 받으면 약간 당황할밖에 없다. 나는 헬렐레 웃으려다가 말고, 기왕에도 준호가 이런 말을 하더란 기억을 되살렸다. 그래서, 왜 그런 질문을 나만 보면 하느냐고 할 것이었지만,

"내가 나쁜 사람으로 보이냐?"고 반문했다.

준호는 숙인 채로 고개를 저었다. 부정적인 몸짓이었다.

"그런데 왜 그런 말을 하지?"

준호는 대답 대신 바쁘게 손가락을 놀리고 다시 솔을 집어들며 여전히 고개를 숙인 채 말했다.

"간첩은 나쁜 사람이죠?"

"글쎄." 하고 나는 망설였다. 그 무렵 나는 이차대전 중 영국의 첩보원이 독일의 중심부에서 활약한 이야기를 읽고 있었기 때문에 객관적으로 말할 순 없는 심정에 있었다. 이때 준호가 슬쩍 나를 쳐다보았다.

"나쁘다고 하기보다 슬픈 존재라고 하는 게 옳을지 모르지."

그러자 준호의 반발이 있었다.

"북괴가 남파한 간첩을 슬픈 존재라고만 할 수 있어요?"

그때 나는 아차 싶었다.

"나는 북쪽에서 남파한 간첩을 말하고 있는 건 아냐. 넓은 뜻으로 말한 거다."

"그런데 간첩도 자수하면 용서를 받을 수 있다죠?"

"그렇다고 하지."

"그렇다는 게 아니라 그게 사실이에요."

준호는 손을 놓고 그물로써 내 구두의 광을 내기 시작했다. 한쪽 신은 벌써 반들반들 윤을 내고 있었다.

"엘리자베스 여왕의 초대를 받고 왕실 파티에라도 가겠구나야."

침울한 화제에서 벗어나기 위해 억지로 나는 이런 농담을 꾸몄다.

"그것 무슨 뜻이죠?"

"구두만으론 일류신사가 되었다 이 말이다."

"아저씬 신사가 되구 싶어요?"

"별루 그런 것 되고 싶지 않아."

준호는 그물로써 윤을 내더니 이젠 비로드 천을 들었다. 그리고 불쑥한다는 말이,

"우리나라에선 간첩이 죄다 잡히게 되어 있다지요?"

"그럴지 모르지."

"그런데 그들은 왜 자수하지 않을까요?"

"그걸 내가 어떻게 알겠나."

"붙들려 죽는 것보다 자수해서 편안히 사는 게 좋을 텐데……."

"이러나저러나 그런 사람은 편안히 살지 못하게 돼 있어."

"왜 그렇습니까."

"무슨 주의에 사로잡힌 사람은 그 주의 때문에 자유로운 행동을 할 수 없는 거야. 주의 때문에 예사로 죽기도 하는 게 주의자야. 그러니까 그런 사람은 자수해서 편안하게 사느니보다 차라리 주의를 위해 죽기를 택할 거야."

"지독한 놈들이군요."

"지독하지. 지독하구말구."

준호는 비로드 천으로 열심히 구두를 문지르고 있더니 비로드 천을 놓고 솔을 들고, 그 나무 부분으로 내 구두를 두드렸다. 작업이 끝났다는 신호이다.

나도 일어서서 포켓을 뒤지며 물었다.

"요즘은 얼마를 받지?"

"아저씨, 돈은 받지 않겠어요."

"그럴 수야 없지."

나는 억지로 오백 원짜리를 한 장 구두약통 속에 집어넣었다.

"그럼 잘 있어."

준호는 어색한 웃음을 띠고 나를 쳐다보기만 했다.

광장을 걸어나오면서 왠지 석연치 않은 기분이 되었다. 간첩을 계속 화제로 삼은 준호의 태도도 이상했거니와, 돈 이십만 원을 받은 것이 꽤 오래 되었다고 하더라도 그런 일이 있곤 처음 만나는 기회이니 고맙다든가 그 돈을 어떻게 썼다든가 하는 인사말쯤은 있어야 마땅한데 전연 그런 언급이 없었다는 게 또한 이상했던 것이다.

신문사 근처에 왔을 때 황혼이었다. 다방에 들러 명욱에게 전화를 걸려고 하는데 돌연 뇌리에 비친 것이 있었다.

'준호는 나를 간첩으로 알고 있는 모양이다.' 하는 상념이었다.

나는 불현듯 다방에서 뛰어나와 택시를 잡으려고 했다. 퇴근시간인 탓인지 택시를 기다리는 사람은 많고 택시는 적었다. 안절부절못한 심정이 되었다. 겨우 택시를 붙들어 서울역에 도착했을 땐 어둠이 깔렸고 전등불이 생기를 내고 있었다. 준호가 있는 곳으로 달려갔다. 준호는 그 자리에 없었다.

공중전화로 명욱에게 전화를 걸었다.

이제 곧 퇴근할 참이라면서 명욱은 반갑게 전화를 받았다. 그 바람에 불안을 잊을 수가 있었다. 만날 장소를 지정해놓고 그 방향으로 걷기 시작했다.

"하루 종일 뭣하셨수."

"마구 돌아다녔지 뭐. 상가의 개처럼."

"그런 말 쓰지 마세요. 억지로 비참할 필요가 없잖아요?"

"상가의 개는 공자님이 스스로 쓴 말인데 뭐 그렇게 비참해요."

"그런데 우리가 어째서 상가의 개인가요? 집이 있구 내가 있는데."

"그러니까 처럼이라고 하잖았소. 상가의 개가 아니라 상가의 개처럼
이라구."

"아무튼 일거리가 없다고 초조하게 생각하지 마세요. 아내를 두었
다가 어디다 써먹을 거예요. 이럴 때를 위해서 아내가 필요한 것 아
녜요?"

"부득이 놈팡이 노릇을 해?"

"놈팡이가 또 뭐예요."

"여자를 요릿집에나 살롱 같은 데 내보내놓고 그 덕으로 빈둥빈둥 놀
고먹는 사내를 놈팡이라고 하는 거요."

"좋잖아요? 그 신세. 내가 술집 여자가 아닌 게 부족일지 모르지
만요."

"억지로 편해도 편한 게 좋다는 말이 있기도 하지."

"그렇게 하기로 정해요. 비굴하게 번역할 일거리 찾아다니질 말구 우
리 소설을 쓸 작정이나 하세요."

"소설?"

"멋진 소설을 써요."

저녁식사를 하며 그날 밤 명욱과 나 사이에 오간 말들이다.

명욱이 부엌에서 설거지를 하고 있을 동안 나는 문자 그대로 놈팡이
의 버릇을 닮기라도 하는 것처럼 팔베개를 하고 방바닥에 누워선 인생

에 있어서 소설을 쓴다는 것이 무엇일까 하는 새삼스러운 생각을 하기 시작했다.

농부는 농사를 짓는다. 모를 심고 김을 매고 가을에 거둔다. 보리씨를 뿌린다. 콩을 심는다. 팥도 심는다. 채소를 가꾼다. 이 모두 이유 있는 일이고, 의미도 보람도 있는 일이다.

어부는 고기잡이를 한다. 도미도 잡고, 낙지도 잡고, 민어도 잡고, 도다리도 잡고, 굴을 캐고, 해초를 뜯기도 한다. 이런 것도 모두 이유 있는 일이고 의미도 보람도 있는 일이다.

광부는 금을 캔다. 은을 캔다. 철도 캐고 구리쇠도 캔다. 석탄을 캐는 사람도 있고 다이아몬드를 캐는 사람도 있다. 모두들 보람 있는 일이다. 없어선 안 될 일이다.

목수는 집을 짓고 미장이는 벽을 바르고 청소부는 청소를 한다. 직공은 해머를 휘두르고 열차 기관사는 열차를, 비행사는 비행기를, 운전사는 자동차를 운전한다.

경찰관은 범인을 잡고, 검사는 구형을 하고, 판사는 선고를 하고, 교도관은 감시를 하고, 사형집행인은 사형을 집행한다. 각기 의미가 있는 노릇이다.

상인은 팔기 위해서 물건을 사선 그것을 다시 판다. 브로커는 그 사이를 왔다갔다하며 구전을 먹는다. 사기꾼이란 것도 있다. 도둑놈이란 것도 그런대로 모두 나름대로의 의미가 있는 노릇인 것이다.

그런데 소설을 쓴다는 것은 무슨 짓일까. 소설 없이도 사람은 살 수가 있다. 세계의 인구 사십오억 가운데 아마 사십사억은 소설과 무관하게 살고 있을 것이 아닌가. 북한에선 소설만이 아니라 소설가까지 뿌리째 소탕해버렸다고 한다. 당의 선전 이야기, 김일성을 찬양하는 얘기

이외엔 일체 용납이 안 된다는 것이다. 우리나라의 경우는 어떠할까. 소설 인구가 백만? 오십만? 소설의 베스트셀러가 십만 부를 넘어서지 못한다니까 십만? 그 배를 잡아 이십만?

소설인구를 이십만쯤으로 잡을 수 있다면 그냥저냥 소설의 존재가치는 인정된 것으로 칠 수가 있다. 그런데 성공자들은 거개 소설을 읽지 않는 모양이다.

재벌 L씨가 소설을 읽을까? J씨는 소설을 꽤나 읽는다고 들었다. 소년시절 이광수·김동인·현진건 등의 소설을 빼놓지 않고 읽었다는 얘기였다. 뿐만 아니라 J씨는 수종류의 나폴레옹전을 읽어 나폴레옹에 관해선 전문가에 못지않다니 대단하다. 그러나 지금은 어떨까.

결국 소설가는 사십오억 중의 일억을 위해서, 삼천칠백만 중의 이십만을 위해서 소설을 쓸밖에 없는데 그 사실만으로도 다행한 일이라고 아니할 수 없다. 요컨대 소설이란 게 무엇일까.

소설가 Y씨는 소설이란 무엇이냐고 묻기에 앞서 소설적 인식이란 무엇이냐고 물어야 한다며, 그것은 첫째 사랑에 의한 인식이라고 했다.

사랑에 의한 인식! 좋은 말이다.

경제인들은 자기에게 이익을 줄 수 있는 사람인가 손해를 끼칠 사람인가 하고 사람들을 평가한다. 정치인들은 사람을 한 장의 표로 본다. 나에게 던져질 표인가, 남에게 던져질 표인가 하고. Y씨의 말에 의하면 문학은 인간을 인생적으로 보는 인식이라고 했다. 즉 슬픈 생명으로서의 인간, 사랑하고 미워하고 고민하고 후회하는 인간, 운명에 번롱당하는 인간, 무언가를 하려다가 혹은 성공하고 혹은 실패하는 사람들을 사랑의 렌즈를 통해 인식하는 것이라고 했다.

좋은 말이긴 하되 시들하다.

그런데 다음과 같은 Y씨의 말엔 들어둘 만한 것이 있었다.

역사로서도 부족하고, 신문기사적 기록으로서도 부족한 그 무언가가 있다. 예컨대 착한 악인이란 게 있고, 악한 선인이란 게 있을 수 있는 것인데 이러한 기미를 찾아 표현하려면 부득이 문학을 필요로 한다…….

그러나 이러한 생각을 되씹고 있을 동안엔 한 편의 소설도 나오지 못할 것을 나는 너무나 잘 알고 있다. 나는 내 인생에서 잊을 수 없는 몇 가지 정경을 기억 속에 되살려보기로 했다.

첫째 어머니의 무덤. 머잖아 말라버릴 잔디 위에 서리가 내려앉을 것이다. 무덤을 둘러싼 솔밭의 그 앙상한 나뭇가지들. 때론 까마귀가 나뭇가지에 앉아 잠시 무덤을 내려다보는 한 토막도 있을 것이다. 내 눈앞에 선히 나타난 풍경은 제대하고 돌아왔던 날 성묘를 갔을 때의 무덤의 모습이다. 종다리가 울고 있었다. 무덤 바로 옆에 할미꽃이 피어 있었다. 그 할미꽃의 표정에 나는 어머니의 표정을 보았다.

어머니의 무덤을 두르는 상념은 불가불 그 산촌에서 살았을 때의 회상으로 이어진다.

김복준이란 영감이 있었다. 이 영감은 평생 동안 아이를 만드는 일과 술을 마시는 일 외에 아무 일도 해본 적이 없다는 것을 자랑하고 있는 영감이다.

"돈 벌어본 일이 없단께. 돈 벌 생각을 해본 일도 없고, 하하하."
하고 너털웃음을 웃던 그 영감의 용모와 풍채가 눈앞에 선하다.

쓰러질 듯한 오막살이에 고추 한 포기 심을 땅도 갖고 있지 않고, 남의 품을 들 생각은 아예 하지도 않으면서 매일처럼 술을 마시고, 술을 마시지 않을 땐 밤엔 밤대로 자고, 아침엔 늦잠을 자고, 낮엔 낮잠을 자고, 간혹 깨어선 하품을 하고 사는 것이다.

마누라가 생선 행상도 하고, 이웃집 일도 해주며, 연년생 아이들을 키우며 남편을 먹여 살린다.

하루는 마누라가 생선 값으로 받아온 보리를 손바닥만한 마당에 널어놓고 건넛마을로 품팔일 갔다. 김복준 영감은 아침부터 어느 집에선가 술을 얻어 마셔 기분 좋게 취해선 고양이 이마만한 청마루에 드러누워 콧노래를 흥얼거리고 있었다. 그때 소나기가 왔다. 소나기에 널어놓은 보리가 흠뻑 젖기만 했을 뿐 아니라 대부분은 덕석 바깥으로 튀겨나가 흙탕물에 잠겨버렸다. 황급히 돌아온 마누라가 그 광경을 보고,

"당신 참으로 너무하다."고 한마디 힐난하는 소릴 했다. 그러자 벌떡 일어나 앉은 복준이 버럭 고함을 질렀다.

"이년아, 소나기가 올 것을 하늘을 보면 모르나. 빨랑 돌아와서 비설거지를 할 일이지, 누굴 보고 불평이냐."

그러고는 모처럼 술 취한 기분 잡쳤으니 술값을 내라고 떼를 썼다. 그 성화에 이길 도리 없는 마누라는 구겨진 십 원짜리 한 장 주머니에서 꺼내주곤 비에 젖은 보리를 묵묵히 거둬들였다. 마누라는 불평 비슷한 말은커녕 시무룩한 표정도 그 앞에선 짓지 못하는 터였다.

그랬다간,

"이년아! ×이 공짠 줄 아느냐. × 해주는 덴 힘 안 드는 줄 아느냐."고 단번에 주먹이 폭발하기 때문이다.

아마 김복준 영감은 지금쯤 죽어 없어졌을 것이지만 그런 인생도 하나의 인생이었던 것이다.

하 노인이란 팔십 세가 넘은 사람이 있었다.

내가 국민학교 다니던 무렵의 겨울방학 동안이라고 기억한다. 당시 우리 집의 머슴방은 동네 청년들과 아이들의 집합소처럼 되어 있었는

데 어느 비 오는 날, 나도 그 틈에 끼어 앉아 놀게 되었다.

하 노인이 주름진 얼굴에 꾸부정한 몰골로 담뱃대를 들고 들어왔다. 심심함에 겨워 가끔 하 노인은 젊은 사람들 틈에 끼이길 좋아했다.

장정들은 장정들대로 어린애들은 어린애들대로 한참을 지껄여대고 있다가 조금 뜸해지자 하 노인이,

"내가," 하고 입을 열었다.

한바탕 지껄여댔던 터에 노인의 말이라서 모두 조용하게 하 노인의 다음 말을 기다렸다. 그러나 말 대신 쿨룩쿨룩 하는 기침소리가 이어졌다.

다시 젊은이들의 왁자지껄한 얘기가 소란스럽게 계속되었다. 하 노인은 그 소란한 틈을 타서 또,

"내가," 하고 시작했다. 그러나,

"내가 젊었을 때에," 하곤 다시 기침소리로 끊어지고 말았다.

오전 중 내내 그런 꼴로 있다가 점심시간이 되어 하 노인은 돌아갔다. 내가 점심을 먹고 다시 머슴방으로 왔을 땐 하 노인은 벌써 와 있었다. 요기를 하자마자 집을 나선 모양이었다.

젊은 사람들의 얘기가 뜸했을 때 하 노인은 또 시작했다.

"내가, 쿨룩쿨룩……."

한참을 있다가

"젊었을 때에, 쿨룩쿨룩……."

나는 하 노인이 분명 할 얘기를 가졌다는 것을 알아차렸다. 그래 그의 얘기를 들어보려고 애를 썼다.

그 결과,

"어느 날 방천 밑에서……."

하는 소리까지 들은 것이 겨우였다.

소크라테스 앞에 소크라테스가 없었다면 어떻게 소크라테스가 가능했을 것인가 309

다음엔 별로 그 노인의 애기에 신경을 쓰지도 않고 놀다가 저녁밥을
먹을 때가 되어 나는 안집으로 돌아왔다. 저녁밥을 먹고 책을 이것저것
뒤지다가 자려고 했을 때 나는 문득 노인이 한 애기가 뭣이었던가를 상
기했다.

팽이로 쥐를 잡았다는 말을 램프에 불이 켜졌을 무렵 하 노인으로부
터 들은 기억이 났다. 요컨대 하노인은 아침부터 저녁때에 이르기까지
의 하루 동안에 걸려, "내가 젊었을 때 방천 밑을 지나다가 큰 쥐를 만
났는데 그 쥐를 팽이를 휘둘러 잡았다."

그런 짐작을 하고 나는 소리 내어 웃었다. 쥐 한 마리 잡았다는 애기
를 하는데 하루 동안이 걸리다니 하고.

그런데 그 정경을 그후 종종 상기하게 되었는데 그때마다 그 회상의
빛깔이 조금씩 달라져 갔다.

중학교 때의 회상은,

'그처럼 말주변이 없이 어떻게 살았을까.' 하는 감상을 동반했고,

고등학교 때의 회상은,

'쥐 한 마리 잡은 것이 자랑이 되는 인생이란 무엇일까.' 하는 감상을
동반했는데,

대학시절의 회상은,

'젊은 세대에 밀려 사라져가는 노년, 젊은 세대의 소음 속에서 겨우
발언권을 얻어 한다는 말이 그 꼴로 되어버린 노년!' 이란 감상을 동반
했다.

군대 생활을 할 때도 하 노인에 관한 회상이 있었다.

'많은 젊은 사람이 젊은 나이로 죽기도 하는데 기껏 오래 살아남아
하루 동안 걸려 쥐 잡는 애기밖엔 할 수 없는 상황이라면 오래 산다는

것이 도대체 무슨 보람이란 말인가.' 하는 감상은 전우의 하나가 지뢰를 밟고 죽은 사건이 충격이 되어 내 가슴속에 남아 있었기 때문이었을 것이다.

지금의 나의 감상은 소설로써 그 회상을 어떻게 구성해야 하느냐 하는 방향의식 · 방법의식에 지배되는 감상이다.

겨울비의 을씨년스런 소리, 겨울비에 젖고 있는 산촌의 풍경. 잎이 떨어진 감나무가 뜰 한 모퉁이에 섰다. 지푸라기가 마당 이곳저곳에 젖어 붙어 있고, 어느 곳에선가 어린애의 우는 소리가 들려오기도 한다.

서쪽으로 들창이 나 있고, 대를 능형菱形으로 엮어 만든 창호지 바른 문을 남쪽에 단, 먼지 냄새와 마른 짚 냄새가 섞인 훈훈한 방. 바닥은 핫자리, 천장엔 서까래가 그대로 노출되었는데 서까래엔 그을음이 끼어 검은 빛깔이다. 그 방 안에서 몇 사람은 새끼를 꼬고 있고, 몇 사람은 소짚신을 삼고 있고 아이들은 장게임뽕을 하며 꿀밤 먹이기 놀이를 하고 있는데, 얘기는 호랑이 얘기, 도깨비 얘기로부터 암행어사 출도 얘기로 번지기도 한다. 그 틈바구니에 끼어 하 노인은 담배도 담지 않은 장죽을 물고 비스듬히 벽에 기대앉아 틈을 타선,

"내가," 하고 시작해보는 것이지만 쥐 한 마리를 잡았다는 얘기를 완성할 때까지 꼬박 하루를 소비하는 것이다.

그러나 이것이 성공된 소설로 되려면 세월에 따라 그 빛깔을 달리하는 내 회상의 변천이 간연 없는 모자이크를 만들어야 한다. 그럴 때 비로소 무언가, 생의 단편, 하 노인을 통한 인생의 의미가 나타날 것이다.

나는 비로소 산촌야화라는 상想을 얻었다. 옛날의 야담들이 사이사이에 끼인 사촌생활의 스케치, 어쩌면 알폰스 도데의 리리시즘을 닮을 수 있는 소설이 될지 몰랐다. 주인공은 하 노인, 부주인공은 김복준, 내레

이터는 도시생활에서 실패하고 낙향한 중년의 사나이, 그 모델은 나.

이 상은 중도에 가서 단절되었다.

'새삼스럽게 알퐁스 도데가 뭐냐.'는 생각이 들었기 때문이다.

리리컬한 산촌 생활의 묘사, 그 도데풍의 소설은 설혹 성공을 한다고 해도 아무런 보람이 없다. 졸렬하게 모방된 에피고넨亞流의 작품일 것이 고작이다.

새로운 소설가의 등장은 질량을 전연 새로운 소재의 발견으로서, 아니면 전연 새로운 생의 해석으로서, 아니면 전연 새로운 표현방식, 새로운 문체로서의 그것이 아니면 의미가 없는 것이 아닌가.

사실의 기록이면 역자로서 족하다.

사실에 약간의 윤색을 하여 재미있는 얘기를 꾸미려면 주간기사로서 족하다. 흥미있는 읽을거리를 만들 작정이라면 상상력의 동원을 필요로 하지 않을 만큼 현실사회에 범람하고 있다.

혼자서 육십여 명을 참살하는 흉한을 소설가는 창작하지 못한다. 수천억 원을 횡령한 사기자를 소설가는 창작하지 못한다. 그런데 현실사회는 만들어내지 못하는 것이 없다. 어떤 호색본도 서울의 밤 어느 곳에서 펼쳐진 음란극을 모사할 정도도 못 된다.

시간이 느릿느릿 지나갔을 무렵, 즉 지리산 아래서 서울로 오려면 한 달 동안이나 걸렸던 시대의 소설은 부득이 도깨비를 창안하고 축지법까지를 고안해서 괴기를 만들어내야만 했다. 그래 이상한 사건을 들먹이면, "그건 소설에서나 있을 얘기다."라고 했다.

그런데 지금은 시간이 초음속으로 달리고 있다. 괴기·복잡·잔인·불가사의한 사건이 범람 상태에 있다. 부득이 소설가는 현실을 압축하고 극채색했던 옛날의 수법과는 반대로, 독에 물을 타고, 빛깔을 지우고 하는 수법으로 전환해야 할 필요를 느끼게 되었다. 그러면서도 흥미를 구성해야 하는 일은 복잡하다. 다시 말하면 소설은 흥미와 동시에 그 흥미의 의미를 제공해야 하는 것이다.

그렇다면 이러한 소설의 난작업이 무엇 때문에 필요하단 말인가. 사람 가운덴 자기의 인생만으론 부족을 느끼는 그런 사람이 있다. 사람에겐 남의 인생까지도 살아보고 싶어하는 불령한 욕망이란 것이 있다. 이런 불가능한 욕망을 대행하는 것은 소설 이외를 두곤 없다.

사람에겐 또 생의 의미를 알고자 하는 욕망이 있다. 육안으로 보이는 것만으로 만족하지 않고 망원경과 현미경을 필요로 하는 것처럼 말이다…….

나는 내 소설의 가능을 가늠해보았다. 내 체험 가운데서 문학으로 증류될 수 있는 부분이 뭔가 하고 챙겨 보는 마음이 되었다. 내게 외치고 싶은 것이 없을까 하고도 생각해보았다. 만일 신이 있다면 어떤 호소를 할까 하고 마음의 바닥을 살펴보았다.

그리고 소설적 대상이 될 수 있는 인물이 내 주변에 있을까 하고 생각해 보았다. 첫째 윤두명이 등장했다. 그 사람이 좋은 사람인지, 나쁜 사람인지, 아직도 분간할 수 없는 수수께끼로서의 인물. 일단 소설의 대상으로 하고 관찰 방법을 구조해보면 혹시 그 인물의 실상을 파악할 수 있을지 모른다. 윤두명에 비하면 우동규 부장은 평이하다.

윤두명이 고등수학적인 문제의 인물이라면 우동규는 삼차연립방정식 정도의 문제일는지 모른다. 윤두명을 문제로 함으로써 이 시대가 안고 있는 대부분의 문제를 터치하는 것이 되지 않을까 하는 기대도 섞였다,

'그렇다, 윤두명을 내 소설의 출발점으로 해보자.'

이렇게 결정하고 나는 몸을 일으켜 책상 앞에 앉았다.

원고지의 둘째 줄쯤에 굵다랗게,

'교조로서의 허상과 윤두명으로서의 실상.'

이라고 썼다.

다음에,

'반항의 의지-소년기.' 라고 쓰고,

'분명히 혁명의 야심이 있다. 그 야심이 갖가지의 방법을 모색했다. 교조는 미채인가, 목적인가. 종교의 가면을 쓴 반항의 의지 그 갖가지 형태. 인민사원과의 대비. 체제 내의 수재, 반체제의 수재, 편승의 방법, 수단……'

생각나는 대로 나는 아이디어를 메모해나갔다.

그리고 다음과 같이 적었다. '도스토예프스키의 『악령』 재독.'

어쩌면 윤두명의 원형을 베르호벤스키와 스타브로긴에서 찾을 수 있을지 모른다는 생각이 들었기 때문이다. 나는 약간 들뜬 기분이 되어 설거지를 끝내고 들어온 명욱을 상대로 윤두명을 중심으로 한 소설구상을 설명했다.

정명욱의 그 기뻐하는 표정! 명욱은 "드디어 시작하시는군요." 하고 내 손을 정답게 잡았다.

잠길에서도 나는 그 구상을 엮어나갔다. 그런데 아침이 되자 돌연, '오늘 하준호한테 가야지. 그리고 그 애가 갖고 있는 듯한 오해를 풀어야지.' 하는 생각이 뇌리를 스쳤다.

아침밥을 먹으면서도 생각을 쫓았다.

"열심히 구상하시다가 지치면 제게 전화해요. 같이 커피라도 들게요." 하고 명욱이 아파트를 나설 때도 나는 하준호한테 가서 오해를 풀어야지 하는 마음을 다졌다.

'오후쯤에 나가지.' 하고 라디오의 FM을 들었다. 음악을 듣다가 책상 앞으로 가 앉을 작정이었다. FM에서 차이코프스키의 「백조의 호수」 서곡이 흘러나오고 있었다.

언제 들어도 감미로운 음악……

벽에 기대앉아 눈을 감으려고 할 때였다.

주먹으로 치는 노크 소리에 깜짝 놀랐다. 까닭 없이 가슴이 두근거렸다. "누구 없소." 하며 억지로 도어를 열려는 기미가 느껴졌다.

"누구요?" 하며 일어서서 도어를 열었다.

카키색 점퍼 차림의 사나이가 얼굴을 들이밀었다. 잔뜩 긴장한 표정이었다. 그 뒤에도 누군가가 있는 것 같았다.

"당신이 서재필이오?"

"그렇소."

카키색 점퍼 차림의 사나이는 호주머니에서 수첩을 꺼내 내 코앞을 스치듯 하더니 털컥 내 팔에 수갑을 채웠다.

"오 형사, 대강 챙겨보시우."

역시 카키색 점퍼 차림의 또 하나의 사나이가 나를 밀어붙이듯 하며 방 안으로 들어와서 뒤지기 시작했다.

그리고 삼십 분쯤이나 지났을까, 나는 수갑을 채인 채 형사에게 끌려 아파트를 나섰다. 다른 하나의 형사는 내가 쓴 원고뭉치를 비롯해서 몇 권의 책을 싼 보퉁이를 들고 있었다.

아파트 사람들의 놀란 듯한 눈이 이곳저곳에 있었다. '이것은 꿈이려니……' 하는 마음으로 내 발걸음은 휘청거렸다.

나의 최대의 적은 나 자신이다 _ 나폴레옹

천장에서 드리워져 있는 나전구.

그 을씨년스런 조명.

보기에 따라선 전위극의 무대장치 같기도 한, 너무나 노골적인 의미만으로 되어 있는 비정한 구조, 그리고 물건들.

확실히 삼차원적 세계와는 절대적으로 유리된 그 한 구획을 묘사하는 덴 특별한 재능도 화필도 화구도 필요 없을 것 같다. 연필 한 자루와 화용지 한 장이면 그만이다.

시멘트 바닥이 핏빛깔로 반들반들해서 이제 막 물로써 소제하고 난 직후의 도살장을 닮았다는 것은 과잉된 상상력의 소치이겠지만, 아랫도리에 핏자국 같은 흔적을 너절하게 칠한 먼지 빛깔의 벽을 보곤 아무런 감흥도 일지 않았다.

그런데 벽 한쪽에 기대놓은 사다리는 무엇에 쓸 작정일까. 두세 개 그 근처에 뒹굴고 있는 곤봉은 쥐를 잡기엔 투박스럽고 야구용 배트를 대신하기엔 섬세함이 모자란다. 주전자가 있고 바께스가 있고, 반쯤 열려 있는 볼박스 안으로 보이는 것은 고물 라디오 같은 것. 그 근처에 코드가 도사린 뱀처럼 사려져 있는 것을 보면 그 박스 속의 고물이 아직도 현역임을 시사하고 있는데, 이쪽 한 군데에 코끼리 배때기의 배꼽 같은 것이 눈에 띄었다. 자세히 보니 그것은 전기용 소켓. 저편에 사려 져 있는 코드와 유관할 것인지 몰랐다.

'그러나저러나 이곳은 내가 올 곳이 아니다. 백 년 전의 서재필 선생 관 혹시 유관할지 모르되 이 서재필과는 아무런 관련이 없는 곳이며, 있어서도 안 되는 곳이다.'

'이건 정말 꿈이려니.' 싶었다.

그러고 보니 언젠가의 꿈에 꼭 이와 같은 장면을 본 것 같은 생각이 들었다. 한편,

'이런 장면을 피하기 위해 열심히 노력한 것인데.' 하는 마음이 무슨 회한처럼 솟았다.

양 팔목에 채워진 수갑이 무슨 숙명같이도 느껴졌다.

형사 A가 둥글의자를 가리켰다.

나는 거기에 궁둥이를 붙였다. 지극히 불안정한 의자였다.

형사 B가 수갑을 풀었다. 찰가닥하고 그 수갑은 너비 일 미터, 길이 이 미터 가량의 장방형 탁자 위에 놓였다. 인간이 수갑을 발명하기까지 에는 상당한 역사를 겪어야 했을 것이었다. 탁자 위에 놓인 수갑은 플 라티나의 싸늘한 빛깔이었다.

형사 A가 정면에 앉고, 형사 B는 내 옆에 앉았다.

"우리 신사적으로 합시다."

A의 말이었다.

신사적으로 하려면 수갑이 소용없었을 것이고, 그러한 무대장치가 소용없었을 것 아닌가 하는 마음으로 수갑을 보았다. 수갑은 여전히 싸 늘한 금속성으로 빛나고 있었다.

"지금 접선 중에 있는 놈은 누구누군가. 그 이름과 거처를 말해봐."

A, B 어느 편이 말했는지 이런 해괴한 소릴 했다.

아무튼 나는 "접선이 뭐요." 하고 물어보지 않을 수 없었다.

"이것 봐라."

말과 더불어 B의 행동이 있었다.

"버텨도 소용없어. 엉뚱하게 버틸 생각 말구 순순히 자백해. 그러구서 우리 앞날을 의논해보자 말이시."

A의 말은 부드러웠다.

"무엇을 어떻게 자백하란 말이오."

내 말은 솔직한 것이었는데 B의 반발은 맹렬했다. 행동이 먼저 있고 나서,

"이 자식이." 하고 뱉었다.

"지금 접선하고 있는 놈이 누구야."

나는 대답할 필요를 느끼지 않았다

다음 순간 나는 거꾸로 선 방정식이 되었다. 거꾸로 된 방정식에서 대답이 나올 까닭이 없다. 나는 비로소 죽음을 각오하지 않을 수 없었다. 백 년 전 서재필은 그렇게 하고도 백 년 가까이를 살았는데 나의 서재필은 삼십 세에 죽는다. 백 년과 삼십 년, 먼 훗날에 가면 마찬가지가 아닐까.

거꾸로 된 방정식은 단말마의 고통을 동반하고 파괴 직전에 이르렀다. 하준호의 얼굴이 뇌리를 스쳤다. 서울역으로 되돌아가 하준호가 이미 그 자리에 없었을 때 느꼈던 불안의 정체를 발견한 느낌이었다.

"나는 간첩이 아니오." 소리껏 고함을 질렀다.

"보통 그렇게들 말하지."

A의 말은 어디까지나 부드러웠으나 그 행동은 말과 같지 않았다.

"양심은 묻지 않겠다만 대한민국을 깔보는 것은 용서할 수가 없어."

B는 말도 거칠고 행동도 거칠다.

그들은 그들이 세운 방정식을 조금도 의심하려고 들지 않았다.

"나는 간첩이 아니다." 다시 이렇게 외치며 나는 비명이 되어선 안 된다고 입을 악물었다.

"간첩은 아니고 김일성의 졸개란 말이시."

이 말과 동시에 방정식은 굉음을 냈다. 아무렇게나 벽 쪽에 쌓여 있던 물건들이 차례차례로 발언을 시작할 모양인가 보았다.

드디어 나는 말문을 닫기로 작정했다. 부득이 나는 백 년 전의 서재필을 배워야겠다고 마음을 먹은 것이다.

이윽고 방정식은 자체의 의식을 잃었다. 눈을 떴을 땐 천장의 나전구가 달라져 있었다. 바닥도 달라져 있었다. 시멘트 바닥이 나무 마루바닥으로 변해 있었다. 유치장이로구나 하는 의식이 들었다. 갈증을 느꼈지만 물을 달라고 말해볼 기력은 없었다. 다시 혼수상태로 빠져 들어간 듯한데, 그러나 의식의 한줄기는 살아남았다. 그 살아남은 의식은 프란츠 카프카를 찾았다. 카프카는 엉뚱한 위안자였다. 그는 나의 오늘이 있을 줄을 알고 다음과 같은 장구章句를 준비해주었던 것이다.

—어느 아침, 그레고르 잠자는 뒷맛이 좋지 않은 꿈에서 깨어났는데 자기가 침상 속에서 한 마리의 거대한 곤충으로 변해 있는 것을 발견했다. 그는 갑옷처럼 단단한 등을 아래로 하고 누워 있었다. 조금 머리를 들었더니 아치형으로 부풀어 오른 갈색의 배가 보였다. 배 위엔 가로 몇 줄인가의 줄이 그어져 있었는데, 그 줄의 부분은 움푹 패여 있었다. 부풀어 있는 배에 걸린 이불은 금방이라도 미끄러져 내려갈 듯싶었다.

많은 다리가 그의 눈앞에서 힘없이 꿈틀거리고 있었다. 덩치가 큰 데 비해 다리는 가냘프고 작았다. 도대체 어떻게 된 영문일까 하고 그는 생각했다. 분명 꿈은 아니었다.

사람이란 하룻밤 사이에 곤충이 되어버리기도 할 수 있는 존재인 것이다. 프란츠 카프카는 그걸 나에게 가르쳐준 셈이다.

도저히 이럴 수가 없다고 생각하고 있는 동안엔 사람은 억울해서 견디질 못한다. 그러나 어떤 부당한 일이라도 이럴 수도 있는 것이라고 관념하게 되면 무엇이건 견딜 수가 있다. 사람은 스스로의 죽음마저도 견딘다. 사람은 죽을 수도 있는 것이라고 관념할 수 있기 때문에 죽음을 견딜 수가 있는 것이다.

그러나,

'아까와 같은 고통이 길게 끈다면.' 하고 나는 생각했다.

'과연 나는 버틸 수가 있을까.'

그런데 버틴다면 무엇 때문에 어떻게 버텨야 할지 그것을 모른다는 것은 고통 이상이었다.

간첩이 아니니까 간첩이 아니라고 할밖에 없지 않은가. 그 엄연한 사실을 계속 주장하는 것이 버티는 것으로 된단 말인가. 버티지 못한다는 것은 그럼, 간첩이 아니면서도 간첩이라고 거짓말을 하게 된다는 얘기가 아닌가.

적극적으로 옳은 것을 주장하지 못할망정 거짓을 인정한다는 것은 나 자신에 대한 배신, 모욕이다.

'백 년 전의 서재필이 거짓을 인정하기라도 했던가.'

헝가리의 그레고르 잠자는 한 마리의 곤충이 되었는데 이곳의 그레고르 잠자는 심한 타박상을 입은 돼지로 변했다면 그렇고 그런 얘기가 될 뿐이다.

그런데,

'이 돼지를 김일성의 졸개로 오인하다니.'

어이가 없었다.

나는 마음속 깊이 김일성을 인류의 적으로 치고 있는 사람이다. 캄보디아의 크메르루주가 수백만의 국민들을 살상했다는 기사를 읽었을 때 크메르루주의 괴수 폴 포트와 북한의 김일성을 동일한 족속으로 보았다. 현재의 세력은 어떠하건 공산주의는 그러한 방식으로는 자멸하고 말 것이란 신념을 갖게도 되었다. 그러한 반인간적 만행이 지속될 까닭이 없기 때문이다. 나는 역사를 전적으로 믿고 있는 사람은 아니지만 인류는 갖가지 우여곡절을 겪어 사람들로 하여금 조바심을 일게 하긴 하되, 서서하게나마 전진하고 있는 것은 사실이다. 그런데 어떻게 김일성, 폴 포트 따위가 끝내 명맥을 유지하겠는가 말이다.

'이러한 사상을 가지고 있는 나를 김일성의 졸개라고 해? 간첩이라고 해?'

그 분노로 해서 나의 의식은 혼수상태에서 깨어났다. 깨어난 의식이 자체방어의 방책을 모색하기 시작했다. 변호사를 불러야지. 동시에 강신중 변호사의 얼굴이 떠올랐다.

'그러나 변호사가 나타날 단계에까지 나는 이 고통에 이겨 남을 수 있을까.'

투박한 나무를 격자 모양으로 엮은 틈으로 소음이 울려오고, 간수로 보이는 경찰관이 지나가기도 했다.

'지금 몇 시나 되었을까. 정명욱이 내가 이 꼴이 된 것을 알기라도 하고 있을까.'

나는 이웃방 아주머니에게 의미 있는 눈짓을 하고 집을 나오긴 했었다. 그런데 그 아주머니가 눈짓의 의미를 알아차렸을까 싶으니 불안하기만 했다. 동시에 이런 사실을 정명욱이 몰라주었으면 하는 마음도 일었다. 알면서도 무책일 땐 알지 못하는 것만도 못하다는 심정으로서였다.

'모든 것이 나의 실수다. 하준호가 아저씬 나쁜 사람이 아니지, 하고 따져 물었을 때 눈치를 챘어야 하는 것이었다. 그의 오해를 풀도록 결정적인 행동이 있어야 했을 것이었다.'

그런데 이상하게도 하준호를 원망하는 마음이 되진 않았다. 불미한 사람을 경찰에 신고하는 것을 당연한 의무로 알고 행동한 소년을 어떻게 원망할 수 있겠는가 말이다. 하준호는 그 때문에 몇 번이고 나의 정체를 알기 위해 나름대로의 설문을 되풀이했던 것이 아닌가.

이렇게 한동안 반짝했던 의식이 다시 흐려지기 시작했다. 방정식이 현재의 고통과 고통의 기억으로 경련하기 시작한 것이다.

어머니의 모습이 나타났다. 슬픈 눈을 하고 입을 꼬옥 다문 채 나를 바라보고 있는 그 눈빛. 어머니는 생각할 때마다 반드시 그런 모습으로 나타나는데 그 모습과 눈빛이 정착된 것은 언제부터의 일이었던가를 어느덧 나는 골똘하게 생각하고 있었다. 혼수상태 속의 의식, 폭풍 속의 칸델라 불빛 같은 아슬아슬한 의식……

'내가 군에 가게 되었을 때 어머니는 그런 눈빛을 하셨을까?'

'내가 동리 앞 시내에 빠져 죽을 뻔했을 때? 그것도 아니다.'

'소 먹이러 산엘 갔다가 소를 잃고 울며 돌아왔을 때? 그것도 아니다.'

'돌아가시기 직전 임종의 자리에서? 그것도 아니다.'

나는 그 문제에 사뭇 중대한 일이 걸려 있는 듯 신음소릴 섞어가며 기억을 더듬었다. 그러나 갈피가 잡히질 않았는데 문득 이런 생각이 들었다.

'아아, 어머닌 이럴 때의 나를 지켜보기 위해서 그런 눈빛을 이미 준비해두셨던 것이다.'

아닌 게 아니라 어머니의 눈은 슬퍼한 적이 없다. 기뻐한 적도 없다. 슬픈 마음, 기쁜 마음이 왜 없었을까만 그것으로 눈빛을 만드는 기교는 없었다. 그저 비둘기의 눈이었을 뿐이다. 나는 비로소 어머니가 계시지 않는 것을 다행으로 여겼다. 만일 어머니가 살아 계시며 아들이 이 꼴이 되었다는 걸 알면, 그 슬퍼하실 줄도 몰랐던 눈빛이 어떻게 되었을까, 싶어서였다.

머리맡에서 철거덕 소리가 났다.

문이 열리는가 보다, 하는 의식이 있었지만 눈은 뜨이질 않았다.

"서재필, 일어낫."

일어날 수가 없었다. 동강동강 잘린 방정식이었다.

"일어나라니까, 이 녀석이."

억센 팔이 나의 덜미를 잡았다. 나의 상체는 일으켜졌다. 방정식이 제 구실을 못하면 보조방정식이 나타나게 마련이다.

끌다시피, 끌리다시피 서재필이란 이름이 끌려나갔다.

"이 녀석 흥을 쓰는 모양이지만 곰의 흥은 곰에게나 통할까 사람에겐 통하질 않아."

A는 내 멱살을 잡고 B는 내 등을 밀었다. 그 밖에 정복 입은 경찰관이 둘 나를 부축했다.

그 무대장치로 다시 데리고 간다면 나는 어떠한 연기도 할 수 없을 것이라고 단념했다. 이미 심한 상처를 받은 돼지가 무슨 연기를 할 수 있단 말인가. 카프카의 잠자는 곤충이 된 순간부터 연기자의 자격을 잃어버린 것이다.

'그렇다. 카프카의 「변신」은 바로 그 사실을 적었다. 연기력을 잃은 인간의 절망을 적었다.'

그런데 그들은 나를 끌고 계단으로 올라가기 시작했다. 나의 기억은 계단을 올라간다면 그 장치로 가는 것이 아니란 판단을 내렸다.

어떤 방문 앞에 섰다. 형사 A인가 B인가가 노크를 했다.

"들어오시오."

하는 소리가 있었다. 방 안엔 단정한 복장의 신사가 테이블을 앞에 앉아 있더니 형사 A, B에게 짤막하게 무슨 말인가를 했다. 그들은 테이블 이쪽에 있는 둥글의자에 나를 앉혀놓고 바깥으로 나가버렸다.

서창을 등지고 앉아 있는 그 신사의 관상을 나는 읽을 수가 없었다. 다만 사십대로 보인다는 것, 건강해 보인다는 것이 고작이었다.

"서재필 씨죠?"

"그렇습니다."

"당신이 왜 이곳에 있는질 알겠죠?"

"모르겠습니다."

"모른다?" 하고 냉소를 짓더니 사나이는 내 얼굴을 뚫어지게 바라보았다. 이 분가량의 침묵이 있더니 사나이는 다시 물었다.

"당신이 왜 이곳에 있는지 정말 모르오?"

"모릅니다."

"단단히 훈련이 되어 있군. 아까 그 사람들로부터 듣기는 했지만 나는 당신을 존경하오." 하고 일단 말을 끊더니 다음과 같이 이었다.

"적이라도 당신만하면 우린 존경하길 주저하지 않소. 사내가 어떤 신념을 가졌으면 그 신념에 철저해야죠. 그러나 우린 존경을 하되 용서할 수 없다는 것은 우리도 지킬 것이 확고하게 있기 때문이오. 그러니 부득이 전투가 벌어질 수밖에 없는데 그러기 전에 타협할 수도 있지 않겠소. 성의 있는 항복이면 관대한 조건으로 받아들일 수가 있소. 게다가 혹시 당신의 신념이란 것이 기실 착각에 불과한 것일지도 모르지 않소. 안 그래요? 타협할 용의는 없수?"

"나는 무슨 말인질 알아들을 수가 없습니다."

"보통 그렇게들 말하지만 버티면 버틸수록 타협조건이 불리해진다는 것만은 알아두시오."

"나를 간첩으로 알고 있는 모양입니다만 나는 그런 사람이 절대로 아닙니다."

"당신이 거짓말을 하고 있었다는 것을 스스로 폭로하는군."

"나는 거짓말을 한 적이 없소."

"아까 당신은 무슨 까닭으로 이곳에 온지 모른다고 하잖았소. 그런데 이제 보니 당신은 그 까닭을 알고 있었지 않소."

"나는 간첩이 아니니까 모른다고 할 수밖엔요."

"수년간 나는 이 일을 담당하고 있었지만 간첩이 자기 입으로 간첩이라고 처음부터 실토하는 걸 보지 못했소."

"당신이 무어라고 하건 나는 간첩이 아니오."

사나이는 이엔 대꾸도 없이 테이블 위의 파일을 폈다.

"서상복이란 사람을 알지요?"

"그 정도를 안다고 하는 것으로 될지 모르겠습니다만 이름은 알고 있소."

"무슨 소릴 하는 거요. 당신은 이름을 알고 있을 뿐인 정도의 사람을 교도소까지 면회하러 가우?"

"그렇게 한 덴 특별한 사유가 있었죠."

"물론 특별한 사유가 있었겠지. 특별한 사유도 없이 중대한 국사범을 면회하러 갈 까닭이 없지."

"스웨덴으로 유학을 간 어떤 여성의 부탁으로 갔을 뿐입니다."

"그 여자의 이름이 뭐요."

"박문혜라고 합니다."

"뭣하는 사람이오."

"생화학을 연구하는 학생입니다."

"생화학?"

"바이오케미스트리."

"그 사람이 뭣 때문에 무슨 부탁을 하던가요."

"서상복이란 사람이 박문혜 씨를 짝사랑하고 있었던 모양입니다. 수차 면회 오길 바랐구요. 그러나 박문혜 씬 서상복 씨를 사랑하고 있지 않은 모양 같았습니다. 그래서 스웨덴으로 떠나며 나더러 그 뜻을 전해달라고 했어요. 면회하지 못하고 떠났다는 사실을 알리기도 하라구요."

"당신 무슨 소설을 꾸며대고 있는 것 아니우? 스웨덴까지 무대를 넓히고 애매한 생화학 학도까지 끌어들이구."

"사실이 그렇습니다."

"나는 당신이 그따위 심부름을 하기 위해 시간을 낭비하고까지 서상복을 면회하러 갈 그런 사람으로 보지 않았는데요."

"사실이 그런 걸 어떡합니까."

"당신은 서상복이란 자가 어떤 자인가를 알지요?"

"무슨 사건으로 구속되어 있는 사람이라고만 알고 있었습니다."

"서상복은 북괴의 지령을 받아 A대학에 거점을 두고 활약하던 거물 간첩이오. 그자가 붙들렸을 때 신문엔 대서특필한 기사가 났소. 그런데도 당신은 몰랐다구?"

"정말 몰랐습니다."

"당신의 전직은 신문기자였지?"

"기자가 아니고 교정부원이었습니다."

"교정부원이면 기사를 사전에 읽어야 할 것 아뇨."

"그렇습니다."

"그런데 서상복 사건을 몰랐어?"

"교정부원 혼자서 다 읽는 것은 아니니까요."

"훗흐." 신사는 묘한 웃음을 웃더니 다시 정색을 하고 말했다.

"말을 이리저리 피할 생각 말아요. 그래 서상복을 만났을 때 무슨 얘기를 주고받았소."

"박문혜 씨가 스웨덴으로 갔다는 사실만 전했습니다. 그밖엔 별로 한 말이 없었던 것으로 기억하고 있습니다."

"그 정도인데 서상복을 후원하는 회원이 되었어?"

"그건 또."

"그건 또 뭐야."

"어떤 사람이 와서 하두 조르기에."

"어떤 사람이라니, 그 사람의 이름이 뭐야."

그 이름이 깡그리 기억 속에서 사라지고 있었다. 부득이,

"기억이 나질 않습니다." 하는 대답을 할밖에 없었다.

"기억이 나질 않는다구? 네놈들의 상투수단이야, 그게."

신사의 말이 돌연 거칠게 되더니,

"그자가 누군지 내가 말해줄까?" 하고 책상을 쾅 쳤다.

그래도 그자의 이름을 생각해낼 수가 없었다.

"강석우, 알지?"

나는 아차, 싶었다. 바로 강석우였다.

"강석우, 맞았습니다."

"이봐요 누가 수수께끼를 하고 있는 줄 아시오. 당신이 숨겨도 알 것은 다 알고 있으니 순순히 말해버리는 게 어때요."

"말할 아무것도 없습니다."

"강석우가 당신의 동지이지."

"천만의 말씀입니다."

"그럼 어떤 사인가."

"그저 날 찾아왔기에 알았을 뿐입니다."

"누구 소개로."

"아무의 소개도 없었습니다."

"당신의 존재를 어떻게 알구."

"글쎄, 나로선 알 수가 없습니다."

"내가 가르쳐줄까?"

"네."

"북쪽에서 무전으로 지시를 한 거야. 그래서 강석우가 당신을 찾아간 거야."

"북쪽에서 나를 어떻게 알구요."

"이 사람이 사람을 놀리나?"

신사의 표정이 험악하게 되었다. 바깥이 어두워가고 있었다.

전등이 켜졌다. 침묵이 계속되었을 때 내가 말했다.

"나는 간첩이 아닙니다."

"기고 아니고는 조사해보면 알 것이고, 그래 초면부지의 사나이가 찾아왔다고 해서 서상복을 돕기 위한 돈을 내줘요?"

"하두 귀찮아서 얼른 보내버리려고 돈을 준 겁니다."

"당신은 부자인 모양이군."

"부자는 아닙니다."

"부자도 아닌데 귀찮다는 이유만으로 만 원씩 날리나?"

"……."

"석명을 하려거든 납득이 갈 수 있도록 말을 꾸며야 해요."

"……."

"그럼 또 묻겠는데 당신은 분명히 부자가 아니죠?"

"아닙니다."

"직업은?"

"없습니다."

"생활은?"

"외국서적을 번역해서 출판사에 판 돈으로 살아가고 있습니다."

"그런 형편에 돈 이십만 원은 큰돈이오, 적은 돈이우."

"큰돈이죠."

"이십만 원이면 당신 한 달치 생활비가 될 액수이지?"

"그렇습니다."

"그런데 그런 만만찮은 돈을 아무에게나 던져줘?"

"아무에게나 준 것이 아니구……."

"물론 이용가치가 있다고 판단된 사람에게 주었겠지."

"그런 것은 아닙니다."

"하준호란 아이 알지?"

"압니다."

"비록 구두닦이를 하고 있어도 하준호는 애국 소년이오. 당신은 대한민국 소년을 우습게 보는 모양이지만, 그게 오산이라고 하는 것은 이제사 알았겠지. 구두닦이를 하며 가난하게 사니까 나라에 대해 불평불만에 가득 차 있을 것으로 짐작하겠지만 우리 대한민국의 소년은 그처럼 호락호락하지 않아. 철저한 반공정신을 가지고 있어. 이제사 알았지?"

"나도 하준호를 좋은 소년이라고 알고 있습니다. 그래서 그의 어머니가 앓고 있다고 듣고 이십만 원을 준 겁니다."

"이용하기 위해 준 게 아니구?"

"절대로 아닙니다."

"그런데 공책을 사주며 뭐라고 했지? 거기다 무엇을 기록하라고 했지? 대한민국의 국민이 이처럼 비참하게 산다는 증거를 만들려고 했나? 대한민국을 비방할 자료를 만들려고 한 거지."

"절대로 그렇지가 않습니다."

"그렇지 않은데 왜 노트를 주었지?"

"무슨 요구를 하지 않으면 그 아이가 돈을 받지 않을 것 같아서 그렇게 시킨 겁니다. 나는 소설가 지망이라서 하준호의 생활기록이 혹시 소설의 소재가 되지 않을까, 하는 계산도 있었습니다."

"침이 마르기도 전에 거짓말이란 것이 폭로되는군."

"거짓말이 아닙니다."

"아까는 하준호를 이용할 생각은 전연 없었다고 하구서 이번에는 말이 다르지 않은가."

"돈을 받게 하기 위한 수단으로 그런 아이디어를 낸 데 불과한 건데 결과적으로 그렇게도 되겠다고 생각한 것이지 바로 그것이 목적이 아니었습니다."

"소설가 지망을 내세울 수 있을 만큼 말주변은 무던하군요. 당신은 당신 혼자만 영리한 줄 알고 있는 모양이군."

"그것이 사실인 걸 어떻게 합니까."

"설혹 사실이 아니라도 좋소. 거짓말을 해도 그럴싸하게 하란 말이오. 당신의 말은 도대체 납득할 수가 없지 않소."

"……"

"당신은 남을 동정할 처지에 있는 사람이 아니지 않소."

"그러나 나름대로의 동정심이야 왜 없겠습니까."

"동정심이야 있을 수 있지만 한 달 생활비를 몽땅 던지기까지 해서 동정할 처지가 되는가 이 말이오."

"처지는 못 된다고 해도 내가 그렇게 한 것은 사실입니다."

"그러니까 납득이 가질 않는단 말 아뇨. 하준호에게 준 돈 이십만 원은 공작비 가운데서 나온 돈일 테지."

나는 어이가 없었다. 윤두명으로부터 받은 돈이라고 해버리면 그 문제는 풀리겠지만 나 때문에 윤두명을 경찰서에 오게 한다는 것은 안 될 일이었다. 나는 양춘배로부터 받은 번역료 가운데서 준 것이라고 끝내 고집했다.

그 사람은 싸늘하게 웃었다.

찬바람이 일었다.

"그게 당신들의 전법일는진 몰라도 그렇게 말을 교묘하게 꾸며댄다고 해서 넘어갈 내가 아니오."

"나는 사실을 말하고 있을 뿐이오."

"그럼 묻겠소. 당신의 재산은 얼마나 되오."

"재산이란 건 없습니다."

"신문사에서 나올 때 퇴직금은?"

"오십만 원가량이었소."

"고향에서 보내온 돈이라든가, 또는 친척이나 친구로부터 얻은 돈은 없소?"

"없습니다."

"돈을 빌린 적은 없수?"

"별루 없습니다."

"번역을 해서 번 돈 총액이 얼마나 되우."

"이백만 원 안팎입니다."

"그 돈 생활비로 했겠죠?"

"그렇습니다."

"부인으로부터 돈을 받은 적은 없수?"

"없습니다."

"그것 참말이죠?"

"참말입니다."

"이쯤 되면 실토를 할 만한데." 하고 그 사람은 일어서서 창 밖을 보았다. 내가 자백할 여유를 주기 위한 포즈로 보였다.

그러나 나에겐 할 말이 없었다. 나는 간첩이 아니라는 말밖엔 할말이 없는 것이다. 하지만 꼭 같은 말을 보람도 없이 되풀이한다는 건 쑥스러운 노릇이라 가만있었다

침묵이 계속되었다.

그 사람은 도로 자리에 앉으면서,

"다음은 당신 입으로 당신의 정체를 말하시오. 조금이라도 당신에게 도움이 되어주려고 하는 나의 호의요. 절체절명의 궁지에서 비명을 올리는 것보다 얼마간의 여유가 있을 때 스스로 털어놓으시오. 그렇게만 하면 자수자에게 주는 혜택을 베풀 수 있을 거요."

"내 정체는 소설가 지망생이란 이외의 아무것도 아닙니다. 나는 김일성을 인류의 적으로 알고 있는 사람입니다. 그런 내가 놈들의 간첩 노릇을 해요? 어림도 없는 얘깁니다. 나는 어떻게 해서 이런 오해가 생겨났는지 그걸 알 수가 없습니다. 설사 오해가 있었으면 순서를 따져 순순히 물어도 될 것을 왜 이러십니까."

"당신이 체포되었다는 소식이 전달되면 당신과 접선할 사람들이 피해버릴 것 아니오. 우선 그자들을 잡기 위한 긴급한 수단을 쓴 것으로 아는데 그것도 일종의 전투요. 보다시피 내가 점잖게 나오니까 당신은 끝내 미꾸라지가 되질 않았소. 적에 대해서도 신사적으로 할 줄 모르는 우리가 아니오만 당신처럼 교활한 사람에겐 달리 방법이 없는 것 같구려."

"난 사실을 말했을 뿐 미꾸라지가 아닙니다."

"그래요?"

"그렇습니다."

"꼭 그렇다면 사실 하나만 더 알아봅시다."

"좋습니다."

"당신 영동에 아파트를 가지고 있지."

"가지고 있습니다."

"육 개월 전에 산 걸로 되어 있더군요."

"그것은……."

"내 말을 마저 들으시오. 당신은 당신의 경제사정을 죄다 말했죠? 그 말에 의하면 당신이 그 아파트를 살 돈이 전연 없는 것으로 되어 있지 않았소."

"그것은 내가 산 것이 아닙니다."

"산 것이 아닌데 당신 명의로 되어 있어요? 우리 경찰이 아무렇게나 사람을 잡아들이는 줄 아시우? 당신이 산 것이 아니면 바로 하늘에서 굴러 떨어졌단 말이오?"

"그런 게 아니구 기증을 받은 겁니다."

"김일성이가 사서 당신에게 기증을 했단 말인가?"

"그런 건 아닙니다."

"그럼 김일성의 대리인이 그 아파트를 사서 주더란 말인가?"

"그 아파트의 전 주인 김소향으로부터 기증을 받은 겁니다."

"그 여자가 천만장자, 억만장자 되던가? 우리가 조사한 바에 의하면 가난하게 살다가 미국으로 이민 간 여자라고 알고 있는데, 그런 여자가 이민을 가며 시가 삼사천만 원은 넘을 아파트를 기증했다구? 그런 여자의 아파트를 사들였다는 건 영리한 노릇이었어. 뒤탈이 없을 테구, 아파트를 산 자의 정체를 감쪽같이 숨길 수 있었을 테니까. 그러나 일이 떡장수 마음대로 되는 건 아니었지. 중언부언 꾸며댈 생각 말구 바른대로 말해. 공작금으로 산 거라구."

"내 얘길 들어주시우." 하고 나는 김소향과 나와의 관계를 부끄러움을 무릅쓰고 털어놓았다. 신사는 참을성 있게 끝까지 듣고 있더니 내 얘기가 끝나자 "헛허." 하고 크게 웃었다.

그러고는 덧붙였다.

"이 사람 소설가 지망생이라더니 만일 살아 북쪽으로 돌아가기라도 하면 일류 소설가가 되겠군. 그렇게 꾸며낼 줄 아는 거짓말 재간이 있으면 김일성의 공로도 제법 꾸며낼 수 있을 테니까. 그러나 대한민국에선 그따위 얘기는 소설로서도 통하질 않아. 대한민국은 어리석은 사람만 사는 데가 아니니까."

"내가 한 말엔 조금도 거짓이 없습니다. 미국으로 조회해보면 알 일이 아닙니까. 조회해보지 않아도 아파트의 내 책상 서랍에 김소향이 내게 전하고 간 편지가 있습니다."

"보나마나 그럴듯하게 꾸며놓은 거겠지."

하고 그 사람은,

"거기 누가 없느냐."고 소리를 질렀다.

형사 A, B가 들어섰다.

"이 사람 끌고 가. 그리고 오늘 밤은 그냥 재워. 내일 아침부터 다시 시작이다." 하고 그 사람은 파일을 닫았다.

그리고 나를 쏘아보며 하는 말이,

"그물 속에 들어서까지 퍼덕이는 건 물고기가 하는 노릇이오. 사람이란 체념할 줄도 알아야 해요."

—언제나 변하지 않는 행복, 평생에 걸쳐 연장될 수 있는 행복은 두 가지의 피안을 선취함으로써만이 존재할 뿐이다. 천국의 행복, 또는 유토피아의 행복이다. 슬픔의 골짜기인 현세는 불쌍한 두 추케가 체험한 것처럼 갖가지 제도와 기구 속을 통과해야 하는 길고긴 행군이다. 영원한 행복, 지복 중의 지복은 천상의 저편과 현세의 저편이란 두 가지 피안에만 있을 뿐이다. 그 까닭은 인간의 눈으로써 보는 한 인생엔 의미

가 없기 때문이다…….

내 인생의 경험을, 애정문제엔 관련시키지 말고, 요약할 것을 허용한다면 나는 다음과 같이 말하고 싶다. 인생엔 행복한 순간이 이곳저곳 점철되어 있다. 그러나 무언가의 보호가 있어야만 가능한 생활 속에서 행복을 찾는 것은 헛된 노력이다. 쇼펜하우어에 이르기까지의 위대한 종교의 창립자와 철학자는 인간에게 행복을 보장하는 갖가지 가치를 만들려고 했다. 하지만 그러한 교설은 비참한 해석으로 바뀌고 말았다. 무의미한 인생은 살아갈 수 없다고 믿고 있는 사람은 자살할밖에 달리 도리가 없다. 순간적인 행복, 지복의 소편 같은 것이면 도처에 깔려 있다. 인간은 좀더 겸손하길 배워야 한다. –루트비히 마르쿠제

경찰서 유치장에서 이십 일, 서대문구치소에서 이십 일. x=0을 증명하기 위해 나는 사십 일의 낮과 밤을 지내야만 했다. 어떤 작가의 옥중기를 빌리면 나는 태양과 달을 가두어놓고 사십 일간을 지낸 셈이다.

나는 사십 일 동안 충분히 지쳤다. 그렇다고 해서 그 이상의 낮과 밤을 견딜 수 없었다는 것은 아니다. 사람에겐 뜻밖의 적응력이 있다.

그 호사스럽고 연약한 듯한 마리 앙투아네트! 오스트리아·헝가리 제국의 여왕 마리아 테레지아의 딸이며 루이 16세의 왕비였던 마리 앙투아네트가 그 처절한 인생의 말기에 보여주었던 의연함과 용기를 무슨 까닭인지 나는 상기했다.

나는 마리 앙투아네트의 비극까질 원용하여 내 비극을 증폭하려는 것은 아니다. 따지고 보면 내 경우엔 비극이랄 것도 없다. 다만 오해가 있었을 뿐이다. 마리 앙투아네트의 경우야말로 비극인 것이다.

마리 앙투아네트는 1793년 8월 1일 밤 콩시에르즈리 감옥에 수감되

었다.

그 광경을 슈테판 츠바이크는 다음과 같이 쓰고 있다.

—밤 두 시, 주먹으로 방문을 두드리는 소리가 있었다. 마리 앙투아네트는 태연했다. 남편을, 아들을, 연인을, 왕관을, 자유를 빼앗긴 이제 와서 그녀는 어떻게 해야 한단 말인가. 그녀는 조용히 일어나 옷을 입고 혁명위원들을 들어오라고 했다. 위원의 하나가 국민공회의 결정서를 읽었다. 과부 카페, 즉 마리 앙투아네트는 고발되었으니 콩시에르즈리의 감옥으로 옮겨야 한다는 내용이었다. 그녀는 조용히 귀를 기울이고 있었을 뿐 말을 하지 않았다. 혁명재판소의 기소는 사형선고와 같은 의미를 가지고 있다는 것과 콩시에르즈리는 죽음의 집이란 사실은 익히 알고 있는 터였다. 그러나 그녀는 항변도 탄원도 하지 않았다. 태연히 복장 수색을 받고 한 장의 손수건과 강심제가 들어있는 작은 병 하나만을 들고 뒤돌아보지 않고 거실의 문을 나서 빠른 걸음걸이로 계단을 내려갔다…….

사형선고를 받은 날 밤 마리 앙투아네트는 다음과 같은 편지를 썼다.

'사랑하는 누이, 나는 지금 최후의 편지를 쓰고 있다. 나는 금방 판결을 받고 돌아오는 길이다. 사형을 당한다는 건 수치스러운 것이 아니다. 범죄인에게만 사형은 수치스러운 것이다……'

그러나 이 편지는 의도하던 사람에겐 전달되지 않았다. 어딘가에 매몰되어 있다가 이십일 년 만에 햇볕을 보게 되었다.

마리 앙투아네트가 처형되는 광경을 슈테판 츠바이크의 문장을 빌려 옮겨본다.

—아침 다섯 시. 마리가 마지막 편지를 쓰고 있을 무렵, 파리 48구에선 북소리가 울려 퍼졌다. 일곱 시엔 무장한 군대가 행동을 개시하고 발사 준비가 된 대포가 다리와 큰 거리를 차단했다. 초병은 총검을 들고 거리 거리를 누비고 기병은 연도에 도열했다. 죽음 이외의 아무것도 남기지 않을 하나의 여성을 위해 이처럼 대대적인 군대의 동원이 있었던 것이다.

폭력의 희생자가 폭력을 겁내는 이상으로 폭력 또한 희생자를 겁낸다는 것은 흔히 있는 일이다.

왕비는 정성을 들여 몸치장을 했다. 일 년 이상이나 바깥으로 나가보지 못한 그녀로선 이 마지막의 외출을 위해 단정하고 청결한 복장을 해야 하는 것이다. 그것은 허영심이 아니고 역사적 순간에 알맞은 위엄을 유지하기 위해서다.

여덟 시, 문을 두드리는 사람이 있었다. 사형집행인은 아니었다. 목사였다. 왕비는 정중하게 참회하길 거절했다. 공화국에 충성을 맹서한 목사에겐 참회할 수 없는 심정이었던 것이다.

"마지막 길에 동반해드릴까요?" 목사가 물었다.

"마음대로 하세요." 왕비의 짤막한 대답이었다.

열 시에 건장한 체구의 사형집행인 상송이 들어와 왕비의 손을 등 뒤로 돌려 묶었다. 왕비는 묵묵히 그가 하는 대로 맡겨두었다. 그녀는 이제 생각할 것은 명예밖에 없다는 것을 알고 있었다. 의연한 태도로서 자기의 최후를 보려고 갈망하는 자들에게 마리아 테레지아의 딸이 어떻게 죽는가를 뵈줄 따름이었다.

열한 시. 콩시에르즈리 감옥의 문이 열렸다. 바깥에 말 한 필이 매어 있는 달구지가 서 있었다. 루이 16세는 그대로 궁정마차를 타고 형장으로 갔던 것인데, 비록 왕비라고 할지라도 다른 시민보다 편하게 죽일 필요가 없다고까지 공화국의 사상은 전진해 있었던 것이다.

이미 과부 카페로 몰락한 여자에 대해선 새다리의 횡목을 걸친 한 장의 판자이면 그만이었다. 달구지에 덮개가 있을 필요도 없고 쿠션이 있을 필요도 없다. 롤랑 부인·당통·로베스피에르·푸키에·에베르, 그리고 마리 앙투아네트를 단두대에 보낸 모든 사람이 이윽고 이 달구지를 타게 되는 것인데 그녀는 그들보다 한발 앞에 떠날 뿐이다…….

처량한 수레가 보도 위로 천천히 굴러갔다. 모두들 이 광경을 눈여겨보도록 천천히 가는 것이다. 딱딱한 나무판자에 앉아 있는 왕비의 쇠약한 몸엔 보도 위의 진동이 하나하나 예리한 아픔이 되는 것이지만, 그 창백한 얼굴은 움직이지 않고, 조그마한 불안도 고통도 보이지 않았다.

그녀를 미워하는 적들은 왕비의 당황과 곤혹을 놓치지 않으려고 하지만 그녀는 추호의 동요도 보이지 않았다……. 그녀는 손을 뒤로 묶인 채 왕좌에 앉은 자세 그대로 의연했다.

돌연 군중 속에 소란이 있었다. 이윽고 침묵이 차지했다. 기병대의 선두가 보였다. 기왕 프랑스의 지배자였던 여성의 포박된 모습을 태운 마차가 굽이길을 돌아 나타났다. 그녀의 배후엔 포승의 한쪽을 쥔 형리 상송이 서 있다. 광장엔 침묵이 깔렸는데 보도를 밟고 구르는 말발굽소리와 수레바퀴소리만이 들렸다.

광장에 모인 군중의 눈은 일제히 한군데로 쏠렸다. 거센 포승에 묶인 창백한 여인의 얼굴이 있었다. 그러나 그녀는 군중을 무시하고 있었다. 그녀는 알고 있었다. 이 최후의 시련만 넘어서면 그만이란 사실을. 오 분쯤 후엔 죽음이 있을 것이고 그 뒤엔 불멸이 있을 것이었다.

마차는 단두대 앞에 섰다. 누구의 부축을 받지 않고, 감옥에서 나올 때보다도 더욱 침착하게 돌 같은 얼굴을 하고 왕비는 단두대로 통하는 나무계단을 올라갔다. 지난날 베르사유 궁전의 대리석 계단을 올라갔을 때와 꼭 같이 가벼운 리듬을 보이면서 그녀는 검은 새틴 하이힐을 신고 그 최후의 계단을 올랐다. 웅성거리는 천민들의 머리 위 아득히 펼쳐져 있는 하늘에 허허한 일별을 던질 뿐. 그 시야의 저편엔 가을 안개가 자욱한 가운데 그녀가 영화를 구했던 튈르리 궁전이 있는 것이다.

그 튈르리 궁전의 뜰에서 그 언젠가 왕태자비로서 파리에 왔을 때의 환호의 소리를 맞이한 적을 그녀는 상기했을까. 바로 자기의 죽음을 지켜보고 있는 이 군중들이 말이다.

우리들은 알 수가 없다. 누구도 죽음의 길을 가는 사람의 최후의 마음을 모른다.

이윽고 형리들이 그녀의 뒷머리채를 덥석 쥐고 목을 칼날 밑으로 넣고 몸을 판자 위에 뉘였다. 줄이 당겨졌다. 섬광일섬, 칼날이 떨어져 둔탁한 음향이 일었다. 상송은 핏방울이 뚝뚝 떨어지는 왕비의 머리를 잡아들고 광장의 군중들에게 보였다. 숨을 죽인 수만의 공포가 일시에 해방되었다. 광포한 절규가 터졌다. "공화국 만세!"

이것이 비극인 것이다.

나는 이미 말했듯 나의 슬픔을 증폭하기 위해서도 아니고, 나의 슬픔을 왜소화하기 위해서 구치소에서 풀려나자마자 마리 앙투아네트의 기록을 읽은 것은 아니다.

지내놓고 보면 이렇듯 모든 사건이 난센스란 얘기다. 마리 앙투아네트! 그 여자, 하나를 죽였대서 무엇이 어떻게 되었는가 말이다.

보복과 복수?

그런 보복과 복수를 했다고 해서 군중들은 무엇을 얻었으며 무슨 보람이 있었겠는가. 공화국 만세를 목이 터지도록 부른 그 군중들은 마리 앙투아네트의 싸늘한 눈초리의 일별만도 못한 그야말로 우중이었다.

공화국은 무슨 공화국. 얼마 지나지 않아 어느 곳 뼈다귀인지도 모르는 나폴레옹을 황제로 받들어 파리 목숨처럼만도 못하게 목숨을 버려야 하는 운명이 그들을 기다리고 있었던 것이다.

나는 마리 앙투아네트의 역사를 본다. 나는 검사의 준열한 심문을 받으면서도 실은 마리 앙투아네트를 생각하고 있었다.

'살아생전 바깥으로 나가면 슈테판 츠바이크의 마리 앙투아네트를 읽어야 하겠다.'고.

같은 감방의 사나이, 이름을 송기수라고 하는 자는 '진리를 위한 모임'이란 지하단체를 만들어 대학생들을 규합했다가 붙들려 들어왔노라고 퍽 자랑스럽게 말한 끝에,

"역사를 이해하려면 유물사관을 익힐 수밖에 없다."고 사뭇 정중하게 선언했다.

나는 어이가 없어서 웃었다.

유물사관이란 그 이론이 아무리 정치하다고 해도 핏방울이 뚝뚝 떨어지는 마리 앙투아네트의 목이 말하는 진실에 비하면 어린애들의 토론만도 못하다는 감회가 있었기 때문이다. 그러나,

"왜 웃느냐?"는 송기수의 물음에 대해선,

"시장은 이해관계로 성립되어 있다고 설명하는 것이 유물사관 아니겠소. 이른바 시장의 이론이 유물사관이오. 그런데 시장을 형성하고 있는 사람들의 근본을 따져 들어가면 사랑하는 사람을 위해선 돈 아니라 생명까지도 바치겠다는 염원이 흐르고 있소. 유물사관이란 파도가 있

으면 거품이 있다는 것을 설명하고 있을 따름이오." 했다.

그러자 그의 장광설이 시작되었다. 설익은 마르크스주의라고 한마디로 말할 수 있는 치졸한 이론. 그의 말은 마르크스의 진리를 위해선 자기의 생명쯤 희생해도 좋다는 투로 번졌다.

그때 나는 생각했다.

'자기의 생명을 희생해도 좋을 만한 사상을 가지는 것이 좋을까, 나쁠까.' 하고.

그러다 곧 나의 마음은 다음과 같이 바뀌었다.

'하나의 사상을 위해 생명을 희생하는 것이 혹시 좋을지 모르지만 마르크스주의로선 부족하다.'고.

그런 마음 때문도 있어 나는 끝내 말을 하지 않으려고 했는데 그는 집요하게 물음을 던졌다.

"마르크스주의 이상의 철학이 이 세상에 있다고 생각하느냐?"고.

이윽고 나는 몇 마디 안 할 수가 없었다.

"하늘의 별처럼 많은 철학 가운데의 하나가 마르크스 철학이라고 나는 생각할 뿐이오. 그 철학과 다른 철학과의 차이는 그 철학이 스탈린·김일성·폴 포트 같은 히틀러 이상으로 사람의 목숨을 잔인하게 자른 인간들을 만들어냈다는 점일 뿐이오."

그자는 발끈했다.

그러나 나는 개의치 않고,

"나는 자기에게 반대하는 자까지 허용할 수 있는 철학을 원할 뿐이오." 하고 돌아누워버렸다.

"당신을 무던한 사람인 줄 알았더니 실망했다."는 군소리가 있었지만 나는 상대도 안 했다.

나는 구치소에서 갖가지로 슬프고 불쌍한 인간을 보았지만 그 송기수란 자를 더욱 슬프게, 보다 불쌍하게 느꼈다.

$x = 0$.

그들은 나의 정체를 일단 x라고 치고 x의 수치를 얻으려고 미리 준비한 방정식을 애써 전개했다.

x의 수치를 위해 가장 문제시한 대상은 임선희였다. 영동의 아파트에 젊은 여자가 드나들었다는 사실을 그들은 파악하고 있었다.

그들은 임선희와 나를 함께 검거할 작정이었는데 아차할 순간 임선희를 놓쳐버렸다고 생각했다. 그래서 나와 그들 사이에 몇 날 밤에 걸쳐 불면의 응수가 되풀이되었다.

"그 아파트에 드나든 여자의 이름이 뭐냐."

"임선희다."

"그 여자는 지금 어디에 있느냐?"

"모른다."

"모른다고 할 테지. 그러나 그로써 일이 끝날 줄 아는가?"

"하여간 모른다."

이러한 승강이 끝엔 으레, 이른바 과학적인 행사가 있었다. 나는 에디슨을 원망했다. 에디슨은 급기야 김소향을 부르게 하고 말았다.

나는 어느 날 어느 장소에서 김소향을 발견했다.

"길남인 잘 있어요." 한 것이 소향의 첫말. 둘째 말은,

"데리고 오려고 했는데……. 이것저것 생각한 끝에 둬두고 왔어요."

"임선희를 꼭 찾겠어요." 한 것이 소향의 세 번째 말.

그러고는 김소향이 울었다. 아아, 무슨 까닭으로 우는 울음이었을까.

며칠 후 임선희가 나타났다. 그녀도 나를 보고 울었다. 김소향 · 임선희의 수치는 0이었다는 것이 밝혀졌다.

스웨덴의 박문혜가 나타난 것은 뜻밖이었다. 그녀는 서상복을 만나 달라고 한 자기의 부탁이 화근이라고 짐작하고 부랴부랴 달려온 것이었다.

"서형식이란 사람의 편지를 받았어요. 어떻게나 놀랐는지 몰라요."

그러면서도 그녀는 침착했다. 나는 그녀의 단호하고 의연한 얼굴에 마담 퀴리의 젊었을 때의 모습을 보았다.

"서상복을 만난 것이 문제가 된다면 감옥에 있어야 할 사람은 나예요."

그녀가 수사관을 똑바로 보고 한 말이다. 그로써 방정식에 있어서의 서상복과 박문혜의 항, 수치도 0이 되고 말았다.

그들의 의혹의 수치를 백만 천만으로 칠 수 있더라도 이에 0을 곱하면 답은 0으로 나올 뿐이다. 그들이 꾸민 방정식의 답이 최종적으로 $x = 0$임이 증명되었을 때 검사와 나와의 사이에 문답이 있었다.

"서재필 씨."

"예."

"그동안 수고하셨소."

"……."

"우리의 안전보장 임무를 위해 봉사하셨다고 생각하세요."

"……."

"북괴의 간첩공작은 일반이 생각하고 있는 것보다 훨씬 악랄하고 치열합니다. 지난 해 적발된 것만 해도 수백 건에 이르고 있으니까요. 조그만 구멍 하나가 큰 제방을 붕괴케 하는 원인이 될 수 있는 것이니까요. 그러니 안보임무에 종사하고 있는 사람은 안심할 수가 없습니다."

"……."

"사정이 이와 같을 때 서재필 씨의 행동은 너무나 수상한 데가 많았습니다."

"도대체 뭣이 수상했단 말입니까?"

"서재필 씬 목하 실직하고 있지요?"

"그렇습니다."

"신문사를 그만둔 이유가 확실치 않던데요."

"내 하기 싫어 그만둔 건데 그 이상 확실한 이유가 또 있어야 합니까."

"다른 직장으로 옮길 목적이면 또 모르죠. 그런데 그런 사정도 아니고, 신문사에선 말렸는데도 막무가내로 그만두셨더면요."

"싫으니까 그만두었다고 하잖습니까."

"그게 수사 임무를 맡은 우리들에겐 이상스럽게 보이는 겁니다."

"……."

"서재필 씨의 처지로선 이십만 원이면 큰돈이죠?"

"그렇습니다."

"그런 돈을 아무런 관계도 아닌 구두닦이 소년에게 예사로 줄 수 있을까요? 만 원 이만 원이면 또 몰라도."

"나는 그 소년의 어머니가 아프다고 듣고 무척 동정을 한 겁니다."

사실은 윤두명으로부터 받은 돈이 심적인 부담이 되었기 때문에 한 짓인데 그 말을 하려면 윤두명의 이름을 대야 하는 게 거북해서 이렇게 버텼던 것이다.

"게다가 노트를 주며 생활의 실태를 적으라고 했죠?"

"그건 그 소년이 부담을 덜 느끼게 하기 위한 고육지책이었습니다."

"그 사실은 잘 알았습니다. 그러나 그게 의혹의 재료가 되었다 이겁니다."

"……."

"서재필 씨가 번역한 책의 저자는 루트비히 마르쿠제란 사람이었죠?"

"그렇습니다."

"그 사람은 공산주의자는 아닙니다만 약간 사회주의에 가까운 사람 아녜요?"

"그럴는지 모르죠."

"바로 그 점입니다. 공작임무를 띠고 있는 지식인은 그런 데서부터 젊은 사람들의 관심을 불러일으키려는 수작을 씁니다. 그렇게 해서 일보 일보 자기들이 노리는 사상으로 접근하는 거죠."

"그건 지나친 짐작입니다. 마르쿠제의 책을 읽으면 공산주의와 멀어졌으면 멀어졌지 가깝게 될 까닭이 없습니다."

"하지만 마르쿠제는 좌익이란 딱지가 붙어 있는 사람 아닙니까?"

"역시 오해하고 계시는 모양입니다. 좌익이란 레테르가 붙은 마르쿠제는 헤르베르트 마르쿠제이지 루트비히 마르쿠제가 아닙니다."

"여하간 그 언저리에도 의혹의 재료가 있었다 이겁니다."

"……."

"서재필 씬 고급 아파트를 가지고 있었죠?"

"그렇습니다."

"지금은 모든 사실이 밝혀졌으니까 석연할 수 있지만 그렇지 않았을 땐 당연히 의혹의 재료가 되지 않겠어요?"

요컨대 검사는 나를 의심하지 않을 수 없었다는 조목을 열거하고 나서,

"아무튼 일선의 수사관들이 보아 넘길 수 없는 사정에 이르러 한 짓이지 사감이 있어서 그랬다고는 생각하지 않으시죠?" 하고 물었다.

"사감이라고는 생각하지 않습니다."

"그렇다면 모든 것을 물에 흘려보내십시오."

"안 흘려보내면 어떻게 하겠습니까. 보내야죠." 하고 나는 힘없이 웃었다.

그리고 검사가 여러 가지로 신경을 쓰는 것 같아,

"결국 우리나라가 놓인 비극적인 상황이 이런 일을 있게 한 것이니 나는 누구도 원망하지 않겠습니다. 다만 앞으론 이런 일이 없어주었으면 할 뿐입니다. 검사께서 미안해할 것은 없습니다." 하는 말을 보태지 않을 수 없었다.

검사는 활짝 갠 얼굴이 되면서 차를 시키곤,

"이렇게 문제가 해결되었으니 물어보는 겁니다만, 아니, 묻는 것이 아니라, 내 개인의 감상이라고 해둡시다. 어떻게 공교롭게 우리의 생활 차원에선 일어날 수 없는 일들만 차곡차곡 쌓였는지 하여간 이상할 뿐입니다. 한마디로 너무나 소설적입니다. 김소향 씨와의 일도, 박문혜란 생화학자와의 관계도, 소설가 지망생이니까 그런 소설적인 일만 생기는 건가요?" 하며 내게 담배를 권했다.

"글쎄요." 하고 나는 권하는 대로 담배를 피워물고 대답을 찾았다.

"가령, 이런 것이 아니겠습니까. 버스를 놓칠세라 달려가고 있는 사람에겐 저녁노을의 아름다움쯤 눈에 보이지 않을 것 아닙니까. 설혹 눈에 보였다고 해도 아무런 감흥이 없는 거죠. 그런데 저녁노을의 아름다움에 마음을 빼앗기는 사람도 있는 겁니다. 저녁노을에 홀려 강변까지 갈 수도 있지요. 거기서 자살 직전의 여자를 만난다든가, 기구한 인생

체험을 가진 노인을 만난다든가, 그래서 전연 예기치 않았던 인생 관계가 성립되는 그런 일이 있을 수 있지 않겠습니까. 내 경우의 얘기가 아니라, 로맨틱한 사건은 로맨틱한 사람에게만 발생하는 거죠. 나는 결코 로맨틱한 사람이 아닙니다만."

"로맨틱한 사건은 로맨틱한 사람에게만 생긴다. 그럴듯한 말이군요."

검사는 고개를 끄덕였다.

"이렇게도 바꿔 말할 수 있겠지요. 로맨틱한 일은 사람의 기분이 로맨틱해졌을 때만 생긴다. 로맨틱하기만 한 사람은 없을 테니까요. 아무리 실리만을 추구하는 사람도 로맨틱한 기분이 되는 시간이 있을 테구요."

그러고도 한참을 이런 얘기, 저런 얘기 하다가 검사는 앞으로도 가끔 만났으면 좋겠다는 말과 함께 건강에 조심하라고 했다. 검사실에서 걸어 나오며 나는 사람 속에 검사란 또 하나의 존재를 유지하기란 힘든 노릇일 거란 생각을 해봤다.

구치소 문을 나섰을 때 성큼 다가서는 사람이 있었다. 형식이었다. 형식은 내 손에서 보통이를 받아들었다. 말은 없었다.

명욱인 외투를 내 어깨에 걸어주며 내 손을 잡아보고 얼른 놓았다.

가등 속으로 우동규 부장이 걸어나왔다.

"수고했소." 나직한 목소리였다. 우동규 부장 뒤엔 교정부원들의 얼굴이 있었다. 이어 양춘배가 걸어나왔다.

"고생이 많았죠?" 하고 내 손을 잡았다.

그 다음에 보인 것은 김소향·박문혜·임선희. 그리고 조금 떨어진 곳에 차성희·안민숙. 모두들 팬터마임의 주역들처럼 말은 없었으나 눈빛에 저마다의 감정을 담고 있었다.

바람은 없었으나 추위가 바짝 죄어드는 느낌이었다. 콧구멍이 따끔따끔했다. 이렇게 추운 겨울의 밤에 이 사람들은 무엇 때문에 여기에 모였단 말인가.

『유럽의 어느 구석에서』란 책 제목이 생각났다. 지구의 어느 구석에서, 지친 개처럼 된 하나의 사나이를 만나기 위해 이렇게 남녀들이 모였구나 생각하니 허허한 마음이 저렸다.

"얘기는 내일 다시 만나서 하기로 하구."

우동규 부장은 모두들 나에게 덤비기나 할까, 지레 경계하는 태도를 취하며 대기시켜놓은 신문사 차에 나와 명욱을 밀어넣었다. 형식은 운전사 옆자리에 앉았다.

"목욕이나 하고 푸욱 쉬어요." 우동규 부장은 내게 말하고 운전사에게 사인을 보냈다.

자동차가 구치소의 외문 근처에 이르렀을 때 나는 헤드라이트의 자락 속에 일순 떠올랐다가 사라진 여인의 모습을 포착했다. 김소영이었다.

밤이 깊어 있고, 춥기도 한 탓으로 아파트의 주민들 얼굴을 보지 않은 것이 다행이었다.

방은 몰라보게 달라져 있었다. 새 장판이 깔려 있고 새 가구가 침착하게 방의 분위기를 만들고 있었다. 비어 있는 벽은 밝은 바탕에 산수와 화초가 수놓인 태피스트리로 덮여 있고 천장으로부터 팔각형 샹들리에가 드리워져 있었다. 오늘 이 시간을 있게 하기 위해 들인 명욱의 정성임을 알았다.

보퉁이만 방 안에 밀어넣어 놓고,

"내일 오겠습니다." 하는 말을 남기고 형식은 떠났다. 그 익살꾸러기가 구치소 문 앞에서부터 그때까지 한 말이란 그것밖에 없었던 것이다.

'형식이 침묵할 줄을 아는구나.'

가슴이 뿌듯했다.

단둘이 되자 명욱은 내 가슴에 얼굴을 묻고 소리 내지 않고 울었다.

갖가지로 설명해야 할 일이 많았다. 나는 어느 얘기부터 꺼내야 할지 몰랐다. 그런데 명욱은 내 마음의 움직임을 짐작이나 한 듯,

"아무 말 마세요. 다 알았다니까요. 그리고 깨끗이 소화했으니까요." 하고 내 손을 들어다가 자기의 뺨에 갖다댔다.

"미안해요, 미안해." 나는 건성으로 중얼거렸다.

"미안할 것 없어요. 이처럼 당신이 내 곁에 와 계시는 걸요. 난 당신이에요. 당신은 나구요."

나는 인생이 이만하면 족하다는 흐뭇한 마음으로 되어 명욱의 등을 어루만졌다.

석방된 지 며칠 동안은 무엇을 생각할 시간의 여유가 없었다.

아파트 주민들의 인사를 골고루 받기란 참으로 힘들 정도였다.

시골에서 늙은 형님이 올라오셨다. 제대로 감정의 표백을 할 수 없는 어른이 격한 감정을 나타내자니 딱한 것은 이편이었다.

우동규 부장은 다짜고짜 명령이었다.

"신문사로 돌아와요. 정해진 직장이 없으니까 그런 꼴을 당하는 거라. 큰 배에 한평생 맡겨놓고 마음 내키는 대로 소설을 쓰건 넋두리를 쓰건 하면 될 것 아닌가. 신문사로 돌아와. 복직수속은 당장에라도 할

테니까."

윤두명은,

"이제 세상을 알았을 것 아뇨. 상제의 은총을 빌며 삽시다." 하며 상제교 기관지 편집을 맡아달라고 옛날의 청을 되풀이했다.

양춘배는,

"새 출판사를 발족시키게 되었으니 같이 일하자."고 제안해왔다.

김소향은 명욱과 내가 있는 자리에서,

"미국으로 오세요. 미국은 넓어요. 능력과 노력에 따라 얼마든지 발전할 수 있는 나라예요. 두 분이 같이 이민을 오세요." 하고 권했다.

명욱과 박문혜는 신통하리만큼 서로 친해졌는데 어느 날 정면으로 박문혜가 명욱에게 요청했다.

"서재필 씨를 스웨덴으로 보내세요. 삼 년, 아니 이 년쯤 내가 맡아드릴게요. 우리 선생님을 위대한 소설가로 만들어봅시다. 서 선생이 위대한 소설가가 되려면 외국의 세계를 알아야 해요. 그런 점으로서 최고의 장소가 스웨덴이에요. 스웨덴에 중심을 두고 유럽 각지를 탐색하는 겁니다. 유럽의 빛과 바람에 실컷 바래보는 겁니다. 이 년 내지 삼 년만 내게 맡기세요."

"그러다가 남편을 가로채이면 난 어떻게 하지?"

"가로채일 수 있는 남자이면 아까울 것 없잖아요. 그따위 불성실한 남자, 서재필 씨가 그런 정도의 남자라면 나도 상대하지 않겠어요."

이런 말을 전하면서 명욱은 박문혜가 보통으로 활달한 여자가 아니라고 했다. 그래서 나도 한마디 했다.

"마담 퀴리가 남의 남자를 넘보겠소?"

이렇게 팔방으로 길이 트인 셈이지만 내 갈 길은 막막했다. 나날이 우울증에 빠져들었다. 감옥이라고 하는 그 거대한 불행의 집합체가 내 감정을 압도하는 것이다.

나는 행복을 추구하는 것은 의미가 없다고 생각했다. 선량하게만 살아가려는 하나의 인간을 철저한 불행에 빠뜨리기 위해 그 사람이 전연 알지도 못하는 곳에서 음모와 책략이 꾸며지기도 하는 것이 세상이고 인생이라면 어떻게 그런 속에서 행복을 꿈꾸기나 하겠는가 말이다.

나는 어느 작가가 쓴 소설의 한 장면을 새삼스럽게 꺼내 읽기도 했다. 선량하기 짝이 없는 주인공이 그 선량한 성격 탓으로 여지없이 가정을 파괴당하는 것이다. 다음은 그 소설 주인공의 추념이다.

―오월이었다. 나는 신록의 내음과 창포의 향기가 삽상한 아침 공기에 서려 있는 집을 나왔다. 그때 유치원에 가는 영희의 차비를 차려주고 있으면서 경숙은 "오늘도 빨리 돌아오세요." 했다. 영희는 그 고사리 같은 손을 귀엽게 흔들어 보이면서 "아빠 잘 다녀와요."라고 했다. 나는 의젓한 가장의 품위와 아빠로서의 행복한 미소를 짓고 회사에 출근했다.

평화의 상징으로서의 화재畵材가 될 만한 하늘이었다. 거리였다. 그런데 그날 나는 집으로 돌아가지 못했다. 그리고 영영 그 집으론 돌아가지 못했다. 신록의 내음과 창포의 향기가 삽상한 아침 공기에 서려 있는 아담하고 단란했던 그 집, 나는 그 집으로 다신 돌아가지 못한다……. 그날 오후 나는 회사에서 체포되었다. 그로써 하나의 가정이 수라장으로 화했다. 십 년 걸려 이루어놓은 나의 가정은 튼튼한 성이긴커녕 작은 유리그릇에 불과했다. 나라고 하는 중심이 없어지자 시멘트 바닥에 굴러 떨어져 산산조각이 나버렸다. 운동비다, 변호사비다 해서 집은 남의 손으로 건너갔다. 한 해가 가고 두 해가 갔다. 내가 짊어진 징역은 고스란히 십 년이었다……. 영희는 급성폐렴으로 여섯 살을 일기로 죽었다. 직접 사인은 급성폐렴이었지만, 영희는 내가 체포된 그 찰나에 이미 죽은 것이다. 하늘보다도 높게 생각하던 아빠가 죄인으로서 묶였는데 그 딸이 어찌 살아남을 수 있었겠는가 말이다.

전엔 아무렇지 않게 읽고 지냈던 이 대목이 어쩌면 이렇게 내 가슴을 칠까. 감옥 안엔 이러한 불행의 주인공들이 오늘도 우글거리고 있는 것이다.

이럴 때 나는 어떻게 해야 하는 것인가. 나는 점점 식욕을 잃어갔다.

명욱이 내 기분을 돋우기 위해 안간힘을 썼다. 그 정성이 뼈저리게 느껴질수록 그녀가 안타까웠다. 그런데 그녀에 대한 안타까움이 내 우울증을 더해만 갔다.

해가 바뀌었다.

그래도 나는 살아갈 의욕을 되찾지 못했다. 모든 것이 허망해버렸는데 적극적인 의욕이 나타날 까닭이 없는 것이다. 사방에서 충고와 권고가 모여들었다. 나는 그것을 피하기 위해 영동의 아파트에 혼자 뒹굴고 있었다. 그 아파트를 김소향에게 돌려주려고 했지만 소향은 끝내 거절하고 미국으로 떠나버린 것이다.

봄기운이 태동하는 어느 날 나는 권에 못 이겨 명욱을 따라 병원엘 갔다.

신체의 어느 부분에도 이상이 없다는 진단이 내렸다.

"그런데 왜 쇠약하기만 할까요?" 명욱이 물었다.

"노이로제 증세가 아닐까 합니다." 의사의 대답이었다.

"노이로제면……."

"무슨 심각한 정신적 충격을 받은 것 아닙니까?"

"그럼 어떻게 해야 할까요?"

"생활환경을 바꿔보는 것도 하나의 방법이겠죠."

"생활환경을 바꾼다는 건?"

"여행을 하신다든지, 전지요양을 하신다든지……." 하고 의사는 말 꼬리를 흐렸다.

그날 밤, 명욱이,

"당신 스웨덴에 가시지 않을래요?" 하고 말을 꺼냈다.

나는 잠자코 있었다.

"말은 안 했지만 박문혜 씨로부터 초청장이랑 기타 서류가 전부 다 와 있어요."

그래도 나는 대답을 안 했다.

"당신을 이대로 둘 순 없어요."

"당신과 떨어져서 내가 살 수 있을까?"

내가 겨우 한마디 하자 명욱은 눈물을 글썽이며,

"나도 떨어져 있고 싶지 않아요. 그러나 이대로 가만있을 순 없어요. 스웨덴의 바람에 바래면 혹시 우울증이 나을지 모르잖아요." 하고 열심히 권하기 시작했다.

그제야 내 마음도,

'언제나 이 꼴로 있을 수 없다.'

는 생각으로 바뀌었다,

'아아, 스웨덴! 스트린드베리의 유적을 찾고, 노르웨이에 가선 입센의 유적을 찾고 덴마크에 가선 안데르센의 유적을 찾아다니면 혹시 문학에의 의욕, 생명에의 의욕을 되찾을지 모르겠다.'는 마음이 괴기도 했다.

보다도 극동의 지점에서 멀리 바라보는 것도 나쁠 것이 없으리라는 희망 같은 것이 솟았다.

"스웨덴으로 가겠어." 나는 힘주어 말했다.

한 달 후 서재필은 북극의 상공을 날고 있는 비행기 속에 있었다. 그의 가슴에 젊은 스티븐 디덜러스가 아일랜드를 떠날 때에 느낀 감회와 비슷한 것이 있었는지 없었는진 알 수 없으나 그 감회를 제임스 조이스는 다음과 같이 적고 있다.

─오오, 생명이여! 나아가 백만 번 경험의 교훈을 쌓아, 우리 민족이 아직껏 만들어내지 못한 위대한 진실을 내 마음의 용광로 속에서 만들어내자. 아득한 옛날부터의 사부들이여, 부디 나를 도우소서.

아무튼 서재필이 기도한 「행복어사전」은 이처럼 좌절한 셈이 되었지만 우리는 희망을 버릴 순 없다. 그가 스웨덴에서 돌아오는 날을 정명욱과 함께 기다려볼 뿐이다.

한국 지식인 소설의 계보와 「행복어사전」

최혜실 　문학평론가·경희대 교수

1. 입담, 시침떼기, 그리고 유머, 세계관의 형식화

그는 이렇게 서두를 꺼냈다.

　모두들 그곳을 사막이라고 하고 자기들을 불시착한 사람들이라고 했다. 어떻게 내가 그 불시착한 사람들 틈에 끼어 그 사막에서 살게 되었는지 이건 대단히 중요한 일이란 생각이 들면서도 그다지 중요한 일이 아닌 것 같기도 하다. 사람은 어디엔간 있어야 하는 법이다. 에스키모는 북극의 설원에 있어야 하고, 인디언은 아마존의 유역에 있어야 하고, 틴디가는 탕가니카의 밀림 속에 있어야 한다. 이들에 비하면 그 사막 속의 나의 존재는 필연성이 훨씬 덜한 것 같지만 인생이란 일조一潮, 깨어보니 하룻밤 사이에 천하의 명성을 차지한 바이런 같은 경우가 있고 이렇게 나처럼 불시착한 무리들 틈에 끼어 있는 자신을 어느날 돌연 발견하게 되는 경우도 있는 것이다.(1권 7쪽)

이건 무언가! 슬그머니 홍미가 동한 독자들은 재빠르게 눈을 종이 밑으로 매끄럽게 굴리게 마련이다. 그 속도는 컴퓨터 화면을 보는 누리꾼에 못지않다. 시침떼고 있던 그는 조금씩 밑천을 보여준다.

　　그런 까닭만이 아니라 거긴 칠 포인트 활자 크기만한 모래알이 일망무제하게 깔린 사막이다. 삐걱거리는 의자가 비록 낙타의 등을 닮지 않아 엑조티시즘을 해치긴 하나 가도가도 사막의 길인 덴 사하라나 고비와 다를 바가 없다.(1권 7~8쪽)

신문사 교정부에 오백 대 일의 경쟁을 뚫고 들어온 교정부원은 그의 말을 빌리자면 '사막에 불시착한 나폴레옹'인 것이다. 아하! 독자는 피식 웃는다. 그러나 재미있다. 거침없는 그의 글은 이야기꾼의 입담 그것이다. 요컨대 문자 세대의 글쓰기 방식은 아닌 것이다. 문자는 기록이 되기 때문에 독자의 망각을 염려할 필요가 없다. 논리적으로 합리적으로 짜임새 있게 문장을 배열하기만 하면 길건, 추상적이건 그리 염려하지 않아도 된다. 그러나 발화와 동시에 공중으로 사라져버리는 말로 이야기할 때 문제는 달라진다. 대중강연할 때 연사들이 같은 말을 두 번 되풀이하는 것도 그 이유이다. 될 수 있는 대로 짧게, 그리고 되풀이 강조하기! 그의 글이 그렇다.

　　왜 거기가 사막이었던가. 왜 그들이 불시착한 사람들이었던가.(1권 7쪽)

　　그러나 그건 내가 선택한 것이니 고통일 순 없다. 실망일 수도 없다.(2권 85쪽)

단문이 나열되면서 반복·대립되거나 연쇄적인 고리를 지으며 말의 잔치를 벌인다. 여기에 비유가 떨어지는 꽃잎처럼 현란하게 독자를 홀린다. 귀에 쏙쏙 들어오는 말의 잔치를 지나서 이야기는 서서히 그 자태를 드러낸다. 다른 곳으로 가는 발판 정도에 불과한 신문사 교정부원에 인품이나 실력 면에서 한국의 어느 누구와도 비교가 되지 않는 존재들이 틀린 글자 고치기에 인생을 소비하고 있다. 예를 들면 윤두명은 명문대를 우수한 성적으로 졸업하고 입사시험에서 수석을 차지하였으면서도 교정부원이 되기를 고집한다. 천재이면서도 좌익운동을 하다 처형당한 아버지 때문에 세상의 차가운 맛을 보아야 했던 그는 '실패한 영웅' 나폴레옹인 것이다.

그 방식은 주인공인 서재필 또한 마찬가지이다. 그는 명문 서울대를 졸업하고 입사시험에 수석으로 합격하였으며 문화부로 옮기라는 신문사의 명령도 거절하다 스스로 사표를 쓴 후 소설을 쓰는 무위도식자이다. 이병주식 표현을 빌리자면 왜 이들이 이렇게 되었는가! 무엇이 이들을 스스로 사막의 나폴레옹으로 만들었는가.

이쯤 읽고 있노라면 그의 글맵시가 요즈음 뜨는 김종광인가, 박민규인가 이명랑인가를 아무래도 닮았다는 혐의를 지울 수가 없다. 경박한 듯, 명랑한 듯, 한편으로 시침떼면서 발칙한 상상력으로 세상을 재단하는 그 건방의 중시조로 이병주가 유신 독재 시절의, 그리고 광주 비극 시대의 그 서울에 서 있는 것이다. 「행복어사전」이 왜 당시 대학생들에게 그렇게 인기를 끌었는지 이쯤 되면 알 것도 같다.

2. 건달 되기, 바보 되기, 혹은 불온한 유토피아의 꿈 감추기

주인공 서재필은 정말 나약하고 줏대없는 소시민이다. 그는 신문사 교정부에 근무하고 있는 말단 직원이며 그나마도 곧 그만두고 소설가 수업을 한다. 정의감이 있는 편이어서 곤경에 처한 사람을 그냥 지나 치지 못하고 도와주는 미덕은 있다. 그러나 그 미덕은 많은 경우 곤경 에 처한 여성들을 돌보다 그녀들과 사랑에 빠져 삼각관계를 만들고 그 와중에 온갖 오해를 받는 사건에 말려드는 계기를 만드는 데 작용할 뿐이다.

그런데 이 무능력한 건달은 한국 명문인 서울대학 문리대에 다닐 때 4년을 계속해서 수석의 자리를 지킨 수재였다. 이 수재가 대학원을 다 니던 시절 실력 있는 선배가 처세를 제대로 하지 못해 모교 교수가 되 지 못하는 것을 보고 공부를 집어치운다는 것이다. 뭐 그 정도에 인생 을 접는가 질책하고 싶은 독자들은 소설 곳곳에 숨어있는 70년대 말에 서 80년까지 한국의 암울했던 사회에 대한 서술에 주목하기 바란다. 작 가는 가볍게 아주 가볍게 직원들 회식 장면 묘사에 당대의 암흑을 아무 렇지도 않게 끼워넣는다.

무장간첩을 체포했다는 기사가 내 앞에 펼쳐졌다. 하나는 총 맞아 죽고, 하나는 중상을 입었고, 하나는 생포되었다는 내용이다. 바로 엊그제의 밤, 서해안 어느 섬에서 있었던 일이다. 제보자는 어떤 어 부라고 되어 있다.

엊그제의 밤이면 우동규 부장과 윤두명 씨와 내가 청진동 어느 술 집의 안방에서 술을 마시고 있었던 밤이다. 그 밤 그 무렵 이 땅 어느

곳에선 그런 전쟁이 있었던 것이다.(1권 76쪽)

그런 곳이었다. 당시 서울은⋯⋯. 오백 명의 경쟁을 뚫고 입사해 축하 회식 자리에서 술을 먹고 있을 때 이 나라 어느 곳에서 같은 국민이 서로에게 총을 겨누고, 피 흘리며 죽어갔다. 아니 무장 공비만이 아니다. 그들이 일상을 끝내고 술 한 잔 하고 있을 때, 남도의 어느 도시에서 시민들은 총 맞아 피 흘리며 죽어갔다.

그때는 그랬다. 건전한 시민의 상식으로 도저히 이해 안 되는 일이 많았다. 아버지의 좌익 경력이 있으면 공무원이 될 수 없었다. 아니 숨도 쉴 수 없을 정도로 조심해 살아야 했다. 삼촌이 간첩이었다는 이유로 아버지와 삼촌들이 감옥에서 죽고 동생은 약 한 첩 제대로 못 쓰고 죽었으며 어머니는 목매어 자살하고 딸은 술집 여급이 된다. 고시에 합격하자 자신을 위해 희생한 애인을 미련 없이 버리는 자가 검사로 잘 살고 있다. 구두닦이 소년에게 거액을 주었다가 간첩으로 몰려 고문당하고도 남북한 대치 상황이니 이해하라는 소리만 듣는다. 말 한마디 잘못하면, 책 한 권 이상한 것 지니고 있으면 어디론가 끌려가 혼이 나는 세상이었다.

이 기막힌 상황은 작가에 의해 시침떼기로, 유머로 표현된다. 김소영은 삼촌이 간첩이라고 고발하지 않은 죄로 가족이 풍비박산이 났다. 손님 중 수상한 사람이 간첩이라고 끝까지 우기다가 오히려 자신이 철창 신세를 진다. 그러나 여기에 굴하지 않고 그녀는 판사를 향해 간첩으로 의심되는 사람을 신고하라는 법에 충실했을 뿐이라고 끝까지 항변한다.

얼핏 보면 그녀는 머리가 이상한 바보로 보인다. 그러나 그 사람 간첩이니 잡아가 고문해보라는 그녀의 말에 생사람 잡을 수 없다고 판사가 대답하니 자기 아버지는 생사람이 감옥에서 죽었다고 대꾸하는 그녀의 말에서 뼈아픈 시대의 모순과 회한이 드러난다. 작가는 아주 끔찍한 일을 아무런 감정도 섞지 않고 간결하게 아무렇지도 않게 말해버린다. 그리고 그 간결함은 독자에게 처참한 현실을 섬뜩하게 대면시킨다. 작가는 비아냥거린다. 뭐 그 정도 가지구 그래, 더한 일도 말해볼까?

모순된 현실을 바로잡고 새로운 세상을 세워야 한다는 작가의 현실비판은 한편 윤두명이란 사이비 교주로 슬쩍 비켜 표현된다. 새로운 세상에 대한 염원이 상제의 계시를 받았다며 고아 몇 명을 키우며 포교활동을 하는 윤두명의 언행이 돈 키호테의 그것처럼 희화화되면서 문제의 핵심이 슬쩍 감춰진다. 그의 유토피아에 대한 불온한 꿈을 어떤 날카로운 새도 볼 수 없게.

3. 현실저항으로서 무위도식하기, 그 접점에서 글쓰기

서재필, 14세에 알성과시에 장원급제하여 소년당상이었고 갑신정변을 주도하였으며 독립협회를 만들고 독립신문을 발행한, 한국 근대사의 한 방향을 틀어쥐고 있었던 개화기의 서재필徐載弼 박사. 그에 비해 1970~80년대의 룸펜 인텔리겐치아 서재필徐在弼은 카페의 여종업원, 양공주와 육체관계를 맺고 회사의 여동료들과 삼각관계를 맺다가 그중 평범한 노처녀와 결혼하여 그녀의 도움으로 무위도식하는 존재이다. 끝내는 이 생활마저 용납되지 못하고 간첩으로 오인 받아 투옥된다. 작가는 왜 이런 구제불능의 인물을 군이 개화기의 위인인 서재필 박사와 비교해가며 애정을 보이고 있는 것일까?

누가 보아도 민족의 위인으로서의 삶을 살았던 개화기의 서재필은 갑신정변이 실패로 끝나자 부모·형제·부인이 음독자살했고 아우는 참형당했다. 두 살 아들은 굶어죽었다. 미국에 망명해 독립운동을 하였으나 해방 후 85세의 나이로 고국에 왔을 때 누구로부터도 주목을 받지 못했다. 하루 2불의 돈을 벌기 위해 광고를 500장 돌려야 했고 농장에서 흑인·쿨리들과 어울려 노동을 했던 그는 평생 고독 속에서 살았으며 모든 사람들로부터 버림받았다.

70년대의 서재필은 암울한 현실 앞에서 개화기의 서재필이 가지 않았던 길을 택하기로 결심한다. 그 길은 '안일의 길이고 무의지의 길이고, 사건이 없는 무풍의 길이고, 부모 형제가 절대로 학살당할 염려가 없으며 감옥 가는 길과 반대의 길이며 대도를 피해 초가삼간으로 가는' 오솔길이다.

의도적으로 일상인 되기, 그 삶의 방식이야말로 애국계몽기의 그 짧았던 유토피아의 꿈을 빼앗긴 이래 조선의 지식인이 걸어온 길 아니었던가? 일제 강점기 지식인의 실업자 모티프 소설이 그 대표적인 예이다. 1920~30년대 당시 지식인의 실업률은 심각하였다. 일본은 근대적 산업과 직업이 발달하여 계급 분화가 근대적으로 이루어지고 있었으나 한국의 경우 아직 노동과 자본이 미분화된 상황이었다. 때문에 높은 교육열로 양산된 지식인 계층은 설 자리를 잃고 실업자가 되어 서울 거리를 방황하게 된다.

특히 일제 강점기에서는 관료 충원이나 엘리트 계층으로 진입하는 기회가 소수 친일적인 사람들에 의해 독점되었기 때문에 지식인들은 물질적·정신적인 측면에서 충족감을 갖기 어려웠다. 따라서 한국 룸펜 인텔리겐치아는 단순히 경제적이 측면이 아니라 복잡한 윤리적·사회적 측면에서 소외 현상을 일으키게 되었다. 물질의 결핍이나 정신적 방황의 문제가 사회적 문제와 동일시되는 한국 지식인의 소외 현상은 '실업자 모티프'와 '옥살이 모티프'로 드러난다.

먼저 '실업자 모티프'로 박태원의 「소설가 구보씨의 일일」을 들 수 있다. 일본 유학을 다녀온 인텔리 구보는 취직할 생각은 하지 않고 창작 노트를 끼고 하루종일 서울거리를 배회한다. 서울역에서 군중을 바라보거나 카페에서 여급이나 친구와 잡담을 하며 하루를 보낸다. 이 무위도식하는 '산책자'는 그러나 현실의 모순을 직시하는 삶의 진지한 방식이었다.

구보는 거리를 걸으며 '고독'한 자신의 위치에서 '행복'을 찾기 위해 안간힘 쓴다. 소설의 제목이 「행복어사전」이라는 점, 행복한 방법이 소설 전면의 주제라는 점을 생각해보면 두 소설 사이의 관계가 얼마나 긴밀한지 금방 알 수 있다.

아니 그 긴밀성은 제임스 조이스의 「율리시스」를 매개로 더 확실해진다. 「율리시스」는 「소설가 구보씨의 일일」에서 직접 거론되거니와 형식과 내용이 일치함은 이미 여러 연구에서 밝혀진 바 있다. 일제 식민지의 지식인이 영국 식민지의 지식인에게 어찌 초연할 수 있었으랴? 그 친밀감은 「행복어사전」에서 더 노골적이다.

조이스의 주인공 스티븐 디덜러스는 더블린 시 북방의 마테로 탑을 기점으로 해서 움직이기 시작하는데 그 일시는 1904년 6월 16일 아침 여덟 시. 그로부터 칠십 년이 지난 겨울의 아침, 나의 주인공인 나는 아일랜드 더블린에선 극동의 방향에 있는 서울시의 역시 북방인 청운동 시민아파트를 기점으로 해서 행동을 개시한다……. (4권 37쪽)

소설에서 주인공은 여러 개의 참고서를 갖다놓고 「율리시스」의 난해한 원문을 끈기있게 읽어나간다. 그리고 그 난해한 자구 속에 보석처럼 빛나는 문장들과 유머를 배워나간다. 구보가 1930년대 경성의 다옥정을 기점으로 하루 동안 거리를 배회하며 일제 강점기 왜곡된 근대 도시를 재현해내었다면 1970년대 말기 서울에서 서재필은 개화기의 영웅의 실패를 되풀이하지 않기 위해 다시 「율리시스」를 바라본다.

할 일 없는 산책자 서재필의 주변에는 많은 문제적 인물들이 산재해 있다. 먼저 서상복은 학생 때 사상운동을 했다는 죄명으로 검거되어 징역 20년을 선고받은 인물이다. 그의 증조할아버지는 삼일운동 때 옥사하고 할아버지는 간도에서 독립운동 중에 전사하였으며 아버지는 육이오 때 옥사하였다. 이제 서상복마저 사상운동으로 감옥에 있는, 현실 개혁파 집안인 것이다.

그러나 서재필은 서상복의 현실 부정의 의지를 비판적인 시선으로 본다. 첫째, 현실에 대한 일차적인 긍정과 현실에 대한 겸손이 결여되어 있다는 점.

나는 오늘의 현실이 이처럼 되기 위해선 역사 이래의 인과가 축적된 강력한 바탕이 있는 것이며 역사의 심처에까지 그 뿌리가 박혀 있는 것이라고 일단 생각합니다. 그렇지 않고서야 이 세상이 다르게 되어 있지 않고 오늘처럼 이 모양 이 꼴이 되어 있겠습니까. ……나는 혁명의 뜻을 품을 수도 있고 개혁의 의지를 가꿀 수가 있다고도 생각하지만 일단은 우리를 둘러싼 현실에 대한 일차적인 긍정은 있어야 할 줄 압니다. 그것은 역사에 대한 존경까진 못 되더라도 역사에 대한 겸손은 되겠지요.

이런 관점에서 서상복은 강한 것은 강한 대로 약한 것은 약한 대로 세상을 제대로 보는 안목이 부족한 사람이다. 둘째, 서상복의 태도는 계란으로 바위를 치는 무모한 행동이라는 것이다. 대중은 어떻게 하건 이 현실 속에서 살아갈 수 있는 방도를 찾아가려고 노력하고 있는 반면 서상복은 그 현실을 부정하려고만 하고 있다. 그것은 심하게 말하면 대중에 대한 오만이라는 것이다.

이 견해는 사실 우리 문학사에서 낯선 것이 아니다. 최명익의 「무성격자」에서, 생에 애착을 보이지 않고 살아가는 '무성격자'인 정일에게 아버지는 무척 불편한 사람이다. 머슴으로 시작한 지 40년 만에 자수성가한 아버지는 그의 눈으로 보건대 속물 중의 속물이다. 그러나 정일은 아버지를 간호하는 과정에서 그의 삶에 대한 애착과 생활에 대한 의지를 차츰 긍정하게 된다는 줄거리이다.

지식인이 생활에 의도적으로 소외되는 것이 잘못된 제도에 대한 간접적인 항거는 될 수 있으나 일제하에서도 여전히 생활을 해나가는 '생활인'의 구체적인 의지 앞에서 그 자부심이 여지없이 무너져버린다는 줄거리는 문제적이다.

모순된 현실에서 지식인의 무력감은 긍지인 동시에 오욕이었다. 그 모순의 접점에 주인공의 글쓰기가 놓인다. 주인공 서재필은 무용인無用人으로서 철저하기 위하여 소설을 쓴다. 세상에는 보람된 일을 하는 유용인有用人이 많은데 그들은 쓸모가 있는 것만을 선택해서 산다. 무용인으로서 소설가는 유용인이 쓸모가 없다고 버린 것의 의미를 탐구하며 그들이 보지 못하는 것을 보여주겠다는 것이다.

참말을 하고 참되게 사는 사람이 거짓말쟁이가 되는 세상, 참말이 거짓말이 될 수도 있고 참말을 참말답게 만들려면 거짓을 필요로 하게 되는 인생의 기미를 소설로 쓰겠다는 주인공의 각오는 다시 자신에게로 향한다. 철저한 패배자로서 자신을 소설로 증명해 보이겠다는 것, 모순된 세상을 개혁하지 못하고 그것에 마음놓고 저항하지 못하는 이 현실을, 자신의 비루함을 그대로 펼쳐보임으로써 고발하겠다는 무용인의 철학은 그를 소설가로 변화시킨다.

4. 불온한 유토피아 꿈꾸기 — 스웨덴의 우프살라 대학

그러나 세상은 그로 하여금 그런 소설조차 쓰게끔 버려두지 않는다. 간첩 혐의로 곤욕을 치르고 나온 주인공은 박문혜의 권유대로 스웨덴의 우프살라 대학으로 향한다. 우프살라, 그곳은 언론의 자유가 있고 학문의 자유가 있으며 낭만이 있는 곳이다.

우프살라의 학생들이 왕궁 앞에 몰려가 데모를 하면 왕궁에서는 수고한다고 샌드위치와 포도주를 내놓는 곳이라는 것이다. 말 한마디에 투옥되고 고문당하며 가족이 고초를 겪는 암울한 한국에서 주인공은 내내 우프살라 대학을 꿈꾼다.

그곳에는 생화학을 전공하는 박문혜가 있다. 외국어에 능통하고 생명의 과학적 측면을 인문학적 측면과 연결할 줄 아는 학자이며 미모의 소유자는 그곳에서 애타게 그를 부른다. 정치의 자유가 있고 학문의 자유가 있으며 연애의 자유가 있는 곳에서 그리고 스트린드베리의 고향이자 노벨 문학상의 수여지인 그곳에서 작가의 꿈을 꾼다는 것은 얼마나 멋진 일인가?

수섬은 갑자기 급반전한다. 미국을, 구미열강을 개화의 유토피아로 여기며 청운의 꿈을 품고 떠났던 개화기의 선각자처럼 그 또한 큰 꿈을 품고 고국을 떠나는 것이다. 소설의 마지막 장면에 있는 그의 소회를 음미해보자.

한 달 후 서재필은 북극의 상공을 날고 있는 비행기 속에 있었다. 그의 가슴에 젊은 스티븐 디덜러스가 아일랜드를 떠날 때에 느낀 감회와 비슷한 것이 있었는지 없었는진 알 수 없으나 그 감회를 제임스 조이스는 다음과 같이 적고 있다.

—오오, 생명이여! 나아가 백만 번 경험의 교훈을 쌓아, 우리 민족이 아직껏 만들어내지 못한 위대한 진실을 내 마음의 용광로 속에서 만들어내자. 아득한 옛날부터의 사부들이여, 부디 나를 도우소서. (5권 356쪽)

닮지 않았는가? 배반을, 절망을 뒤로 한 채 미국으로, 일본으로 향했던 「무정」의 주인공들처럼, 아버지의 뜻을 잇겠다고 외친 「사상의 월야」의 주인공처럼, 갑신정변의 실패를 뒤로 한 채 미국으로 망명했던 서재필처럼, 그도 미래를 꿈꾸며 모순의 땅을 떠난다. 물론 서재필은 1950년대의 지식인 이명준처럼 제3국인 인도를 향해 떠났다가 바다에 빠져 생을 마감하지는 않는다. 작가가 70년대와 80년의 한국 상황이 전쟁 직후보다는 가능성이 있다고 생각했던 것일까?

그리도 가볍게, 그리도 농담스럽게, 심지어 한 소시민의 여성편력사, 그 비루한 일상 속에 100여 년의 한국 지식인 소설의 계보를 버무려 넣을 줄 알았던 그는 감히 단언하건대 천재이다. 그 삼엄했던 시절에 농담처럼 흘려 넣었던 말들을 살펴보라. 그의 발상들이 항시 시대를 앞서가 그 열매를 다른 작가들에게 따게 해주었던 전력을 생각해보라. 「지리산」의 열매를 「남부군」과 「태백산맥」이 따먹었듯이 「행복어사전」의 열매를 우리 시대의 젊은 이야기꾼들이 은밀히 따먹고 있는 중이라는 사실을 어찌 우리 잊을 수 있겠는가!

작가연보

1921 3월 16일 경남 하동군 북천면에서 아버지 이세식과 어머니 김수조의 사이에서 태어남. 호는 나림那林.

1931 북천공립보통학교(7회).

1933 양보공립보통학교(13회) 졸업.

1936 진주공립농업학교(27회) 졸업.

1941 일본 메이지대학 전문부 문예과 졸업, 와세다대학 불문과에 재학 중 학병으로 동원되어 중국 소주蘇州에서 지냄.

1948 진주농과대학과 해인대학(현 경남대학)에서 영어, 불어, 철학을 강의.

1954 등단하기 이전 이미『부산일보』에 소설 「내일 없는 그날」을 연재함.

1955 『국제신보』에 입사, 편집국장 및 주필로 언론 활동.

1961 5·16 때 필화사건으로 혁명재판소에서 10년 선고를 받고 복역 중 2년 7개월 후에 출감. 외국어대학, 이화여자대학 강사 역임.

1965 중편 「소설·알렉산드리아」를『세대』에 발표함으로써 등단.

1966 「매화나무의 인과」를『신동아』에 발표.

1968 「마술사」를『현대문학』에 발표. 「관부연락선」을『월간중앙』에 연재(1968. 4~1970. 3). 작품집『마술사』(아폴로 사) 간행.

1969 「쥘부채」를『세대』에, 「배신의 강」을『부산일보』에 발표.

1970 「망향」을『새농민』에 연재.

1971 「패자의 관」(『정경연구』) 등 중·단편을 발표하는 한편 「화원의 사상」을『국제신보』에, 「언제나 그 은하를」을『주간여성』에 연재.

1972 단편 「변명」을『문학사상』에, 중편 「예낭 풍물지」를『세대』에, 「목격자」를『신동아』에 발표. 장편 「지리산」을『세대』에 연재. 장편『관부연락선』(전2권, 신구문화사) 간행. 영문판『예낭 풍물지』(번역: 서지문, 제임스 웨이드) 간행.

1973   수필집 『백지의 유혹』(강남출판사) 간행.

1974   중편 「겨울밤」을 『문학사상』에, 「낙엽」을 『한국문학』에 발표.

1976   중편 「여사록」을 『현대문학』에, 단편 「철학적 살인」과 중편 「망명의 늪」을
        『한국문학』에 발표. 창작집 『철학적 살인』(한국문학)과 『망명의 늪』(서음
        출판사) 간행.

1977   장편 「낙엽」과 중편 「망명의 늪」으로 한국문학작가상과 한국창작문학상
        수상. 창작집 『삐에로와 국화』(일신서적공사), 수필집 『성-그 빛과 그늘』
        (상·하, 물결사) 간행.

1978   중편 「계절은 그때 끝났다」와 단편 「추풍사」를 『한국문학』에 발표. 「바람
        과 구름과 비」를 『조선일보』에 연재. 창작집 『낙엽』(태창문화사), 장편 『망
        향』(경미문화사)과 『허상과 장미』(범우사) 그리고 『조선일보』에 연재했던
        『미와 진실의 그림자』(대광출판사), 『바람과 구름과 비』(전9권, 물결출판
        사) 간행. 수필집 『사랑받는 이브의 초상』(문학예술사), 칼럼집 『1979년』
        (세운문화사) 간행. 『지리산』(세운문화) 간행.

1979   장편 「황백의 문」을 『신동아』에 연재. 장편 『여인의 백야』(상·하, 문음
        사), 『배신의 강』(범우사), 『허망과 진실』(상·하, 기린원) 간행. 수필집
        『사랑을 위한 독백』(회현사), 『바람소리, 발소리, 목소리』(한진출판사) 간
        행. 장편 『언제나 그 은하를』(백제) 간행.

1980   중편 「세우지 않은 비명碑銘」과 단편 「8월의 사상」을 『한국문학』에 발표.
        작품집 『서울은 천국』(태창문화사), 소설 『코스모스 시첩』(어문각), 『행복
        어사전』(전6권, 문학사상사), 『인과의 화원』(형성사) 간행.

1981   단편 「피려다 만 꽃」을 『소설문학』에, 중편 「거년의 곡」을 『월간조선』에,
        중편 「허망의 정열」을 『한국문학』에 발표. 장편 『풍설』(상·하, 문음사),
        『서울 버마재비』(상·하, 집현전), 『당신의 성좌』(주우) 간행.

1982   단편 「빈영출」을 『현대문학』에 발표. 「그해 5월」을 『신동아』에 연재. 작품
        집 『허망의 정열』(문예출판사), 장편 『무지개 연구』(두레출판사), 『미완의
        극』(상·하, 소설문학사), 『공산주의의 허상과 실상』(신기원사), 수필집
        『나 모두 용서하리라』(집현전), 소설 『역성의 풍·화산의 월』(신기원사),
        『행복어사전』(전3권, 문학사상사), 『현대를 살기 위한 사색』(정음사), 『강
        변이야기』(국문) 간행.

1983   중편 「그 테러리스트를 위한 만사」를 『한국문학』에, 「소설 이용구」와 「우
        아한 집념」을 『문학사상』에, 「박사상회」를 『현대문학』에 발표. 작품집 『그

테러리스트를 위한 만사』(홍성사), 고백록『자아와 세계의 만남』(기린원), 『황백의 문』(전2권, 동아일보사) 간행.

1984 장편『비창』(문예출판사)으로 한국펜문학상 수상. 장편『그해 5월』(전5권, 기린원),『황혼』(기린원),『여로의 끝』(창작문예사) 간행.『주간조선』에 연재했던 역사기행『길 따라 발 따라』(전2권, 행림출판사),『당신의 뜻대로 하옵소서―소설 김대건』(대학문화사) 간행.

1985 장편「니르바나의 꽃」을『문학사상』에 연재. 장편『강물이 내 가슴을 쳐도』,『꽃의 이름을 물었더니』,『무지개 사냥』(전2권, 심지출판사), 수필집 『생각을 가다듬고』(정암),『지리산』(전7권, 기린원),『지오콘다의 미소』 (신기원사),『청사에 얽힌 홍사』(원음사),『악녀를 위하여』(창작예술사), 『산하』(전4권, 동아일보사) 간행.

1986 「산무덤」을『한국문학』에,「어느 낙일」을『동서문학』에 발표.『사상의 빛과 그늘』(신기원사) 간행.

1987 장편『소설 일본제국』(전2권, 문학생활사),『운명의 덫』(상 · 하, 문예출판사),『니르바나의 꽃』(전2권, 행림출판사),『남과 여―에로스 문화사』(원음사),『남로당』(상 · 중 · 하, 청계),『소설 장자』(문학사상사),『박사상회』(이조출판사) 간행.

1988 『유성의 부』(전4권, 서당),『그들의 향연』(기린원) 간행. 역사소설「허균」을『사담』에,「그를 버린 여인」을『매일경제신문』에, 문화적 자서전「잃어버린 시간을 위한 메모」를『문학정신』에 연재.『행복한 이브의 초상』(원음사) 간행.

1989 장편『소설 허균』(서당),『포은 정몽주』(서당),『내일 없는 그날』(문이당) 간행.

1990 장편『그를 버린 여인』(상 · 중 · 하, 서당) 간행.『꽃이 된 여인의 그늘에서』(상 · 하, 서당),『그대를 위한 종소리』(상 · 하, 서당) 간행.

1991 인물평전『대통령들의 초상』(서당),『달빛 서울』(민족과 문학사) 간행.

1992 4월 3일 오후 4시 지병으로 타계.『세우지 않은 비명』(서당) 간행.

로마인 이야기 14 그리스도의 승리
마침내 기독교가 로마제국을 삼켜버렸다

4세기 말, 로마제국의 나아갈 방향을 크게 변화시킨 것은 황제가 아니라 한 사람의 주교였다. 정·교가 분리되지 않은 국가가 초래하게 된 위기를 참으로 냉정하게 그렸다.

시오노 나나미 지음 | 김석희 옮김
신국판 | 반양장 | 404쪽 | 값 12,000원

권력규칙 1·2
권력, 그 냉혹한 인간세상의 규칙과 원리를 밝힌다

권력을 도모할 때는 수많은 위험과 희생을 감수하고, 권력을 쥘 때는 상황에 맞는 책략으로 온힘을 다해 실행하며, 권력을 견고히 할 때는 살얼음을 밟듯 조심한다.

쩌우지멍 지음 | 김재영 정광훈 옮김
신국판 | 반양장 | 475쪽 내외 | 각권 값 16,000원

메가트렌드 코리아
21세기, 우리 앞의 20가지 메가트렌드와 79가지 미래변화

항상 역사의 반환점에서 미래를 준비하지 못한 국가는 발전의 대열에서 뒤떨어진다. 우리의 메가트렌드 작업은 바로 미래를 대비하기 위한 시금석이다.

강홍렬 외 지음
신국판 | 양장본 | 408쪽 | 값 22,000원

2020 미래한국
창조적 상상으로 그려내는 내일의 모습!

꿈속의 희망이 오늘의 나를 움직인다. 꿈이야말로 미래를 준비하는 자세다. 각 분야 명망가들이 바라보는 다양한 미래상! 그들의 꿈을 통해 미래를 상상한다.

이주헌 외 지음
신국판 | 반양장 | 400쪽 | 값 15,000원

트랜스크리틱 칸트와 마르크스 넘어서기
가라타니 고진의 10년에 걸친 야심작

초월론적인 비판은 횡단적 또는 전위적인 이동 없이는 존재할 수 없다. 그래서 나는 칸트나 마르크스의 초월론적 또는 전위적인 비판을 '트랜스크리틱'이라 부르기로 했다.

가라타니 고진 지음 | 송태욱 옮김
46판 | 양장본 | 528쪽 | 값 22,000원

춘추좌전 1~3
춘추전국시대 역사 이해의 필수 텍스트

중국 사상의 연원은 공자를 포함한 춘추전국시대의 제자백가다. 제자백가에 대한 이해의 출발점이 바로 당시의 인물 및 사건을 정확히 기록해놓은 '춘추좌전'인 것이다.

좌구명 지음 | 신동준 옮김
신국판 | 양장본 | 448~628쪽 | 값 20,000~30,000원

자유주의적 평등
평등권은 인간의 가장 근본적인 권리

드워킨은 대부분 정치사상의 입장들을 평등에 대한 하나의 견해로 해석하며, 고대 그리스 사람들처럼 정치철학의 문제를 진정한 평등이 무엇인가의 문제로 다루고자 한다.

로널드 드워킨 지음 | 염수균 옮김
신국판 | 양장본 | 730쪽 | 값 30,000원

중국사상사론 고대·근대·현대
중국 사상사 전체를 관통하는 방대하고도 뛰어난 저술

리쩌허우는 문화심리 구조와 실용이성의 관점을 이용하여 중국의 사상사와 전통문화를 해석하는 한편, 동시에 현대 중국이 가야 할 길을 제시하고 있다.

리쩌허우 지음 | 정병석 임춘성 김형종 옮김
신국판 | 양장본 | 568~792쪽 | 값 25,000~30,000원

유랑시인
우크라이나의 역사와 시정

우크라이나의 국민시인 셰브첸코의 삶은 우크라이나인들이 겪던 민족적·사회적·경제적·정치적 억압을 한몸에 떠안아 보여주는 응집체이며, 그의 시들은 정서적 대응이었다.

타라스 셰브첸코 지음 | 한정숙 편역
신국판 | 양장본 | 596쪽 | 값 27,000원

신화학 1 날것과 익힌 것
신화의 구조를 밝히는 레비 스트로스의 거대한 지적 모험

이것은 과거와 현재, 내 문화와 타문화를 초월하여 어디에나 존재했고 또 존재하는 인간 정신 속의 초월적·구조적 무의식의 법칙을 증명하는 일이다.

레비 스트로스 지음 | 임봉길 옮김
신국판 | 양장본 | 672쪽 | 값 30,000원

인간의 유래 1·2
'종의 기원'과 함께 다윈의 또 하나의 위대한 저서

이 책은 세상에 나온 지 130년 이상이 지났지만 오늘날 생물학자, 심리학자, 인류학자, 사회학자 그리고 철학자 들의 마음속에 자리 잡고 있는 많은 문제를 다뤘다.

찰스 다윈 지음 | 김관선 옮김
신국판 | 양장본 | 344, 592쪽 | 각권 값 25,000원, 30,000원

의식의 기원
인간 의식의 문제를 폭넓게 다룬 20세기 기념비적인 저서

거울 속에 보이는 그 어떤 것보다 더 본질적인 '나'라는 내적 세계, 만질 수 없는 기억과 보여줄 수 없는 추억의 보이지 않는 모든 세계의 본성과 기원에 대한 것이었다.

줄리언 제인스 지음 | 김득룡 박주용 옮김
신국판 | 양장본 | 512쪽 | 값 30,000원

파르치팔
도덕적 숭고함과 뛰어난 상상력으로 쓴 위대한 서사시

중세의 심오한 문학작품 가운데 하나. 주인공 파르치팔을 바보 같은 인물에서 현명한 성배지기로 그림으로써 인간의 정신 교육과 계발에 관한 암시적인 우화를 표현했다.

볼프람 폰 에셴바흐 지음 | 허창운 옮김
신국판 | 양장본 | 736쪽 | 값 30,000원

지중해의 역사
물의 역사공간, 무한한 매력이 넘치는 지중해 연구

수많은 현상이 이 '액체 공간'에서 일어나고 있으며, 모든 움직임이 이 바다에 존재한다. 지중해에서는 바로 지금도 인간과 세계의 역사가 전개되고 있다.

장 카르팡티에 외 엮음 | 강민정 나선희 옮김
신국판 | 양장본 | 736쪽 | 값 35,000원

지중해 문명의 바다를 가다
지중해는 우리에게 무엇인가

시간과 공간은 지중해를 고이지 않는 물로 만들었다. 이 책의 목표는 거기서 나타나고 사라져간 문명의 흔적들을 우리의 맥락에서 모아 '우리의 지중해'를 구상하는 것이다.

박상진 엮음
신국판 | 양장본 | 316쪽 | 값 22,000원

에로틱한 가슴
에로틱의 절정, 여성 가슴의 문화사

시대와 지역, 문명에 따라 때로는 적나라하게 때로는 은밀하게 노출되고 감춰져왔던 여성의 가슴. 그것은 수치스러운 것인가, 에로틱한 것인가, 영예로운 것인가.

한스 페터 뒤르 지음 | 박계수 옮김
46판 | 양장본 | 704쪽 | 값 24,000원

앙드레 지드의 콩고여행
지드의 문학적 방향을 바꾼 운명적인 여행

나는 쿠르타우스가 깊은 심연 속으로 뛰어든 것처럼 이 여행에 뛰어들었다. 거역할 수 없는 어떤 운명의 불가피함. 내 인생의 모든 주요 사건들이 그랬던 것처럼.

앙드레 지드 지음 | 김중현 옮김
46판 | 양장본 | 304쪽 | 값 15,000원

편력 내 젊은 날의 마에스트로
나는 그들에게서 진정한 교양인들의 모습을 보았다

에라스무스, 몽테뉴, 괴테……나는 2·30대에 그들을 만나는 축복을 누렸다. 그들의 글은 나의 고전이 되고 나는 그들을 마에스트로, 즉 스승이며 때로는 벗으로서 섬겨왔다.

이광주 지음
46판 | 양장본 | 456쪽 | 값 20,000원

조선통신사
도요토미 히데요시의 조선침략과 우호의 조선통신사

이 책은 역사적으로 지속적이고 첨예한 갈등관계를 겪어온 일본과 한국의 교사들이 학생들에게 어떤 역사를 가르쳐야 하는가에 대해 고민한 결과물이다.

한일공통역사교재 제작팀 지음
46배판 변형 | 반양장 | 172쪽 | 값 10,000원

라 로슈푸코의 인간을 위한 변명
17세기 프랑스의 격동적인 역사

라 로슈푸코 공작 집안의 내력에 종횡으로 교차한 프랑스의 내란과 전쟁, 궁정 내 권력의 음모, 17세기 절라의 시대를 살아간 한 모럴리스트가 역사와 인간의 진리를 말한다.

훗타 요시에 지음 | 오정환 옮김
40판 | 양장본 | 500쪽 | 값 18,000원

대화 한 지식인의 삶과 사상

한국출판문화대상(기획편집) | 예스24 네티즌 선정 올해
의 책 | 출판저널 올해의 책 | 한겨레신문 올해의 책 | KBS
TV 책을 말하다 방영 | 한국출판인회의 이달의 책 | 책따
세 청소년 권장도서 | 간행물윤리위원회 청소년 권장도서

리영희 지음 | 임헌영 대담
46판 | 양장본 | 748쪽 | 값 22,000원

로마인 이야기 13 최후의 노력

더 이상 로마가 로마답지 않다

3세기의 위기. 국난극복에 나서는 로마인들의 최후의 노
력이 펼쳐진다. 그러나 다가올 암흑의 중세는 피할 수 없
고, '팍스 로마나'는 다시 돌아오지 않았으니.

시오노 나나미 지음 | 김석희 옮김
신국판 | 반양장 | 368쪽 | 값 12,000원

이이화 한국사 이야기 1~22

10년의 대장정, 마침내 가장 큰 한국통사 완성

돌아보면 길고도 긴 여정이었다. 수많은 독자들의 성원으
로 나는 이 작업을 진행해나갈 수 있었다. 위대한 역사를
만들어낸 우리 민족에게 이 책을 헌정하고 싶다.

이이화 지음
신국판 | 반양장 | 각권 310~390쪽 | 값 10,000원

이탈리아에서 보내온 편지 1·2

시오노 나나미 에세이. 영원한 도시 로마로의 초대

뒷바라지해주는 남자가 부족해본 적 없는 아름다운 창
부…… 타고난 낙천가. 로마는 그런 자유로운 여자만이
가지는 매력으로 언제나 남자의 마음을 흔들어놓는다.

시오노 나나미 지음 | 이현진 백은실 옮김
46판 | 양장본 | 232, 272쪽 | 각권 값 12,000원

간디 자서전

영원한 고전, 간디의 진리실험 이야기

당신도 나의 진리실험에 참여하기 바랍니다. 나에게 가능
한 것이면 어린아이들에게도 가능하다는 확신이 날마다
당신의 마음속에 자라날 것입니다.

함석헌 옮김
46판 | 양장본 | 648쪽 | 값 13,000원

해방전후사의 인식 1~6

80년대 정신적 좌표. 해방전후사 연구에 한 획을 그은 고전

1979~89년에 걸쳐 전6권으로 완간된 이 책은 일명 '해전
사'로 불리며 80년대 엄혹한 시대상황하에서 이 땅의 학
생·지식인들에게 사상적·정신적 좌표 역할을 했다.

송건호 강만길 박현채 외 지음
신국판 | 반양장 | 296~572쪽 | 값 12,000~18,000원

뜻으로 본 한국역사

살아 있는 역사정신 함석헌을 만난다

역사를 아는 것은 지나간 날의 천만 가지 일을 뜻도 없이
그저 머릿속에 기억하는 것이 아니다. 값어치가 있는 일을
뜻이 있게 붙잡아내는 것이다.

함석헌 지음
신국판 | 반양장 | 504쪽 | 값 15,000원

다산 정약용 유배지에서 만나다

진보적 지식인 이면의 인간 정약용

국가와 민족의 고난을 이겨내는 위대한 사상과 이론을 창출
해내고 인생의 위기를 기회로 만드는 삶의 지혜를 스스로
실천해낸 다산은 오늘 우리들에게 무엇을 말하는가.

박석무 지음
신국판 | 반양장 | 560쪽 | 값 17,000원

지식의 최전선

세상을 변화시키는 더 새롭고 창조적인 발상들

시사저널 올해의 책 | 조선일보 올해의 책 | 한국백상출판
문화상 | 한국출판인회의 이달의 책 | 문화관광부 우수학
술도서

김호기 임경순 최혜실 외 52인 공동집필
신국판 | 양장본 | 712쪽 | 값 30,000원

월경越境하는 지식의 모험자들

혁명적 발상으로 세상을 바꾸는 프런티어들

지식의 모험자들은 창조적 발상과 능동적인 실천력으로
미래의 시간을 앞당긴다. 그들이 보여주는 미래의 그림을
엿보면서 세계를 향해 지적 모험을 감행한다.

강봉균 박여성 이진우 외 53명 공동집필
신국판 | 양장본 | 888쪽 | 값 35,000원

슬픈 열대
레비 스트로스의 명저, 20세기 최고의 기행문학

저 생명력 넘치는 원시의 땅으로 배가 출항한다. 적도 무풍대를 통과하면 신세계와 구세계 간의 희망과 몰락, 정열과 무기력이 교차한다.

레비 스트로스 지음 | 박옥줄 옮김
신국판 | 양장본 | 768쪽 | 값 30,000원

정신현상학 1·2
인류 정신사의 위대한 성취. 헤겔 불후의 대작

헤겔은 특유의 치밀하고 심오한 사유논리로 인간과 신, 그리고 자연을 포함한 존재 전체의 본질 규명을 향한 궁극의 경지를 아우르는 초인간적인 고투의 결실을 보여준다.

헤겔 지음 | 임석진 옮김
신국판 | 양장본 | 460, 376쪽 | 각권 값 25,000원, 22,000원

은밀한 몸
여성의 몸, 수치의 역사

'은밀한 그곳'에 대한 여성의 수치심과 그 본능의 역사. 시대와 지역, 민족을 초월하여 나타나는 여성들의 성기에 관한 수치심의 역사.

한스 페터 뒤르 지음 | 박계수 옮김
46판 | 양장본 | 672쪽 | 값 22,000원

음란과 폭력
성을 통해 본 인간 본능과 충동의 역사

쾌락과 공격의 두 얼굴로 사용된 '성', 그 폭력의 역사. 시대와 지역, 민족을 초월하여 나타나는 인류 공동의 잔혹한 성 형태를 통해 본 음란과 폭력의 역사

한스 페터 뒤르 지음 | 최상안 옮김
46판 | 양장본 | 864쪽 | 값 24,000원

책의 도시 리옹
잃어버린 책의 거리를 찾아서

르네상스 시대, 리옹은 찬란한 출판문화를 꽃피웠다. 파리에 이어 명실상부 프랑스 제2의 도시로서 당대의 금서들을 탄생시키며 출판문화의 독특한 명성을 쌓았다.

미야시타 지로 지음 | 오정환 옮김
46판 | 양장본 | 672쪽 | 값 22,000원

대서양 문명사 팽창, 침탈, 헤게모니
거친 바다를 건너 세계를 지배한 열강의 실체

광대한 대서양을 배경으로 벌어진 제국들 간의 치열한 경주. 팽창·침탈·헤게모니의 역사로 물든 문명의 빛과 어둠을 파헤친다.

김명섭 지음
신국판 | 양장본 | 760쪽 | 값 35,000원

눈의 역사 눈의 미학
인간의 눈, 그 사랑과 폭력의 역사에 대한 성찰

눈이 있다는 것은 본다는 것이며, 본다는 것은 인식한다는 것이며, 인식한다는 것은 전체 중의 부분만을 파악한다는 것이기에 눈이란 진정한 감옥이다.

임철규 지음
신국판 | 양장본 | 440쪽 | 값 22,000원

세계와 미국
20세기를 반성하고 21세기를 전망한다

미국과 세계에 관한 연구는 단순히 정치사나 외교사적 서술로 끝날 수 없다. 그것은 우리의 존재양식, 우리의 사유양식, 우리 자신의 연구일 수밖에 없다.

이삼성 지음
신국판 | 양장본 | 836쪽 | 값 30,000원

호모 에티쿠스
윤리적 인간의 탄생을 위하여

참으로 선하게 살기 위해 우리는 희망 없이 인간을 사랑하는 법을, 보상에 대한 기대 없이 우리의 의무를 다하는 법을 배우지 않으면 안 됩니다.

김상봉 지음
신국판 | 반양장 | 356쪽 | 값 10,000원

그림자
분석심리학의 탐구 제1부…우리 마음속의 어두운 반려자

인간의 내면, 그 어두운 측면을 성찰하는 시간을 갖는다는 것은 하나의 축복이다. 니는 8이 '그림가' 개념을 통해 우리의 마음과 사회현실을 비추어 본다.

이부영 지음
신국판 | 반양장 | 336쪽 | 값 10,000원

서양의 관상학 그 긴 그림자
고대부터 20세기까지 서구 관상학의 역사를 추적한다

나와 타자를 이분법적으로 나누었던 관상학의 긴 역사.
관상학이란 그 시대에 잘 풀릴 수 있는 사람과 아닌 사람
을 구별짓는 코드였다.

설혜심 지음
신국판 | 양장본 | 372쪽 | 값 22,000원

학벌사회
사회적 주체성에 대한 철학적 탐구

자기의 주체성을 실현해 나가야 할 인간이 사회적 존재를
확보하기 위해서 불행하게도 자기의 주체성을 스스로 양
도하는 것이야말로 학벌의식의 실상이다.

김상봉 지음
신국판 | 양장본 | 448쪽 | 값 20,000원

나르시스의 꿈
자기애에 빠진 서양정신을 넘어 우리 철학의 길로 걸어라

자기도취에 뿌리박고 있는 서양정신은 영원한 처녀신 아
테나처럼 품위와 단정함을 지킬 수는 있겠지만 아무것도
잉태할 수 없는 불임의 지혜다.

김상봉 지음
신국판 | 양장본 | 396쪽 | 값 20,000원

호모 에티쿠스
윤리적 인간의 탄생을 위하여

참으로 선하게 살기 위해 우리는 희망 없이 인간을 사랑
하는 법을, 보상에 대한 기대 없이 우리의 의무를 다하는
법을 배우지 않으면 안 됩니다.

김상봉 지음
신국판 | 반양장 | 356쪽 | 값 10,000원

십자군 전쟁, 그것은 신의 뜻이었다
동방을 향한 서방의 침략과 약탈의 역사

음모와 배신과 암투 속에 신앙의 순수성과 정열은 사그라
들고 그리스도교인과 무슬림, 비잔틴 제국과 몽골인들까
지 뒤섞여 전쟁은 중세를 뒤흔든다.

W.B. 바틀릿 지음 | 서미석 옮김
신국판 | 양장본 | 528쪽 | 값 20,000원

중세유럽산책
암흑의 중세가 새롭게 태어난다!

중세 유럽은 아직도 미지의 세계다. 서양 중세사에 정통한
학자 아베 긴야가 중세 사람들의 생활과 내면에 최대한 파
고들어가, 마치 산책하듯이 그들의 삶을 이야기한다.

아베 긴야 지음 | 양억관 옮김
46판 | 양장본 | 424쪽 | 값 22,000원

위대한 기사, 윌리엄 마셜
세계 최고의 기사를 만난다

저명한 중세사가 뒤비는 마셜을 '세계 최고의 기사'라고
말한다. 이 책은 기사도에 관한 독특한 해석과 탁월한 상
상력을 바탕으로 중세 기사도 세계의 실상을 조망한다.

조르주 뒤비 지음 | 정숙현 옮김
46판 | 양장본 | 336쪽 | 값 17,000원

들꽃은 스스로 자란다
샛별초등학교 주중식 교장 선생님의 교육 이야기

아이들과 지내면 하고 싶은 말이 많아진다. 들꽃처럼 스
스로 자라는 아이들, 말하지 않아도 답을 아는 아이들에
게 배우는 것이 매일 조금씩 늘어나기 때문이다.

주중식 지음
국판 변형 | 반양장 | 320쪽 | 값 10,000원

중국인의 상술
상상을 초월하는 중국상인들의 장사비법

개방적인 자세로 상술을 펼쳐가는 광둥사람, 신용 하나
로 우직하게 밀고나가는 산둥사람. 이들이 바로 오늘의
중국을 움직이는 중국상인들이다.

강효백 지음
신국판 | 반양장 | 360쪽 | 값 12,000원

굶주린 여자 홍잉 장편소설
절망을 딛고 일어서는 한 소녀의 눈부신 젊은 날

기아는 나의 전생일 뿐만 아니라 현생이며 두 낭떠러지 사
이에 걸린 구름다리 같았다. 흔들흔들 이 다리 위를 걸어
갈 때 험악한 바람이 불어와 나를 날려버릴 것만 같았다.

홍잉 지음 | 김태성 옮김
신국판 | 반양장 | 416쪽 | 값 9,800원

아니마와 아니무스
분석심리학의 탐구 제2부…남성 속의 여성, 여성 속의 남성

당신은 첫눈에 반한 이성이 있는가. 가까워지고 싶은 조바심, 그리움과 안타까움. 이때 두 남녀는 상대방을 통해 자신의 아니마와 아니무스를 경험한다.

이부영 지음
신국판 | 반양장 | 368쪽 | 값 12,000원

자기와 자기실현
분석심리학의 탐구 제3부…하나의 경지, 하나가 되는 길

자기실현은 삶의 본연의 목표이며 값진 열매와 같다. 우리는 인간의 본성을 좀더 이해할 필요가 있다. 모든 재앙의 근원은 바로 우리 자신이기 때문이다.

이부영 지음
신국판 | 반양장 | 356쪽 | 값 15,000

잊을 수 없는 밥 한 그릇
나는 먹는다, 그리고 추억한다

음식은 기억이며, 음식은 추억이며, 음식은 삶이다. 언제 어느 때, 누구와 어떤 기분으로 그것을 먹고 향유했는가 하는 것으로 음식은 추억이 되고 기쁨이 된다.

박완서 외 12명 지음
신국판 | 양장본 | 224쪽 | 값 10,000원

조선통신사의 일본견문록
기행문을 통해 본 조선과 일본의 교류사

이 책은 조선통신사들의 기행문을 통해 조선과 일본의 교류사를 살펴보고 양국이 어떤 미래를 열어가야 할지를 조망하고 있다. 한일관계의 근원을 살펴보는 의미 있는 책.

강재언 지음 | 이규수 옮김
신국판 | 반양장 | 360쪽 | 값 14,000원

악인열전
풍류가무를 즐긴 우리 역사 속의 예인들

우리 역사에 명멸했던 음악인들과 그들을 둘러싼 문화적 동향을 소개한 책으로 악인들이 세상과 교감하고, 예술적 이상을 실현하는 방식을 보여준다.

허경진 편역
46판 | 양장본 | 626쪽 | 값 25,000원

인류학의 거장들
인물로 읽는 인류학의 역사와 이론

타일러와 모건의 시대로부터 포스트모더니즘에 이르기까지 인류학의 발달과정을, 21명의 '거장 인류학자' 들을 통해 설명한다. 인류학의 전체 흐름을 체계적으로 정리했다.

제리 무어 지음 | 김우영 옮김
46판 | 양장본 | 456쪽 | 값 15,000원

문화의 수수께끼
문화의 기저에 흐르는 진실은 무엇인가

힌두교는 왜 암소를 싫어하며, 남녀불평등은 무엇에서 비롯되었으며, 그 결과는 어떤 생활양식을 만드는가? 인류의 생활양식의 근거를 분석한 탁월한 명저.

마빈 해리스 지음 | 박종렬 옮김
신국판 | 반양장 | 232쪽 | 값 10,000원

음식문화의 수수께끼
기이한 음식문화에 관한 문화생태학적 보고서

마빈 해리스의 해석을 따라 기이한 음식문화의 풍습을 하나씩 검토하다보면, 우리는 인간의 놀라운 적응력과 엄청난 다양성을 깨닫게 될 것이다.

마빈 해리스 지음 | 서진영 옮김
신국판 | 반양장 | 328쪽 | 값 10,000원

침묵의 언어
시간과 공간이 말을 한다

홀은 사람들이 언어를 사용하지 않고 서로 '이야기를 나누는' 다양한 방식들을 분석하고 있다. 부지간에 행하는 인간의 모든 몸짓과 행동에 담긴 문화적인 의미.

에드워드 홀 지음 | 최효선 옮김
신국판 | 반양장 | 288쪽 | 값 10,000원

문화를 넘어서
문화의 숨겨진 차원을 초월하라

사람들은 지금까지 자신의 생활방식만을 당연시해왔다. 이제 인류는 잃어버린 자아와 통찰력을 되찾기 위하여 문화를 넘어서는 힘든 여행을 떠나야 한다.

에드워드 홀 지음 | 최효선 옮김
신국판 | 반양장 | 372쪽 | 값 12,000원